JAZMÍN™

REBECCA WINTERS

# UN MATRIMONIO PROHIBIDO

Editado por Harlequin Ibérica.
Una división de HarperCollins Ibérica, S.A.
Avenida de Burgos, 8B - Planta 18
28036 Madrid


N.º 580 - 9.12.24


Un matrimonio prohibido
Título original: The Forbidden Marriage


Robar un corazón
Título original: Assignment: Marriage


Un hombre nuevo
Título original: A Whole New Man
Publicadas originalmente por Harlequin Enterprises, Ltd.
Estos títulos fueron publicados originalmente en español en 2004



I.S.B.N.: 978-84-1062-957-8
Depósito legal: M-21119-2024
Impreso en España por: BLACK PRINT
Fecha impresión para Argentina: 7.6.25
Distribuidor exclusivo para España: LOGISTA
Distribuidor para México: Distibuidora Intermex, S.A. de C.V.
Distribuidores para Argentina: Interior, DGP, S.A. Alvarado 2118.
Cap. Fed./Buenos Aires y Gran Buenos Aires, VACCARO HNOS.

# CAPÍTULO 1

MICHELLE Howard acababa de subir al segundo piso de la casa de su hermano en Riverside, California, cuando vio salir a su sobrina Lynette de la habitación de invitados.

Al verla, la morena de dieciocho años se sobresaltó.

–Tía Michelle... ¿qué estás haciendo aquí?

Michelle pensó que había asustado a su sobrina. Lynette debía de haber creído que no había nadie más en la casa que ella y Zak, y por eso su tono de voz había sonado ligeramente acusatorio.

–Estaba a punto de hacerte la misma pregunta. Tu madre me dijo que tenías clase en la universidad esta mañana.

–Los jueves sólo tengo una y empieza a las once.

Michelle miró su reloj.

–Pues teniendo en cuenta que a esta hora hay mucho tráfico, mejor será que te des prisa en marcharte, si quieres llegar a tiempo.

Las hermosas facciones de Lynette se endurecieron.

–Sé muy bien lo que tengo que hacer, gracias.

Tanto Graham como Sherilyn habían estado quejándose de cómo había cambiado su hija desde el verano. Según ellos su carácter se había hecho más difícil, y siempre estaba a la defensiva.

Después de cómo le acababa de contestar, Michelle empezaba a entenderlos. Lynette estaba comportándose como una chica diferente. Michelle nunca la había visto tan maleducada.

–Por supuesto que sí, cariño. Lo siento, no he querido ofenderte.

Michelle, que llevaba dos bolsas de hielo y el aparato para medir la presión arterial en una mano, abrazó a su sobrina con la otra, pero Lynette apenas si correspondió.

Confundida, Michelle retrocedió. Se colocó uno de sus mechones rubios detrás de la oreja y le dijo:

–Tu madre me pidió que viniera a ver a tu tío Zak mientras ella iba al supermercado.

–Yo soy muy capaz de cuidar de él –le respondió Lynette con rebeldía.

–Ya lo sé, pero comprende que tu madre esté preocupada por su hermano y quiera mi opinión médica sobre su estado de salud esta mañana.

–No habría salido del hospital si no estuviera mejor –dijo Lynette con cierto sarcasmo–. Tengo casi diecinueve años, pero aquí todo el mundo parece pensar que soy todavía una adolescente. ¡Puedes estar segura de que mis padres nunca trataron a Zak de esta manera! –dijo con rabia.

Michelle nunca había visto a Lynette tan disgustada.

–Creo que se debe al hecho de que tu tío Zak ya tenía nueve años cuando mi hermano se casó con tu madre.

Michelle recordó aquellos años. Incluso con sólo nueve años era un niño con mucha personalidad. A su hermano Graham le había costado mucho ganarse al reservado hermano de Sherilyn sin parecer el típico padrastro, pero lo había conseguido, y ahora tenían una relación estupenda de cuñados.

–¿Por qué insistes en llamarlo mi tío? No existe ningún vínculo de sangre entre nosotros.

De repente, Michelle empezó a entender el extraño comportamiento de su sobrina. La transición de la adolescencia a la madurez podía ser muy un periodo de tiempo muy confuso y doloroso.

–Tú sabes muy bien que es verdad, tía Michelle. Primero sus padres biológicos lo abandonaron y estuvo viviendo en hogares de acogida. Los padres de mamá lo adoptaron, y después murieron en un accidente de tráfico. Cuando yo entré en la guardería, Zak ya estaba el instituto. Apenas si lo veía.

–De todos modos, es tu tío y eso lo convierte en miembro de tu familia –le recordó Michelle–. Cuando Graham se casó con tu madre, nos criaron a él y a mí con todo su cariño. Zak y yo tuvimos mucha suerte de contar con un hermano y una hermana que nos proporcionaran un hogar estable tras la muerte de nuestros respectivos padres.

Naturalmente, Sherilyn había querido que su hermano pasara la convalecencia en su casa, después del accidente que había sufrido en la obra de construcción en que se encontraba trabajando.

De aquella manera evitaba que las numerosas mujeres que lo codiciaban se pelearan por ser la que lo cuidara. Además, Michelle estaba segura de que Zak no habría querido que lo vieran en aquellas condiciones. Había cuidado de muchos hombres jóvenes durante sus años como enfermera, y sabía cómo pensaban. No les gustaba mostrarse vulnerables.

Cuando Rob, el marido de Michelle, había enfermado gravemente, se había acostumbrado tanto a ocultar sus miedos y emociones, que había creado un muro entre ellos que Michelle no había podido derribar.

–¿Por qué no estás trabajando?

El tono agresivo que su sobrina empleó con ella hizo que Michelle viera las cosas con claridad. Ahora que Zak iba a permanecer una temporada en su casa, su sobrina quería pasar en su compañía el mayor tiempo posible.

Desde que se fuera a la universidad, Zak había viajado varias veces al mes desde Carlsbad a Riverside para visitar a su familia, pero no tan a menudo como a Graham y a Sherilyn les hubiera gustado.

Michelle hacía dos años que no lo veía, porque su trabajo como enfermera la había tenido apartada de la ciudad donde vivía su familia durante todo ese tiempo.

Trabajar en el hogar de sus pacientes había sido para ella la panacea para seguir adelante con su vida tras la muerte de su esposo, que había padecido la enfermedad de Lou Gehrig. La última vez que había visto a Zak había sido en el funeral de Rob.

–Acabo de terminar un trabajo en Murrieta.

No añadió que su paciente había sido Mike Francis, un importante golfista californiano, que estaba todavía recuperándose de la fractura de una pierna sufrida en un accidente de tráfico, ni que le había propuesto ir a Australia con él para presenciar un importante torneo que se celebraba allí.

Bajo la aparente arrogancia del atractivo golfista se ocultaba un hombre que poseía un gran encanto y la hacía reír. Además, nunca había estado en Australia.

Aunque ya había solicitado el pasaporte, Michelle no estaba todavía convencida de si debía ir o no. Sospechaba que Mike siempre amaría a su ex esposa, aunque estaba intentando empezar una nueva vida con Michelle.

Mientras había sido paciente suyo, le había conocido lo suficiente como para saber que no se comprometía a la ligera, así que si ella no estaba tan interesada en empezar una nueva vida con él, sería mejor que cada uno siguiera su camino. Ya habían sufrido bastante los dos.

–Ya que estamos hablando del tema, ¿qué tal humor tiene nuestro paciente esta mañana? –bromeó Michelle, tratando de poner a Lynette de mejor talante.

–Está dormido todavía, y no quiere que lo moleste nadie.

–Ya estoy levantado –oyó decir a una profunda voz masculina, que sonaba una octava más baja de lo que recordaba. Sorprendida, Michelle se dio la vuelta y por un momento contuvo la respiración.

–Zak...

Al verlo agarrado al marco de la puerta, Michelle se dio cuenta, asustada, del tremendo esfuerzo que estaba haciendo para mantenerse de pie, y se dirigió hacia él.

–Me pareció oírte hablar con Lynette –le dijo él cuando estuvo a su lado–. Hacía mucho tiempo que no nos veíamos, Michelle.

La joven tragó saliva.

De repente, había comprendido por qué su sobrina se había comportado de aquella manera tan extraña.

Zak había cambiado mucho en los últimos años. Aunque tuviera siete menos que Michelle, se había convertido en un hombre en el pleno sentido de la palabra. Su pelo negro y sus rasgos tremendamente varoniles lo convertían en un ser fascinante.

La altivez que lo había caracterizado años atrás se había convertido en una sensualidad irresistible, que no podía pasársele desapercibida a Michelle.

Llevaba puestos unos pantalones cortos de deporte y nada más, aparte de los vendajes del pecho. Zak era un hombre alto y musculoso, bronceado permanentemente gracias a que trabajaba bajo el sol de California.

A los veintiocho años, estaba en la flor de la vida, y poseía su propia empresa de construcción en Carlsbad, una ciudad costera a unas dos horas de Riverside, dependiendo del tráfico.

Siempre había trabajado en la construcción y sabía ahorrar, así que había ido a la universidad y se había convertido en ingeniero sin aceptar la ayuda económica, que desde el principio, le había ofrecido Graham. Según Sherilyn, había conseguido hacer prosperar su negocio con la ayuda de varios de los hombres que habían trabajado con él en la construcción cuando aún era un estudiante.

Michelle lo admiraba porque había sabido siempre lo que quería y había ido a por ello con determinación.

Pero, en aquel momento, sólo podía pensar en lo impresionada que la había dejado Zak. Siempre lo había visto como al hermano adoptivo de Sherilyn, y no se había fijado en él como hombre hasta entonces.

–Me alegro de volver a verte, Zak –le dijo, haciendo todo lo posible para que no le temblara la voz–, pero no deberías levantarte de la cama todavía. Iba a llevarte unas bolsas de hielo.

–Justo lo que el médico me ha dicho.

Algo en su tono de voz produjo una sensación extraña en el estómago de Michelle que no tenía ningún sentido.

–¿Por qué no me lo habías dicho a mí? –le preguntó Lynette, que se había apresurado a llegar hasta donde estaban Zak y Michelle.

–Sigues teniendo los mismos hermosos ojos azules de siempre, aunque ya no los inunda la tristeza. Me alegro de ver que lo peor de tu dolor ya ha pasado.

Estremecida por sus palabras y su manera de mirarla, Michelle trató de dirigirle su mirada más profesional para tratar de ocultar así lo atraída que se sentía por él.

–Ya me encuentro mucho mejor, gracias.

Tras tomarle la tensión, Michelle se puso de pie, y guardó todo su instrumental médico.

–Eres tú el que preocupa a tu hermana. Haber sufrido un colapso de pulmón no es ninguna tontería. No deberías haberte levantado sin ayuda.

–Tenía mis razones.

Michelle le tomó el pulso.

–Y yo tengo las mías.

–Lo que usted diga, enfermera –bromeó él.

Michelle pensó que cuando estaba de tan buen humor, Zak resultaba... irresistible. Preocupada, se dio cuenta de que estaba perdiendo la objetividad con mucha rapidez.

–Hace un momento, en la puerta, estabas haciendo un esfuerzo excesivo. Tu pulso no miente.

Zak suspiró con frustración.

–Tienes razón. Me encuentro fatal. ¿Cuándo crees que estaré lo bastante bien como para regresar al trabajo?

Al oírlo, Michelle pensó que le hubiera gustado que Rob se hubiera sincerado de aquella manera en alguna ocasión. Así habrían podido compartir muchas cosas. Sin embargo, su determinación de sufrir en silencio los había distanciado y a ella le había hecho mucho daño.

Michelle dejó el musculoso y bronceado brazo de Zak sobre la cama. No le pasó desapercibido lo limpias que tenía las manos y las uñas. A pesar de trabajar en la construcción, siempre se había cuidado mucho y había olido muy bien.

–No soy tu médico, pero si no hay complicaciones, estarás bien dentro de tres o cuatro semanas.

–No puedo estar tanto tiempo fuera de casa.

Michelle se apoyó contra la cómoda con los brazos cruzados.

–No tienes mucha elección. Necesitas ayuda.

–Ya lo sé –respondió Zak.

Su mirada penetrante recorrió el esbelto cuerpo de Michelle, vestida con unos pantalones crema de lino y una blusa de manga corta verde.

Al darse cuenta, Michelle sintió que se le aceleraba el pulso, y al no ser capaz de controlar la reacción de su cuerpo se puso todavía más nerviosa.

–Has engordado un poco desde la última vez que te vi, y te sienta bien. ¿Por qué no te sientas un poco? Tengo que hablar contigo.

Zak no había dicho ni hecho nada malo, y sin embargo Michelle se sentía ahogar en la impuesta intimidad del dormitorio con él tumbado en la cama, tan cerca y tan...

–Antes, ¿quieres que te traiga algo? ¿Unas fresas? Veo que casi no has desayunado –dijo Michelle, refiriéndose a la bandeja del desayuno casi intacto que había apoyada en un lado de la cama.

–Las pastillas que estoy tomando me han dejado sin apetito.

–Entonces necesitas algún medicamento que te quite las náuseas.

–Ése es el menor de mis problemas –se lamentó–. Me gustaría contarte algo antes de que regrese Sherilyn.

De repente, Michelle se sintió transportada hasta el pasado. Era como cuando, de adolescente, Zak la buscaba para hacerle una confidencia.

Deseosa de mostrarse relajada con él, como en el pasado, accedió a sus deseos y se sentó a su lado en una silla.

–¿Qué es lo que pasa? –le preguntó.

Zak había cerrado los ojos. Parecía como si el mero hecho de pensar le supusiera un gran esfuerzo. Tal vez así fuera, si tenía tantas náuseas que no podía comer.

–Se trata de Lynette.

Al oír el nombre de su sobrina, Michelle recordó

el encuentro tan desagradable que había tenido con ella en el pasillo.

–Quería quedarse en casa y ayudarte.

–Hace tres semanas dijo a sus padres que iba a dormir en casa de su amiga Jennifer y se fue en coche hasta Carlsbad para verme a mí –dijo, sin hacer caso del comentario de Michelle–. Cuando llegué a casa a la hora de la comida, la encontré vestida, o más bien debería decir desvestida con un biquini minúsculo que no creo que a su madre le gustara en absoluto. Había entrado con la llave que había dejado aquí para alguna emergencia. Como te puedes suponer, me quedé atónito.

–Ya me imagino –susurró Michelle–. Me temo que para ella hace tiempo que eres una especie de héroe.

Zak hizo una mueca.

–Se había pasado el verano intentando coquetear conmigo, pero nunca creí que llegara tan lejos como para venir a mi casa.

Michelle contuvo la respiración.

–Cuando le dije que se vistiera y regresara a casa antes de que la echaran de menos, me dijo que Jennifer le proporcionaría una coartada. Después se acercó a mí y me abrazó. Tras recordarme que en realidad no estábamos emparentados me preguntó si me alegraba de verla.

Michelle se sobresaltó al oírlo decir aquello.

–La aparté de mí con rapidez, y le dije que tenía que marcharme a trabajar. Después de guardar en su bolsa de viaje las cosas que había dejado diseminadas por el cuarto de baño y el salón, la obligué a devolverme la llave.

Después la acompañé al coche y le dije que se marchara a casa. Le advertí que si me enteraba de que no lo había hecho, se lo contaría todo a sus padres.

–¿Hizo lo que le dijiste? –preguntó Michelle.

–Sí.

–Dadas las circunstancias, ¿por qué les permitiste a Graham y Sherilyn que te trajeran aquí cuando te dieron el alta en el hospital de Carlsbad? Me imagino que habrá varias mujeres que...

–Necesito una enfermera titulada como tú –la cortó malhumorado, sin querer dar ninguna explicación sobre su vida privada–. Estaba seguro de que sabrías darme el tipo de cuidados que necesito.

Michelle pensó que tenía razón. Necesitaba hacer con regularidad una serie de ejercicios en los que debía toser y respirar profundamente.

–Sherilyn me dijo que acababas de terminar un trabajo, y decidí venir a casa con ellos para poder pedirte en persona que te ocuparas de mí. Me gustaría contratarte para cuidarme en mi casa hasta que pueda volver a trabajar. Pagaré por todo lo que no cubra el seguro. Piensa que cuando no estés ocupada podrás disfrutar del mar.

Michelle sintió que le daba un vuelco el corazón.

–Nunca has estado en mi nueva casa, pero sólo tienes que salir de tu habitación para encontrarte en la playa. ¿Cuánto tiempo hace que no nadas o te bronceas?

Michelle se quedó tan atónita al oírlo que estuvo a punto de caerse de la silla. Tuvo que hacer un gran esfuerzo para que no se le notara el torbellino de emociones que se debatía en su interior.

–La estancia en el hospital me ha mantenido apartado demasiado tiempo de mis obligaciones laborales –continuó–. Es muy importante que regrese a casa para que mi ayudante venga con regularidad a ponerme al día de lo que ocurre en el trabajo, aunque sea en mi habitación.

»Contigo en casa, Lynette no volverá a intentar nada parecido a lo de la última vez. Si mi enfermera fuera otra persona, estoy seguro de que sí lo haría, y no puedo permitir que suceda otra vez. Esperemos que se fije en algún chico del campus. No me gustaría tener que contárselo a sus padres pero, si me obliga, lo haré.

Michelle se estremeció. Sabía que Zak siempre cumplía sus amenazas. Más le valía a Lynette haber entendido bien su mensaje de hacía tres semanas. El hecho de no haber ido a clase aquella mañana con la esperanza de continuar donde lo había dejado con él, mostraba a las claras lo desesperada que estaba por que Zak le prestara atención.

–Nunca ha habido ningún tipo de enfrentamiento en nuestra familia. Quiero que las cosas sigan igual –dijo Zak.

–Por supuesto –respondió Michelle, que se frotó las manos nerviosa.

–Les dije en el coche que iba a pedirte que te ocuparas de mí en casa. Pareció encantarles la idea, y me apremiaron a que hablara contigo cuanto antes.

–Estamos encantados –dijo Sherilyn mientras entraba en la habitación–. Nadie va a cuidar mejor de ti que Michelle. Está muy familiarizada con lesiones como la tuya.

Michelle se sobresaltó al oír a su cuñada. No la había sentido llegar. Pensó que si hubiera venido un poco antes...

Sherilyn, morena como su hija, se acercó a la cama, y puso la mano en la frente de Zak. Al ver que casi no había tocado el desayuno, lo miró preocupada.

–¿Todavía sigues sin apetito?

–Lo recuperará en cuanto le pida al médico que le recete algún medicamento para que le remitan las náuseas –dijo Michelle.

Nada más hablar, se dio cuenta de que acababa de comprometerse a cuidar de Zak. A los ojos de la familia no había razón alguna para que se negase a hacerlo.

Además, Zak necesitaba que lo ayudara a mantener apartada a Lynette de su lado, entre otras cosas.

–Me sorprende que el médico no le haya recetado nada todavía –murmuró Michelle.

–Por favor, decidme que no os vais a marchar hasta mañana –suplicó Sherilyn–. A Graham y a mí nos gustaría tener un día más para mimar al hermano que no vemos casi nunca.

–No te preocupes –dijo Michelle–. Está demasiado débil como para viajar hoy. Además, Mike va a llevarme a cenar esta noche.

Michelle deseó que el hecho de haber pronunciado el nombre del otro hombre en voz alta neutralizara la atracción que Zak ejercía sobre ella.

–Voy a traerte un refresco –le dijo, levantándose de la silla–. Llamaré también al médico que te atendió en el hospital de Carlsbad para ver si puede hacer algo respecto a tus náuseas hoy mismo. Sherilyn, pásame la bandeja, por favor.

Su cuñada hizo lo que le pedía.

–Dile a Graham que se pase por la farmacia de camino a casa. Hoy regresará pronto.

Michelle se alegró de que su hermano, un abogado de éxito, fuera a volver temprano a casa. Necesitaba espacio para tratar de asimilar las emociones que se debatían en su interior, y hacerse con las riendas de la situación.

Todavía se encontraba conmocionada por lo que le había contado Zak acerca de Lynette. Estaba de acuerdo con él en que, por el momento, era mejor que Graham y Sherilyn no supieran nada al respecto. El problema era que no creía que a Lynette se le pasara la atracción que sentía por su tío de la noche a la mañana. En cuanto a ella, estaba claro que debía dejar de sentir aquel torbellino de emociones de inmediato.

–Lo del refresco suena genial –lo oyó decir mientras salía.

Bajó a la cocina, y llamó a información, donde le proporcionaron el teléfono del hospital. Llamó y, después de hacerle esperar varias veces, por fin lo pusieron con el médico que había tratado a Zak. Le contó que era la enfermera que iba a ocuparse de él, y hablaron de su tratamiento y de las náuseas que sentía. El doctor le dijo que pidiera al farmacéutico de Riverside que lo llamara a su teléfono móvil, y así recetaría algo a Zak.

Aliviada por haber solucionado el problema de su paciente, llamó a su hermano y le pidió que se pusiera en contacto con el farmacéutico y comprara el medicamento. Tras darle el teléfono móvil del médico, se despidió de él.

Cuando volvió a subir a la habitación, se encontró a Sherilyn sentada en un lado de la cama charlando con Zak sobre sus últimos proyectos en el campo de la construcción. Al verla entrar, la mirada masculina se fijó en Michelle y dejó de hablar.

–Graham está de camino a la farmacia para comprarte el medicamento –le dijo al acercarse a la cama.

–Gracias a Dios –exclamó Sherilyn.

–Hasta que llegue, tómate el refresco. Déjame ayudarte a incorporarte primero.

–Siempre has sabido darme lo que necesito –le dijo Zak agradecido mientras se tomaba el refresco.

Michelle sintió que le costaba respirar. Lo único que podía hacer era poner distancia entre ellos.

–Como Graham está de camino y tienes a tu hermana para ayudarte, voy a marcharme a casa, y regresaré por la mañana. Tengo que hacer muchas cosas.

Michelle sintió la mirada penetrante de Zak posada sobre ella.

–No te olvides del bañador.

Turbada, se disponía a abandonar el dormitorio, cuando oyó una voz que preguntaba:

–¿Adónde vas?

Atónita, se dio cuenta de que su sobrina había entrado en la habitación, y ni siquiera se había enterado.

–¿No se saluda primero? –preguntó Sherilyn a su hija con consternación.

Zak apoyó la lata del refresco contra su musculoso muslo.

–Mañana me llevo a Florence Nightingale conmigo a casa. Bueno, la verdad es que será ella la que me lleve en coche.

Michelle fue consciente de que si Lynette hubiera podido mandarla al otro lado del océano en aquel momento, lo habría hecho.

Pobre Lynette, ningún muchacho de su edad podía competir en atractivo con su tío Zak.

–Michelle, ¿cuándo vuelvo a ponerle el termómetro?

Michelle enrojeció al darse cuenta de que Sherilyn hacía rato que le había hecho una pregunta.

–Esta tarde. Esperemos que para entonces los fluidos y el medicamento le habrán asentado el estómago. Si todavía tiene fiebre dale Ibuprofen. Levántalo cada hora para que vaya al baño o se pasee por la habitación unos minutos. Mañana estaré aquí a las nueve en punto.

–En ese caso, más vale que te acuestes pronto –oyó decir a Zak, haciendo clara referencia a su cita con Mike cuando ya había abandonado la habitación.

## CAPÍTULO 2

GRACIAS por la cena, Mike. Te invitaría a subir, pero todavía tengo que terminar de hacer la maleta.

Mike tenía el brazo extendido por detrás del asiento de Michelle y jugueteaba con uno de sus rizos rubios. La joven se dio cuenta, con pesar, de que no sentía ningún estremecimiento de emoción.

–No importa. Carlsbad está cerca de la casa que tienen mis abuelos en San Clemente. Antes de que nos vayamos a Australia podremos pasar muchas noches juntos después de que se duerma tu cuñado.

Las palabras de Mike hicieron que Michelle recordara a Zak tumbado en la cama aquella mañana. Sólo de pensar lo guapo que estaba y cómo se había sentido a su lado, notó que le subía la temperatura corporal.

En un desesperado intento de que Mike la hiciera sentirse del mismo modo, se inclinó sobre él y lo besó. Era la primera vez que Michelle tomaba la iniciativa.

Mike gimió y la apretó más contra él, besándola apasionadamente.

Intentó mostrarse tan apasionada pero, por más que lo intentaba sólo se convertía en un experimento clínico, así que apartó a Mike sintiéndose culpable.

–Buenas noches, Mike. No... no hace falta que salgas.

Mike le besó la palma de la mano.

–Te llamaré mañana –le dijo alegremente.

Michelle salió del deportivo, y se apresuró a llegar al porche de su casa. Antes de entrar, se despidió saludándolo con la mano.

Cuando ya hacía rato que había dejado de oír el sonido del motor del coche, Michelle todavía estaba en medio del salón, inmovilizada.

–No debería haberlo besado de aquel modo –murmuró.

Mike había sido muy paciente con ella hasta entonces. Seguramente porque esperaba que llegaran a intimar más durante su estancia en Australia. El problema era que Michelle no deseaba volver a besarlo nunca más. Se había dado cuenta de que no había química entre ellos, ni nunca la habría.

Mike era un hombre maravilloso, y si no se reconciliaba con su ex esposa, se merecía encontrar una mujer que se excitara con sólo pensar en él. Ella no era esa mujer.

Después de las turbadoras emociones que Zak le había hecho sentir sin que, en realidad, hubiera hecho nada, se dio cuenta de que no podía seguir alimentando las esperanzas de Mike. No era justo.

Cuando la llamara al día siguiente, le diría que las lesiones de Zak eran más graves de lo que había pensado, y que su cuñado iba necesitar asistencia por un periodo indefinido de tiempo, así que no iba a poder viajar con él a Sydney.

Cuanto antes supiera la verdad, antes superaría la decepción que iba a sentir y seguiría adelante con su vida. Tenía un torneo de golf dentro de un mes, y debía centrarse en él.

Paseó la mirada por la modesta casa estilo rancho en la que había vivido con Rob. Allí había cuidado de su marido hasta el último mes, en que había tenido que ser internado en el hospital.

Tras su muerte, había procurado estar alejada de aquella casa durante un tiempo, por eso había aceptado un trabajo tras otro.

Ahora tenía un nuevo trabajo. Un trabajo que no habría podido rechazar sin que le hicieran preguntas, preguntas que no iba a ser capaz de responder.

Pero este trabajo era diferente a los que había tenido hasta el momento.

Se tapó la cara con las manos.

–¿Cómo voy a conseguir estar día y noche con Zak durante un mes, sin que se me note lo que siento? –murmuró con preocupación.

Hasta aquella misma mañana, había pensado que tal vez no volviera a sentir deseo por ningún hombre. Sin embargo, le había bastado estar un minuto con Zak para que sin que él la tocara ni fuera consciente siquiera del efecto que causaba en ella, empezara a temblar de deseo a su lado.

Se preguntó si se debería a que Zak era mucho más joven que los otros hombres con los que había salido, que rondaban la cuarentena como Mike.

Rob tenía treinta y siete años y ella treinta cuando se habían casado. Habían gozado de una vida sexual satisfactoria, cuando él no llegaba demasiado cansado de hacer guardias en el hospital pediátrico donde trabajaba. Ella había intentado quedarse embarazada, pero no lo había conseguido.

Cuando enfermó Rob, la mayoría de las veces sólo se abrazaban. Algunas veces se sentía lo bastante bien como para hacer el amor, pero esas ocasiones fueron haciéndose cada vez más raras, a medida que la enfermedad empeoraba.

A lo mejor se había convertido en una de esas viudas mayores que ya sólo se excitaban con la virilidad de los jóvenes. En marzo cumpliría treinta y seis años, y tenía ya un matrimonio a sus espaldas.

Zak era un hombre joven y vigoroso, que todavía disfrutaba de su soltería hasta que llegara la mujer adecuada. Un mundo nuevo se abriría ante él cuando eso sucediera.

Siempre se había sentido muy unida a Zak, porque ambos habían perdido a sus padres en accidentes de tráfico, pero lo que sentía en aquel momento por él era vergonzoso.

El enamoramiento de Lynette podía resultarle incómodo e irritante a Zak, porque ambos pertenecían a la misma familia, pero la adoración que la joven sentía por él resultaba comprensible. Sin embargo, estaba segura de que si se diera cuenta de lo que ella había sentido hacia él aquella mañana, le habría dado asco.

Además, haría mucho daño a Mike si se enterara. Debía romper con él al día siguiente.

Tras limpiar la casa, Michelle se fue a la cama. Antes de quedarse dormida decidió lo que iba a decirle a Mike para herir sus sentimientos lo menos posible. Sin embargo, muy a su pesar, seguía sin encontrar la solución para convertirse en inmune al poderoso atractivo de Zak. Lo único que podía hacer era procurar estar ocupada y aislada mentalmente de él cuando no necesitara de su asistencia.

Tenía que encontrar un proyecto absorbente.

Sabía que Zak tenía un ordenador en casa y que se mantenía en contacto con su familia, sobre todo por correo electrónico.

Intentaría que la admitieran en algún curso por Internet de la Universidad de California que no estuviera relacionado con su trabajo, pero que fuera interesante y la mantuviera muy ocupada.

Ya más aliviada, consiguió quedarse dormida, pero se despertó a las siete, antes de que sonara el despertador.

Se duchó, se puso unos vaqueros, una camisa de manga corta y unas sandalias.

Como el día anterior ya había hablado con su vecina para que le enviara el correo a la dirección de Zak, lo único que le quedaba por hacer era la maleta.

Septiembre en la costa podía ser muy cambiante. Aunque la mayor parte de los días fueran soleados, tenía que contar con algunos de niebla e incluso lluvia, así que debía ir preparada para cualquier eventualidad.

Antes de salir, metió en una bolsa de mano una radio pequeña, algunos libros, crucigramas, cartas y juegos de mesa. Siempre los llevaba consigo cuando empezaba un trabajo para entretener a sus pacientes.

Antes de llegar a casa de Graham hizo tres paradas: una a desayunar, otra para echar gasolina y revisar la presión de los neumáticos de su Audi, y la última en un supermercado, donde compró varias bolsas de comestibles. Media hora después aparcaba delante de la casa de su hermano.

Recordó que Zak era muy alto y, para que estuviera más cómodo durante el viaje hasta Carlsbad, echó hacia atrás todo lo que pudo el asiento del copiloto.

Llamó a la puerta, y salió su hermano a recibirla.

–Quiero decirte que me siento muy aliviado de que seas tú quien vaya a cuidar de Zak –le dijo después de darle un abrazo de bienvenida.

–No te preocupes. Aunque está lleno de magulladuras y tiene varias costillas rotas, dentro de una semana se encontrará mucho mejor. ¿Tiene fiebre?

–Un poco.

–¿Sigue teniendo náuseas?

–Sherilyn ha conseguido que desayunara huevos revueltos y una tostada. Hasta el momento no los ha vomitado.

–Estupendo. Eso es que el medicamento le está haciendo efecto.

–Gracias a ti.

Michelle ladeó la cabeza, y miró a su hermano.

–Graham, te veo preocupado. ¿Pasa algo?

Graham frunció el ceño.

–Se trata de Lynette. Esta mañana ha entrado en nuestra habitación a primera hora, y nos ha dicho que va a dejar los estudios. Al parecer está decidida a encontrar un trabajo a jornada completa, y tan pronto como tenga el dinero suficiente, quiere irse a vivir sola. Antes de darnos tiempo a decir nada se marchó de casa en su coche.

–Lo siento mucho.

–Zak siempre ha ejercido una gran influencia sobre Lynette. Si no se encontrara mal, le pediría que hablara con ella, porque creo que en este momento su madre y yo no somos muy de su agrado –murmuró Graham.

Michelle lamentó no ser capaz de animar a su hermano en aquel momento, sobre todo porque sabía la razón del extraño comportamiento de Lynette. Era el tipo de situación que sólo el tiempo podía solucionar.

–Es obvio que Lynette está tratando de encontrarse a sí misma. Tal vez no le venga mal trabajar durante un tiempo y darse cuenta del mundo cruel en el que vivimos. Para la primavera que viene estoy segura de que estará deseando regresar a casa y a la universidad.

Graham se pasó los dedos por el pelo con preocupación.

–Espero que tengas razón.

–Ya sé que mis palabras no te resultan de gran ayuda en este momento –dijo Michelle–, pero sólo es cuestión de tiempo. Lynette sabe que tiene los mejores padres del mundo.

Graham esbozó una sonrisa.

–Gracias. Es agradable oírlo. A propósito, ¿qué tal anoche con Mike?

–Bien –respondió Michelle sin inmutarse.

–No dejes que Zak te agobie demasiado.

Michelle notó que se le aceleraba el pulso.

–¿Qué quieres decir?

–Me parece que tiende a ser tan protector contigo como yo.

–¿Zak?

Graham asintió.

–Opina que Mike es un mujeriego. Bueno, ésa es la versión educada de lo que me dijo ayer.

–Zak debería saber que la prensa tiende a ser sensacionalista. Yo conozco al verdadero Mike, y es una persona estupenda.

–Estoy seguro de que lo es. De lo contrario no estarías saliendo con él. Eso fue lo que le dije a Zak –Graham le guiñó un ojo–. Sólo quería que supieras que estoy de tu parte.

–Te lo agradezco.

Michelle pensó en lo irónico que era que ya hubiera decidido dejar de salir con Mike, y todo por Zak. Desde luego, su mera existencia estaba causando un verdadero torbellino en aquella casa.

–¿Cariño? –dijo Sherilyn ojerosa mientras bajaba por las escaleras–. Zak ha oído el timbre y quiere saber por qué no has subido a buscarlo todavía.

–Ya iba –dijo Graham, y dio un beso en la mejilla a su esposa antes de empezar a subir las escaleras de dos en dos.

Michelle se apresuró a dar un abrazo a su cuñada.

–Estaba contándome lo de Lynette.

–Todavía no puedo creerme lo que ha sucedido –dijo Sherilyn con lágrimas en los ojos–. Y por si fuera poco, Zak se marcha otra vez. Lo vemos tan poco...

–¿Por qué no venís a la playa el domingo, con o sin Lynette? Hace mucho que no comemos juntos. Nos vendrá bien a todos. Yo prepararé la comida.

–Estupendo. Ya me siento mucho mejor. Yo llevaré el postre.

–No hace falta. Deja que sea yo quien os cuide para variar. De hecho, mientras me ocupo de Zak, ¿por qué no venís todos los sábados, y os quedáis a dormir?

–Tendrás que hablarlo primero con Zak. Es muy celoso de su vida privada, pero sé que está saliendo con una chica porque llamaba todos los días al hospital.

Por alguna extraña razón, Michelle no quería oír hablar de aquello. No quería pensar en él en la intimidad con otra mujer.

–Bueno, ya hablaremos el domingo –dijo, furiosa consigo misma porque la preocupara la vida privada de Zak–. Ahora, dime dónde está su medicación.

–En la cocina. Iré a buscarla.

–Muy bien. Nos vemos en el coche.

Michelle se apresuró a ir a su coche y abrir la puerta del copiloto. Se sintió aliviada al pensar que no tendría ningún contacto físico con Zak hasta que no llegaran a Carlsbad.

Si la familia iba con frecuencia, el mes no le resultaría tan duro. A lo mejor hasta sucedía un milagro y Lynette recuperaba el sentido común antes de que terminara aquel fin de semana.

Se sentó al volante y cerró la puerta, lista para empezar a trabajar como enfermera una vez más. De eso se trataba. Tenía que ocuparse de un paciente. Punto.

Por el rabillo del ojo, vio a Zak acercarse lentamente al coche ayudado de su hermano y su cuñada.

Muy a su pesar, no pudo evitar empezar a pensar que dentro de unos minutos iban a estar solos. Se sentó y esperó, sin atreverse a mirarlo.

Nadie podía ayudarlo a entrar en el coche. Cuando lo consiguió respiraba agitadamente a causa del esfuerzo.

Graham dejó una bolsa de viaje en el asiento de atrás y cerró las puertas.

–Conduce con cuidado.

Sherilyn asintió.

–Dos de nuestras personas favoritas vais ahí dentro.

–Michelle ha sido siempre una conductora excelente –Dijo Zak–. Por muchas razones, no podría encontrarme en mejores manos.

La voz de Zak pareció haber adquirido un tono aterciopelado que le llegó muy dentro a Michelle.

–Os prometo llamar en cuanto lleguemos para que no os preocupéis. Hasta el domingo –se despidió Michelle.

–¿Qué pasa el domingo? –preguntó Zak, cuando ya estaban alejándose de la casa.

–Vienen a comer.

–Estupendo.

–A mí también me lo parece –respondió Michelle, contenta de que Zak se alegrara con la noticia.

–A Lynette le vendrá bien ver a toda la familia junta –murmuró.

Michelle se dio cuenta por el comentario de que no sabía nada de lo que había ocurrido aquella mañana. Esperó a llegar a la autopista para contárselo.

–Estoy de acuerdo con lo que le dijiste a Graham –dijo Zak, después de que Michelle le contara a grandes rasgos la conversación que había tenido con su hermano–. La perspectiva de Lynette cambiará en cuanto empiece a trabajar. Es una chica inteligente. Hay que darle tiempo para que encamine su vida.

–Es fácil para nosotros decirlo, porque no es nuestra hija.

Michelle se mordió el labio al darse cuenta de lo que acababa de decir.

–Si Lynette fuera hija nuestra, por lo menos sabemos que estaríamos de acuerdo con la manera de tratarla. Hablando de niños, sé que siempre has querido formar una familia. ¿No te quedaste embarazada a causa de la enfermedad de Rob?

Teniendo en cuenta que Zak y ella siempre habían hablado de todo sin pudores, Michelle no entendió por qué la había sorprendido tanto que le hiciera una pregunta tan personal. Seguramente se debía al hecho de que ahora se sintiera tan atraída por él.

–Enfermó antes de que pudiera hacerme las pruebas de infertilidad, y cuando le diagnosticaron el cáncer, pensó que sería mejor que no trajéramos un hijo a este mundo.

Supongo que tuvo mucho que ver en su decisión el hecho de que en su trabajo estuviera acostumbrado a ver a muchas madres solteras, sin un marido que las ayudara a mantener a esos niños, sin esperanza de un futuro mejor. Quería que yo estuviera libre para continuar con mi carrera, con mi vida.

Zak suspiró profundamente.

–En su lugar habría dicho lo mismo. Sabiendo que iba a morirme, hubiera deseado dejar a mi esposa en las mejores circunstancias posibles. Sin embargo, sé cuánto te hubiera ayudado a superar la muerte de tu marido tener un hijo de quien preocuparte, a quien cuidar.

Michelle pensó que había llegado el momento de cambiar de tema.

–Sherilyn me dijo que una mujer llamaba al hospital todos los días. No recuerdo que me haya dicho su nombre.

–Seguramente fuera Brenda Neilson.

Michelle pensó que aquel nombre sonaba escandinavo, así que seguramente la chica fuera escultural.

–¿Por qué no le dices que venga a comer el domingo?

–¿Quiere eso decir que ya has invitado a Mike Francis? –preguntó Zak.

–Por supuesto que no –respondió Michelle atónita por la pregunta–. No mezclo el trabajo con el placer. De todos modos, te agradecería que no habláramos de Mike, si no te importa.

–Ese hombre no es para ti, Michelle.

Michelle pensó que ya lo había averiguado, pero por razones diferentes a las que pensaba Zak. Tal vez fuera mejor que no supiera que estaba a punto de terminar con Mike.

–Lo que trataba de decirte es que a Sherilyn y Graham les encantaría conocer a alguien a quien tú consideraras importante.

–Cuando llegue ese día, ya lo sabrán. ¿Cuánto tiempo estuvo Mike Francis sin poder moverse a causa de su pierna rota?

–Dos meses tras darle de alta en el hospital –respondió Michelle, molesta porque la conversación hubiera vuelto a Mike.

–¿Es verdad que tiene su propio campo de golf dentro de su finca?

–Sí.

–Debe de haber sido muy duro para él asomarse todos los días a la ventana y ver el campo de golf, sabiendo que no podía jugar.

–Sí, lo fue.

–Aunque no tan duro contigo allí, pendiente de todas sus necesidades.

Michelle enrojeció al oír la insinuación.

–Entre sesiones de rehabilitación veíamos vídeos que le habían grabado para que se diera cuenta de dónde podía mejorar su juego.

–Eso fue lo que te dijo a ti. La realidad fue que alimentaste su ego admirando cómo jugaba durante horas.

Michelle parpadeó. Veía claro que a Zak no le caía Mike nada bien. Lo que no entendía era por qué lo preocupaba tanto lo que pudiera sentir ella por él.

–Cuidando a Mike conocí el golf. Nunca lo había entendido, ni me había interesado por ese juego.

–¿Y ahora te interesa?

–No para jugarlo, pero sí para verlo. Necesitas tener mucha habilidad y tenacidad para jugar bien.

–¿Sabías que su mujer lo abandonó por sus múltiples infidelidades? –le preguntó Zak tras una pausa.

–Es al contrario. Mike le pidió a ella el divorcio cuando se enteró de que tenía un amante. Ahora quiere que regrese con ella. Lo sé porque fue a casa de Mike muchas veces para intentar hablar con él. Cuando vio que no quería hablar con ella, se desahogó conmigo con la esperanza de que yo interviniera en su favor.

Zak dejó escapar un sonido extraño de su garganta.

–Probablemente la verdad se encuentre en algún punto medio de ambas explicaciones.

–Seguramente tengas razón –dijo Michelle, que había pensado lo mismo.

–¿Estás preparada para ser el nuevo centro de

atención de la prensa? Te aseguro que explotarán el tema de la enfermera que regresa al escenario de su amante.

Michelle ya había pensado en ello, pero si de verdad hubiera estado enamorada de Mike, no habría dejado que el temor a la intrusión de la prensa le frenara estar con él.

–¿Cómo van tus náuseas? –le preguntó, sobre todo para cambiar de conversación–. ¿Quieres que pare para comprarte algo de beber?

–Veo que no quieres hablar del tema. Bueno, pues respondiendo a tu pregunta, mi estómago parece haberse asentado y lo único que deseo es encontrarme lo antes posible en mi casa con mi enfermera favorita.

Michelle sonrió.

–Parece el título de un viejo programa radiofónico. La verdad es que soy lo bastante mayor ya como para hacer de venerable enfermera.

Zak se echó a reír, pero al hacerlo le dolieron las costillas que tenía rotas.

–Me parece que al reírse se mueven más músculos que los que nos habían dicho –se quejó–. Dime, ¿de dónde demonios has sacado eso de que eres vieja?

–Cuando llegues a los treinta y cinco no te hará falta preguntarlo. Por suerte para ti, te quedan muchos años.

–Si alguien estuviera oyéndonos, creería que estás hablando con un niño. ¿No sabes que cuando una persona se hace adulta, la edad se convierte en algo relativo? Si te sientes mayor ya es porque llevas ocupándote de pacientes desde que terminaste los estudios.

Aquella conversación estaba empezando a resultarle incómoda a Michelle.

–Ni siquiera te tomaste unos días de vacaciones después de casarte –insistió él–. Después cuidaste de tu marido enfermo hasta que murió, y desde entonces no has dejado de trabajar. Creo que te vendría bien un cambio, Michelle.

–¿Quieres decir que debería buscarme otro tipo de trabajo después de que tú ya no necesites de mis servicios? –bromeó Michelle para ocultar lo nerviosa que se estaba poniendo.

–Me refiero a dejar de trabajar por completo.

Michelle lo escuchó atónita. Parecía hablar en serio.

–Me moriría de aburrimiento.

–A lo mejor servía para que dejaras de pensar como una anciana.

Michelle pisó más el acelerador.

–¿Quieres que paremos a comprar algo antes de que lleguemos a la autopista de la costa?

–Sólo he rascado la superficie, pero puedo dejar el resto para más tarde. Tenemos semanas ante nosotros.

Al oírlo mencionar que iban a estar solos durante todo el mes siguiente, Michelle se estremeció.

Siguió conduciendo en silencio, y Zak pareció quedarse adormilado.

–Ya estamos cerca del océano –dijo Zak al despertar.

–La playa siempre ha sido también mi lugar favorito. Si viviera aquí me sentiría siempre como de vacaciones. No hay nada como este aire balsámico.

Michelle podía saborearlo, olerlo. La niebla no se había disipado todavía. Tal vez no lo hiciera en todo el día, pero no le importaba.

Llevaba cuatro años sin ver el Pacífico. Desde un domingo en que Zak había invitado a toda la familia a una barbacoa. Había ido con Rob, que ya empezaba a sentir los primeros síntomas de su enfermedad. Por aquel entonces Zak vivía en un apartamento alquilado y estaba empezando con su negocio.

Michelle pensó en lo drásticamente que había cambiado su mundo desde entonces.

–Dime por dónde ir –le pidió Michelle cuando paró en un semáforo.

–Conduce hacia el sur hasta que pases dos bloques. Después tuerce a la derecha y baja la calle hasta el final. Verás un callejón privado a la izquierda. Mi garaje es el número dos.

–No tardó más de unos minutos en encontrar el callejón. En realidad era un callejón sin salida.

Sherilyn le había mostrado fotografías de los apartamentos que había reformado Zak. Con las ganancias que obtuvo de transformar veinte apartamentos delante de la playa muy deteriorados en diez de lujo, se había comprado uno de los que estaban en la planta baja, haciendo así realidad su sueño de vivir al lado del mar. Michelle pensó que las fotografías no habían hecho justicia a lo que estaba viendo mientras se detenía delante del garaje de Zak.

–Si abres mi bolsa de viaje, que está en el asiento de atrás – dijo Zak–, encontrarás el mando a distancia encima de la ropa.

En vez de salir del coche y abrir la puerta de atrás, Michelle se desabrochó el cinturón, y se volvió para tratar de alcanzar la bolsa con la mano derecha.

Cuando tuvo el mando a distancia en la mano, Michelle se volvió hacia delante, pero al hacerlo su cuerpo rozó un hombro de Zak. El contacto envió fuego líquido a todo su ser.

En ese instante sus ojos se encontraron.

Michelle sintió que el corazón empezaba a latirle precipitadamente y le dolían las palmas de las manos.

Antes de perder el control por completo, volvió a acomodarse en su asiento y pulsó el botón que abría el garaje a distancia. Cuando se levantó la puerta metió el coche, y lo dejó aparcado al lado de la camioneta de trabajo de Zak. Todavía le temblaban las manos cuando volvió a presionar el botón del control remoto. La puerta del garaje se cerró tras ellos.

–Hace mucho tiempo que llevo esperando este momento –dijo Zak–. Bienvenida a mi casa, Michelle.

# CAPÍTULO 3

YA ESTÁ –dijo Michelle, desde detrás de Zak, cuando terminó de colocarle el plástico que tapaba sus vendajes.

–Así no te mojarás las vendas. Venga, métete en la ducha. No te preocupes por los pantalones cortos. Cuando haya terminado de lavarte la cabeza, te los quitas y te das una ducha. Cuando termines, ponte el pijama nuevo que te ha metido Sherilyn en la maleta. Te he dejado los pantalones al lado de la toalla, en la percha que hay detrás de mí.

Michelle dejó correr el agua hasta asegurarse de que tenía la temperatura adecuada. Después, abrió la puerta de la ducha, y lo ayudó a sentarse en la banqueta que había metido dentro. Era demasiado alto como para que pudiera lavarle la cabeza sin que se sentara.

Cuando Zak tuvo la cabeza mojada, Michelle le echó champú, y empezó a darle un vigoroso masaje en el cuello cabelludo.

Zak gimió de placer.

–Qué maravilla. No quiero que pares nunca.

Michelle rió. Sabía lo agradable que resultaba ese masaje.

–Vas a ser un hombre nuevo cuando salgas de la ducha. Ahora, antes de que vuelvas a dar el agua, voy a lavarte las axilas con champú. No levantes los brazos, déjame deslizar los dedos por debajo de esta manera.

A Zak se le escapó otro gemido de placer.

–Esto es todavía más agradable que el masaje que me has dado en la cabeza. ¿Le hacías estos servicios a Mike?

Michelle sintió un tremendo calor en la cara.

–Hago lo que puedo por todos mis pacientes.

–No me extraña que estés tan solicitada –murmuró–. Mi reino por una enfermera.

Michelle se dio cuenta de que el humor de Zak estaba mejorando.

–Voy a volver a abrir el agua. Te aclararé las axilas, y después te dejaré solo. De todos modos, no voy a alejarme de tu habitación por si me necesitas. Llámame cuando estés listo, y te quitaré los plásticos.

Con gran cuidado, le aclaró las axilas, y después se marchó.

Sherilyn había metido sábanas nuevas con la ropa de Zak, así que Michelle se apresuró a mudar la cama, mientras él estaba todavía en la ducha. Acababa de ponerle las fundas a las almohadas, cuando lo oyó llamarla.

–¡Enfermera!

Michelle se echó a reír. Era un bromista. Sabía que si la hubiera necesitado de verdad, la habría llamado por su nombre.

–¡Ya voy!

–¿Qué te parece? –le preguntó Zak cuando Michelle abrió la puerta.

Lo que pensó y lo que dijo al verlo como un adonis, vestido con un pijama de Ralph Lauren fueron dos cosas distintas.

–Creo que debemos hacer algo con ese pelo húmedo.

Michelle se colocó detrás de él, y le quitó el plástico que cubría las vendas. Después tomó una toalla.

–Ven a sentarte en el borde de la cama.

Zak entró en la habitación, apoyado en Michelle. Una vez que se hubo sentado sobre la cama, ella le secó el cabello con cuidado.

Después de peinárselo de la manera que le gustaba, le dijo que ya estaba listo para hacer los ejercicios de rehabilitación.

Zak frunció el ceño.

–Y yo que pensaba que eras un ángel caído del cielo.

–Quieres ponerte bien pronto, ¿verdad?

–Depende, ahora que estás aquí...

Michelle pensó que no quería que le dijera cosas como aquélla. Sabía que sólo estaba bromeando, mientras que ella...

Tomó el cojín más cercano, se lo colocó delante del torso y lo hizo inclinarse hacia delante para toser. Después, le hizo llenar los pulmones al máximo para hacerlos funcionar del mismo modo que antes del accidente.

–Todavía no estoy divirtiéndome –se quejó unos minutos más tarde.

Michelle le pidió que se callara mientras lo auscultaba.

–Todo suena bien ahí dentro –dijo Michelle–. Venga, métete en la cama, y apóyate en los almohadones.

Después, le dio la medicación.

–Antes de taparte, voy a darte un masaje en los pies y las manos.

Se echó loción en las manos, y realizó su trabajo evitando mirarlo. Después, le pidió que rotara los tobillos.

–Por hoy es suficiente –Michelle le tapó con la sábana hasta la cintura y le dio el mando del televisor.

–Voy a preparar la comida.

Zak la sujetó de la mano con fuerza, de manera que no podía liberarse sin hacerle daño al tirar. Michelle lo miró asombrada.

–Nunca me habían cuidado así en mi vida. Tenías razón, me siento un hombre nuevo. Muchas gracias.

Aunque era consciente de que debía salir corriendo, Michelle fue incapaz de moverse.

–Hacía mucho tiempo que no podía ayudar a alguien de la familia de mi cuñada –dijo, mencionando a la familia como tratando de que las cosas volvieran a ser como antes, pero era imposible. A ella ya nunca le resultaría indiferente como hombre–. ¿Te gustaría tener las cortinas abiertas para ver el océano?

–Ahora no –le respondió, y fue soltándole la mano poco a poco.

–Se te están cerrando los ojos –le dijo Michelle–. Duerme un poco. No tardaré en venir con la comida.

Cuando salió de la habitación de Zak, Michelle se sentía como si le faltara el aire. Le daba la impresión de haber corrido un maratón. Si iba a sentirse así todos los días, se preguntaba cómo iba a poder sobrevivir un mes.

Tanto desde el salón, que tenía chimenea, como desde las habitaciones delanteras se podía acceder, a través de unas puertas correderas, a una terraza de suelo de madera, decorada con grandes macetas de plantas. En uno de los extremos tenía una mesa con sillas, así como varias tumbonas. Si bajabas unos cuantos escalones de madera estabas en la playa. El sonido de las olas al romper en la orilla proporcionaba el ingrediente final.

Aquello era el paraíso.

Michelle no dejaba de pensar en ello mientras preparaba unas enchiladas de carne y queso, una de las comidas favoritas de Zak. O al menos solía serlo hacía años. También preparó una ensalada de lechuga con mucho aguacate y cortó fruta fresca como mango y piña.

Dentro de una semana podría comer en la terraza, pero hasta entonces le tendría que llevar la comida a la cama. Cuando lo tuvo todo preparado, Michelle lo colocó en una bandeja junto con un refresco, y se lo llevó a la habitación.

–No pensé que iba a encontrarte despierto.

Había estado viendo la televisión, pero al oírla llegar la había apagado.

–Ahora que estoy en casa, tengo hambre.

–Siempre les pasa lo mismo a mis pacientes cuando les dan el alta en el hospital.

Michelle dejó la bandeja cerca de él, y lo ayudó a sentarse antes de darle un plato y un tenedor.

–Siéntate y come conmigo –le pidió Zak

–Dentro de un minuto. Antes, tengo que hacer una cosa.

Michelle sacó del bolso su teléfono móvil, y llamó

a Sherilyn. Graham tomó el auricular en otra extensión y ambos se sintieron muy aliviados al saber que habían llegado a Carlsbad sin incidentes. Zak no dejó de mirarla un momento mientras hablaba.

–Tu hermano está bien, Sherilyn. Se ha duchado, ha hecho sus ejercicios y ahora está comiendo.

Michelle le pasó el teléfono móvil. La conversación no duró mucho. Lo oyó agradecer a su hermana lo que había hecho por él tanto en el hospital como en casa. Después, se despidió de ellos hasta el domingo.

–Os paso a Michelle.

–Hola, de nuevo –dijo al tomar el teléfono.

–Ha sido la conversación más corta que hemos tenido nunca –murmuró Sherilyn–. ¿De verdad se encuentra bien?

–No te mentiría –les aseguró Michelle–. Ya se ha devorado dos enchiladas, y está a punto de dar cuenta de la tercera. Regresar a casa ha sido la mejor medicina para él.

–Gracias por todo lo que estás haciendo –dijo Sherilyn de todo corazón.

–Lo mismo digo –intervino Graham.

–Venga, ya sabéis que para mí cuidar de Zak es un placer. Solíamos ser muy buenos amigos. Mira, voy a hacer una cosa: vuelvo a llamaros esta noche y os cuento cómo va.

–Estaremos esperando.

–Hasta luego.

Michelle colgó el teléfono, y tomó su plato. De repente, le pareció notar que Zak estaba tenso, y no lo achacó al dolor, porque los calmantes debían de estarle haciendo ya efecto.

–¿Ya ha regresado Lynette a casa? –preguntó, y Michelle comprendió la razón de su preocupación.

–No –respondió ella, posando el tenedor–. De lo contrario, me lo habrían dicho. Me dio la sensación de que querían hablar de ella, pero no se atrevieron por temor a que tú pudieras oírlo. No quieren que nada dificulte tu recuperación, y los comprendo.

Zak dejó el plato vacío en la bandeja, y tomó el teléfono móvil que Michelle le había dejado sobre la mesilla de noche al deshacer su maleta.

Michelle se alarmó al pensar que podría llamar a Graham y Sherilyn para hablar de Lynette. Si era así, no deseaba encontrarse en la habitación. Aquella era una conversación privada entre ellos tres.

Cuando hizo ademán de levantarse, Zak se lo impidió, sujetándola por el brazo.

–Quiero que te quedes, y escuches esto.

A Michelle no le quedó más remedio que hacer lo que le pedía Zak. Si se soltaba bruscamente podía hacerle daño.

–Hola, soy yo otra vez –lo oyó decir–. Graham, ¿puedes decirle a Sherilyn que se ponga también al teléfono para que todos podamos conversar? Michelle está a mi lado.

Pronunciar su nombre debió de recordarle que la estaba sujetando el brazo, y la soltó.

–Bien –lo oyó decir antes de colgar–. Responde tu teléfono cuando suene. Graham va a llamarte.

–¿Graham? –respondió Michelle.

–Espera un poco, Michelle, que voy a llamar a Zak.

–Muy bien.

Pronto los dos estuvieron en línea con Graham y Sherilyn.

–Adelante, Zak –lo urgió Graham, nervioso.

Michelle estaba preocupada. Sabía que, cuando su hermano y su cuñada se enteraran de la razón de la llamada de Zak, iban a quedarse atónitos.

–Se trata de Lynette. Llevo mucho tiempo pensando si deciros o no la verdad. Sin embargo, ahora que ha amenazado con dejar la universidad y buscar un trabajo, voy a romper mi silencio porque creo que merecéis saber los hechos para que podáis enfrentaros con la situación.

Michelle se quedó helada. Entendía que los padres de su sobrina debían saber lo ocurrido, pero imaginaba lo difícil que debía de resultar para Zak contárselo. Nunca lo había admirado tanto como en aquel momento.

Zak se lo contó todo, excepto el detalle del biquini.

–No se puede culpar a nadie. La verdad es que no tenemos lazos de sangre. Podía haber ocurrido al revés, que fuera yo quien me sintiera atraído por una jovencita como Lynette. En realidad, tiene diez años menos que yo y siempre la he querido como sobrina. Sin embargo, si fuera más mayor y estuviera enamorado de ella, los lazos de familia que nos unen no me impedirían casarme con ella.

Michelle dio un respingo.

Lo había oído hablar con sinceridad en otras ocasiones, pero lo que acababa de decir la había dejado sin habla.

–Ahora que conocéis los hechos, espero que lo que os he contado os sirva para ayudarla.

–Acabas de decirnos lo que llevábamos sospechando mucho tiempo –dijo Sherilyn–. Te agradecemos de verdad que nos lo hayas confirmado.

–Michelle, me imagino que tú también sospechabas algo.

–No hasta ayer por la mañana, cuando reparé en lo que le había disgustado verme en vuestra casa. Cuando le recordé que iba a llegar tarde a clase, me respondió que sabía muy bien cómo vivir su vida. Aquello fue mi primera pista. Pero no estuve segura hasta que vi lo triste que se ponía al enterarse que Zak se marchaba a su casa y yo iba a cuidar de él.

–Sabrá superar todo esto –dijo Sherilyn ya más tranquila. Volvía a mostrarse como la mujer segura de sí misma que solía ser. Michelle se sorprendió de lo bien que se lo había tomado.

–Ahora que te has quitado un peso de encima, tienes que relajarte y concentrarte en ponerte bien –dijo Graham con alegre optimismo–. Estaremos ahí el domingo.

–Contaremos los días con impaciencia.

Después de colgar Zak, lo hizo Michelle. Sus ojos se encontraron.

–Misión cumplida –dijo él.

La tensión que Michelle había percibido antes en Zak parecía haberse disipado. Sin embargo, ella estaba muy nerviosa.

–Mi hermano tiene razón. Ahora tienes que descansar.

Michelle se puso en pie, y tomó la bandeja.

–Volveré dentro de una hora para volverte a levantar. Si quieres algo mientras, llámame al móvil. Te he dejado el número sobre la mesilla de noche.

–Tu eficiencia no tiene parangón.

–No olvides que mucho antes de que tú terminaras la secundaria, yo ya estaba ejerciendo este trabajo.

–No he olvidado nada que te concierna –lo oyó decir asustada mientras se dirigía a la cocina.

No entendía por qué todos sus comentarios le parecían tan personales y sus miradas tan íntimas. Zak era el mismo de siempre. Era ella quien tenía el problema. No era más que una patética mujer de mediana edad en crisis.

Disgustada y asustada por su vulnerabilidad, Michelle casi dejó caer al suelo uno de los platos que estaba metiendo en el lavavajillas. En cuanto recogió la cocina, se fue al salón, y abrió las puertas de cristal correderas.

El ruido de las olas parecía rivalizar con los latidos acelerados de su dolido corazón. Se quitó las sandalias y bajó los escalones de madera que la separaban de la playa, que en aquel momento parecía desierta. Sólo había una pareja de surfistas cabalgando sobre las olas.

Michelle respiró profundamente varias veces. La brisa le levantó el cuello de la blusa, que le rozó las mejillas. No parecía hartarse de respirar el aroma embriagador del océano, mientras que las olas bañaban sus pies y sus tobillos.

Zak nadaba allí todos los días. Aquél era su mundo.

Si quería, podía contemplar el mar al levantarse y al acostarse. Definitivamente, aquello era el paraíso.

Le costaría dejarlo cuando tuviera que marcharse. No quería ni pensarlo.

Suspiró preocupada, y se dispuso a regresar a la

casa de Zak. Antes de llegar, oyó que alguien la saludaba.

–Hola.

Michelle miró hacia la derecha, a tiempo de ver cómo un hombre de estatura media bajaba de la terraza que estaba al lado de la de Zak, y se dirigía a toda prisa hacia ella en bañador y camiseta. Parecía de la edad de Zak.

–Soy Jerry Fowler, el vecino de Zak. Me enteré del accidente. ¿Ya ha salido del hospital?

–Sí, soy su enfermera. Michelle Howard.

El chico la miró con admiración.

–¿Cómo ha podido Zak tener tanta suerte?

–Soy familia suya –le dijo, tratando de apaciguar su entusiasmo.

Sin embargo el comentario no pareció hacerle efecto.

–¿Puedo pasar a saludarlo? –preguntó sonriente.

–Acabo de traerlo a casa, y me temo que esté agotado del viaje. Si vienes mañana por la tarde sobre esta misma hora, estoy segura de que le encantará verte.

–Me parece un buen plan. Ha sido un placer conocerte, Michelle. Hasta mañana.

El joven se marchó corriendo, y Michelle se apresuró a entrar en la casa. Todavía tenía los bajos de los vaqueros húmedos, pero decidió que se ducharía y cambiaría de ropa después de atender a Zak.

Cuando entró en la habitación con dos bolsas de hielo, lo encontró hablando por teléfono. Pensó que podía estar hablando con cualquiera. Tal vez con aquella chica que lo había llamado todos los días al hospital.

En cuanto la vio, le recorrió todo el cuerpo con la mirada. Michelle sintió que se quedaba sin respiración.

–Mi enfermera ha vuelto para torturarme un poco más. Te llamaré más tarde, Doug –dijo antes de colgar–. ¿Por qué no te pusiste el bañador antes de pasear por la orilla?

Michelle dejó el hielo sobre la mesilla de noche.

–No podía esperar tanto. ¿Quién es Doug?

–El hombre que se encarga del negocio desde el accidente. Viene mañana.

–Pues parece que vas a recibir dos visitas. Debes tener cuidado de no fatigarte demasiado.

–¿Quién más va a venir?

–Tu vecino, Jerry.

Zak frunció el ceño.

–Sólo somos conocidos. Desde que se divorció, ha estado viviendo más en casa de sus padres que aquí. Hablaré con él seriamente para que no vuelva a molestarte.

Michelle estuvo a punto de decirle que podía cuidar muy bien de sí misma, cuando recordó a su hermano advirtiéndole de lo protector que era Zak, así que dejó pasar las cosas.

–Es hora de que te levantes –le dijo.

Michelle echó la ropa de cama hacia atrás para que le resultara más fácil salir de la cama. Zak se levantó, y pudo ir y volver al baño con facilidad. Michelle pensó que si seguía haciendo tantos progresos, tal vez no la necesitaría durante un mes entero.

Ya eran casi las cinco, cuando terminó de hacer sus ejercicios. Michelle le dio más medicación, y lo obligó a beber tanta agua como pudiera. En cuanto estuvo en la cama con las bolsas de hielo apoyadas contra las costillas, Michelle lo tapó con la ropa de cama hasta el pecho.

–¿Quieres ver las noticias?

–No, a no ser que quieras tú.

–La verdad es que iba a empezar a hacerte la cena –dijo Michelle. En realidad era lo primero que se le había ocurrido para no estar a solas con él.

–¿Ya no quedan enchiladas?

–Claro, pero pensé que podría gustarte... –se detuvo a mitad de la frase porque sonó su teléfono móvil. Lo sacó del bolsillo, y vio que era Mike.

–¿No vas a contestar? –le preguntó Zak con un tono inocente que no la engañó.

–No pasa nada. Contestaré más tarde.

–Siéntete con libertad para hablar con Mike o cualquier otra persona que te apetezca delante de mí.

Michelle negó con la cabeza. No estaba dispuesta a dejarse acosar por Zak.

–Tú eres mi prioridad. Ya que no quieres ver la televisión, ¿te gustaría que te leyera algo?

Los ojos de Zak brillaron de satisfacción.

–Estaba deseando que te ofrecieras a hacerlo.

–Un minuto. Voy a buscar uno de los libros que he traído. Los tengo en la maleta.

Michelle salió de la habitación, y tuvo tiempo de llamar a Mike y decirle que lo volvería a llamar cuando Zak ya estuviera listo para dormir. Se dio cuenta de que se sentía frustrado, pero le dijo que lo estaría esperando hasta tarde si era preciso.

Michelle pensó que no iba a gustarle lo que iba a decirle, pero le haría más daño si postergaba un día más la conversación.

Michelle regresó a la habitación de Zak, y estuvo un buen rato leyendo para él. La historia era muy graciosa, así que los dos rieron de buena gana. La risa produjo tos a Zak, así que le resultó doblemente beneficiosa. Michelle había leído muchas veces aquella historia, pero siempre se reía como si fuera la primera vez. Le encantaba, pero sobre todo le encantaba leérsela a Zak.

–¿Por qué has dejado de leer? –le preguntó decepcionado, cuando Michelle posó el libro después de veinte minutos.

–No te preocupes, sólo voy a quitarte las bolsas de hielo para volverlas a meter en el congelador.

Michelle introdujo las manos debajo de las sábanas como si Zak fuera todavía un adolescente en cama tras una operación de apendicitis. Pero cuando sus manos rozaron aquel cuerpo duro como una roca, recordó que era un hombre adulto que conseguía que a ella le temblaran las piernas, incluso cuando no estaba tocándolo.

–No tardaré.

–Date prisa.

Tenía tal caos de emociones, que Michelle pensó que quizá estuviera imaginando la urgencia por tenerla a su lado que le había parecido oír en su súplica. Al fin y al cabo, el libro era muy interesante.

Metió las bolsas en el congelador, y tomó un cubito de hielo que se pasó por sus acaloradas mejillas y por el cuello. Ni siquiera había ejercido de enfermera con Zak durante una semana y ya estaba enfebrecida.

Camino de su habitación, oyó que llamaban a la puerta. A través de la mirilla vio a una mujer.

–Hola, ¿en qué puedo ayudarla? –preguntó tras abrir.

–Hola, soy Breda, la vecina de arriba. Cuando llamé al despacho de Zak me dijeron que ya estaba en casa al cuidado de una enfermera, así que hice unas galletas y venía a traérselas. ¿Puedo verlo?

Brenda Neilson era una morenita pizpireta, más alta que Michelle y unos diez años más joven.

–Estoy segura de que le encantarán. Espera un poco, voy a ver si se encuentra bien para recibir visitas.

Michelle tomó la bandeja de galletas de chocolate que le había dado Brenda, y las llevó a la habitación de Zak.

–Son de Brenda. Está en la puerta. ¿Le digo que pase?

–Dale las gracias por el regalo, y dile que la llamaré más tarde.

Michelle pensó que no debería importarle en absoluto que quisiera ver o no a la otra mujer, pero tuvo que admitirse a sí misma que se había alegrado de que hubiera decidido no verla en aquel momento.

–Lo siento –le dijo cuando regresó a la puerta–, pero Zak está cansado del viaje. Me dijo que te diera las gracias por las galletas, y que ya te llamaría más tarde.

La decepción que leyó en el rostro de la joven recordó a Michelle la de su sobrina cuando se enteró de que Zak se iba a casa con su tía como enfermera.

–¿Está muy mal?

–Lo peor ya ha pasado. Ahora tiene que fortalecerse a base de ejercicios. Dentro de un mes ya estará prácticamente recuperado.

–¿Y tendrá que estar aquí cuidándolo todo ese tiempo?

Michelle pensó que Brenda era transparente. Debía de estar loca por Zak.

–Eso lo tendrá que decidir su médico.

–Muy bien –murmuró la joven–. Gracias.

–De nada.

Michelle cerró la puerta, pensando que Brenda no era la mujer que le convenía a Zak.

# CAPÍTULO 4

ERAN YA más de las nueve de la noche cuando Michelle dejó a Zak y se fue a la playa para llamar por teléfono a Mike. La marea estaba subiendo, así que procuró mantenerse alejada de la orilla para que el agua no la alcanzara.

–¿Qué has dicho?

Michelle se mordió el labio.

–Que no puedo ir a Australia contigo.

–Eso puedo entenderlo, pero lo que no consigo comprender es por qué has decidido que no volvamos a vernos.

Michelle se dio cuenta de que estaba haciéndole daño, pero había decidido que no iba a mentirle ni a poner como excusa la enfermedad de Zak.

–Es lo mejor para los dos, Mike.

–¿Has empezado a dar crédito a todo lo que se dice de mí? –preguntó Mike dolido.

–Claro que no. Lo que ocurre es que no estoy enamorada de ti. El problema no está en ti, sino en mí. Tras perder a mi marido, tal vez tenga miedo de enamorarme profundamente de alguien. La verdad es que no lo sé. Lo importante es que tú te mereces encontrar de nuevo el amor, y conmigo estás perdiendo el tiempo.

–No doy crédito a mis oídos. ¿Qué ha cambiado

desde la última vez que nos vimos? ¿Qué significó para ti el beso que me diste?

Michelle gimió. Aquello estaba resultándole mucho más difícil de lo que había creído.

–Durante la semana que estuvimos separados tuve tiempo de pensar en lo que sentía por ti, y en si era prudente viajar contigo a Australia. La verdad es que tuve miedo, y si te besé fue porque quería tranquilizame a mí misma para demostrarme que mis miedos no tenían fundamento, pero...

–Pero no sentiste nada –terminó Mike por ella–. Algo está pasando. De repente, pareces distinta. ¿Has conocido a otro hombre?

Michelle empezó a temblar.

–No. ¡Claro que no!

–Pareces estar a la defensiva. Sé sincera conmigo, Michelle. Si entre nosotros no hay sinceridad, ya no nos queda nada.

Michelle se dio cuenta de que Mike tenía razón.

–Digamos que es alguien de mi pasado que he vuelto a ver.

–Creía que nos lo habíamos contado todo –dijo Mike tras un silencio.

–Y así fue, Mike. Ese... ese hombre no sabe lo que siento.

–¿Quieres decir que has estado enamorada en secreto durante todos estos años?

–¡No, no es eso!

–Entonces, ¿acabas de descubrir que estás enamorada de él? –insistió Mike.

–La verdad es que no sé lo que siento –dijo Michelle casi sin respiración–. De todos modos, él no está enamorado de mí. Además, una relación amorosa entre nosotros resulta imposible.

–¿Está casado?

–No, y no quiero hablar más del tema.

–¿Es cura?

–No, Mike. Querías que fuera sincera contigo, y te he dicho más de lo que pensaba decirte.

–Algo en esta conversación delata que tus sentimientos son más profundos de lo que tú misma sabes –dijo Mike tras un largo silencio–. Si supiera que tengo alguna posibilidad, lucharía por ti, pero algo en mi interior me dice que no la tengo.

–Lo siento, Mike –se disculpó Michelle con lágrimas en los ojos.

–Yo también –respondió Mike con voz temblorosa–. Mi vida parecía empezar a volver a tener sentido. Gracias por los dos maravillosos meses que me dedicaste, Michelle. Siempre estaré en deuda contigo por la manera en que me ayudaste. Si alguna vez necesitas a un amigo con quien hablar, y me parece que puede ser así... aquí me tienes.

–Gracias, Mike –le dijo Michelle, pensando que era un hombre especial.

–De nada.

Michelle se dio cuenta de que Mike había colgado, y deseó con toda su alma que pudiera perdonarle el daño que le había hecho. Guardó el teléfono, y se puso a pasear por la playa.

Sincerarse con Mike la había liberado de un peso con el que no se daba cuenta que había estado cargando. Era imposible obligarse a enamorarse de alguien. Tenía que suceder sin más.

Tampoco servía de nada tratar de luchar contra

una atracción. La única solución era apartarse de la fuente de la tentación, y ya que eso no era posible, lo mejor que podía hacer era dejar de preocuparse.

Dentro de una semana, Zak ya podría valerse más por sí mismo, y no la necesitaría constantemente a su lado. Además, si había sobrevivido a un día entero de brindarle todo tipo de cuidados, como había hecho con su marido, podría hacerlo al día siguiente también. Tenía que vivir el día a día, sin preocuparse por el mañana.

Con ese pensamiento en la cabeza, regresó a la casa de Zak y se acostó. Probablemente por haber sido sincera con Mike todo le pareció mejor a la mañana siguiente.

Siguió con Zak la rutina habitual, exceptuando la ducha. Cuando fue a darle la medicación, él le dijo que quería ver cómo se sentía sin tomar la pastilla contra las náuseas. Michelle pensó que aquello era buena señal porque significaba que tal vez su apetito hubiera regresado para siempre.

Estaba terminando de desayunar, cuando llegó Doug Collins con una planta de gardenia en una mano y una gruesa carpeta en la otra.

Michelle pensó que aquel guapo moreno con hoyuelos andaría por los treinta.

–Tú tienes que ser Michelle –le dijo en cuanto le abrió la puerta–. He oído hablar mucho de ti. Sandra, mi esposa, y yo suspiramos aliviados cuando nos enteramos de que ibas a venir a cuidarlo. El accidente nos dejó conmocionados a todos los que trabajamos con él.

Michelle se estremeció al pensar que podía haber

resultado herido en la cabeza. Incluso llevando casco, el impacto podría haberlo matado.

–La noticia también asustó mucho a mi familia. Pasa, te acompaño hasta su habitación. Ya se siente lo bastante bien como para empezar a hartarse de estar inactivo.

Doug sonrió.

–Ya me lo imagino.

Michelle pensó que, seguramente, quien mejor conociera a Zak sería su asistente personal.

–Tú eres la medicina que necesita en este momento –aseguró Michelle–. Sólo os interrumpiré de vez en cuando para levantarlo y que haga sus ejercicios respiratorios. Cuando os entre hambre, no tenéis más que decírmelo, y os traeré la comida.

–Suena estupendo.

Zak estaba sentado en la cama, leyendo un montón de correos electrónicos que había pedido a Michelle que le imprimiera temprano aquella mañana.

–Hola Zak. ¡Cuánto tiempo sin vernos! –al oír la voz de Doug, Zak levantó su hermosa cabeza de cabellos oscuros, y sonrió–. Bienvenido a la tierra de los vivos.

Zak esbozó una sonrisa.

–Yo también me alegro de verte, Doug.

–Sandra te envía esta planta con todo su cariño.

–Dámela a mí –dijo Michelle–. La colocaré sobre el aparador, donde Zak puede verla y disfrutar de su fragancia. Es preciosa.

–No es lo único hermoso que hay por aquí –dijo Doug, mirándola con una sonrisa–. Zak no exageró en absoluto al hablar de ti.

–Gracias –acertó a decir.

Michelle se ruborizó y, cuando vio que Zak le ofrecía una galleta a Doug, salió de la habitación.

El resto de la mañana la dedicó a lavar y a pasar la aspiradora entre sesión y sesión de terapia de Zak. Para comer, les sirvió sopa, sándwiches y té helado. Después se puso a hornear dos tartas de manzana para la comida del domingo.

A media tarde, mientras Michelle estaba en la cocina, Doug le llevó la bandeja que había utilizado para servirles la comida.

–Huele muy bien –dijo Doug.

–La hermana de Zak y mi hermano vienen a comer mañana –dijo Michelle mientras preparaba unos bollos.

–Por lo que veo, Zak no puede encontrarse en mejores manos. Gracias por todo. Cuando se encuentre lo bastante bien como para salir, Sandra y yo quisiéramos invitaros a cenar en nuestra casa.

–Será estupendo –dijo Michelle, tratando de mostrarse natural.

–Cuando vengas, trae la receta de tu té helado. Nunca había tomado nada tan delicioso.

–Gracias.

–Bueno, ya me marcho.

–Hasta luego, Doug.

Michelle terminó de hacer los bollos, y se apresuró a meterlos en el congelador, al darse cuenta de que ya era hora de que volviera a ocuparse de Zak.

–¿Cómo fue la sesión de trabajo? –le preguntó en cuanto entró en la habitación.

–Hemos conseguido ocuparnos de las necesidades más inmediatas del negocio.

–Entonces, ¿te encuentras ya más relajado?

Michelle no oyó su respuesta porque el timbre de la puerta había vuelto a sonar.

–No quiero ver a nadie más hoy –dijo Zak al oírlo.

–Seguramente sea tu vecino Jerry. Dijo que vendría sobre esta hora. Le diré que estás demasiado cansado.

–No, ahora que te conoce seguirá viniendo hasta que consiga salir contigo. Dile que pase, y quédate con nosotros. Me desharé lo antes posible de él.

–Tendrás que darte prisa, porque ya vamos retrasados con la hora de tus ejercicios.

De camino a la puerta, Michelle pensó que si se sintiera atraída por Jerry no le gustaría que Zak se comportara como si fuera dueño de ella.

Pero como no le gustaba aquel hombre, la alegraba que Zak se encargara del asunto. Vivía muy cerca y podía convertirse en una pesadez tenerlo todos los días esperándola en la playa.

Cuando abrió la puerta, Jerry Fowlers la miró de arriba abajo como si pudiera ver a través de su ropa. Michelle detestó aquella forma de mirar.

–Hola de nuevo. ¿Cómo está el paciente?

–Se encuentra todavía muy cansado, pero puedes pasar un momento. Adelante.

–Huele como en el Día de Acción de Gracias.

–He estado cocinando –le dijo, y lo llevó a la habitación de Zak–. Zak, ha venido tu vecino.

Zak había estado fingiendo que dormía. Al oírlo entrar, abrió los ojos.

–Hola, Jerry. Michelle ya me dijo que vendrías.

–¿Qué tal estás, Zak?

–Mejor. ¿Y tú? ¿Te salió aquel trabajo en Fresno?

–No. Todavía estoy buscando.

–Jerry está pasando por un mal momento de su vida, Michelle. Se divorció, y poco después su empresa cerró la planta donde trabajaba. Espero que las cosas empiecen a irte mejor.

–Gracias. Tú pareces estar recuperándote muy bien.

–Con la ayuda de Michelle, ya me siento como una persona diferente.

–Y, ¿necesitas los servicios de tu familiar constantemente? –preguntó mirando a Michelle–. Me gustaría invitarte a salir una noche.

–Michelle y yo no tenemos lazos de sangre, Jerry. No sé si me entiendes.

Mientras Michelle intentaba todavía asimilar las palabras de Zak, el otro hombre dijo:

–Vaya, lo siento. Creo que he malinterpretado la situación.

–No pasa nada.

–Esta mañana temprano vi a Brenda. Creo que tampoco se ha dado todavía cuenta de lo que está sucediendo.

–Brenda y yo no hemos sido nunca pareja, así que no tengo por qué darle ninguna explicación. ¿Por qué no le pides que salga contigo?

–Ahora que estoy al tanto de lo que sucede, puede que lo haga.

–Gracias por venir.

–De nada. Ya nos veremos.

Michelle lo acompañó a la puerta con las piernas temblorosas.

Jerry se detuvo a mitad de camino. Se lo veía incómodo.

–Perdona si me he pasado.

–No te preocupes –le respondió Michelle.

Después de cerrar la puerta, Michelle se dirigió a la habitación de Zak. Al ver la cara de satisfacción que tenía, Michelle se enfureció todavía más.

–Cuando me dijiste que te desharías de él por mí, no imaginaba que ibas a decirle algo que le ha causado una impresión totalmente equivocada.

–¿Se te ocurre una manera mejor de desalentar a dos personas que no nos interesa volver ver a ninguno de los dos? –le preguntó con suavidad.

–No –admitió ella con sinceridad–, pero me temo que a Doug le has causado la misma impresión.

–No te preocupes por Doug. Sabe la verdad. ¿Por qué no sigues leyéndome el libro de ayer? Estábamos llegando a la mejor parte cuando me dijiste que debía dormir.

Aquella noche, más tarde, cuando Michelle estaba a punto de darle las buenas noches, Zak le dijo:

–Mientras estuve en el hospital hice que me enviaran el correo al trabajo y Doug me lo trajo esta mañana. Sin embargo, ahora que ya estoy en casa, he dejado dicho en la oficina de correos que me lo envíen aquí de nuevo. Sherilyn me dijo que iban a mandarte el correo aquí, así que seguramente te llegue alguna carta pronto. La llave del buzón está en mi llavero.

Michelle asintió.

–Iba a preguntarte por ella. ¿Necesitas algo antes de que me vaya a la cama? –le dijo, y pensó que lo que necesitaba con urgencia era un buen afeitado, aunque estaba muy atractivo con aquella barba incipiente.

–Puedes abrir las cortinas y la puerta corredera de cristal y sentarte conmigo un rato en la oscuridad a contemplar el océano.

El corazón de Michelle empezó a latir muy deprisa.

–Tal vez unos minutos.

Michelle hizo lo que le había pedido Zak y apagó la luz. La brisa del mar entró en la habitación.

–Ven y túmbate a mi lado. Estarás más cómoda.

Michelle pensó que no tenía nada de malo lo que estaba sugiriéndole. Si no le daba importancia, Zak no adivinaría lo confusa que se sentía.

Se quitó las sandalias, y se tumbó lo más lejos posible de Zak y con la cabeza a los pies de la cama.

–Ya es hora de que te relajes –dijo Zak con voz profunda desde la oscuridad.

La situación era tan romántica, que Michelle tuvo que hacer un esfuerzo para reprimir un gemido.

–El océano es hipnótico, ¿verdad?

–Sí –murmuró Michelle.

–No me canso nunca de mirarlo. Cuando me recupere, iremos a bañarnos por la noche. Es algo que no hicimos juntos cuando éramos más jóvenes.

Michelle prefería no hablar del pasado. Era un tema demasiado personal para ella, del que tenía que mantener una distancia emocional.

–Probablemente ya me habré marchado para cuando el médico te permita meterte en el agua.

–Veremos lo que me dice en la cita de viernes que viene.

Mientras estaba tumbada, sin casi atreverse a respirar para que no notara Zak el efecto que estaba produciendo sobre ella su proximidad, notó que le tocaba la pulsera que llevaba en el tobillo. Una oleada de placer le recorrió el cuerpo.

–Me alegro de que todavía la lleves puesta. Recuerdo haberle preguntado a Sherilyn qué regalo te gustaría por tu graduación en la escuela de enfermería. Ella me dijo que a las mujeres siempre les gustaban las joyas, así que todos los días, después de clase, trabajaba unas horas en la obra de construcción que había cerca de casa para ganar dinero.

Michelle abrió mucho los ojos con incredulidad.

–En la joyería me enseñaron collares y pendientes, pero nada me parecía adecuado para ti. Cuando el joyero se dio cuenta de que iba a marcharme sin comprar nada, se le ocurrió preguntarme si la persona para la que quería comprar el regalo tenía las piernas bonitas. Le dije que tenías unas piernas preciosas, y cuando me enseñó la tobillera de oro, me di cuenta de que había encontrado tu regalo.

Michelle pensó que en aquel entonces había creído que había sido Sherilyn quien había comprado el regalo para que se lo entregara Zak, que entonces tenía quince años.

–No conocía la historia de la tobillera de oro, pero siempre le he tenido mucho cariño.

Michelle pensó que no podía enfrentarse a más revelaciones aquella noche. Se puso de pie, y se calzó las sandalias.

–Has tenido un día muy ajetreado, y mañana lo será aún más porque viene la familia. Es hora de que te duermas –le dijo. Después, cerró las puertas correderas y corrió las cortinas.

–Espero que tú hagas lo mismo.

–Buenas noches, Zak.

Michelle se fue al salón, y puso la televisión. Sabía que iba a costarle mucho dormirse, así que se tumbó en el sofá, esperando que algún programa la distrajese de sus tortuosos pensamientos.

La confesión de Zak había desatado una reacción de efecto dominó dentro de ella. Empezó a examinar todos los incidentes en los que había tenido que ver Zak desde el matrimonio de Sherilyn y Graham. El comentario que había hecho sobre sus piernas no le había pasado desapercibido. Le producía una sensación extraña darse cuenta de que había estado tan pendiente de ella. Seguramente se había estado comportando como cualquier otro chico de quince años que empieza a fijarse en las chicas. Lo que había ocurrido era que Zak era el hermano de su cuñada, y por eso no se le había ocurrido jamás pensar que pudiera pensar en ella como mujer.

Michelle se quitó la tobillera, y la sostuvo en la mano. Le parecía increíble que una cosa tan diminuta hubiera supuesto tanta planificación por parte de Zak. Debía de haberla observado durante mucho tiempo para conocer sus gustos.

Se preguntó si estaría dándole demasiada importancia a lo que había descubierto, pero le resultaba llamativo que Zak lo hubiera sacado a colación después de tanto tiempo. Llevaba muchos años poniéndose esa tobillera. Sin duda Zak ya se la había visto puesta antes. No entendía por qué le contaba ahora la historia de cuando la había comprado. Lo que más la preocupaba era que Zak nunca hacía las cosas sin una razón concreta.

Asustada por la dirección que estaban tomando sus pensamientos, que parecían estar formando una espiral con Zak en el centro, se levantó del sofá y apagó la televisión.

Se acostó, pero siguió pensando en Zak. Todo lo que la rodeaba se lo recordaba. La cama donde dormía la había comprado él, así como las sábanas y las toallas que había en el baño. Todo lo que poseía era fruto de su laboriosidad y destacado talento.

En algún momento debió de quedarse dormida, porque la despertó el despertador a las siete.

Se duchó y lavó la cabeza. Tras secarse el cabello, se pintó los labios con una barra de un color rosa oscuro.

Se puso unos pantalones color crema y una blusa azul que se había comprado recientemente, y bajó a la cocina.

Comerían a las doce, así que tenía que meter ya el cerdo en el horno para que empezara a asarse. Después, sacó la masa de los bollos del congelador para que creciera. Y con todas estas tareas hechas, se dirigió a la habitación de Zak.

–¡Zak! –gritó al verlo salir del cuarto de baño–. ¿Por qué no me llamaste si necesitabas levantarte?

La miró desde la puerta del baño. Michelle se dio cuenta de que estaba recién afeitado.

–Por primera vez desde el accidente, no me pareció que necesitara ayuda. Tu estricta rutina ya me ha fortalecido.

–Me alegra oírte decir eso. Sin embargo, has hecho más esfuerzo del que deberías. Te ayudaré a volver a la cama. No se necesita mover tantos músculos del estómago para salir como para volver a ella.

–Si se trata de eso... –le dijo él burlón.

–Por favor, no empieces a pensar que ya puedes

hacer lo que quieras –le imploró Michelle–. No quiero que sufras una recaída.

–Cuando me suplicas las cosas con tanta amabilidad, no puedo negarte nada. Soy todo tuyo.

Michelle pensó que iba a volverla loca antes de que empezara a trabajar con otro paciente.

Zak hizo sus ejercicios respiratorios. Cuando terminó, Michelle lo ayudó a sentarse en la cama, apoyado contra los almohadones.

–Ya está –le dijo después de taparlo con la ropa de cama–. Ahora voy a traerte la medicación.

–Ya no me duele tanto. ¿Por qué no prescindimos de los analgésicos?

–Hazme un favor y tómate hoy la misma dosis de siempre. Si mañana te parece que puedes aguantar con menos, llamaré al médico y le preguntaré si podemos reducir la dosis.

–Me parece bien.

–Estupendo. Te traeré el desayuno. ¿Te apetece una tortilla?

–Todo lo que cocinas sabe de maravilla.

–Gracias.

–¿Michelle?

–¿Sí?

–¿Por qué no me miras a los ojos?

Michelle lo miró sorprendida.

–Así está mejor. Acércate más.

Michelle hizo lo que le pedía Zak, aunque temerosa de que se diera cuenta de cuánto la turbaba.

–¿Hay alguna parte de la cara que no esté bien afeitada?

Michelle observó el atractivo rostro masculino con detenimiento, teniendo que hacer un gran esfuerzo para no explorar cada centímetro con los dedos y los labios.

–No –le dijo, consiguiendo que no le temblara la voz.

–Acércate más.

Michelle no podía respirar.

–Te prometo que...

No pudo seguir hablando porque los labios de Zak se posaron sobre los suyos. Fue un simple roce, que sólo duró un momento, pero que la dejó temblorosa.

–Gracias por lo bien que estás cuidando de mí –susurró Zak–. Soy un hombre de suerte.

–Me alegro de que te sientas así –le dijo Michelle antes de darse la vuelta para abandonar la habitación–. Te traeré el desayuno.

La había pillado con la guardia completamente bajada. Michelle sabía que si permanecía un minuto más al lado de Zak, él se daría cuenta del efecto que aquel breve contacto había causado en ella.

Siempre se habían besado en la mejilla cuando se daban la bienvenida o se despedían.

Pero aquello había sido diferente.

Zak había cruzado una línea.

Michelle se preguntó si él se habría dado cuenta de que estaba deseando que la besara. Si sus ojos serían el espejo de su alma y, al darse cuenta de lo que sentía, Zak se habría compadecido de ella. Tal vez por eso le había contado la historia de la tobillera, para motivarla, dando un poco de emoción a su trabajo como enfermera.

Si aquello era así, lo único que podía hacer ella era actuar como si nada hubiera sucedido. Para cuando Zak se aburriera de su juego, ella ya estaría ocupándose de otro paciente.

–¿A qué hora llega la familia? –le preguntó Zak al verla entrar con una bandeja y el periódico del domingo, que había encontrado en la puerta. Michelle lo dejó todo cerca de él.

–Vamos a comer a las doce, así que supongo que llegarán sobre las once.

Sin pedirle permiso, Michelle se acercó a la ventana y descorrió las cortinas. Como la mayoría de los días a esa hora de la mañana, la niebla no se había disipado todavía. No lo veía, pero notaba los ojos de Zak sobre ella, siguiendo todos sus movimientos.

–¿Adónde vas?

–A traer las sillas del comedor.

Las trajo en dos viajes, y las colocó al lado de la cama de Zak.

–Si me necesitas, llámame. Estaré en la cocina –le dijo antes de salir.

–Antes de meterte en la cocina, ¿te importaría que te dictara una nota que me gustaría que fuera entregada hoy? Estoy tan cómodo tumbado, que no me apetece moverme. Encontrarás papel y sobres en el primer cajón de mi escritorio.

–No tardaré.

Michelle regresó con lo que le había pedido Zak, además de un bolígrafo.

–Adelante. Estoy lista.

Zak le dictó una nota dirigida a Brenda en la que le agradecía el interés que se había tomado por él mientras había estado en el hospital, y que le hubiera traído las galletas. Terminaba la nota diciendo que el hombre que la conquistara un día sería muy afortunado. Después, pidió a Michelle que pusiera en el sobre el nombre de Brenda y el del padre de la chica.

–Cuando tengas un momento, sube a su casa, viven en el piso de arriba, y pega el sobre a la puerta.

Michelle se dio cuenta de que aquella era la nota perfecta de rechazo. Al igual que le había pasado a Lynette, Brenda tendría que poner punto final a sus fantasías.

Lo que ella le había hecho a Mike había sido mucho peor.

–La subiré cuando ponga las verduras a cocer.

Michelle salió de la habitación antes de que Zak pudiera decir nada más. Una hora más tarde, subió al piso de Brenda y pegó el sobre a la puerta de los Neilson.

Aliviada por no haberse encontrado con Brenda, se apresuró a bajar las escaleras y, para su sorpresa, vio que unas personas se dirigían a la puerta de Zak.

Era un matrimonio de polinesios con sus dos hijos de unos cinco y siete años. Por la manera en que estaban vestidos, daba la impresión de que venían de la iglesia.

–Hola –los saludó–. Supongo que vienen a visitar a Zak. Soy Michelle, su enfermera.

El hombre le dedicó una cálida sonrisa.

–Ya sabía quién eras. Me llamo Miki Mokofisi, y soy uno de los aparejadores de Zak. Te presento a Melee, mi esposa, y a nuestros dos hijos, Selu y Amato. Cada uno de ellos traía en la mano una bolsa con algo cocinado que olía de maravilla.

–Nos enteramos de que tenía que permanecer en

cama, así que le hemos traído comida –dijo la mujer con una voz melodiosa.

Michelle se sintió emocionada al ver cuánta gente se preocupaba por Zak.

–Es muy amable de vuestra parte. Zak va a estar encantado cuando se entere de que habéis venido –dijo Michelle, y abrió la puerta–. Seguidme hasta la cocina.

Cuando dejaron las bolsas en la encimera, Miki dijo:

–Parece que lo estás cuidando muy bien.

–Lo intento. Estamos esperando a nuestra familia de un momento a otro. Venid, va a llevarse una sorpresa.

–Miki... –dijo Zak con cariño, al ver entrar a sus visitantes.

–Bueno, Zak... con Michelle cuidándote, vas a regresar al trabajo tan gordo como yo.

Todos se echaron a reír, sobre todo Zak, que terminó tosiendo, pero sin ahogarse. Michelle pensó que estaba recuperándose muy deprisa.

–Te han traído comida casera, Zak –le explicó Michelle.

–Eres un encanto, Melee –dijo Zak–. ¿Podríais venir mañana por la noche, y nos la comemos todos juntos?

–Por favor, decid que sí –les pidió Michelle–. Lo meteré todo en el frigorífico, y estoy segura de que no se estropeará. Ven tan pronto salgas de trabajar, Miki; así los niños podrán darse un baño antes de cenar.

–Ya se me está haciendo la boca agua –dijo Zak.

La sonrisa de Melee confirmó que se sentía halagada.

Miki dudó un momento.

–Si estás seguro de que te encuentras ya lo bastante bien, Zak.

–¿A ti que te parece, enfermera?

–Creo que si mañana te pasas el día descansando, la compañía de unos amigos sería exactamente lo que te recetaría el médico.

Zak se dirigió a Miki.

–Lo has oído. Os esperamos mañana.

–Lo que tú digas –respondió Miki sonriente.

–¡Bien! –gritaron los niños.

A Michelle le parecieron tan monos y educados que les dio un abrazo.

–He visto algunas tablas de surf en el trastero que podréis usar si queréis.

–¿Vendrás con nosotros?

–Por supuesto.

–A Michelle se le da muy bien el surf, chicos –dijo Zak.

–Ya no. Soy demasiado mayor.

–¿Demasiado mayor? –dijo Melee con las manos apoyadas en las caderas–. No eres tan mayor como yo, y voy a cumplir los veintisiete.

Michelle sintió los ojos de Zak clavados en ella.

–¡Hola! ¿Hay alguien en casa? –oyeron decir a una voz familiar.

–Perdonadme un momento –dijo Michelle.

Mientras Zak hablaba con su empleado, Michelle se apresuró a dirigirse al otro extremo de la casa. Su hermano y su cuñada estaban en la cocina. Habían traído dulce de azúcar casero de postre.

–¿Dónde está Lynette? –preguntó Michelle.

–En casa de Trisha.

–¿Continúa decidida a seguir adelante con sus planes?

–Sí, pero ya no estamos tan preocupados.

Su hermano le dio un abrazo.

–Ahora estoy más preocupado por Zak. ¿Qué tal está?

–La verdad es que en una semana ha mejorado lo que pensé que mejoraría en quince días.

Los ojos de Sherilyn se iluminaron.

–Te lo debe a ti.

Michelle negó con la cabeza.

–Se lo debe a su impresionante constitución física.

Graham sonrió.

–Supongo que se deberá a una combinación de ambas cosas.

–Id a verlo mientras termino de preparar la comida. Tiene visita, pero estaban a punto de marcharse.

Michelle pensó que con la familia en casa, tendría un respiro temporal de las cosas tan chocantes que le seguían sucediendo cada vez que se encontraba a solas con Zak.

# CAPÍTULO 5

EL MARTES por la tarde, Michelle abrió el buzón y encontró un fajo de revistas y cartas sujetas con una goma dirigidas a Zak, pero nada todavía para ella.

Entró en la habitación, y le dejó la correspondencia al lado, sobre la cama. Estaba hablando por teléfono con Doug, que había llamado varias veces durante el día para tratar de negocios.

La visita de Graham y Sherilyn el domingo y la cena con la familia de Miki la noche anterior la habían mantenido ocupada limpiando y haciendo de anfitriona, así que no había podido pasar con Zak más tiempo del que requería su asistencia como enfermera. Había habido muy pocos momentos en que él hubiera tenido la oportunidad de hacer algo que le hiciera desearlo con todas sus fuerzas, y después la dejara en un mar de dudas que la desequilibraba emocionalmente.

Por esa razón a Michelle le hubiera gustado que aquel día hubieran tenido también invitados. Se acercaba la noche, y temía el momento en que se quedaran a solas.

Para calmar su ansiedad se puso a barrer la terraza. Al estar sobre la playa, se llenaba con facilidad de arena.

Regó las plantas, aunque todavía no lo necesitaban, y se dirigió a la cocina para calentar las sobras de la noche anterior.

Unos minutos más tarde, entró en la habitación de Zak con una bandeja, y la posó sobre la cama.

Aunque hizo un esfuerzo para no mirarlo, se dio cuenta de que la observaba. Era como si se tratara de un depredador que hubiera estado esperando sigilosamente a su presa, listo para continuar jugando con sus emociones.

–Ha llegado algo para ti en el correo –le dijo Zak–. Creí que todo lo que venía en el fajo era para mí, y abrí el sobre antes de darme cuenta de lo que había hecho. Lo siento. Contiene tu pasaporte.

–No pasa nada. Mi vecino debe habérmelo enviado. ¡Qué rápido ha llegado! Voy a guardarlo en el bolso para que no se me pierda. Cuando regrese, haremos tus ejercicios para que así puedas acostarte pronto.

–¿A qué viene tanta prisa?

Michelle volvió a sentir la tensión entre ellos.

–Ya sabes que dormir mucho es una buena cura de belleza –bromeó tratando de aligerar el ambiente que había entre ellos.

–He oído en las noticias que Mike Francis va a participar en el torneo de golf que va a celebrarse en Sydney en octubre. Vas a ir con él, ¿verdad?

Michelle respiró profundamente.

–¿Sabes una cosa, Zak? Acepté ser tu enfermera porque ambos somos adultos y suponía que íbamos a respetar nuestras respectivas vidas privadas. Yo nunca voy a preguntarte por las mujeres con las que sales, ni a emitir un juicio sobre si te convienen o no, porque no es asunto mío –afirmó a sabiendas de que mentía, porque nunca le había gustado Brenda Neilson–. Así que espero la misma cortesía de tu parte.

Zak la miró con desolación.

–¿Qué ha pasado con la mujer abierta y cálida con la que podía hablar de cualquier cosa hace años? Ya no reconozco a la persona que habita su cuerpo. Creía que sí, pe...

Michelle sintió como si le hubieran clavado un cuchillo en el corazón.

–No eres muy amable, teniendo en cuenta...

–¿Teniendo en cuenta que la enfermera Howard ha cuidado de mí noche y día? –la interrumpió con aspereza–. Una cosa es pasar por la vida, y otra muy distinta vivirla intensamente. La Michelle que conocí un día se ha cerrado tanto a mí que no la reconozco. Tengo que descubrirla de nuevo.

–¿Es eso lo que has estado haciendo desde que vine a trabajar para ti? ¿Tratar de descubrirme? –dijo con un tono de voz que hasta a ella le pareció demasiado alto. Había perdido el control de la conversación.

–Se podría denominar así. ¿Te das cuenta de que no me has preguntado ni una sola vez por mi vida? ¿Sobre cómo ocupo mi tiempo libre o lo que es importante para mí? ¿Sobre mis errores o mis fracasos? La Michelle que yo conocí habría estado impaciente por compartir lo que hemos perdido en los últimos diez años. Tu marido murió, pero tú nunca hablas de ello con nadie. Corres de trabajo en trabajo con todos tus pensamientos y sufrimientos cerrados bajo llave dentro de ti.

–Ya está bien, Zak.

–Ayudas a los demás, pero ¿quién te ayuda a ti? Acostarte con Mike Francis no es la respuesta.

–¡Cómo te atreves! –le temblaban tanto las piernas que Michelle pensó que le iban a fallar.

–Su prioridad es el golf –continuó diciendo Zak, como si ella no hubiera hablado–. Su primera esposa se dio cuenta de ello. Ninguna mujer en su vida puede competir por su amor cuando necesita ganar otra chaqueta verde para dar sentido a su vida. Nunca tendrá tiempo de darte lo que tú te mereces. No hará que se cumplan tus sueños de tener hijos porque él ya está siguiendo su propio sueño, y eso será siempre más importante.

Michelle apretó los dientes.

–Ése no es mi sueño.

–Cuéntale esa mentira a otro, no a mí.

–El tiempo es mi enemigo –murmuró apenada.

–Pues haz algo al respecto, en vez de quedarte al lado de Mike Francis para cuando esté de humor para distraerse un poco.

–Ya lo he hecho –le confesó antes de darse cuenta de que lo había hecho.

–¿Qué quieres decir? –preguntó Zak.

Michelle se frotó las doloridas sienes.

–Rompí con él la otra noche.

–Gracias a Dios –murmuró Zak.

–Pero no por las razones que tú has enumerado.

–¿Por qué iba a ser si no? –preguntó Zak tras una pausa.

–Por... porque no estoy enamorada de él.

–Quieres decir del modo en que lo estabas de Rob.

–Con Rob... –Michelle se detuvo antes de entrar en un terreno donde se había prometido a sí misma no entrar nunca–. La cuestión es que, aunque hay algo de verdad en lo que has dicho de Mike, nada me habría disuadido de estar con él, si lo hubiera amado profundamente.

–¿Cuándo sucedió? ¿Vino a casa mientras yo dormía?

–No. Ésta es tu casa. Nunca le hubiera pedido que viniera aquí. Cuando llamó por teléfono, le dije que no iba a Australia con él. Sabe que es porque no estoy enamorada de él.

–¿Y lo aceptó sin luchar? ¿No te dijo que el torneo no era tan importante como vuestra relación, y que no iba a ir a ningún sitio sin ti?

Michelle no se sentía herida en su orgullo porque no Mike no se hubiera presentado allí para hacerla cambiar de opinión. En realidad no le había dedicado ni un sólo pensamiento desde su conversación telefónica. Pero eso no pensaba contárselo a Zak.

–Por mi tono de voz debe de haberse dado cuenta de que no iba a poder convencerme de ninguna manera.

–¡Eso es una estupidez! –gritó Zak–. Si amas a alguien, haces todo lo posible por no perder a esa persona.

Michelle pensó que ésa era la manera de ser de Zak, pero que muy poca gente se comportaba como él.

–Su infancia fue muy diferente a la tuya, Zak. Se crió con unos padres acaudalados, que todavía se aman y que siempre lo han querido y apoyado. No es un luchador como tú, que te has hecho a ti mismo a base de carácter y determinación. Tal vez por eso nunca será el número uno en el golf. He pasado el suficiente tiempo con él como para darme cuenta de que no es feliz como tú –admitió Michelle–. Ése es tu don, Zak. Por eso a todo el mundo le encanta estar a tu lado.

Zak se quedó mirándola un buen rato.

–Si eso es verdad, entonces tu ausencia de mi vida durante tanto tiempo, por no mencionar que ni siquiera hemos hablado durante dos años, es todavía más un misterio para mí.

Michelle respiró profundamente.

–Si tú hubieras perdido a tu esposa también te habrías refugiado en el trabajo.

–¿Hasta el punto de no volver a juntarte con tu familia? No lo creo.

–No estás siendo justo. Los he visto entre un trabajo y otro. No podía abandonar a mis pacientes.

–Desde el funeral, sólo has aceptado trabajos fuera de la ciudad. ¿Cómo me explicas que siempre estuvieras fuera cuando yo visitaba a la familia o cuando ellos me visitaban a mí?

Michelle se encogió de hombros, tratando de aparentar calma, cuando en realidad las preguntas de Zak la estaban poniendo muy nerviosa.

–No puedo explicártelo. Son cosas que suceden. Ahora estoy aquí cuidándote, ¿no?

–Sí –murmuró Zak con voz ronca–. No podría pedir más.

Michelle apartó la mirada.

–Depende de lo que diga tu médico en la próxima cita, pero seguramente podrás empezar a hacer una vida normal. Si en algún momento quieres invitar a alguien a casa y deseas estar solo, no tienes más que decírmelo.

–¿Por qué no me preguntas directamente si me gustaría traer a una de mis novias a pasar la noche aquí?

–Muy bien, ¿lo harías?

–No.

Michelle se odió a sí misma por la euforia que le produjo la respuesta de Zak.

–La última mujer por la que estuve interesado quería casarse, pero yo no, así que lo dejamos.

–¿Has querido sentar la cabeza alguna vez?

–Claro. Pero sólo con la mujer adecuada.

–Me sorprende que todavía no la hayas encontrado.

–¿Por qué? –la desafió–. Rob no apareció en tu vida hasta que no cumpliste los treinta.

Michelle bajó la mirada.

–Supongo que tú y yo somos de flor tardía.

–Esa explicación podría valer por el momento –comentó enigmático–. Todavía no es tarde para que tengas un hijo. Varios hijos, si es lo que deseas. La madre de Doug tuvo cuatro hijos y los dos últimos nacieron cuando tenía treinta y ocho y cuarenta años. Tú sólo tienes treinta y cinco.

Michelle se preguntó por qué seguía insistiendo en tocar ese tema tan doloroso para ella.

–¿La madre de Doug tiene marido? –preguntó Michelle con sequedad.

–Por supuesto.

–No es mi caso. Además, aunque me volviera a casar, no hay garantía alguna de que vaya a quedarme embarazada.

–En ese caso adoptas un bebé o incluso un niño

más mayor. Sherilyn puede decirte que no le he salido tan malo como hermano.

–Pero si te adora.

–Y yo a ella.

–Graham te tiene también en alta estima.

–Es un sentimiento mutuo. He tenido la mejor educación que se le puede dar a un hijo. Todo porque tu hermano y mi hermana son los mejores amigos y amantes. No puede haber mejor combinación para garantizar el éxito de un matrimonio.

Michelle pensó en su matrimonio. Ella y Rob no habían sido los mejores amigos y amantes. En algunos aspectos, Rob había sido como Mike: había estado casado con su profesión.

Graham no era así. Aunque trabajaba como abogado, para él lo primero había sido siempre Sherilyn. Lo compartían todo, y se divertían juntos.

Había sido el modelo de marido en el que Zak se había fijado...

Michelle se humedeció los labios con nerviosismo.

–Hemos estado hablando mucho rato. Deja que te ayude a desplazarte al cuarto de baño. Mientras estés allí, te limpiaré la habitación. ¿Quieres que te deje el correo en el despacho?

–Sí, por favor.

Michelle se alegró de que no se empeñara en seguir hablando de aquel tema. Su conversación había abierto heridas que sólo habían curado superficialmente. No habría podido soportar más embates emocionales de Zak aquella noche. Picoteaba y picoteaba como un pájaro carpintero en el nudo de un árbol hasta que acababa con él.

Se llevó la bandeja a la cocina, y guardó su pasaporte. Lo único que le quedaba por hacer era la cama y traerle agua fresca para que se tomara la medicación.

A Michelle le pareció raro que durante los días siguientes Zak no volviera a tocar el tema del pasado, ni siquiera a insinuarlo. Habló por teléfono con la familia y con sus empleados; vio la televisión e hizo los crucigramas de una revista que ella le había traído.

Estaba mejorando continuamente. Recuperando fuerzas día a día, así que Michelle tenía cada vez más tiempo para tomar el sol y bañarse en la playa.

Zak le había hecho prometer no adentrarse mucho en el océano. Cuando él pudiera acompañarla irían hasta donde estaban haciendo surf.

Ella le aseguró que no era tan inconsciente. Tenía demasiado respeto al océano como para adentrarse sin él hasta donde pudiera tener problemas, aunque hubiera salvavidas en la costa.

Por primera vez en toda la semana, Zak se puso una camisa para ir a la consulta del médico. Cuando Michelle lo ayudó a ponérsela, estuvo pendiente de sus muecas de dolor, pero no lo vio hacer ninguna. El esfuerzo parecía no causarle dolor.

Tras una semana de cama, la mejora era evidente. Entró en el coche sin ningún esfuerzo. De no saber que tenía vendado el pecho, nadie habría adivinado por lo que había pasado.

La consulta del médico se encontraba ubicada en un complejo cercano al hospital. Era un especialista de pulmón, al que Zak sólo había vuelto a ver una vez desde la operación.

Cuando entraron en la recepción, los recibió una enfermera pelirroja de unos veinte años.

–Ustedes deben de ser la señora y el señor Sadler.

Al oírla, Michelle se preguntó sorprendida si parecería lo bastante joven como para que la tomaran por la esposa de Zak.

–Pase a la sala donde el doctor examina a sus pacientes. Hoy es el día en que el doctor Tebbs opera, pero los esperaba. No tardará en venir.

Michelle supuso que Zak iba a corregir a la enfermera, diciéndole que ella no era su esposa, pero no dijo nada. Se limitó a seguirla por el pasillo. Preocupada, pensó que, tal vez, estuviera esperando a que fuera ella quien dijera algo.

–Soy su enfermera –explicó Michelle cuando iban a entrar en la consulta.

–Vaya, lo siento. Debería informarme antes de hablar.

Zak sonrió a la ruborizada recepcionista.

–No nos importa en absoluto –afirmó, y después miró a Michelle con malicia–. ¿Verdad?

–No –fue lo único que Michelle consiguió decir, ya que el comentario de Zak había hecho que una oleada de calor le recorriera el cuerpo.

–Quítese la camisa y túmbese en la camilla, por favor.

–¿Me ayudas? –le pidió a Michelle.

Michelle fue consciente de que haber rehusado hacerlo delante de la recepcionista era un poco infantil, pero Zak estaba comportándose aquel día de una manera incorregible, y él lo sabía.

Sin duda se debía a que era su primera salida de casa en una semana, así que Michelle sabía que no le quedaba otra opción que seguirle la corriente.

–Ya está –le dijo tras quitarle la camisa.

Sonaron pasos por el pasillo, y enseguida vieron entrar al médico. Los saludó con la cabeza, y después se acercó a Zak.

–No parece el mismo hombre que vi en el hospital.

–Michelle es una enfermera experimentada, y ha cuidado muy bien de mí en casa. Me siento lo bastante bien como para dejar de tomar los calmantes.

–Excelente. Voy a quitarle las vendas para echar un vistazo.

El doctor Tebbs escuchó el corazón y los pulmones de Zak con el estetoscopio, y después lo hizo pasar por una serie de pruebas, incluida una por la que comprobaba la capacidad de sus pulmones.

–Noventa y siete por ciento –dijo al terminar la prueba–. Ojalá todos mis pacientes se recuperaran tan rápido. Muy bien, de ahora en adelante será usted quién decida si necesita tomar calmantes o no. Puede levantarse de la cama todos los días y vestirse. Moverse por la casa, tomar el sol y sentarse a la mesa a comer. Procure no permanecer sentado mucho tiempo en la misma posición.

–¿Qué tal un paseo por la playa?

–Todavía no. No se estire y no levante los brazos por encima de la cabeza. Tampoco levante pesos, ni haga movimientos bruscos. Siga haciendo los ejercicios respiratorios por la mañana y por la noche.

–Quiero verlo aquí otra vez dentro de una semana. Le sacaré una radiografía de las costillas. Si todo va bien y su capacidad pulmonar no ha disminuido, le permitiré que empiece a salir a pasear.

–¿Cuándo podré volver a ir a trabajar?

–Ya hablaremos de eso el viernes que viene. ¿Alguna otra pregunta?

–Sí –dijo Michelle–. ¿Tiene que seguir durmiendo de espaldas toda la noche?

El doctor miró a Zak.

–¿Se encuentra incómodo en esa posición?

–Mucho, pero desconocía que Michelle lo supiera.

–Una buena enfermera se da cuenta de todo –afirmó el médico y guiñó un ojo a Michelle–. Puede echarse del lado que no tiene lesionado, siempre que no tenga problemas para respirar.

–Gracias a Dios.

–Ya puede vestirse. Lo veré dentro de una semana.

Antes de quitarle los vendajes, Michelle no se había fijado en el vello que poblaba el pecho de Zak. Pero en aquel momento... le parecía que lo hacía muy atractivo.

–Tan pronto como lleguemos a casa, te darás una ducha.

–Me has leído el pensamiento. Me pica el pecho.

Michelle terminó de abotonarle la camisa.

–También tengo una solución para eso.

–Estoy impaciente por saber de qué se trata –musitó Zak con los labios pegados a los sedosos cabellos de Michelle.

Estaban tan cerca el uno del otro que, por un momento, Michelle sintió la loca tentación de levantar la cabeza y ofrecerle sus labios.

Aquel hombre estaba prohibido para ella. Sin embargo, no podía evitar sentirse atraída por él. Un día no muy lejano tendría que marcharse o rendirse a lo que sentía por él. Si aquello llegaba a ocurrir, que el Cielo la ayudara.

–¿Están listos para salir? He quedado para comer y debo cerrar la consulta.

La voz de la recepcionista hizo que Michelle se apartara de Zak a tiempo. Había estado a punto de perder la razón, y pedirle que la besara allí mismo.

Michelle se sentía enfebrecida al abandonar la consulta delante de Zak. Cuando llegaron a la puerta principal, la abrió y esperó a que él concertara la cita con la enfermera para el viernes siguiente.

Michelle pensó que el viernes siguiente podría ser Sherilyn quien llevara a Zak a la consulta.

Tenía ya su pasaporte. Dentro de una semana podría estar a muchos kilómetros de California. Pero presentía que, aunque viajara hasta Siberia, algunos hechos no cambiarían.

Había sentido algo por Zak desde que lo había visto en el funeral de Rob. Había sido solícito y tierno con ella. Le había pedido que hablara porque él estaba allí para escucharla. Michelle había sentido la tentación de hacerlo. Sabía que, si le hubiera dejado, Zak hubiera conseguido que hablara de su dolor. Era de ese tipo de hombres. Había pensado mucho en él durante los últimos dos años.

Después de haber pasado una semana con él a solas, se daba cuenta de lo que sentía por aquel hombre. Se había enamorado de él, y cada segundo que pasaban juntos lo amaba más.

Era absurdo.

Michelle no podía evitar pensar que cuando ella empezaba el segundo grado en la escuela elemental de Lincon, ¡Zak no había nacido todavía!

# CAPÍTULO 6

MICHELLE abrazó a Sherilyn y a su hermano.

–Me alegro tanto de que hayáis podido venir a comer con nosotros. Ojalá pudierais quedaros a pasar la noche.

–Lo haríamos, si no fuera porque Lynette empieza a trabajar mañana en una tienda de deportes y tenemos que estar con ella para mostrarle todo nuestro apoyo.

–Por supuesto.

–Gracias por todo lo que has hecho por Zak –dijo Sherilyn–. Se comporta como si no estuviera convaleciente.

–Lo sé. Se cree que ya puede hacer surf y correr quince quilómetros.

–No se lo permitas –murmuró Graham.

–No te preocupes. Fui testigo de todo lo que le dijo el viernes el doctor Tebbs. Por favor, conducid con cuidado, y llamadnos en cuanto lleguéis.

–Lo haremos –le dijo Sherilyn, y la abrazó de nuevo antes de subirse al coche.

Michelle esperó hasta ver el coche desaparecer en la lejanía, y después entró en la casa y cerró con llave. Para su sorpresa empezó a oír la melodía instrumental de *Carmen,* de Bizet. Zak no estaba en el salón, como ella creía, sino que había salido a la terraza.

El sol había desaparecido en el océano. Era una de esas noches demasiado perfecta para ser real.

Zak, de pie y con una bebida en la mano, contemplaba ensimismado el mar. Su musculoso cuerpo era una silueta contra la luz crepuscular. Michelle se quedó inmóvil, mirándolo casi sin poder respirar.

De repente, Zak fue a dejar el vaso sobre la mesa, y se dio cuenta de que Michelle estaba mirándolo desde la puerta.

–Es una parte del día mágica. Ven conmigo a contemplarla.

–Lo haré en cuanto haya puesto un poco de orden en la casa.

Zak se acercó a ella, y la agarró de la mano.

–El trabajo puede esperar. Este momento no.

Michelle no trató de soltarse bruscamente para no hacerle daño.

Salieron juntos a la terraza, y como los dos llevaban puestos pantalones cortos y camisas de manga corta, sus pieles se rozaron y Michelle sintió que una oleada de calor le recorría todo el cuerpo.

Zak se puso detrás de ella, y la sujetó por la cintura.

–Espero que no te importe si me apoyo en ti –le susurró antes de apoyar la barbilla en uno de los hombros de Michelle.

Entre la romántica música que sonaba de fondo y el calor de la respiración de Zak contra su mejilla, Michelle pensó que podría morirse de placer allí mismo.

–¿Qué está pareciéndote hasta ahora?

–¿Carlsbad?

–Carlsbad... la casa...

–Tenías trece años la primera vez que paseamos juntos por este trozo de playa, y recuerdo que me dijiste que un día tendrías tu propia casa aquí, y que iba a ser preciosa. Has conseguido hacer realidad tu sueño.

–¿Recuerdas qué más dije?

Michelle sonrió al recordarlo.

–Sí, me pediste que esperara a que crecieras para que pudiéramos vivir aquí juntos.

–¿Y recuerdas lo que me contestaste?

–Te prometí que lo haría.

Michelle notó que un temblor sacudía el cuerpo de Zak.

–Me rompiste el corazón cuando te casaste con Rob.

En un primer momento, Michelle no se dio cuenta del significado de lo que Zak acababa de decir, pero después se le escapó un gemido, y se volvió lentamente.

Como el cuerpo de Zak estaba tapando la luz procedente del salón, Michelle no podía ver la expresión de su rostro.

–Sólo eras un chiquillo...

–Tú me tratabas como a un igual.

–Entonces la tobillera...

–Fue mi versión del anillo de compromiso.

–Zak... –empezó a decir Michelle con los ojos húmedos.

–Como vi que la seguías llevando puesta pensé que no debía preocuparme.

A Michelle se le escapó un gemido. Sin darse cuenta levantó una mano hacia el rostro de Zak.

–Te hice daño sin tener ni idea...

Zak le tomó la mano, y la apretó contra sus labios.

–No esperaste a que me hiciera un hombre.

Una lágrima se deslizó por el rostro de Michelle.

–Pero no había nada de ese tipo entre nosotros, Zak.

–Tú eras mi amiga, y ésa era la única relación que entendía. Tu hermano me enseñó que para ser feliz con una mujer, ella tenía que ser mi mejor amiga, además de mi amante. También me dijo que no podía pedirle a una mujer que se casara conmigo hasta que no pudiera cuidar de ella.

–Estoy segura de que, al madurar, te habrás dado cuenta de que soy demasiado mayor para ti.

Michelle lo oyó respirar profundamente.

–De lo único que me daba cuenta era de que a medida que iba cumpliendo años, iba alcanzándote. Creía que si trabajaba duro y seguía mi plan al pie de la letra, mi sueño se cumpliría.

La confesión de Zak entristeció profundamente a Michelle.

–¿Por qué estás diciéndome esto ahora? Me duele mucho escucharlo.

–¿Por qué crees tú? –le preguntó en voz baja–. Han pasado dos años desde la última vez que nos vimos. Estoy diciéndote que ya soy un hombre adulto, y puedo cuidar de ti.

A Michelle le pareció que el mundo se paralizaba de repente, mientras ella trataba de asimilar las palabras de Zak.

–No, Zak –susurró, empezando a apartarse de él–. Lo que estás sugiriendo es imposible.

–¿Lo es? Sé que amabas a tu marido, pero entre tú y yo existe una unión especial que muchas parejas casadas darían la vida por poseer. Sabes que tengo razón. Los dos nos dimos cuenta en el preciso momento en que nos vimos en casa de Sherilyn y Graham la semana pasada.

Michelle sintió que algo se le movía en el alma, porque sabía que Zak decía la verdad.

–Lo único que te pido es que lo pienses mientras estás cuidándome.

–¡No necesito pensarlo! –gritó Michelle presa del pánico–. Puede que a ti no te importen nuestros vínculos familiares, ni la diferencia de edad, pero a mí sí. Casi soy como tu tía adoptiva.

–Pero no eres mi tía, ni adoptiva ni nada. Además, nunca te he visto como a una tía. Soy el hermano de tu cuñada, no tu sobrino.

Por lo que a mí respecta, el hecho de que pertenezcamos a la misma familia hace todavía más perfecta la relación. Nos conocemos bien, y nos queremos. Lo pasamos bien juntos. Estamos a gusto con Sherilyn y Graham, como hemos tenido la ocasión de comprobar hoy una vez más. El hecho de que nos casáramos tú y yo no sería más que la evolución natural de las cosas.

–¿Natural...? –ironizó Michelle para ocultar sus emociones hechas añicos–. ¿A ti te parece que lo natural es que te cases con una mujer mayor que tú, no sólo en años sino también en experiencia? Te aseguro que va contra natura. Voy a envejecer mucho antes que tú. ¡Sé realista, Zak! Un hombre de veintiocho años quiere una mujer joven con energía, que pueda darle los mejores años de su vida. Una que tenga mucho tiempo por delante para traer al mundo y educar a sus hijos.

Los dos se quedaron callados un momento.

–¡Mis mejores años ya han pasado! –le espetó Michelle, tratando de provocar una reacción en Zak. Tú y yo seremos tan opuestos como la primavera y el otoño. Somos incompatibles. Siempre sería consciente de que el tiempo me estaba ganando la batalla. Acabarías por detestar las disparidades.

–¿Ya has terminado? –le dijo Zak en el mismo tono que habría empleado un padre con un hijo que acaba de tener una rabieta.

Michelle frunció el ceño.

–No has escuchado ni una sola palabra de lo que he estado diciéndote.

–Al contrario. Conozco muy bien cómo funciona tu cabeza. Sabía lo que me ibas a decir. Como te he dicho antes, piénsatelo un poco.

Michelle estaba espantada.

–Te quiero mucho, Zak. No deseo hacerte más daño. Al pedirme que fuera tu enfermera, sólo te has expuesto a sufrir más.

–Llevo muchos años viviendo con ese dolor. Puedo soportarlo.

–Pues me temo que yo no –dijo Michelle. Estaba temblando, y la brisa del océano hacía empeorar su temblor. Se frotó los brazos para darse calor–. Mañana llamaré a una agencia de colocación para que traigan a otra enfermera que me reemplace.

–Si es eso lo que crees que debes hacer...

Con un aplomo que la dejó atónita, Zak entró en la casa dejándola sola y angustiada. Lo siguió con los ojos hasta que salió del salón.

Se sentía destrozada. Hacía quince años había hecho una promesa a un vulnerable chico de trece años, sin haber imaginado siquiera las consecuencias que su promesa pudiera traer.

Lo había hecho sólo porque pensaba que necesitaba mucho apoyo. Al igual que él, Michelle y Graham habían perdido a sus padres, y sabía muy bien las carencias que ello suponía. Por eso le había parecido lo más natural ofrecerle su amistad. Desde el primer día se habían sentido muy unidos y esa amistad había ido creciendo con los años.

Zak la buscaba, y ella siempre encontraba tiempo para estar con él, porque disfrutaba de su compañía.

Zak era un pensador original. Fascinante. Sabía sacar la parte graciosa de todas las situaciones por desfavorables que fueran. Cuando estaba en primer año de facultad, Michelle se lo pasaba mejor con él que con los chicos que la invitaban a salir. Sabía escuchar, y ésa era una cualidad que no solían poseer los jóvenes que la pretendían.

Entonces Michelle conoció a Rob, un atractivo pediatra, más mayor que ella, que estaba muy bien considerado en el hospital donde ambos trabajaban.

Por primera vez en su vida adulta, Michelle conocía a un hombre que tenía muchas de las cualidades que había admirado en su difunto padre.

Tras llevar saliendo dos semanas, Michelle lo invitó a cenar en casa.

Rob sabía cómo hablar con los niños, y desde el primer momento se llevó muy bien con Lynette, que entonces tenía trece años. Michelle se dio cuenta enseguida de que a su hermano también le caía bien, seguramente porque veía en él las mismas cualidades parecidas a las paternas que ella había observado.

Zak estaba en casa aquel fin de semana y se comportó de manera cordial con Rob, como habría hecho con cualquier invitado.

Al día siguiente, cuando Zak le preguntó si quería ir con él a la piscina de un amigo, Michelle le respondió que no podía, porque había quedado con Rob. Ahora que lo pensaba recordaba que Zak se había quedado muy callado un momento y después había recogido la toalla de playa y se había marchado sin decirle nada más. Pero en aquel momento ella estaba demasiado pendiente de Rob como para dar importancia a aquel hecho.

Seis meses después Rob y ella se casaron, y Zak, al que no había vuelto a ver desde el día en que había invitado a Rob a cenar, se sentó en la iglesia al lado de su hermana y después la ayudó a organizar el banquete, celebrado en el patio que había detrás de la iglesia.

Cuando Michelle se disponía a marcharse de luna de miel con Rob, Zak se acercó a ella y la besó en la mejilla.

–Espero que seas feliz –se limitó a decir, y después desapareció.

Aquello había sido hacía cinco largos años...

Mientras miraba cómo rompían las olas en la orilla, Michelle no podía dejar de pensar que Zak la había amado todo el tiempo antes de casarse, pero nunca le había dicho nada.

Las palabras que había pronunciado antes de que partiera de luna de miel tenían ahora un significado distinto para ella. Cuando las había susurrado sufría enormemente.

¡Tenían que hablar!

Recogió el vaso de la mesa, y cerró las puertas correderas tras de sí. Zak había dejado puesta la música. La apagó y se fue a limpiar la cocina. Cuando terminó se encaminó hacia la habitación de Zak para ver cómo se encontraba antes de empezar a hacer sus ejercicios respiratorios.

Cuando entró, vio que ya se había duchado y estaba metiéndose en la cama. Llevaba puesta sólo la parte de abajo del pijama, y Michelle tuvo la oportunidad de ver que las contusiones ya casi no se le notaban. Como ya habían hecho los ejercicios respiratorios tantas veces, Zak se puso la almohada contra el pecho, sin que Michelle le dijera nada, y empezó a toser. Al verlos, nadie hubiera dicho que con sus declaraciones, Zak había zarandeado los cimientos del mundo de Michelle.

Después de haberle tomado la tensión y auscultarlo, Michelle se sentó a su lado en la cama.

–Zak –le dijo, tomando una de sus manos entre las suyas. En aquel momento sólo pudo ver al joven adolescente del que se había hecho amiga hacía años, y los ojos se le llenaron de ternura–, he tenido tiempo de asimilar lo que me dijiste en la terraza. Me pilló por sorpresa y dije lo primero que se me vino a la cabeza. Ten por seguro que no voy a abandonarte hasta que el médico no te dé el alta.

»Tú no estás enamorado de mí. Creo que, igual que Lynette ahora contigo, confundiste la admiración y el cariño con el amor en un momento de tu vida en que necesitabas mucho sentirte seguro, y ahora que Rob ha muerto sientes lástima por mí porque estoy sola, y quieres ayudarme a superar mi pena. Está claro que nos queremos, Zak. Siempre has significado mucho para mí, y cuando me pediste que fuera tu enfermera, me alegré de estar libre para poder ayudarte, y además porque te echaba de menos.

Michelle le besó la punta de los dedos, antes de soltarle la mano.

–Lo que me dijiste antes me emocionó mucho. Creo que ha sido catártico para los dos. Ahora podemos dejar el pasado atrás, y empezar una nueva etapa como dos amigos que han pasado por muchas cosas tanto juntos como cada uno por su lado.

Zak respiró profundamente.

–Tú siempre serás mi mejor amiga, Michelle –le dijo.

–Y tú el mío –le respondió ella.

Michelle pensó que esas confesiones íntimas tendrían que haberse dado entre ella y Rob, pero en cuanto se había enterado de que tenía una enfermedad terminal se había cerrado a ella por completo.

Cuando Zak había hablado con ella durante el funeral, recordaba haber pensado que él nunca se habría comportado como Rob. Zak lo habría compartido todo con ella, hasta su último suspiro, tal y como habían hecho antes de que hubieran tenido que separarse porque ella empezaba la carrera de enfermería y sus vidas habían tomado distintos caminos.

–Tenías razón cuando dijiste que nos unía un vínculo muy fuerte. En cuanto te vi aparecer en casa de Sherilyn y Graham, me di cuenta de que era como en los viejos tiempos.

Zak asintió. De repente, parecía más feliz.

Michelle se levantó de la cama.

–Te traeré agua con hielo. ¿Quieres algo más?

–Nada. Gracias.

Cuando Michelle regresaba a la habitación de Zak, oyó que la llamaban por teléfono. Era Sherilyn para decirle que habían llegado bien.

–Buenas noches –le susurró tras dejarle el vaso de agua sobre la mesita de noche.

El viernes acudieron a la consulta del doctor Tebbs. Para alegría de Zak, el médico les dijo que la radiografía mostraba que sus pulmones se encontraban en perfecto estado. A partir de aquel momento, el paciente debería darse un paseo diario para fortalecerse. Tras cada paseo, Michelle debería hacerle una prueba para ver si los pulmones se oxigenaban convenientemente, además de seguir comprobando sus otras constantes vitales.

Todavía no podía conducir, nadar, ni empezar a trabajar, y debería regresar a la consulta el viernes de la semana siguiente.

–Deberíamos celebrarlo –dijo Zak–. Te invito a cenar esta noche.

A las seis de la tarde, Michelle sacó el coche del garaje.

–¿Hacia dónde quieres que me dirija? –preguntó a Zak, que llevaba puesto un jersey de cuello vuelto y unos pantalones de lana fría de color oscuro. Era tan atractivo que daba lo mismo la ropa que se pusiera. Los otros hombres simplemente no daban la talla a su lado.

–Vete hacia el puerto viejo. Aparcaremos cerca

de allí e iremos andando al restaurante que está al final del puerto.

–Recuerdo el sitio. Es como si estuvieras cenando en un barco en medio del océano. Me acuerdo de que preparaban muy bien el pescado con patatas fritas.

–Sí, me muero de ganas de volverlo a comer.

Cuando llegaron al lugar en cuestión, se dieron cuenta de que no había mucha gente todavía, así que pudieron aparcar cerca del famoso puerto viejo. Michelle se dio cuenta de las ganas que tenía Zak de estirar las piernas, después de llevar un rato metido en el coche. Pensó que un paseo le vendría bien.

Cuando estaban a mitad de camino del final del puerto, repararon en unos pescadores. Se detuvieron a ver si habían capturado algo pero, tal y como se temían no había sido así, porque todavía había surfistas aprovechando las últimas horas de luz.

–El negro es el color que mejor te sienta –murmuró Zak.

Michelle se volvió hacia él, y se dio cuenta de que la estaba observando.

–Ese vestido debe de ser nuevo. Estás guapísima.

Michelle empezó a respirar agitadamente.

–Gracias. Tú también estás muy guapo.

–Con la luz crepuscular, tu pelo adquiere un increíble tono entre plateado y dorado –afirmó Zak.

Michelle fue a decir algo, pero Zak le puso un dedo en los labios.

–Por una vez, no estropees el momento haciendo algún comentario despectivo acerca de tu edad. Todavía no veo ninguna cana.

Michelle pensó que, una vez más, le había leído el pensamiento.

Echaron a andar de nuevo, y cuando la zona empezó a hacerse más concurrida, Zak la tomó de la mano. Michelle sintió las miradas de la gente fijas en ellos. Las de los hombres que la miraban le pasaron desapercibidas, pero no así las de las mujeres, que miraban a Zak sin disimular su interés.

Pensó que ya no era la enfermera que va al cuidado de su paciente, procurando que no se caiga. La impresión que debían de dar era la de una pareja que había salido a pasar una agradable velada juntos.

Michelle se lo pasó muy bien aquella noche. Los dos comieron pescado con patatas fritas y de postre un batido de chocolate. Desde donde estaban sentados podían ver barcos de vela a lo lejos.

–¿Cómo te encuentras? –le preguntó Michelle cuando terminaron de cenar.

–Si quieres que te diga la verdad, no recuerdo la última vez que me sentí tan vivo y descansado.

–Sherilyn me dijo que hace años que no te tomas unas vacaciones.

–A mí me dijo lo mismo sobre ti.

Michelle miró su plato vacío.

–Nunca te habría deseado este accidente, pero la verdad es que a causa de él te has visto obligado a descansar una temporada, y te vendrá bien.

–¿Nos vamos? –dijo Zak tras pagar la cuenta–. Nuestra noche no ha hecho más que comenzar.

El corazón de Michelle empezó a palpitar.

–¿Qué quieres decir?

Zak sonrió misteriosamente.

–Ya lo averiguarás.

Cuando estaban acercándose al coche, Zak tomó a Michelle por el brazo.

–Hay una actuación de teatro al aire libre a sólo dos calles de aquí. Vayamos andando. Estoy seguro de que te encantará.

–Si no estás cansado...

–Si me canso, te lo diré.

–¿Prometido?

Zak la miró fijamente.

–¿Acaso te he mentido alguna vez?

–No.

–Entonces, vamos.

Zak la tomó de la mano para cruzar la calle, pero ya no volvió a soltársela. Michelle imaginó que lo hacía para protegerla de la gente con la que se cruzaban, ya que durante el fin de semana las zonas costeras estaban muy concurridas.

Cuando ya estaban llegando a su destino, empezaron a oír música.

–Es Miki y su familia, junto con sus primos y sus familias. Periódicamente ponen en escena una fabulosa representación para la ciudad. Tienes que comprar las entradas con mucha antelación. Ya ha empezado, pero Melee me prometió que nos guardaría sitio en las filas delanteras. Vamos, date prisa.

Michelle aceleró el paso para poder seguir a Zak. Cuando llegaron a la zona del escenario y se sentaron en sus localidades, Michelle contó treinta personas, incluidos los hijos de Miki, todos vestidos con los trajes típicos de Tonga, una isla de la Polinesia.

Estaba oscureciendo y los hermosos cuerpos y rostros de los artistas quedaron iluminados por la luz de unas antorchas.

Bailaron danzas de guerra, acompañadas por

tambores, y cantaron dulces canciones de amor. Durante un rato, Michelle se sintió transportada a Tonga.

Cuando terminaron, los premiaron con una estruendosa ovación. Después, Miki anunció que a partir de aquel momento empezaría a sonar una grabación de su música por los altavoces para que todos pudieran bailar.

Su actuación había atraído a un gran número de gente que se puso a bailar en la calle.

–Eh, Zak...

Michelle se volvió, y vio que Miki y Melee se acercaban a ellos, seguidos de sus hijos.

Miki estrechó la mano de Zak.

–Me alegro de que hayas venido.

–No nos lo habríamos perdido por nada del mundo –le aseguró Zak.

–Ha sido maravilloso –dijo Michelle, que cuando vio a los dos niños los abrazó–. Tenéis unas voces preciosas.

Melee miraba a Zak, sonriente.

–Tienes muy buen aspecto, Zak. Ten, esto es para ti –le dijo, y le puso un collar de flores.

Miki hizo lo mismo con Michelle, que aspiró la deliciosa fragancia floral.

–Gracias –dijeron los dos al mismo tiempo.

–¿Vas a volver a trabajar el lunes?

–Me temo que no. Dame una semana más.

–Estar en casa te sienta bien. Tómate dos semanas –le dijo Melee, que los contempló con un destello en los ojos.

Michelle se agachó.

–¿Os gustaría bailar conmigo, chicos?

Amato se echó a reír, pero Selu, el más pequeño, asintió.

–Vamos, entonces.

Michelle lo llevó a la pista, y se puso a bailar con él para delicia de los presentes. Enseguida se les unió Amato, que quería que Michelle también bailara con él.

Cuando regresaron al lado de los padres de los niños, Michelle tenía las mejillas muy rojas.

–Son encantadores.

–Se te dan muy bien los niños –le dijo Melee.

–¿Averiguamos que tal se le doy yo? –dijo Zak, y tiró de Michelle hacia la pista.

Michelle había hecho muchas actividades con Zak, pero nunca había bailado con él. Sabía que no debería estar haciendo aquello, pero se dejó llevar por el encanto de la velada y se prometió a sí misma que sólo sería un baile.

–¡No levantes los brazos, Zak! Simplemente nos agarraremos.

Zak deslizó los brazos alrededor de la cintura de Michelle y la apretó contra sí, por lo que ella se vio forzada a deslizar los suyos alrededor del cuello masculino. Michelle tenía la mejilla apretada contra el collar de flores de Zak, y podía oler su perfume embriagador.

Sus cuerpos se acoplaron perfectamente. Michelle se sentía tan a gusto en sus brazos que pensó que era como una droga de la que tenía dependencia. Lentamente se movieron por la pista al ritmo de una canción de amor tras otra.

–Es agradable, ¿verdad? –dijo Zak.

–Sí –se limitó a responder Michelle, temerosa de

que si decía algo más se le notaría en el temblor de la voz cuánto lo deseaba en aquel momento–. Será mejor que lo dejemos pronto –le dijo al cabo de un rato–. Hoy has hecho más esfuerzos de los debidos.

–Tú eres la enfermera –le respondió–. Cuando quieras que nos vayamos, dímelo.

Michelle pensó que estaría toda la vida abrazada a él.

–Tie... tienes la respiración muy agitada –tartamudeó ella.

–Tú también. Tal vez si hago esto, se resolverá el problema.

Michelle dejó escapar un gemido al sentir los labios de Zak sobre los suyos.

No fue un ligero roce en sus labios, como el de la semana anterior. Sus bocas se fundieron con el calor abrasador de una pasión reprimida durante mucho tiempo. Michelle se abandonó en sus brazos hasta tal punto que no se dio cuenta siquiera de que habían dejado de bailar.

–Hacía mucho tiempo que tenía ganas de hacer esto –dijo Zak con la respiración agitada tras dejar de besarla–. Gracias por no impedírmelo. Has sido mi fantasía durante demasiados años.

–Ahora que ya me lo he quitado de la cabeza, creo que podré limitarme a ser sólo amigo tuyo. ¿Nos despedimos de los Mokofisi?

# CAPÍTULO 7

YA ERAN casi las once, cuando Michelle y Zak se subieron al coche para regresar a Carlsbad.

Desde que habían dejado el anfiteatro, Zak no había intentado tomarla de la mano ni había pronunciado palabra, pero parecía contento.

Sin embargo, ella estaba muriéndose por dentro. Había sucedido algo que nunca debería haber ocurrido. Zak había escalado el último muro defensivo que en el pasado la había protegido. Ahora conocía su debilidad.

Acababan de arrancar, cuando sonó el teléfono móvil de Zak.

Por la conversación, Michelle se dio cuenta enseguida de que estaba hablando con Sherilyn.

–Espera un poco. Tengo que consultárselo a Michelle –dijo, y se volvió hacia ella–. Mañana es el cumpleaños de Lynette.

–¡Es verdad!

Michelle se había acordado días antes, pero luego no había vuelto a pensar en ello.

–Sherilyn y Graham dicen que les gustaría que fuéramos a celebrarlo a su casa mañana. Podríamos quedarnos hasta el domingo, para que el viaje de coche no se nos hiciera tan pesado.

Michelle pensó que, después de lo que había pasado aquella noche, la invitación no podía llegar en mejor momento.

–Es una idea estupenda –dijo Michelle–. Incluso si Lynette se va de casa o se niega a participar, al menos sabrá que fuiste porque querías participar en la celebración de su cumpleaños.

–Michelle está de acuerdo –dijo Zak a su hermana–. Llegaremos sobre las once.

–Me temo que no tengo ningún regalo para Lynette –se lamentó Michelle cuando Zak hubo colgado el teléfono.

–Ya somos dos –respondió él–. Cuando lleguemos a Riverside, podemos parar en una tienda de música y comprarle dos de los últimos CDs que hayan salido para que los escuche en el coche.

–Tal vez podríamos comprarle una película también.

Michelle vio que Zak apoyaba la cabeza en el reposa cabezas del coche, y se alarmó un poco.

–Lo primero que tienes que hacer en cuanto lleguemos a casa es meterte en la cama.

–No te alarmes, Michelle. Te aseguro que no recuerdo la última vez que me sentí así de bien.

Michelle pensó que ella sentía lo mismo, y que por eso no podía consentir que volviera a repetirse una noche como aquélla.

Cuando entraron en el callejón, Zak le pidió que se detuviera para que él pudiera retirar el correo del buzón. Le dijo que se encontrarían dentro de la casa.

Michelle se sintió aliviada al verse sola en el coche. Necesitaba esos minutos de soledad para tranquilizarse. No podía dejar de pensar en las palabras de Zak diciéndole que, tras haber conseguido por fin realizar su fantasía, podía limitarse a ser sólo amigo suyo. Michelle pensó que si era capaz de eso, no podía ser de carne y hueso. Sin embargo, sabía que sí lo era.

Aquel beso lo había cambiado todo para ella.

Estaba asustada. Durante el fin de semana, necesitaba hablar con alguien experimentado. Un buen amigo en el que pudiera confiar. Alguien objetivo que no la juzgara.

Minutos después, todavía sumida en sus pensamientos, entró en la habitación de Zak. Lo encontró frente a la ventana con la mirada fija en el océano.

–Ven que te tome la tensión –le dijo–. No tardaré nada.

Cuando Zak se volvió hacia ella, Michelle se dio cuenta de que su mirada había cambiado. Hacía años que no veía en ella tanta frialdad, tanta preocupación. Desde que era un adolescente que estaba intentando encontrar sentido a su vida.

–¿Pasa algo malo, Zak? –le preguntó angustiada.

Recibió el silencio por respuesta.

–¿Has tenido malas noticias? ¿Has recibido otra llamada de Sherilyn mientras estabas recogiendo el correo?

–No –murmuró, y volvió a fijar su mirada en el océano.

–Entonces, has tenido que recibir alguna carta que te ha alterado.

–Te agradezco tu preocupación, pero no quiero hablar de ello.

Michelle se mordió el labio. Sabía que ella no había hecho nada para que Zak se encontrara así, pero aun así, no podía evitar el dolor que le causaba que no la hiciera partícipe de su preocupación. Se dio cuenta de que era la primera vez que Zak hacía algo así.

–Tengo que tomarte la tensión.

–Ahora no –dijo tajantemente.

Michelle se dio cuenta de que era mejor que se marchara.

Cuando se encaminaba a la salida, vio que Zak había dejado el collar de flores al lado de la gardenia. Cuando fue a oler la combinación de fragancias, vio la esquina de un sobre debajo de los pétalos, que no había observado antes allí.

De repente, sus pies se negaron a moverse del sitio. Zak estaba muy preocupado, y tenía que saber por qué.

–Zak...

–¿Por qué no te has marchado todavía? –le preguntó él con rostro inexpresivo, al darse la vuelta.

Michelle pensó que nunca lo había visto así.

–Porque sé que estás sufriendo. La semana pasada me acusaste de no abrirme a ti, y ahora tú estás haciendo lo mismo. Habla conmigo, Zak –le suplicó.

Una mueca marcó surcos en su rostro, envejeciéndolo. Tras un largo silencio, se decidió a hablar.

–Acabo de recibir una carta de un bufete de abogados de Los Ángeles.

Michelle se asustó.

–¿Han denunciado a tu empresa?

–No.

–Gracias a Dios.

De repente, Michelle pensó que, tal vez, una mujer de su pasado le había puesto una demanda de paternidad. Cuando ya creía que no podía soportar más el suspense, Zak dijo:

–Al parecer mi padre biológico está vivo, y ha estado buscándome.

Su padre biológico...

–Pero es increíble –dijo Michelle–. ¿Cómo demonios ha sabido dónde encontrarte?

–Tal vez sea todavía más importante preguntarse cuánto tiempo hace que sabe dónde encontrarme –dijo con frialdad.

Michelle se estremeció.

–¿Qué más dice la carta?

–Que le gustaría conocer a su hijo. Si estoy de acuerdo, lo único que tengo que hacer es hacérselo saber a su abogado. Si no lo estoy, no volverán a molestarme.

Michelle se abrazó la cintura, consternada. Sabía por lo que debía de estar pasando Zak en aquel momento. Ya había sufrido bastante en su vida, cuando sus padres biológicos lo abandonaron, y después cuando sus padres adoptivos fallecieron. Era un milagro que hubiera sido capaz de superar tanta adversidad.

Las cicatrices habían estado siempre muy bien enterradas en lo más profundo de su cerebro. No era justo que una carta las hubiera desenterrado.

–No serías humano si no sintieras curiosidad por conocer a tu padre biológico –dijo Michelle–. Sobre todo cuando nunca has sabido las circunstancias que hicieron que te abandonaran en manos de los servicios sociales.

–¿Circunstancias? –dijo Zak con ironía–. Lo que él y mi madre biológica me hicieron fue inhumano.

–Oh, Zak... Tal vez lo haya llevado sobre su conciencia durante todos estos años. Tal vez esté muriéndose.

–¿Crees que me importa un bledo? –preguntó Zak con voz temblorosa.

–Pues claro que sí. Te dio la vida.

Zak volvió a mirar al océano. Michelle se acercó más a él.

–Si te preocupa la reacción de Sherilyn, haces mal. Ella te apoyará tomes la decisión que tomes. Lo que más le ha importado siempre ha sido tu bienestar. Y a Graham también.

–¿Acaso crees que no lo sé? –le respondió con una brusquedad producida por el dolor que sentía.

–Creo que será mejor que me calle. No estoy en tu piel, y no puedo saber lo que sientes. Perdóname, Zak –le dijo, y se apresuró a salir de la habitación.

Necesitaba ir a su dormitorio. Las emociones la estaban destrozando, y deseaba estar sola.

Era como si el beso que se habían dado aquella noche hubiera abierto la caja de Pandora, liberando una fuerza que la aterrorizaba. Después, de repente, había llegado aquella misiva...

Si decidía conocer a su padre, quién sabía qué otras fuerzas se hallarían agazapadas a la espera de provocar más agitación en la mente de Zak. Dependiendo de lo que encontrara, podría cambiarlo.

Lo cambiaría. Por supuesto que sí. Pero ¿cómo? Aquélla fue la pregunta que no pudo quitarse de la cabeza en toda la noche.

No consiguió dormirse porque sabía que no era la única que estaba despierta. Al otro lado de la pared, un hombre luchaba contra sus demonios, y no podía hacer nada para ayudarlo. Sin embargo, cuando le dio los buenos días al día siguiente, actuó como si nada hubiera pasado.

Aquello no era propio de Zak, pero la situación difería de cualquier otra a la que hubiera tenido que enfrentarse en el pasado. Sabía que no tenía que insistir en que le contara nada. Si tenía pensado hacerlo, lo haría cuando lo creyera oportuno.

Tras un rápido desayuno, se marcharon a las nueve. Durante el camino hablaron de cosas sin interés y escucharon la radio. En Riverside, se detuvieron a comprar los regalos de Lynette. Después condujeron hasta la casa, donde encontraron a Graham y Sherilyn quitando maleza de la parte delantera.

Al ver a Zak, se mostraron encantados de que estuviera tan recuperado. Michelle preguntó por Lynette.

–Tenía que estar pronto en la tienda esta mañana, pero hoy sólo trabaja media jornada, así que estará en casa sobre la una y media.

–Entonces, vamos a prepararle la fiesta.

Michelle enlazó a su cuñada por el brazo, y ambas entraron en la casa, seguidas por los hombres.

–¿Qué vais a regalarle? –preguntó Michelle.

Vio que su cuñada miraba a su marido como si no se atreviera a decírselo.

–Díselo tú, cariño.

–Sherilyn no se atreve a decírtelo, porque no quiere de ninguna manera que te sientas herida.

–¿Por qué iba a sentirse herida? –preguntó Zak, antes de que Michelle pudiera hacerlo.

–Después de casarte con Rob, Lynette quiso mudarse a tu apartamento, pero le dijimos que todavía era demasiado joven y le dejamos claro que el apartamento era todavía tuyo, vivieras en él o no. Desde entonces han cambiado muchas cosas, así que después de pensárnoslo mucho esta mañana, en cuanto se marchó a trabajar, llevamos todas sus pertenencias al apartamento.

–¡Me alegro tanto! –exclamó Michelle.

–¿De verdad que no te importa?

–Sherilyn... ¿Cómo puedes preguntármelo? Cuando venga de visita me quedaré en la habitación que ocupaba Lynette antes. Lo importante es que se dé cuenta de que confías en ella. De esta manera podrá ser independientemente dependiente, igual que lo era yo.

Todos se echaron a reír.

Zak puso un brazo alrededor del hombro de su hermana.

–Estoy de acuerdo con Michelle. Es el mejor regalo que podíais haberle hecho.

–Tal vez todavía quiera seguir buscando apartamento –se lamentó Sherilyn.

–Aunque así fuera –intervino Graham–, tendrá que vivir en nuestro apartamento hasta que haya ganado bastante dinero para pagar los dos meses de alquiler por adelantado que van a pedirle.

–Graham tiene razón, así que esperaremos a ver qué pasa –dijo Michelle–. Ahora, Sherilyn, déjame ayudarte con la cena.

–Ya he preparado las ensaladas. Haremos una barbacoa de pollo y comeremos en el patio.

–¿Qué puedo hacer?

–Escarchar el pastel.

–Mi trabajo favorito –dijo Michelle, y siguió a su cuñada hasta la cocina.

Cuando dieron las dos menos cuarto, y Lynette no había llegado todavía, Sherilyn llamó a la tienda para ver si se había retrasado. Por la cara de pena con que colgó el teléfono, todo el mundo comprendió que Lynette estaba en otro sitio.

Zak apretó los labios.

–¿Le habías dicho que venía yo?

–No exactamente, pero sabía que estábamos planeando celebrar el cumpleaños en familia.

–Bueno, yo estoy muriéndome de hambre –dijo Graham–, así que hagamos como si estuviera aquí, y empecemos a comer. Esperemos que aparezca en algún momento.

Media hora después, Lynette se presentó en el patio, donde todo el mundo estaba ya repitiendo por segunda o tercera vez. Los regalos de cumpleaños se encontraban apilados sobre su asiento, esperando a que su dueña llegara para abrirlos.

Graham empezó a cantar el *Cumpleaños Feliz*, y todo el mundo lo acompañó.

Lynette esperó a que terminaran de cantar, y se quedó mirando a sus padres.

–¿Qué le ha pasado a mi habitación?

–Tiene gracia que lo preguntes –dijo Graham, y le enseñó una llave–. Toma, esto es para ti.

Lynette frunció el ceño.

–No comprendo.

–Todas las chicas cuando cumplen los diecinueve deberían tener su propio apartamento.

–No quiero el de la tía Michelle –dijo muy tensa.

–Ya no es suyo. Puedes pintarlo y decorarlo a tu gusto.

–Yo que tú aceptaría el regalo –intervino Zak–.

¿Sabes la suerte que tienes de contar con un padre que te quiere desde el momento en que supo que tu madre te llevaba en su vientre? ¿Quién estuvo presente en tu nacimiento? ¿Quién te llevó a la guardería el primer día? ¿Quién te aseguró que siempre serías su princesa, aunque tus amigos te dijeran cosas desagradables para hacerte daño?

Se hizo un silencio sepulcral.

Michelle bajó la cabeza. Sabía muy bien por qué Zak estaba diciendo aquellas cosas con tanto sentimiento, pero hasta que decidiera contárselo él mismo a la familia, ella no diría ni una palabra.

–Deberías arrodillarte para darle gracias a Dios por los padres que tienes –dijo Zak, y después se sacó una carta del bolsillo–. ¿Sabes lo que es esto?

Michelle se dio cuenta de que era la carta que había visto debajo del collar de flores la noche anterior.

–Me llegó a casa ayer por la tarde. Toma, Lynette. Léela para todos.

Lynette, muy pálida, se sintió tan intimidada por su tío que tomó la carta sin protestar, la abrió y empezó a leer.

–Estimado señor Sadler, me llamo Red Jamison y soy abogado del bufete de Walters, McKnight y Jamison en Los Angeles, California. Mi cliente, que prefiere permanecer en el anonimato por el momento, me ha pedido que le escriba en su nombre. Después de llevar a cabo numerosas investigaciones, ha llegado a la conclusión de que usted es su... hijo.

Atónita, Lynette dejó de leer un momento. Sherilyn dio un respingo y todos se volvieron hacia ella.

La expresión de Graham no cambió, pero Michelle apreció un destello en sus ojos.

–Sigue leyendo –pidió Zak a Lynette.

–Le... le gustaría conocerlo –tartamudeó la joven–, pero lo comprenderá si usted no quiere saber nada... –Lynette se detuvo porque las lágrimas empezaban a deslizarse por sus pálidas mejillas– lo comprenderá si usted no quiere saber nada de él. Por... por favor informe al bufete de cuáles son sus deseos. Si usted decide no conocer a mi cliente, éste se compromete a no volverlo a molestar. Atentamente, Rex Jamison.

Zak quitó la carta a Lynette.

–Ése es mi padre, Lynette. Diría que llega veintiocho años tarde, ¿no te parece? Sin embargo tu padre fue quien estuvo presente cuando quedé tercero en el concurso científico, y me vio lanzar la jabalina en la competición del instituto. Fue quien me ayudó a trasladar todas mis cosas al colegio mayor universitario, y quien me dejó dinero en el cajón de los calcetines cuando yo no miraba. El suyo fue el rostro que vi, junto al de Sherilyn, al recobrar el conocimiento tras el accidente y suya fue la voz que me dijo que iba a ponerme bien.

»No abandones a tus padres –dijo con los ojos húmedos–, del mismo modo en que me abandonaron a mí mis padres biológicos, Lynette. La vida es demasiado preciosa como para desperdiciarla.

Lynette, que se había echado a llorar, se volvió hacia sus padres, también con lágrimas en los ojos, y les suplicó que la perdonaran.

Michelle, con los ojos húmedos por la emoción, miró a Zak. Hubiera deseado abrazarlo, pero como sabía que no podía, hizo lo que consideró más parecido: le apretó la mano con fuerza.

–¿Vas a encontrarte con él? –preguntó Lynette, minutos más tarde.

Para entonces, ya había ocupado su lugar en la mesa. Zak había conseguido el milagro: Lynette volvía a hablarle, y había hecho las paces con sus padres.

–La decisión es de Michelle.

Al oír mencionar su nombre, Michelle estuvo a punto de desvanecerse.

–Ella fue mi primera amiga cuando Graham compró esta casa para que todos viviéramos en ella. La verdad es que me obligó a ser su amigo, porque yo era un niño de nueve años muy sensible cuyo difícil comportamiento dejaba mucho que desear. Se lo hice pasar lo peor que pude, pero en mi interior rezaba para que ella no me abandonara. Desde una edad muy temprana se convirtió en mi mejor amiga, y recientemente en mi enfermera. Siempre ha sabido lo que mejor me convenía. Por lo tanto será ella quien tome la decisión. De todos modos mi verdadera familia sois vosotros. No necesito a nadie más.

Michelle se dio cuenta de que había mensajes ocultos dirigidos a ella en lo que le había dicho a Lynette. Estaba pidiéndole que se lo pensara. No había abandonado la fantasía de que pudieran contraer matrimonio.

Michelle deseó con todas sus fuerzas salir de allí, huir de aquella presencia abrumadora.

–Chicos –dijo–. Mientras lleváis los regalos al apartamento de Lynette, recogeré esto un poco y después iré a visitar a mi amiga Gail.

Michelle había dicho el primer nombre que le había venido a la cabeza.

–No volveré hasta tarde, pero no os preocupéis porque tengo la llave.

–¿Y quién va a tomarme la tensión?

Michelle pensó que a Zak no lo había preocupado aquello lo más mínimo la noche anterior.

–Te la tomaré por la mañana, después de que hayas dado un paseo –dijo sin mirarlo.

Se levantó de la mesa, y empezó a llevar los platos a la cocina. A Zak no le quedó más remedio que ayudar a los demás.

Terminó lo antes que pudo de recoger y se apresuró a montarse en el coche. Hasta que no llevaba recorrida media calle no soltó el aire que estaba reteniendo. Habían estado juntos tan constantemente que le parecía estar a punto de perder la razón.

Cuando llegó a la autopista de la costa, se detuvo a echar gasolina. Mientras le llenaban el depósito, llamó por teléfono a la única persona que podía ayudarla en aquel momento. Necesitaba la perspectiva masculina sobre una situación que se le estaba escapando de las manos.

Llamó a Mike a casa, pero le respondió el contestador automático. Pensó que estaría en el club de golf, así que pidió el teléfono a información, y lo llamó allí.

Al presentarse como la antigua enfermera de Mike Francis y decir que necesitaba ponerse en contacto con él urgentemente, el director le dijo que Mike estaba jugando y tardaría por lo menos dos horas en regresar. Michelle decidió entonces acercarse al campo de golf. Sabía que no tardaría más de tres cuartos de hora en llegar. Pensó en la razón que había tenido Zak al decir a Lynette que tenía suerte de contar con un padre como Graham. Ella también necesitaba un padre en aquel momento, y como el suyo había muerto, Mike desempeñaría el papel de sustituto.

El pobre Mike le había dicho que podía contar con él siempre que quisiera, y sabía que lo había dicho de verdad porque siempre habían sido muy sinceros el uno con el otro.

Al llegar al campo de golf, Mike estaba esperándola en la puerta. El director debía de haberle advertido de su llamada. Estaba moreno y en buena forma física. Ya no se le notaba casi la cojera, así que Michelle pensó que no tardaría en encontrarse completamente recuperado.

–Mike...

Se abrazaron.

–Sé que no habrías venido a menos que necesitaras hablar. Sígueme a casa, allí tendremos más privacidad. La prensa ha resultado bastante agobiante esta tarde.

Al oír aquello, Michelle se apresuró a dirigirse al coche.

Cinco minutos más tarde, estaban sentados en el salón de Mike, un lugar donde habían pasado muchas semanas juntos durante la convalecencia del golfista.

–¿Te apetece un refresco?

–No, gracias.

Mike la observó un momento.

–Tienes un aspecto estupendo, pero noto una expresión de agobio en tus ojos que no había visto antes. Háblame del hombre del que estás enamorada.

Michelle ocultó el rostro entre las manos.

–Se llama Zak, y es el hermano adoptivo de mi cuñada.

–Ya, el intocable.

–Sí –confesó ella–. Tiene sólo veintiocho años. Asegura llevar enamorado de mí desde la adolescencia, y tiene la ridícula idea de que quiere casarse conmigo.

–¿Qué tiene de ridícula? –le preguntó con el mismo tono razonable que había empleado Zak. Michelle sintió ganas de gritar.

–¡Todo! Pertenecemos a la misma familia. Estoy segura de que mi hermano y su esposa se quedarían atónitos.

–Pero no existe consanguinidad entre vosotros. Eres tan libre de casarte con él como lo fue tu hermano de casarse con su mujer. No veo el problema, ni creo que ellos lo vean tampoco. Si te casas con Zak, seguiréis siendo una familia.

Michelle se dio cuenta de que Zak había dicho prácticamente lo mismo.

–¿Qué otra cosa te tiene tan disgustada?

Michelle respiró profundamente con esfuerzo.

–Piensa en una mujer que conozcas y sea siete u ocho años más mayor que tú.

–Dena Margetts –dijo de inmediato.

Michelle parpadeó.

–¿Esa mujer tan atractiva que me presentaste una vez en el club de golf?

Mike asintió con una sonrisa.

–Bueno, tal vez sea atractiva ahora, pero envejecerá –insistió ella.

–Y yo también.

–Sé sincero –le dijo con voz temblorosa–. Si pudieras casarte con cualquier mujer, nunca elegirías a una que fuera mayor que tú.

–Si estuviera enamorado de ella, por supuesto que sí. ¿Qué más da cuando se trata de dos personas adultas? Las estadísticas prueban que las mujeres sobreviven a sus maridos siete u ocho años. Si te casaras con Zak, probablemente disfrutarías de su compañía hasta el final de tu vida.

–No lo comprendes. Mi piel ya no está tan suave como la de una veinteañera. Tengo arrugas que ellas no tienen. Me cuesta perder peso. Jadeo más cuando camino y hasta tengo ya algunas canas.

Mike se puso muy serio.

–¿Cuántos años tenía Zak cuando se casó tu hermano?

–Nueve.

–Entonces te ha conocido siendo más joven. Te quería entonces, y te quiere ahora.

–Pero quiere tener hijos, y yo voy a cumplir los treinta y seis, Ni siquiera sé si soy fértil.

–Entonces, cásate con él lo antes posible, y averígualo. Por si acaso, mientras estés esperando a quedarte embarazada, solicita un niño en adopción.

–Zak no debería tener que adoptar a un niño, siendo él adoptado. Una mujer más joven podría darle los hijos que quisiera.

Mike se echó hacia delante en la silla, y la miró con compasión.

–Me parece que lo que te pasa en realidad es que temes no poder llegar a complacerlo en lo que una esposa quiere complacer a su marido, ya sabes a lo que me refiero. Zak es más joven que Rob, así que estás nerviosa por no llegar a satisfacerle por completo. ¿Me equivoco?

Michelle apartó la mirada.

Mike acababa de mencionar lo que más la torturaba cada vez que pensaba en ello.

–Ése es un tema en el que nadie puede ayudarte. Pero, si te sirve de consuelo, piensa que él también está asustado. Los hombres también se asustan.

–¿Zak, asustado?

–Es consciente de que amabas a tu marido y tuviste una relación satisfactoria con él. Puedo garantizarte que está preocupado porque puedas establecer comparaciones, no sólo como amante sino como compañero. Tu marido era un buen médico, Michelle. Maduro y bien parecido. Tú eres una enfermera estupenda. Vuestras profesiones eran compatibles. Estoy seguro de que Zak ha estado preguntándose si puede hacerte tan feliz como eras con Rob.

Michelle nunca había pensado que Zak pudiera tener miedos. Para ella era un hombre muy seguro de sí mismo. Sólo había pensado en todas las cosas por las que ella no era adecuada para él.

Mike le había hecho ver la situación de otro modo. Ahora sabía por qué había acudido a hablar con él en vez de Gail en busca de respuestas.

–Te enamoraste mientras te ocupabas de él como enfermera, ¿verdad?

–Sí. Previamente, la última vez que lo había visto, había sido en el funeral de Rob hace dos años. Estaba muy deprimida, porque Rob no me había dejado ayudarlo emocionalmente. Me temo que hice comparaciones entre él y Zak, con quien siempre me había resultado tan fácil hablar, y me sentí culpable. Zak ha estado en mi mente desde entonces.

–¡Entonces cásate con el pobre hombre!

–Me pidió que pensara en nuestro futuro, y ahora no puedo pensar en nada más –admitió.

–Me gustaría conocer a Zak algún día. Debe de tener un corazón de guerrero para seguir estando detrás de ti después de todo lo que le has dicho para desanimarlo durante las últimas semanas. Parece un competidor muy duro. Me alegro de no tenerlo como adversario en una competición de golf.

–¡Oh, Mike! –Michelle se puso de pie medio riendo y medio llorando–. Eres tan maravilloso. No puedes hacerte a la idea de cuánto necesitaba esta conversación.

–Yo te necesité mucho también durante mi convalecencia. Fueron unos días muy oscuros y tristes. Tú alimentaste en mí la esperanza de que podría volver a jugar al golf, y siempre te estaré agradecido por ello, Michelle, así que creo que estamos en paz. Vamos, te acompañaré al coche.

# CAPÍTULO 8

AYER CREÍ que habías dicho que ibas a hablar con Gail.

Michelle se preguntó sobresaltada cómo sabía Zak que no había sido así. Levantó la mirada de los sándwiches que acababa de preparar para la comida y vio la expresión sombría de Zak, con el periódico del domingo en la mano.

Para consternación de la familia, se había despertado aquella mañana diciendo que quería regresar a Carlsbad. Todos culparon a la carta que había recibido el día anterior por su nerviosismo. Michelle no tuvo más remedio que marcharse con él después del desayuno.

El viaje de vuelta a casa había sido bastante agradable. Habían evitado hablar del tema que lo tenía tan preocupado, y se habían limitado a comentar el cambio positivo de actitud de Lynette. Sherilyn y Graham estaban muy contentos, así que todo parecía ir bien. O al menos eso pensaba ella...

–Ésa fue mi primera intención, pero después cambié de opinión.

–Ya me imagino –dijo Zak entre dientes, y le tiró la página de deportes.

Michelle gimió al verse en una fotografía en blanco y negro, en la que ella y Mike estaban abrazándose a la puerta del club de golf. Atónita, leyó el titular en el que se insinuaba que podría existir un romance entre ellos.

–La prensa se ha equivocado, como es habitual –dijo Michelle, que dejó a un lado el periódico y fue a lavarse las manos en el fregadero.

–Pero no pueden haberse equivocado con la fotografía, ¿verdad? –masculló Zak.

–No.

Michelle pensó que Zak no podía hacerse a la idea de lo desesperada que había estado el día anterior por hablar con Mike. Se habían abrazado como dos buenos amigos al despedirse.

–¿Quieres comer en el comedor o en el patio?

–¿El tiempo que has pasado conmigo te ha hecho darte cuenta de que lo amas a él? –le preguntó Zak, haciendo caso omiso de la pregunta de Michelle.

A Michelle le faltó la respiración. De no haber hablado con Mike sobre la vulnerabilidad de Zak, no se habría dado nunca cuenta del miedo que había tras su pregunta.

–Ya te dije que no estaba enamorada de Mike, y no ha cambiado nada al respecto. Necesitaba hablar con él por otra razón, pero está claro que no escogí el momento adecuado porque todavía había periodistas cerca que nos sacaron una foto cuando nos despedíamos.

–¿Siempre rodeas con los brazos el cuello de tus antiguos pacientes? –le preguntó Zak con el rostro ensombrecido.

–Sí –respondió con sinceridad–. Cuando cuidas de alguien que lo ha pasado muy mal, se crea entre esa persona y tú una unión especial.

Zak se pasó los dedos por el cabello con distracción.

–Si querías hablar con alguien, ¿por qué no viniste a hablar conmigo?

Michelle pensó que Mike había tenido razón en lo que le había dicho acerca de Zak. Se sentía herido, porque a sus ojos ella tenía necesidades que él no podía satisfacer.

Pero no podía darle la respuesta que deseaba oír hasta que no hubiera hablado antes con su hermano y Sherilyn de tan delicado tema.

–Ya tienes bastantes preocupaciones en este momento, Zak.

–Si te refieres a mi padre biológico, ésa no es la razón por la que decidiste no confiar en mí y pedir ayuda o lo que fuera a Mike. Debía haber imaginado que esto sucedería –murmuró–. Yo no soy como Rob. No me parezco lo más mínimo.

Michelle cerró los ojos con fuerza.

–Antes de que bajaras a desayunar, le dije a la familia que me encontraba ya lo bastante bien como para no necesitar los cuidados de una enfermera. Esperan que regreses a tu casa a última hora de hoy.

Michelle se dio cuenta de que acababa de decirle que ya no la quería en su casa. La única manera en que podía soportar aquello era pensando que si había la más mínima posibilidad de que se casaran, aquella separación sólo sería temporal. Pero Zak no lo sabía.

–¿Cómo vas a arreglártelas para comprar comida?

–Doug y Miki se pasarán por aquí la semana que viene.

–Tienes cita con el médico el viernes.

–Conduciré yo mismo hasta allí. Ahora, si no te importa, envuelve los sándwiches en papel de aluminio y déjamelos en la nevera. Los comeré cuando vuelva de mi paseo.

Michelle se dio cuenta de que Zak estaba a punto de perder los nervios.

–¿Cuánto tiempo vas a estar paseando?

–Depende. Tengo una amiga que vive a un kilómetro de aquí, caminando por la playa. Me he enterado de que ha regresado de sus vacaciones, así que probablemente me quedé a charlar con ella un rato.

–¿Sobre tu padre biológico?

Zak la miró con intensidad.

–No. He estado esperando qué tú me dijeras qué hacer durante todo el camino de regreso.

–No soy yo quien debe tomar esa decisión, Zak. Pero si quieres que hablemos mientras hago la maleta, estaré encantada de escucharte.

Zak trató de esbozar una sonrisa, pero no lo consiguió.

–Eres la enfermera perfecta que cumple con su deber hasta el final –respiró profundamente–. No hay palabras que puedan expresar lo agradecido que te estoy. Espero que el cheque que recibirás dentro de unos días te deje clara mi gratitud. Conduce con cuidado, Michelle.

Zak desapareció de la cocina antes de que pudiera contestarle. Poco después oyó la puerta de la calle cerrarse tras de él.

Como una autómata limpió e hizo todo lo que pudo para anticiparse a las necesidades de Zak antes de marcharse. El tiempo que había pasado cuidando de él le había proporcionado una alegría indescriptible. No se hacía a la idea de que aquella felicidad pudiera haberse terminado para siempre.

Dos horas más tarde, llegaba a su casa en Riverside. Mientras conducía había tomado la decisión de sostener una conversación privada con su hermano.

El miércoles, a la hora de comer, finalmente encontró el valor para entrar en el bufete donde trabajaba Graham. La recepcionista le dijo que estaba reunido y tuvo que sentarse a esperarlo. Michelle se dio cuenta de que estaba muy nerviosa. Llevaba alterada desde el sábado por la noche.

–¿Michelle?

Estaba tan inmersa en sus pensamientos, que la voz de su hermano la sobresaltó.

–Hola Graham. Espero que no te moleste que me haya presentado de improviso.

–¿Por qué iba a importarme? Sherilyn y yo hemos estado preguntándonos por qué no te habías pasado por casa todavía desde que llegaste el sábado. Entra a mi despacho, y hablemos.

Michelle entró en el despacho de su hermano, y se sentó. Graham se sentó a su lado, en vez de hacerlo tras su mesa.

–Se te nota en la cara que estás angustiada. ¿Pasa algo malo?

Michelle sintió la boca seca.

–Venir a hablar contigo de este asunto es probablemente lo más difícil que he tenido que hacer en mi vida. Sé que lo compartes todo con Sherilyn, pero tal vez después de oírme decidas no hacerlo esta vez.

–Adelante –dijo su hermano, preocupado.

–Tengo que hacerte una pregunta y necesito que seas completamente sincero conmigo.

–¿Acaso no lo he sido alguna vez?

–No –le respondió y apretó los brazos de la silla con fuerza–. ¿Cómo te sentirías si te dijera que Zak está enamorado de Lynette?

–Zak ya nos ha dicho lo que siente respecto a ella, pero, si no lo hubiera hecho, me resultaría difícil imaginarlo –respondió de inmediato.

Michelle sintió que palidecía.

–Eso era todo lo que quería saber. Gracias Graham.

–No me has preguntado por qué.

Michelle apartó la mirada.

–Ya sé por qué.

–Entonces, ¿a qué se debe esta visita?

–No debería haber venido.

–¿Por qué no me preguntas cómo me sentiría si Zak me dijera que está enamorado de ti?

Michelle enrojeció hasta las orejas.

–Ahora tienes la oportunidad. Adelante. Te aseguro que la respuesta sería diferente.

–No entiendo por qué debería ser diferente. Las reglas son las mismas.

–¿Reglas? Creía que estabas hablando de amor.

–Pertenecemos todos a la misma familia, Graham.

–Es cierto.

–Pero, si Zak y Lynette se amaran, ¿les darías tu bendición?

–Sí, pero como te he dicho antes, me costaría creerlo, porque él siempre ha estado loco por otra persona de esta familia.

Michelle sintió que le costaba respirar.

–¿Có... cómo lo sabías?

–Michelle... –le apretó el brazo–. No creo que haga falta que te lo diga. El día en que te prometiste con Rob, algo murió dentro de Zak.

Michelle gimió.

–Había estado tan ocupado haciéndose merecedor de ti, que pensó que le quedaba más tiempo. Sherilyn y yo creímos que ya no volvería a ser feliz. Sin embargo, cuando hace unas semanas regresé de la farmacia con su medicina, y me dijo que habías aceptado ser su enfermera, el brillo que vi en sus ojos me asustó porque sabía lo que significaba.

Graham se puso de pie, y ayudó a Michelle a levantarse. Se quedó mirándola largamente.

–¿Lo quieres?

–Sí –dijo Michelle con lágrimas en los ojos–. Nunca creí que pudiera volver a enamorarme, pero cuando Zak fue al funeral y se mostró tan comprensivo... me sentí culpable porque me pareció demasiado pronto para estar pensando en otro hombre, sobre todo siendo el hermano de mi cuñada. Por eso he estado evitándolo durante los dos últimos años.

–¿Te ha hablado él de sus sentimientos?

–Sí.

–¿Y lo has rechazado porque pensaste que Sherilyn y yo no lo aprobaríamos?

–En parte. Cuando me pidió que me lo pensara, le dije que se merecía una esposa más joven que pudiera darle hijos.

–Pero él te quiere a ti, Michelle.

–Mike Francis me ayudó a darme cuenta.

–¿Fue a él a quien viste el sábado por la tarde?

–Sí.

–Ahora todo tiene sentido –dijo su hermano.

–¿Qué quieres decir?

–Zak estaba muy inquieto. Quería regresar a Carlsbad el sábado por la noche, así que llamó por teléfono a Gail para saber cuándo ibas a regresar. Lo siguiente que supimos de él fue que se había ido a la cama. El domingo por la mañana, esa fotografía tuya con Mike aparecía en la sección de deportes.

Michelle se tapó la cara con las manos.

–No sé más que hacerle daño.

–¿Y qué piensas hacer?

Michelle se secó los ojos.

–Voy a regresar a Carlsbad y cuidaré de él el resto de la semana, lo quiera o no. La verdad es que ha prescindido de mis servicios, Graham. Ayer por la mañana recibí un generoso cheque pagándome los días que he trabajado para él. Me temo que cree que no puedo olvidar a Rob, y que aunque pudiera, querría casarme con alguien más mayor.

–Pero tú vas a aclarárselo, ¿verdad?

–Si me da la oportunidad de hacerlo –dijo Michelle con voz temblorosa–. El problema es que dejé la llave que tenía de la casa sobre el mostrador de la cocina. A lo mejor se niega a dejarme entrar.

Graham se sacó un llavero del bolsillo.

–Aquí tienes –le dijo dándole una llave–. Entra y haz lo que puedas para curar su maltrecho corazón.

Michelle rodeó el cuello de su hermano con los brazos y lo abrazó. Después, dejó el despacho con la llave bien apretada en la mano.

Sentía emoción mezclada con miedo ante la perspectiva de volver a ver a Zak. Se apresuró a marcharse a casa para hacer la maleta. No quería desperdiciar más preciosos segundos sin él.

A las cuatro y media aparcó en el callejón. Sacó la maleta y la bolsa de comestibles que había comprado del coche, y entró en la casa.

–¿Zak? –gritó para que supiera que no había entrado un intruso en la casa. No respondió nadie. Volvió a pronunciar su nombre, pero siguió haciéndose el silencio.

Haciendo acopio de valentía se dirigió al dormitorio masculino. Pero Zak no estaba allí ni en el cuarto de baño.

Michelle dejó la maleta en su dormitorio, y se dirigió a la cocina para depositar allí los comestibles. Dos cartones de pizza vacíos y dos recipientes de plástico con restos de ensalada evidenciaban lo que Zak había estado comiendo últimamente.

Michelle pensó que debía de estar dando un paseo, así que se dispuso a arreglar la casa y a hacer la comida antes de que él llegara.

Sin embargo, a las siete aún no había regresado, así que pensó que, tal vez, no estuviera en la playa sino que, contra las indicaciones del médico, se había marchado a algún otro sitio en la camioneta. Bajó al garaje, y tal como había pensado, estaba vacío.

Cenó sola, y guardó el resto de la comida para calentarla cuando llegara Zak. A media noche, cerró la puerta de la terraza y corrió las cortinas que había descorrido al llegar.

Angustiada, se sentó en el sofá a ver la televisión, esperando el regreso de Zak. Sin quererlo, se quedó dormida, y la despertó el sonido del telediario matinal. Se levantó de un salto del sofá y corrió a la habitación de Zak, pero no había nadie. ¡Aquella noche no había dormido en casa!

Llamó a la familia para ver si ellos sabían dónde estaba, pero Sherilyn le dijo que la última vez que había hablado con él había sido el martes por la noche. Llegaron a la conclusión de que Zak debía de haberse quedado a dormir en casa de algún amigo.

Tras prometer a su cuñada que se mantendrían en contacto, Michelle llamó al trabajo de Zak por si había empezado a trabajar antes de tiempo. Doug respondió al teléfono, y le dijo que ni él ni Miki sabían nada de él.

Cuando colgó el teléfono, Michelle estaba muy asustada. Pensó que, tal vez, hubiera vuelto a tener problemas respiratorios y podía estar en el hospital.

Temblorosa, buscó en la agenda el número de teléfono del doctor Tebbs y lo marcó. La recepcionista respondió, y cuando Michelle le transmitió sus temores, la dejó a la espera, y unos minutos más tarde le dijo que el doctor no había visto a Zak desde su última cita.

Ya más tranquila, Michelle pensó que había agotado todas las posibilidades de averiguar dónde estaba Zak, así que lo único que podía hacer era mantenerse ocupada hasta que regresara. Se tumbó en el sofá a leer un libro de misterio, pero sólo pudo concentrarse en la lectura durante diez minutos.

Angustiada de nuevo se fue a la cocina para tomar un refresco. Cuando estaba sacando un refresco de la nevera, oyó que se abría la puerta del garaje. Michelle se sintió aliviada en un primer momento, porque Zak estaba de vuelta, pero luego el temor a que pudiera enfadarse por haber entrado en su casa sin su permiso se apoderó de ella. Además, oyó la voz de otra persona hablando con Zak, y se dio cuenta de que no venía solo.

Se agarró al borde de la encimera sin saber qué iba a encontrarse. No creía que hubiera visto su coche, aparcado al final del callejón. Si Zak venía con alguna mujer, iba a tener más de una razón para quedarse atónito al verla.

Sin embargo, la que se quedó atónita fue ella al ver entrar a dos hombres morenos, de la misma altura y constitución física, ambos vestidos con trajes ligeros, y guardando un asombroso parecido.

Michelle se tapó la boca para reprimir un grito de sorpresa, pero Zak debió de haberla oído porque miró en su dirección.

El otro hombre dirigió la vista hacia donde estaba mirando Zak, y se quitó las gafas de sol. Michelle pensó que la única diferencia entre aquellos dos hombres era la de los veinticinco años de edad que debían de separarlos. Michelle siempre había sospechado que Zak tenía ascendencia griega y ahora estaba segura de ello. Al lado de su padre, que tenía la piel un poco más oscura, podrían pasar perfectamente por dos prósperos hombres de negocios de los que podían verse por las calles de Atenas.

Zak se comportó como si fuera completamente normal que ella estuviera allí con un refresco en la mano. Michelle admiró su aplomo después de la manera tan lastimosa en que se habían despedido el domingo por la noche.

–Michelle –dijo con toda tranquilidad–. Voy a presentarte a mi padre, Nicholas Zannis, de Nueva

York. Nick, ésta es Michelle Howard, la hermana de mi cuñado. Es la enfermera que se ha ocupado de mí desde el accidente.

–Encantada de conocerlo, señor Zannis.

Nick se acercó a ella, y se estrecharon las manos. Michelle se dio cuenta de que la miraba con la misma manera de mirar intensa de Zak.

–Mi hijo me ha dicho que lo ha cuidado con gran profesionalidad. Me alegro mucho porque llevo buscándolo veinticinco años.

–¿Todo ese tiempo? –acertó a decir Michelle.

–Es una larga historia –dijo con una tristeza tan intensa en los ojos que a Michelle le llegó al corazón.

Miró a Zak, pero le resultó difícil interpretar la expresión de su rostro. Pensó que daría cualquier cosa por saber lo que pensaba Zak, si se alegraba de haber encontrado a su padre o si, por el contrario estaba disgustado.

–¿Tenéis hambre alguno de los dos? He hecho un montón de comida. Sólo falta calentarla.

–Es muy amable de su parte –dijo el padre de Zak–, pero tengo que estar de vuelta en Nueva York esta noche. Zak ha sido muy amable al traerme a ver su casa camino del aeropuerto.

–¿Ya se va? –preguntó Michelle.

–Zak tiene que ocuparse de negocios importantes que le han surgido desde el accidente, y yo también. En cuanto le envíen el pasaporte, iremos de vacaciones a Grecia para que conozca al resto de la familia.

–Ya.

Michelle se dio cuenta de que Nickolas Zannis era un hombre con iniciativa acostumbrado a mandar, y Zak lo había heredado de él. Estaba actuando ya como si su hijo hubiera formado siempre parte de su vida. Parecía algo extraño y natural a la vez.

Michelle no pudo dejar de preguntarse cómo iba a afectar todo aquello a la familia. Por supuesto, estarían contentos por él, pero simplemente ver a Zak con su padre era como si, de repente, se hubiera convertido en una persona distinta, con una identidad nueva.

–Mientras Zak le enseña la casa, ¿le importa que saque una foto de los dos juntos? –preguntó Michelle, esperando que a Zak no le importara.

–¿Puedes soportar posar una vez más conmigo? –preguntó Nick a su hijo.

–¿Por qué no? –preguntó Zak.

Michelle se apresuró a traer la cámara de su habitación.

–Os iré sacando fotos mientras camináis por la casa. Sacaré dobles copias para mandárselas después a tu padre.

Michelle estaba segura de que su propia familia estaría ansiosa por ver esas fotos después de tantos años de especulación acerca de la identidad del padre de Zak.

Trató de pasar desapercibida mientras los dos hombres hacían el recorrido. Al final, salieron a la terraza y de allí bajaron a la playa, por donde pasearon un rato. Michelle se quedó observándolos desde el salón. No pudo evitar pensar que si padre e hijo no se hubieran separado, Zak se habría criado en Nueva York y ella nunca lo habría conocido. Sólo de pensarlo se ponía enferma.

–Ésta es la parte más difícil –oyó decir al padre

de Zak, emocionado. Acababan de entrar en el salón–. Tienes mis teléfonos y direcciones y yo tengo los tuyos. Volveremos a vernos pronto.

–Te lo prometo.

Michelle sabía que Zak nunca hacía una promesa que no pudiera cumplir, y se daba cuenta de cuánto había cambiado ya su vida.

El padre de Zak lo besó en las mejillas, antes de volverse hacia Michelle.

–Fue un placer conocerla. Espero que nos volvamos a ver. Ahora me tengo que ir.

–Zak no debería conducir todavía –dijo, sin importarle lo que pudiera pensar Zak de su intervención–. Yo lo llevaré al aeropuerto.

–Gracias, pero ayer alquilé un coche en el aeropuerto. Está en el garaje –se volvió hacia Zak–. ¿Quieres acompañarme hasta el coche?

–Por supuesto.

Michelle se dio cuenta de que el padre de Zak quería hablar en privado con su hijo.

Decidió dar un paseo por la playa para ordenar sus caóticos pensamientos.

Desde su regreso a Carlsbad había estado deseando hablar de sus sentimientos a Zak, pero para su sorpresa se había encontrado con que tanto el tiempo como los pensamientos de su amado se encontraban ocupados por el hombre que había estado ausente de su vida durante todos aquellos años.

De repente, oyó el ruido de un motor, y al volverse vio que un todoterreno se acercaba a ella. El guapo socorrista que había visto conduciendo por la zona en otras ocasiones le sonrió.

–¿Cómo va todo?

–Muy bien.

–Siempre te veo aquí sola.

–Soy enfermera y me estoy ocupando de un paciente que ha estado en cama.

El socorrista detuvo el todoterreno y se bajó. Michelle pensó que no tendría más de veintitrés años, y le pareció guapísimo. Sin darse cuenta pensó que su sobrina Lynette debería estar allí.

–Y ¿cuándo libras?

Michelle no podía creerse que, con todas las chicas guapas que habría en la playa buscando diversión, estuviera flirteando con ella.

–Nunca –dijo una voz masculina, antes de que Michelle tuviera tiempo de responder.

Zak parecía haber salido de la nada. Michelle sintió que el corazón se le escapaba del pecho.

Aunque el socorrista estaba en forma, no tenía nada que hacer al lado de Zak, que vestido de traje y corbata se había puesto con los brazos en jarras, y lo miraba como si fuera un insecto. Su presencia resultaba intimidatoria.

–¿No deberías estar pendiente de los nadadores que puedan encontrarse en apuros mientras estás todavía en horas de trabajo?

El socorrista frunció el ceño.

–¿Quién le manda meterse donde no lo llaman?

–Soy el paciente de la señorita.

–Claro. Lo que usted diga –dijo haciendo un gesto de desdén con la mano a Zak antes de subirse al todoterreno y seguir patrullando por la playa.

–Eso no era necesario, Zak.

–Lleva dos semanas pendiente de ti. Ya es hora de que se vaya a intentar ligar con otra.

Michelle se dio cuenta de que a Zak nada le pasaba desapercibido, ni aunque estuviera en cama. Nerviosa, se frotó las manos contra los pantalones sin saber por donde empezar.

–Lamento mucho haberme presentado de improviso, sobre todo en un momento en que necesitabas estar a solas con tu padre... Por favor, Zak, perdóname.

–¿Por qué has venido?

El corazón le dio un vuelco al notar el tono mordaz con que le había hablado.

–No podía dejar de preocuparme por ti aquí solo, cuando el médico no te había dado el alta todavía, pero temía que no me dejaras venir si te lo pedía por teléfono, así que entré con la llave que me dejó Graham. Por favor, no se lo tengas en cuenta. Me la dio porque Sherilyn y él también están preocupados por ti.

Hablaba más rápido de lo normal porque Zak no decía nada.

–No sucede a menudo, pero a veces el pulmón vuelve a dar problemas, así que todos nos sentiremos más tranquilos si me quedo contigo un poco de más tiempo, como precaución.

Michelle sólo le había contado una parte de la verdad, porque creía que, tras el encuentro con su padre, ya había tenido bastantes emociones por aquel día. Al fin y al cabo no hacía tanto tiempo que había salido del hospital, y se daba cuenta de que estaba más cansado de lo que él mismo creía.

–¿Cuándo llegaste?

–Ayer, a última hora de la tarde.

Michelle vio una expresión enigmática en sus ojos, pero no supo interpretarla.

–Llamé por teléfono al señor Jamison el lunes por la mañana, y organizó el encuentro con mi padre. Fue ayer por la tarde. Conduje hasta Los Ángeles y pasé la noche en un motel para no tener que conducir tantas horas seguidas.

–Así que allí era donde estabas.

–No tenía ni idea de que terminaría siguiéndome hoy hasta aquí. Había dejado la casa hecha un desastre, así que supongo que ha sido una suerte que hayas venido a dejarla, una vez más, como los chorros del oro.

–Me alegro de que mi presencia haya servido para algo bueno –dijo con voz temblorosa–. Zak, entremos en la casa para que puedas tumbarte. Pareces... pálido.

–Estoy bien –dijo, pero se dirigió hacia la casa sin discutir más.

–Derecho a la habitación –ordenó Michelle cuando estaban ya en el salón.

Tras cerrar las puertas correderas del salón, Michelle se apresuró a ayudarlo a quitarse la chaqueta y la camisa. Zak entró en el cuarto de baño y, minutos después, apareció con la parte de abajo del pijama puesta.

Michelle ya le había retirado la ropa de cama hacia atrás para que se metiera en ella. Cuando se acostó, no pudo reprimir un gemido de agotamiento. Estaba exhausto tanto física como emocionalmente.

Michelle lo tapó hasta la cintura, y le tomó la tensión. Tenía el pulso un poco rápido, pero dentro de la normalidad. Le tocó la frente y la notó un poco caliente, pero no se alarmó hasta que no lo miró a los ojos.

Tenía el iris más gris que verde, lo que en su caso significaba que algo lo preocupaba mucho.

–¿Quieres que te traiga algo? –le preguntó Michelle, preocupada.

La expresión atormentada que reflejaba su rostro lo envejecía.

–Olvido.

Michelle se sentó a su lado.

–¿Qué quieres decir?

–Sabía que mi curiosidad entrañaba riesgos para mi estabilidad emocional.

–¿Te arrepientes entonces de haber conocido a tu padre? –susurró Michelle.

–Dios mío, Michelle... –dijo apretando los ojos–. Mi madre fue asesinada.

Lo que acababa de contarle era tan horrible que Michelle no pudo por menos que tumbarse a su lado y abrazarlo con fuerza. Con un profundo gemido, Zak se volvió hacia ella buscando una postura más cómoda. Ocultó su rostro en el cuello de Michelle y la abrazó con fuerza.

# CAPÍTULO 9

MIS PADRES estaban alojados en un hotel de Disneylandia cuando sucedió –empezó a contar Zak–. Yo tenía tres años y me daban miedo todas las atracciones excepto el tren.

La primera noche, tras terminar de cenar, mi madre le dijo a mi padre que iba a llevarme a dar un último paseo en el tren y que se reuniría con él en la habitación. Aquélla fue la última vez que vio a su esposa.

Zak respiró profundamente. Estaba temblando.

Michelle se dio cuenta de que no había consuelo posible para una tragedia de semejante magnitud; lo único que pudo hacer fue abrazarlo y besarle las sienes en un intento desesperado de compartir el dolor que sentía con él.

–Un año más tarde la policía de San Bernardino se puso en contacto con el FBI. Habían encontrado el cuerpo de una mujer en una fosa. Con la ayuda de un análisis de su dentadura, descubrieron que se trataba de mi madre, Carolyn Zannis, pero no hallaron ningún niño enterrado con ella.

Mi familia tenía mucho dinero e influencia y los utilizaron para buscarme, aunque infructuosamente. La policía aseguró a mi padre que las posibilidades de encontrarme vivo eran casi inexistentes, pero como no habían encontrado mi cuerpo, mi padre nunca perdió la esperanza de dar conmigo.

–Pobre hombre –musitó Michelle abrazando a Zak con más fuerza–. ¡Lo que debe de haber sufrido!

–Hace dos años volvió a abrirse el caso cuando un hombre intentó secuestrar a una mujer y ésta le disparó, hiriéndolo de muerte. Antes de fallecer, confesó a la policía que había asesinado a otras mujeres en Oregon y California. Mi madre resultó ser una de ellas.

A Michelle se le escapó un gemido.

–¿Dijo algo sobre ti?

–No, pero al registrar la furgoneta en que vivía, la policía fue capaz de reconstruir su historia. Al parecer, cuando mi madre fue asesinada, estaba casado y regentaba una tienda de mascotas en Rancho Cucamonga. Los vecinos del aparcamiento de caravanas donde vivía con su mujer recordaron que habían adoptado a un niño de unos tres años y cabello oscuro llamado Zakariah. Estuvieron viviendo allí durante un año, y el dueño de las instalaciones reconoció al pequeño por las fotos que le mostró la policía.

–¡Es increíble! –exclamó Michelle.

–Al parecer decidieron venderme a una pareja de Riverside.

–Riverside... –balbució Michelle.

–Ironías de la vida, ¿verdad? Viví con esa pareja hasta que murieron en un accidente de coche, del que yo conseguí sobrevivir por llevar puesto el cinturón de seguridad. Después, desde que tenía cinco años hasta que cumplí los seis viví con tres familias de acogida diferentes, hasta que me adoptaron los

Sadler. La policía todavía está buscando a la mujer que estaba casada con el asesino de mi madre.

Michelle apoyó su frente contra la de Zak.

–Tu padre siempre confió en encontrarte. Nunca se dio por vencido.

–No.

Michelle pensó que saber que sus padres lo querían lo ayudaría a sobreponerse de la pérdida de su madre.

–Piensa en lo que debe de haber significado para tu familia encontrarte. Háblame de ella.

–Por parte de madre, tengo una tía, primos y abuelos. Son de ascendencia escocesa e irlandesa. Mi padre volvió a casarse con una mujer griega llamada Anna y tengo dos hermanastros de veinticuatro y veintidós años respectivamente. También un gran número de primos. Tanto los que viven en Nueva York como los que viven en Grecia están muy unidos. Todos trabajan en el mismo nego...

El teléfono móvil de Michelle sonó, interrumpiéndolos.

–Estoy segura de que son Sherilyn y Graham, que quieren saber dónde te habías metido.

Muy a su pesar, soltó a Zak y se sacó el teléfono del bolsillo.

–Es Sherilyn –dijo tras reconocer el número–. ¿Qué quieres que haga?

–Yo hablaré con ella.

–Iré a calentar la cena –le dijo tras pasarle el aparato.

Michelle sólo llevaba unos minutos en la cocina, cuando Zak entró.

–¡Qué rapidez! –murmuró.

Una mirada le bastó para darse cuenta de que no se sentía tan apesadumbrado como antes.

–Vienen a las ocho para que les cuente con detalle el encuentro con mi padre, y van a quedarse a pasar la noche.

Una punzada de desilusión hirió el corazón de Michelle. Había contado con estar a solas con Zak aquella noche. Después de tantos años de ocultar sus sentimientos, pensó que no podría soportar estar ni un minuto más sin decirle que lo amaba y quería casarse con él.

Pero, en aquel momento lo que primaba para Zak era contar a Sherilyn y Graham cómo había sido el encuentro con su padre. Tendría que permanecer en silencio hasta que se marcharan al día siguiente.

–Dentro de unos minutos la cena estará lista. Voy a hacerles la cama en el estudio mientras tanto.

–Yo aprovecharé para sacar la maleta del coche. Mi padre me dio el álbum de fotos de mi infancia que había hecho mi madre.

Al oír aquello, a Michelle se le llenaron los ojos de lágrimas de emoción.

Zak se detuvo a medio camino.

–¿Te he dicho que me ha pedido que traslade mi negocio a la costa oeste para formar parte de la Zannis Sociedad Anónima? –le preguntó, y desapareció en el vestíbulo antes de darle tiempo de responder.

Michelle se estremeció. En un abrir y cerrar de ojos el mundo de Zak había cambiado para siempre. Su padre lo quería y le parecía lógico que Zak deseara vivir el resto de su vida como un Zannis. Al fin y al cabo eran su familia. Sus genes.

Quién sabía las oportunidades que lo esperaban. En el privilegiado círculo de amigos que debían de tener, tal vez conociera a una hermosa joven griega de la que se enamorara locamente. Tendrían unos preciosos hijos juntos y nunca se cansaría de ella.

Zak y ella nunca se casarían.

Cuando abrió la puerta a su hermano, Graham, que esperaba encontrarla radiante de alegría, se dio cuenta enseguida de que le pasaba algo. Sherilyn y Lynette venían detrás de él. Michelle las recibió con un abrazo.

Cuando llegaron al salón, vieron que Zak había puesto sobre la mesa del centro todas las fotos para enseñárselas. Mientras lo hacía les contó todo lo sucedido a sus padres.

–Las mujeres griegas son muy guapas. Tu hermanastra es muy hermosa –murmuró Lynette después de llevar un rato mirando la fotografía.

Michelle contuvo la respiración. Ella había pensado lo mismo. Como estaba segura de que les ocurría a su hermano y a su cuñada, su pobre sobrina temía perder a Zak.

–No es más atractiva que tú –dijo Zak.

Lynette le dirigió una sonrisa forzada.

–No me lo creo, tío Zak.

–Lo he dicho porque es verdad –afirmó con autoridad.

–¿Cuándo vas a ir a Nueva York? –Sherilyn formuló la pregunta que tanto temía formular Michelle.

–Me haré el pasaporte mañana, después de que Michelle me lleve al médico.

–¿Tardarán mucho en entregártelo?

–¿Tú qué crees? –preguntó a Michelle.

–A mí me tardó dos semanas. Para cuando te encuentres completamente recuperado el pasaporte ya estará aquí. Dadas las circunstancias actuales será mejor que regrese a Riverside para incorporarme a mi nuevo trabajo como enfermera.

–¿Ya te has comprometido con algún enfermo? –preguntó Graham ceñudo.

–Sí –mintió Michelle, al tiempo que imploraba a su hermano en silencio que le perdonara la mentira. Ya se lo explicaría todo más tarde y lo comprendería.

Zak la miró apesadumbrado.

–¿Cuándo?

–Hace un par de días.

Antes de que pudiera preguntar nada más, sonó su teléfono móvil.

–Es mi padre. Le dije que me llamara cuando llegara a Nueva York. Perdonadme un momento –dijo, y salió del salón.

Graham se levantó de su asiento.

–Es más de medianoche. Será mejor que nos acostemos –dijo y dirigió una mirada a Michelle con la que le quiso decir que hablarían por la mañana.

–Puedes dormir en la habitación que he estado utilizando –dijo Michelle a Lynette. Ya le he cambiado las sábanas a la cama.

–Y tú, ¿dónde vas a dormir?

–Esta noche tal vez sea la última que pase aquí, así que voy a sentarme en una de las hamacas de la terraza para contemplar el océano. ¡Quién sabe cuándo volveré a verlo!

–¿Puedo dormir contigo en la otra hamaca? –preguntó Lynette.

–Claro que sí –respondió Michelle, y abrazó a su sobrina.

–Me encanta el océano por la noche.

–A mí también.

Lynette necesitaba tanto que la consolaran que hasta estaba dispuesta a acudir a su tía Michelle, a la que llevaba evitando las últimas semanas. Lo que no sabía era que su tía también necesitaba de una presencia querida y familiar. Por suerte, Graham y Sherilyn se tenían el uno al otro en aquellos momentos tan difíciles.

Michelle y Lynette se pusieron unos pantalones cortos y una camiseta y, mientras Zak estaba todavía en su habitación, dieron las buenas noches a Graham y Sherilyn.

Michelle apagó las luces de la casa y tía y sobrina salieron a la terraza con una manta y una almohada cada una.

Tumbadas ya en la hamaca, Lynette se volvió hacia Michelle.

–Tengo la sensación de que el tío Zak va a marcharse para siempre –susurró–. Papá y mamá se morirán de pena.

Michelle sintió que se le hacía un nudo en la garganta.

–Aunque así fuera, sabes que hará todo lo posible por venir a visitaros con frecuencia. Piensa en los viajes tan emocionantes que vas a hacer a Nueva York –dijo Michelle, tratando de sonar entusiasmada.

–Ya nada va a volver a ser igual. Vas a decirme

que soy horrible, pero ojalá su padre no lo hubiera encontrado.

–No eres horrible, Lynette. Creo que en todos nosotros hay una parte egoísta a la que le gustaría fingir que todo ha sido un mal sueño.

–Eso es lo que parece. Zak ha cambiado.

–¿En qué aspecto?

–No lo sé, pero parece diferente. Más mayor.

–Dadas las circunstancias, me alegro de que hayas decidido no irte de casa todavía. Si Zak se marcha a vivir a la costa oeste, tus padres van a alegrarse mucho de que vivas todavía un tiempo con ellos. Por cierto, ¿qué tal te va en el trabajo?

–Bien, pero voy a dejarlo después de Año Nuevo para volver a la universidad. Gracias por hablar conmigo, tía Michelle –dijo soñolienta.

–Yo iba a decirte lo mismo. Buenas noches, cariño.

–Buenas noches.

Apesadumbrada, Michelle volvió la cabeza hacia el mar, esperando que el suave romper de las olas en la orilla aliviara la pena que sentía.

–Michelle... despierta.

Sobresaltada al oír su nombre, abrió los ojos. A su lado, en cuclillas, se encontraba Zak, que se apresuró a ponerle un dedo en los labios para que no gritara.

–Acabo de volver de dar un paseo –dijo Zak–. ¿Puedes auscultarme y tomarme la tensión? Si hay alguna sorpresa, quiero saberlo antes de ver al médico.

Michelle se preguntó qué hora sería. La niebla era tan densa que le resultaba difícil saberlo.

Zak la ayudó a levantarse, y sus cuerpos se rozaron levemente.

Todavía somnolienta, encontró la cosa más normal del mundo que la llevara hacia el interior de la casa con la mano apoyada en su nuca, pasando al lado de Lynette, profundamente dormida.

Cuando llegaron a su habitación, Zak cerró la puerta sin hacer ruido.

–Siéntate sobre la cama y empezaremos –susurró Michelle.

Todavía adormilada fue a buscar el estetoscopio y el aparato para medir la presión arterial. Zak se quitó la sudadera, y la tiró al otro extremo de la cama.

Para cuando lo hubo examinado a conciencia, Michelle ya estaba completamente despierta, y aterrorizada de permanecer en la habitación de Zak un minuto más.

–Por lo que he podido comprobar estás estupendamente –dijo con voz temblorosa.

–Pues es un alivio –dijo Zak y la atrajo contra sí–. Ahora, quiero oír la noticia que tanto llevo esperando.

Michelle tuvo que apoyarse en los hombros masculinos para no caerse sobre Zak.

–¿A qué noticia te refieres? –le preguntó sin mirarlo.

–No juegues conmigo. Los dos somos adultos –le reprochó Zak–. Te he dado tiempo de sobra para que pienses en mi proposición matrimonial. ¿Cuál es tu respuesta?

–¿No te parece que si la respuesta fuera afirmativa ya lo sabrías? –le dijo haciendo un esfuerzo por mostrarse dura.

La mirada de Zak se ensombreció.

–Hace doce horas estábamos abrazados sobre esta misma cama. Si no hubiera sonado el teléfono, no lo habríamos dejado.

–Te equivocas, Zak.

Michelle trató de apartarse de él, pero era más fuerte que ella y no se lo permitió.

–¿Acaso fueron imaginaciones mías los besos que me diste, mientras las lágrimas caían por tus mejillas? –le preguntó con frialdad.

–No, claro que no. Trataba de consolarte del único modo en que sabía.

–¿Quieres decir de la misma manera que cuando era un niño con problemas?

–Sí.

–¿Y qué me dices del beso que me diste mientras bailábamos? –le espetó–. Por si acaso no te acuerdas, déjame refrescarte la memoria.

La boca de Zak cubrió la de Michelle con suave firmeza. Ya plenamente recuperado, se echó de espaldas sobre la cama con Michelle encima de él.

La pasión salvaje con que la besó le quitó a Michelle la respiración. Zak la apretó contra así con fuerza.

–Zak... –empezó a decir, pero no pudo continuar porque él rodó con ella en brazos sobre la cama hasta que la colocó debajo de su cuerpo.

–Siempre te he deseado, y tú también me deseas a mí –musitó Zak, antes de volver a besarla. Lenta, pero inexorablemente, sus besos apasionados obtuvieron la respuesta que ya no podía seguir ocultándole.

Michelle perdió toda noción del tiempo en los brazos de Zak. Ninguna experiencia anterior la había preparado para aquel deseo abrasador.

–Estoy enamorado de ti, cariño –musitó Zak con respiración entrecortada mientras le acariciaba los sedosos cabellos. Sus labios recorrieron el rostro femenino, encendiendo el deseo de Michelle hasta un punto que solo él podía satisfacer.

Los ojos de Zak se prendieron de los de Michelle.

–Eres lo más hermoso que ha habido en mi vida. Siempre lo has sido. Estamos predestinados a estar juntos.

Michelle sintió que todo tu ser estaba gritándole que detuviera aquello antes de que fuera más lejos.

–Zak... –empezó a decir, y levantó las manos hasta el rostro masculino para evitar que volviera a besarla–. Hace unos días llegué a pensar que era verdad. Pero...

–¡Pero nada! –gritó Zak–. No irás a decirme ahora que todo ha cambiado porque he encontrado a mi padre.

Michelle movió la cabeza de un lado a otro, apesadumbrada.

–Niégalo todo lo que quieras, pero las cosas han cambiado. Lo que pasa es que no te has dado cuenta todavía.

Zak torció los labios en una mueca de desagrado.

–¿Y tú sí?

–¡Sí! –gritó Michelle–. Te ha pedido que viajes con él a Grecia en cuanto obtengas el pasaporte. Un padre que ama a su hijo tiene planes para él. ¡Está impaciente por presumir de ti! Querrá presentarte al resto de la familia. A sus amigos –Michelle tomó aire con dificultad–. Conocerás a tu gente.

–¿A mi gente? –preguntó enfadado–. Creía haber estado viviendo con mi gente desde que tu hermano se casó con mi hermana.

Michelle trató de incorporarse, pero el pecho masculino se lo impidió.

–No te lo tomes así. Creo que no me he expresado correctamente.

–Entonces, explícamelo.

–Es... es posible que mientras estés en Grecia conozcas a alguna mujer atractiva más joven que yo –tartamudeó.

La mirada de Zak se ensombreció.

–Conozco constantemente mujeres atractivas y de todas las edades en Carlsbad. ¿Qué tiene eso que ver?

–Me parece que no quieres entenderme. Las mujeres que vas a conocer allí serán del tipo que apruebe tu padre.

–Lo único que me preocupa es la aprobación de Graham. ¿A qué más estás dándole vueltas?

–No estás brindándote la oportunidad de ver lo que la vida te tiene reservado. No quiero ser un obstáculo para que te mudes a... a Nueva York, si así lo deseas.

Para sorpresa de Michelle, Zak se levantó de la cama y la miró con una expresión tan glacial que sintió miedo.

–¿De dónde demonios has sacado la idea de que voy a marcharme de California?

Michelle se incorporó y, sin llegar a levantarse, se alejó más de él.

–Sería comprensible que lo hicieras. Tu familia...

–Mi familia está aquí –dijo con firmeza.

–Lo sé, pero tienes otra familia en Nueva York. Con sólo veintiocho años y un padre joven, los dos tenéis mucho tiempo por delante para conoceros de la manera en que un padre y un hijo deberían conocerse.

Zak puso los brazos en jarras.

–Por si no te acuerdas, Graham ha desempeñado ese papel desde que yo tenía nueve años. Tengo la intención de quedarme aquí y disfrutar de nuestra relación hasta que uno de los dos muera.

Michelle se levantó de la cama para enfrentarse a él.

–Zak, ¿por qué hablas así? Cuando eras niño llorabas porque tus padres te habían abandonado. Ahora sabes que no fue así. Has encontrado a tu padre, que quiere compensarte por lo ocurrido, y darte todo aquello a lo que tienes derecho.

–¿Crees que ésa es razón para que me olvide de todos los años de cariño que me han dado tu hermano y Sherilyn? –le dijo con voz temblorosa por la emoción–. ¿De verdad crees que soy capaz de hacer algo así? Claro que voy a tratar de conocer mejor a mi padre biológico. Parece un hombre fabuloso. También estoy impaciente por conocer al resto de la familia, pero no te equivoques, Michelle, mi corazón está aquí. Me siento Sadler al cien por cien, y estoy orgulloso de ello.

Michelle no pudo impedir que las lágrimas corrieran por sus mejillas.

–Perdóname, Zak, por dar por sentadas determinadas cosas. De verdad que no pretendía decir que no quieres a Sherilyn y Graham.

Zak se pasó la mano por detrás del cuello.

–Michelle, somos miembros de la misma familia, no voy poder evitar verte. Si no me quieres, ayúdame a sacarte de mi corazón.

# CAPÍTULO 10

MICHELLE lo miró temblorosa.

–No quiero que me saques de tu corazón. Tengo la intención de permanecer allí toda la vida. Quiero ser tu esposa. Lo he deseado desde que vine a Carlsbad a cuidarte.

–¿Qué has dicho?

Michelle había visto a gente en estado de shock y reconoció los síntomas.

Se llevó la mano a la garganta.

–Hemos vivido muchas cosas juntos, Zak. El niño de nueve años que necesitaba de mi consuelo se convirtió en un adolescente atractivo con el que me divertía más que con nadie. El compasivo Zak que vino al funeral para consolarme me recordó lo fácil que era hablar con él, compartir confidencias. El Zak con el que llevo viviendo desde el accidente ha llegado a significar mucho más para mí. En dos semanas te has adueñado por completo de mi corazón. Te amo, Zak. Lo admito, y es un amor tan apasionado que duele y me consume, pero que nunca va a terminarse.

–Michelle...

–No te acerques a mí todavía, cariño. Déjame terminar mientras pueda, y así no tendremos que volver a hablar de ello.

De repente, la expresión de Zak cambió por completo. Era como si lo acabaran de librar de un tremendo peso. Sus hermosas facciones se relajaron. Se le llenó el cuerpo de una energía nueva.

–Amé mucho a Rob. Me recordaba a mi padre, y pensé que no iba a conocer a nadie mejor que él. Al principio de nuestro matrimonio fuimos muy felices, pero cuando le diagnosticaron la enfermedad terminal cambió totalmente. Se cerró por completo en sí mismo y no me dejó ayudarlo. Durante su último año de vida, no sólo estaba abatida por su cercana muerte, sino por el lamentable estado en el que se encontraba nuestro matrimonio. Su orgullo le impidió mostrarme su vulnerabilidad y nos distanció.

Cuando asististe al funeral, me hubiera gustado tanto llorar en tu hombro, Zak... Pero el hecho de querer estar contigo me hizo sentirme culpable respecto a Rob.

–Cariño...

–Ese sentimiento de culpabilidad me mantuvo apartada de ti y la familia durante un tiempo. Después, empecé a salir con otros hombres, el último Mike. Cuando te vi en casa de Sherilyn y Graham después de tu accidente sentí algo difícil de expresar. Era una atracción tan intensa, que casi resultaba abrumadora. No tardé mucho en darme cuenta de que me había enamorado de un hombre que creía que me estaba prohibido. Después de haber pasado estas semanas contigo... –Michelle se detuvo porque le faltaba el aire.

–¿Entonces, vas a casarte conmigo en cuanto consiga la licencia de matrimonio?

–Sí, cariño.

–Eso era lo único que necesitaba oír –se acercó a la puerta que daba a la terraza y la abrió–. Ven conmigo. Nuestra familia está paseando por la playa. Vamos a darles la noticia antes de ir al médico.

Michelle se acercó a él. Zak le sujetó el rostro entre las manos y la besó apasionadamente. Después la tomó de la mano y se dirigieron a la playa.

Las tres personas que amaban se encontraban de espaldas a ellos.

–Sherilyn... Graham... –los llamó Zak.

Las tres figuras se volvieron.

–¡Esperad! –les pidió con una expresión de felicidad en el rostro que Michelle no podría olvidar nunca.

Zak le apretó la mano y corrieron hacia donde estaba su familia.

De repente, Graham echó a correr en su dirección y Sherilyn no tardó en seguirlo.

–Le has dicho que sí, ¿verdad? –se limitó a decir Graham cuando pudo ver la expresión de felicidad de Michelle.

–¡Sí! –admitió ella loca de alegría.

–¡Gracias a Dios! –dijo Graham, y los abrazó a los dos.

Sherilyn no pudo evitar ponerse a llorar de alegría.

–¿Qué sucede? –preguntó Lynette cuando llegó a su altura.

Zak le rodeó el hombro con el brazo, y la besó en la frente.

–Michelle y yo vamos a casarnos.

Lynette se quedó mirándolo un momento sin decir nada.

–Sabía que estabais enamorados –dijo al fin, pero sin rabia ni sorpresa, tan sólo con tristeza–. Supongo que esto significa que os marcharéis pronto a Nueva York.

–Te equivocas, Lynette –dijo Zak. Se quedó mirando a toda la familia, y tras rodear el hombro de Michelle con el brazo, la apretó contra sí–. Viviremos en Carslbad el resto de nuestras vidas. ¿Por qué iba a abandonar a la familia que tanto amo? Queremos tener un bebé lo antes posible, así que vamos a necesitaros más que nunca –dijo con voz temblorosa por la emoción.

No podía haber dicho nada que hiciera más feliz a toda la familia.

# EPÍLOGO

*Nisiros, Grecia. Un año más tarde.*

SE OYÓ llamar a la puerta.

–¿Kyrie Sadler? Su padre y Anna quieren saber si pueden llevarse al bebé con ellos al pueblo. No estarán mucho tiempo fuera.

–¿Les dejamos que disfruten una hora más de nuestra querida Carolyn? –murmuró Zak contra la boca de Michelle.

–Sí –susurró ella.

Tras llevar haciendo el amor con Zak durante la última hora, Michelle se sentía presa de una pesada languidez. No le apetecía en absoluto abandonar los fuertes brazos de su marido.

–Me alegro de que pienses así –dijo y volvió la cabeza hacia la puerta–. Dile a mi padre que de acuerdo. Los veremos más tarde.

–Tu familia va a pensar que somos horribles.

–Mi padre está encantado de que hayamos traído a su preciosa nieta de cabellos dorados para que la conozca. No quiere dejarnos marchar.

–Yo no me quiero ir.

–Pues ya somos dos. Tú tienes la culpa de que me haya convertido en un hedonista –bromeó Zak–. Mi padre entiende estas cosas, por eso él y la familia nos han vuelto a dejar solos.

Zak la miró de una manera tan sensual que Michelle se ruborizó. Se la estaba comiendo con los ojos.

Gimió de deseo y, tras rodear el cuello masculino con los brazos, besó apasionadamente aquella boca que tanto deseaba.

–Nunca me saciaré de ti –dijo Michelle con un suspiro algún tiempo más tarde–. Incluso cuando te tengo a mi lado y estoy saboreándote, todavía quiero más –afirmó con voz temblorosa–. Ninguna mujer puede amar a su marido más de lo que yo te amo a ti, Zak.

–Y ningún marido se ha sentido más amado que yo –murmuró él contra la garganta de su esposa.

Michelle jugueteó con los mechones de pelo negro que tendían a rizarse contra el cuello bronceado de Zak.

–Si no fuera porque nuestro hogar es un paraíso, no conseguirías sacarme de esta cama, o de esta habitación.

Desde la ventana de la casa de los Zannis en la isla de Nisiros, se veía un precioso pueblo blanco llamado Pali, y más allá el mar azul.

–Ahora comprendo por qué siempre has deseado vivir junto al mar. Si las cosas hubieran sido de otro modo habrías crecido aquí.

Zak la colocó encima de su cuerpo, y la miró profundamente a los ojos.

–Los dioses han sido buenos conmigo, y han permitido que nuestra hija pueda jugar en este glorioso patio. No sé si eres consciente de que con todas las visitas que va a hacer a su abuelo se convertirá en una niña malcriada.

–Quiero otro hijo, Zak. Carolyn necesita un hermanito para aprender a compartir. Estoy rezando para que sea niño y tenga el pelo negro como tú.

–Estoy haciendo todo lo que está en mi poder para que suceda en este viaje. No creo que a ningún marido le hayan puesto una tarea tan deliciosa. En una escala del uno al diez, ¿qué puntuación me das hasta ahora?

Michelle sintió que se le llenaban los ojos de lágrimas de felicidad.

–Sabes muy bien que te sales de cualquier escala... –dijo con voz temblorosa–. Nunca he sido tan feliz. Me haces sentir... inmortal.

–Así me siento yo cada vez que me tocas –afirmó Zak–. Como si fuera capaz de hacer cualquier cosa que me propusiera. Y todo es por ti, Michelle. Tú eres mi vida.

[illegible] Zak. Cuddy necesita un hermano [illegible] a comprender. Estoy rezando
[illegible] esta época negra como tú.
[illegible] todo lo que está en mi poder
para que [illegible] este viaje. No creo que a ningún
[illegible] tan deliciosa. Tu
[illegible] ¿qué [illegible]
[illegible]

[illegible] llenaban los ojos de la
[illegible]

[illegible] cualquier es-
[illegible] Nunca he sido tan
[illegible]

[illegible] último
[illegible] cualquier cosa
[illegible] es por ti, Michelle. Ea.

JAZMÍN™

JODI DAWSON

# ROBAR UN CORAZÓN

# CAPÍTULO 1

A DANIEL West le habían dicho muchas veces que tenía la cabeza muy dura. Desgraciadamente, la cazuela de hierro que golpeó su cabeza lo era mucho más. Atónito y dolorido, tuvo que agarrarse a la pared de ladrillo.

Una figura minúscula envuelta en lo que parecía una capa de estrellitas lo observaba atentamente bajo la luz de la luna. Daniel sacudió la cabeza para fijar la mirada en su atacante.

Mala idea.

Le dolían hasta los ojos. Mareado, se deslizó por la pared hasta caer sobre un montón de hojas secas. Notó, a la vez, que sus vaqueros se mojaban con la hierba y que olía a... ¿beicon?

Con la cabeza inclinada, Daniel se percató de que el hada de la cazuela bajaba el arma y se acercaba a él. Luego notó unos dedos suaves en su frente, donde le estaba saliendo un chichón de proporciones gigantescas.

Con los ojos cerrados para controlar el vértigo, notó también que el hada o el gnomo... o lo que fuera, se inclinaba a su lado.

–Decídase –le dijo.

–¿A qué?

Daniel levantó la cabeza y se encontró con unos ojos verdes. Sabía que estaba frente a su objetivo: Katherine Bennett, el ratón que podía llevarle al queso. Su relación con el sospechoso principal de una serie de atracos a bancos era la única pista que tenía.

Pero lo había descubierto. «Buen trabajo, Sherlock».

Ella se incorporó, sujetando la cazuela con ambas manos.

–¿Llamo a la policía para denunciarlo por mirón o llamo a una ambulancia?

–No soy un mirón –protestó él, intentando incorporarse.

–¿Y qué hacía merodeando por mi casa a estas horas?

¿Cómo podía contestar a esa pregunta? Si le decía la verdad, seguramente ella volvería a golpearlo con la cazuela. Daniel consiguió ponerse de rodillas y, confuso, alargó una mano para comprobar que Katherine Bennett era real.

Entonces oyó un gruñido tras él.

–Buster es mi perro –dijo ella, lanzando un suave silbido. Un perro enorme apareció entonces. Su lengua, larguísima, colgaba absurdamente a un lado.

Daniel dejó escapar un suspiro. Las cosas iban de mal en peor. Tenía que decirle la verdad, pensó, moviendo la mano para sacar su documentación del bolsillo.

De repente, el perro lo golpeó en el pecho como un jugador de los Denver Broncos y se encontró tumbado de espaldas, mirando la bocaza de un can de ochenta kilos. Daniel decidió no moverse. Incluso respirar era un riesgo.

–Me han dicho... que alquila usted... habitaciones.

–¿Quiere una habitación? –preguntó Katherine, suspicaz–. ¿Y por qué no ha ido por la entrada principal?

Daniel miró al perro. Afortunadamente, Katherine hizo un gesto con la mano y el animal se apartó.

–La señora de la Cámara de Comercio que me recomendó su casa dijo que la mayoría de los inquilinos entraban por la parte de atrás.

No era una mentira del todo. En realidad, había hablado con la señora de la Cámara de Comercio.

Katherine se cruzó de brazos, con una ceja levantada.

–¿Mary le ha recomendado mi pensión?

Daniel intentó pensar a toda velocidad para no meter la pata. Pero el dolor de cabeza no se lo ponía fácil.

–Le pregunté dónde podía encontrar un sitio tranquilo y ella me dijo que su casa era el sitio adecuado.

Katherine vaciló un momento y luego le ofreció su mano.

–Si lo envía Mary, no puedo dejarlo en la calle –dijo, sonriendo.

Daniel miró la manita que le ofrecía.

–Soy más fuerte de lo que parece, no se crea –dijo ella, como si le hubiera leído el pensamiento.

La mano de Daniel se tragó la suya. Katherine tiró y él se levantó... más o menos. Pero tuvo que apoyarse en la pared para no perder el equilibrio.

Cuando ella se colocó su brazo al hombro, su cabeza apenas quedó a la altura de la barbilla.

–Lo siento. Venía usted buscando tranquilidad y yo le he dado un golpe en la cabeza... No será usted abogado, ¿verdad?

–No –contestó Daniel–. ¿Por qué?

–No querría que me pusiera una demanda.

Su sinceridad lo sorprendió. En su trabajo, no encontraba a menudo gente sincera. Una pena que él no pudiera serlo. Hasta que supiera exactamente qué tipo de relación mantenía con Filcher, no podía serlo.

Despacio, fueron juntos hasta la casa, una residencia de dos pisos de estilo victoriano. Al volver la esquina, Daniel parpadeó porque la luz le hacía daño en los ojos. Pero cuando pudo abrirlos se fijó bien en su acompañante.

La foto en blanco y negro de Katherine Bennett no le hacía justicia. El pelo oscuro le llegaba a mitad de la espalda y la bata que llevaba, del color de una noche estrellada y casi transparente, se pegaba a sus curvas. Su rostro, sin una gota de maquillaje, brillaba de salud. Era una belleza.

Katherine levantó la cara y lo pilló observándola. Pero no apartó la mirada. Sus ojos parecían ofrecerle un reto. ¿Sería real o era su imaginación? Daniel no estaba seguro.

Nervioso, se aclaró la garganta.

–Supongo que no querría alquilarme una habitación.

Ella soltó una risita y el sonido reverberó en la silenciosa noche, haciendo que se sintiera bienvenido.

–Si quiere arriesgarse... ¿cómo voy a negarme?

Primer paso: se había infiltrado en la residencia.

–Estaba dando de comer a los crisantemos –explicó ella, señalando la cazuela.

Daniel se detuvo. El informe sobre Katherine Bennett no mencionaba que estuviese loca.

–¿Perdone?

–Mi tía siempre les daba un poquito de la grasa del beicon para tenerlos contentos. Pero, según ella, sólo funciona si se hace de noche –contestó, como si fuera lo más normal del mundo.

Después, abrió la puerta que llevaba directamente a la cocina. Estaba bien iluminada y tenía un aspecto muy acogedor. Aunque había botes de cristal llenos de... cosas. El contenido parecía ser hierba seca o bichos muertos.

El caso le parecía cada vez más raro.

Katherine lo llevó a una silla y lo ayudó a sentarse. Después, sacó una bolsa de hielo del congelador.

–Póngase esto en la frente. Voy a cocerle unas hierbas para el dolor de cabeza.

Daniel siguió a la diminuta figura hasta la antigua cocina de carbón o leña, algo de otro siglo. ¿Cocerle unas hierbas?

–No, déjelo. Prefiero una simple aspirina.

Katherine se volvió, con sus ojos verdes llenos de censura.

–Mary no ha debido de contarle a qué me dedico.

–Sólo me dijo que tenía usted una pensión –Daniel maldijo por enésima vez la falta de información detallada que había recibido. No tuvo tiempo de reunir más datos antes de empezar a investigar.

–Esto, además de una pensión, es un salón de té especializado en infusiones medicinales –explicó Katherine.

–Ah, ya.

Té. Eso explicaba los botes de cristal. Lo que no era tan sencillo era entender por qué confiaba en él. No le había dicho su nombre y, sin embargo, ella había aceptado tranquilamente llevarlo a su casa.

Por supuesto, tenía al perro del infierno... que seguía mirándolo con cara de malas pulgas.

–Me llamo Daniel West –dijo, intentando levantarse. Pero se lo pensó mejor cuando la cabeza le empezó a dar vueltas.

Katherine estrechó su mano.

–Katherine Bennett. La gente me llama Kat, así que usted también puede llamarme así.

–¿Podemos tutearnos?

–Por supuesto.

Daniel la observaba moverse por la habitación. ¿Qué llevaría bajo la bata?

–¿Cuánto tiempo vas a quedarte en Sugar Gulch?

–Pues... no estoy seguro. Estoy escribiendo un artículo sobre la zona –contestó Daniel, usando la historia que había inventado para explicar su presencia en el pueblo–. Voy a entrevistar a la gente de aquí, a ver los lugares de interés... ya sabes. ¿Podría entrevistarte a ti?

¿Por qué se sentía como un canalla? Su trabajo como investigador privado para una agencia de seguros requería mentir o, al menos, no decir toda la verdad. Pero en aquel momento, no le gustaba.

–Yo sólo sé de infusiones. Pero quizá querrías hablar con Elizabeth, mi vecina. Es una señora mayor y lo sabe todo sobre Sugar Gulch.

Kat le ofreció una taza.

–¿Azúcar?

–Sí, por favor.

–¿Uno o dos terrones?

–Sólo uno, gracias –murmuró él, tocándose el chichón.

–No estoy intentando envenenarte. Y no hay ningún cadáver en el sótano –sonrió Kat, al ver que él ponía cara de susto–. No te preocupes, esto sólo es una infusión de hierbas. Mandarina y tila para ayudarte a soportar el dolor de cabeza.

Daniel miró el contenido de la taza. ¿Cómo se había metido en aquel lío?

Kat observó el gesto de perplejidad del hombre, que miraba la taza de té con un brillo de aprensión en sus preciosos ojos azules. No, «ojos azules» no era la mejor forma de describirlos. Eran como rayos láser... y parecían estar intentando ver debajo de su bata.

¿Podría ser aquél el hombre que los posos de té habían predicho por la mañana? Entonces Kat se había reído del asunto. Un hombre era lo último que necesitaba. Evitar las atenciones de Chad Filcher ya la mantenía bastante ocupada. De hecho, el banquero del pueblo estaba cada día más pesado.

Mientras pensaba en ello, Kat sonrió. Quizá debería darle con una cazuela en la cabeza para deshacerse de él...

Daniel sopló sobre su té y Kat imaginó las ondas que se formarían en el líquido... Unas ondas parecidas la recorrieron entonces de arriba abajo y tuvo que carraspear, nerviosa.

Eso no le hacía ninguna falta.

Kat se sirvió una taza de tila y lavanda que la ayudaba a dormir.

Sí, ya. Como que iba a pegar ojo sabiendo que tenía a un hombre guapísimo durmiendo bajo el mismo techo.

Estaba de espaldas, pero sintió que se le erizaba el vello de la nuca. Él la estaba mirando... podía sentirlo.

Daniel rompió el silencio:

–¿Podría ver mi habitación? Creo que sería mejor tumbarme un rato.

Kat se volvió y comprobó que ya se había tomado la infusión. Pronto se encontraría mejor, pensó.

–Hay dos habitaciones en el primer piso, además de la mía. Este fin de semana no tengo más inquilinos, así que estaremos solos.

–Me alegro. No me apetece mucho subir escaleras en este momento –suspiró él, llevándose una mano a la cabeza.

Kat se puso colorada. No lo había golpeado de forma premeditada. El instinto movió su brazo al verlo en la oscuridad...

Él se levantó entonces, inseguro.

–Deja que te ayude.

–Gracias.

Kat le pasó un brazo por la cintura. Era alto, al menos un metro ochenta y cinco. Y estaba en forma. Nada de grasa, nada de michelines...

Se puso colorada al percatarse de que estaba evaluándolo como si fuera una res en una subasta. ¿Por qué la afectaba tanto aquel extraño?

Buster iba tras ellos mientras recorrían el pasillo. Afortunadamente, la habitación más cercana a la suya estaba vacía... en caso de que Daniel necesitara ayuda durante la noche.

–¿Necesitas tu equipaje?

–Puedo pasar sin él hasta mañana –contestó él, encendiendo la lamparita–. Mmmm... qué bien huele.

–Es la lámpara.

–¿Qué?

–La bombilla tiene unas gotitas de aceite aromático. Es bueno para dormir –contestó Kat, nerviosa.

¿Qué le pasaba? ¿Por qué aquel hombre la ponía nerviosa?

Entonces decidió apartarse. Desgraciadamente, Buster estaba justo detrás de ella. El ladrido de dolor hizo que se echara de golpe hacia delante... cayendo encima de su cliente. Daniel abrió mucho los ojos, sorprendido, cuando ella lo tiró sobre la cama.

Kat dejó escapar un suspiro. Qué humillación. En lugar de una mujer responsable debía de parecer una ninfómana hambrienta de sexo. Tumbada encima de él, Kat lo miró con cara de tonta. Daniel estaba sonriendo. Y su corazón latía acelerado.

«Ay, por Dios, le va a dar un infarto».

Daniel soltó una carcajada. Un sonido profundo, muy masculino. Y siguió riéndose hasta que, por fin, Kat sonrió.

–¿Eres siempre un desastre o esta noche es especial? –le preguntó.

–Debe de ser culpa tuya –contestó ella, levantándose a toda prisa–. Buster y yo nos iremos antes de que tenga que llevarte al hospital.

Se volvió cuando estaba en la puerta y vio que Daniel la miraba desde la cama. Nerviosa, sonrió como despedida. Luego, se apoyó en la puerta y cerró los ojos.

Daniel West era un peligro. Un peligro enorme.

Iba a ser una noche muy larga.

Daniel sacudió la cabeza. Los «accidentes» de Kat eran un truco para distraerlo. Era una profesional. El roce de su cuerpo cuando le cayó encima casi lo hizo dar un salto. Donde ella lo había tocado parecía quemarle...

Pero no podía ser. Tenía que recordar por qué estaba allí, se dijo. Tenía que recordar con quién estaba liada Katherine Bennett. Y que ella podría ser la clave para desenmascarar a un grupo de atracadores de bancos.

El banco había pedido que él, personalmente, se encargara del caso por su reputación como experto en casos de fraude y estafa y ninguna morena llena de curvas iba a distraerlo.

Daniel se quitó la ropa, la dejó caer al suelo y guardó la cartera bajo la almohada. Mientras se metía entre las sábanas de franela y apagaba la luz, intentó concentrarse en el caso.

Quizá debería haber cerrado la puerta con llave...

Demasiado cansado para moverse, se quedó mirando al techo. Tenía una semana exactamente para resolver el caso antes de que intervinieran los federales. Eso no sería bueno para su expediente. Todo lo contrario. Y lo último que le hacía falta era una mujer que lo estropease todo.

Daniel había aprendido que una mujer puede complicar las cosas en la vida. Y mucho. Afortunadamente, su compromiso con Vivian terminó seis meses antes. Nada de lo que hacía le parecía bien a su familia, ni su trabajo ni su forma de vida...

Daniel hizo una mueca, recordando las broncas que tenían cuando él quería salir de excursión o irse de acampada. Vivian quería que aceptase un puesto administrativo en Seguros Global, un puesto en el que ganaría un dinero fijo todos los meses... Y lo peor de todo era que él había aceptado muchas veces sus sugerencias.

Cuando, entre lágrimas, Vivian admitió que estaba enamorada de su abogado, Daniel casi se puso a dar saltos de alegría. No era ésa la reacción que ella había esperado, desde luego. Pero su confesión había roto el compromiso, dejando claro qué tipo de relación era la suya. Se sentían cómodos el uno con el otro, nada más. Nunca estuvieron enamorados.

Daniel deseaba que le fuera bien, pero juró no volver a cometer ese error nunca más. El amor significa dejar de ser tú mismo y no pensaba convertirse en el monigote de una mujer nunca más.

Y, por muy tentadora que fuera, Katherine Bennett sólo era una pista para resolver un caso. A menos que volviera a golpearlo en la cabeza con una cazuela de hierro, claro. Daniel se llevó una mano al chichón. Le dolía un poco menos la cabeza, como ella había prometido. Si el aceite aromático de la lámpara funcionaba tan bien como el té, se quedaría dormido... Daniel arrugó el ceño. No quería soñar con Katherine, sería una distracción.

Kat le dio a Buster una galleta. Se la merecía; el animal, que pesaba ochenta kilos, le ofrecía seguridad y amistad. La había defendido aquella noche. Daniel West no tenía por qué saber que Buster sólo quería jugar, que seguramente habría sido incapaz de morderlo. No lo sabía y eso era lo que importaba.

Mientras acariciaba la cabezota del animal, se mordió los labios. Había conseguido no pensar en su visitante nocturno mientras limpiaba la cocina y preparaba la masa para los bollos del desayuno, pero...

Elizabeth se pondría a dar saltos de alegría cuando viera a Daniel y notase que no llevaba una alianza en el dedo. Elizabeth siempre se estaba metiendo en su vida amorosa... o más bien en su falta de ella. Exasperada, Kat se preguntó por qué la gente piensa que una mujer sola es una mujer incompleta. Ella disfrutaba con su vida y con su negocio y no tenía necesidad de encontrar a nadie.

Además, mantener una relación con un cliente era lo último que pensaba hacer.

Entonces, ¿por qué no podía dejar de recordar a Daniel tumbado en la cama, sonriéndole? Kat miró a la causa del incidente: Buster. Que seguramente estaba compinchado con Elizabeth.

Quizá debería darle otra galleta, pensó, irónica.

No tenía vida sexual ni sentimental, y lo de aquella noche había sido algo inesperado. El breve contacto con el duro cuerpo de Daniel había dejado una marca, una huella en su cuerpo, como si la bata estuviera hecha de neblina... quizá todo eso había sido un recordatorio de lo cerca que estaba de convertirse en una solterona como su tía Bernice. Y como Elizabeth.

Quizá debería tener un tórrido romance con Daniel durante el tiempo que estuviera allí... ¡sí, claro, cuando las ranas criasen pelo!

Kat no sabía cómo atraer a un hombre. Como nunca había tenido una aventura, y mucho menos un tórrido romance, no sabría por dónde empezar. Y ella quería, se merecía, algo más. De modo que, como la proverbial princesa en su torre de marfil, esperaría hasta que llegase su príncipe.

O algo parecido.

Sacudiendo la cabeza, salió de la cocina. No tenía sueño, de modo que podría aprovechar para hacer algo: la colada, por ejemplo. Un poco tarde, pero daba igual. Total, no iba a poder dormir.

Y como los vaqueros de Daniel se habían mojado en el jardín... lavárselos podría compensarlo un poco.

Kat se detuvo frente a la puerta de su habitación, poniendo la oreja para comprobar si estaba dormido. Buster inclinó la cabeza y la miró, sin entender.

–Sé que no suelo entrar en la habitación de un cliente –le dijo en voz baja–. Pero si se ha ensuciado la ropa es culpa mía, Buster. Lo lógico es que se la lave.

Kat giró suavemente el picaporte, rezando para que Daniel estuviera dormido. Cuando miró hacia la cama, dejó escapar un suspiro de alivio.

Daniel tenía los ojos cerrados y un brazo sobre la cara. Su rítmica respiración le decía que estaba dormido, de modo que se acercó de puntillas y tomó los vaqueros del suelo.

Con ellos en la mano, se incorporó, conteniendo el aliento. Aunque había planeado salir corriendo, se quedó mirando las hermosas facciones del hombre dormido.

La luz de la luna se filtraba por las cortinas y convertía su pelo rubio en pálida plata... Necesitaba un corte de pelo. Y, sin embargo, el cabello un poco largo le daba un aire muy masculino.

Él se movió un poco y la sábana se deslizó hasta su cintura. A Kat se le quedó la boca seca al ver aquel torso cubierto de un suave vello rubio... Estaba atrapada entre la necesidad de salir corriendo y la esperanza de que la sábana se deslizase un poquito más...

Enfadada consigo misma, se volvió hacia la puerta. Tenía veintiocho años, no era una adolescente, se dijo. Tenía que marcharse de allí. Además, no había suficiente aire en la habitación.

Kat miró hacia la cama por última vez y luego salió al pasillo y cerró la puerta.

Buster la rozó con su nariz húmeda, como si presintiera su nerviosismo.

–No pasa nada –dijo ella, nerviosa–. Vamos a hacer la colada.

Si fuera una mujer moderna volvería a la habitación, se metería entre las sábanas con él y...

De eso nada. Eso no iba a pasar.

Daniel se incorporó y se quedó mirando fijamente hacia la puerta. Había empezado a pensar que Kat no iba a marcharse nunca. El esfuerzo de fingir que estaba dormido mientras ella lo miraba había vuelto a tensar los músculos relajados por el té.

¿Qué habría ido a buscar allí? Daniel se inclinó para mirar el suelo y vio que los vaqueros habían desaparecido. ¿Por qué se habría llevado sus vaqueros?

A menos que no hubiese creído su historia y estuviera buscando más información... Menos mal que había escondido su cartera bajo la almohada. Kat se llevaría una desilusión al ver que no estaba allí. Se lo merecía.

Daniel saltó de la cama y se acercó a la puerta para poner la oreja. Podía oír el ruido de un grifo abierto. ¿Se estaría duchando a esas horas?

Suspirando, echó la llave y volvió a meterse en la cama. Lo único que sabía era que debía vigilar a Kat. Tras aquellos inocentes ojos verdes había una mente muy rápida y lo mejor sería no bajar la guardia ni un momento.

Había demasiadas cosas en juego.

Kat echó la ropa de color en la lavadora. Después, tomó los vaqueros y miró en los bolsillos. A Daniel no le haría ninguna gracia que le lavase la cartera...

En uno de ellos encontró un papelito doblado. Sin querer... o, más bien, sabiendo que no debía hacerlo, lo desdobló. Era una lista de nombres. Bancos de pueblos de los alrededores de Sugar Gulch. Aquellos nombres le sonaban. Kat se quedó pensativa...

Entonces lo entendió todo. Esos nombres habían aparecido en las noticias durante las últimas semanas porque todos ellos habían sido atracados.

¿Por qué estaba esa lista en el bolsillo de Daniel West, un hombre al que había pillado merodeando en la oscuridad a medianoche?

La respuesta era muy simple: el primer hombre que le gustaba en muchos años era un delincuente. Un atracador de bancos.

Perfecto. Sólo le podía pasar a ella.

# CAPÍTULO 2

KAT SE restregó los ojos. Una mirada al despertador le confirmó que era muy temprano. Desgraciadamente, no tenía más respuestas en ese momento que cuando, por fin, se quedó dormida.

Haber cerrado su puerta con llave le parecía una tontería a la luz del día. Tenía que haber una explicación para ese papelito, pensó. Un atracador de bancos no va por ahí buscando habitación a medianoche... ¿o sí?

Buster bostezó antes de volver a tumbarse sobre la alfombra para pillar unos minutos más de sueño.

Si la vida fuera tan simple, pensó Kat, mirando el techo de la cama con dosel. Esa cama era un capricho para ella, un paraíso, un sitio donde podía pensar y soñar.

El olor a lavanda, que salía de un saquito que tenía bajo el colchón, parecía envolverla. El familiar aroma calmó un poco sus nervios y ayudó a activar su imaginación.

Pero tenía que levantarse para tomar el té con Elizabeth. El ritual matutino de tomar el té con su amiga no se había alterado nunca. Afortunadamente, las dos compartían la creencia de que el té era un elixir para el alma. Eso y un profundo cariño, claro. Elizabeth era como de su familia.

Kat silenciosamente le dio las gracias a su ángel de la guarda por haberla devuelto a casa cuando terminó la universidad. Su título en Dirección de Empresas la capacitaba para dirigir la pensión y el salón de té. Y tenía, además, los recuerdos del tiempo que pasó con su tía Bernice antes de que muriese.

Y por eso era tan amiga de Elizabeth, que había sido amiga de su tía. Cuando pensaba que se estaba perdiendo algo por vivir en un pueblo pequeño, simplemente paseaba por Sugar Gulch. Allí la gente se preocupaba por los demás.

Cuando Elizabeth la regañaba por su falta de interés en los hombres del pueblo, Kat simplemente cambiaba de tema. Después de su última relación sentimental en la universidad, había decidido no preocuparse por nada que no fuera su negocio o las cosas que le importaban de verdad: su pensión, el salón de té, cuidar de Elizabeth y sus infusiones eran cosas con las que siempre podría contar.

Kat se incorporó y usó el taburete para bajar de la cama, que estaba a casi un metro del suelo. Temblando de frío, acarició la cabezota de Buster antes de entrar en el cuarto de baño. Una ducha caliente le aclararía la cabeza. Y la prepararía para enfrentarse con su sospechoso inquilino.

Media hora después, abría la puerta para que Buster saliera al jardín y tomaba el periódico del suelo.

–Buenos días.

Kat apretó el periódico contra su pecho como si fuera un escudo al ver a Daniel sentado en el balancín.

–Te has levantado muy temprano.

Le había salido la voz chillona, como asustada. Genial.

–Ésta es la mejor hora del día.

–También es mi favorita –dijo Kat. «Eso, tú deja que hable, que se confíe», pensó–. He metido unos bollos en el horno; estarán listos enseguida.

Daniel la miró con una expresión rara. ¿Sospecharía algo? Pero, ¿qué iba a sospechar? Ella no había hecho nada. El sospechoso era él.

Buster se quedó mirando a Daniel. Perro y hombre se observaron durante unos segundos y, de repente, el animal lanzó un ladrido.

–Déjalo, Buster –dijo ella, tirando de su collar. Buster se tumbó en el suelo, sin dejar de mirar al extraño.

Daniel sonrió. Era demasiado guapo, pensó Kat. Y demasiado peligroso. Como una tableta de chocolate, algo deseable, pero de lo que te arrepientes después.

–Buster es un caballero en toda regla –dijo él.

–Era el perro de mi tía. Y me temo que lo entrenó para que no se fiara de los hombres –explicó

Kat, apartando la mirada–. Anoche me dijiste que eras escritor... ¿trabajas para algún periódico?

–No, trabajo por mi cuenta.

–¿De dónde eres?

–De Denver –contestó Daniel, empujando el balancín.

Kat lo miró con los ojos entrecerrados. Con un brazo sobre el respaldo del balancín, la camisa se pegaba a su torso... debía de pasar mucho tiempo haciendo pesas, pensó.

–¿Te gusta?

Ella cerró la boca de golpe. ¡Se había quedado mirándolo con la boca abierta! Y Daniel, por supuesto, se dio cuenta.

–¿Qué?

–¿Te gusta vivir en un pueblo pequeño como éste?

Kat se relajó un poco. Después de todo, aquel hombre no podía leer sus pensamientos.

–Me encanta. No viviría en otro sitio.

–¿Por qué no?

En lugar de contestar, ella decidió hacerle otra pregunta:

–¿Te gusta tu trabajo?

–Sí –contestó Daniel, sin dejar de columpiarse.

–¿Por qué?

–Porque me divierte.

Kat se apoyó en la barandilla del porche.

–A mí me pasa lo mismo con Sugar Gulch. Tengo buenos amigos, lo paso bien... Disfruto cuando la gente viene a pedirme consejo y los mando a casa después de haberles ofrecido un té.

Daniel se pasó una mano por el mentón.

–Así que eres la curandera del pueblo.

–¿Curandera? De eso nada. Yo sólo ofrezco remedios naturales –contestó ella, cada vez más tensa.

Daniel no pareció notarlo.

–¿Cómo aprendiste a usar todas esas hierbas?

–Mi tía Bernice me crió. Ella sabía mucho sobre eso.

–¿Sigue viviendo contigo?

–No, murió el año pasado. Me dejó la pensión y el salón de té.

–Lo siento. Supongo que la echarás de menos.

–Sí, claro, pero hablamos regularmente.

Daniel levantó una ceja.

Kat sonrió. Le gustaba provocar confusión en aquel extraño.

–No estoy loca... lo que pasa es que a veces hablo sola. Y es como si mi tía me escuchase. Mi tía Bernice no quería que llorase por ella.

Daniel seguía mirándola con expresión suspicaz, seguramente pensando que estaba como una cabra.

Kat se dio un golpecito en el muslo para atraer la atención de Buster.

–Venga, chico. Hora de desayunar.

–¿Kat?

–¿Sí?

–Gracias por lavarme los vaqueros.

–Ah, de nada –murmuró ella, sin mirarlo.

–Voy a buscar mi equipaje al coche, volveré enseguida –dijo él entonces, bajando los escalones del porche.

Suspirando, Kat entró en la casa. ¿Por qué se sentía atraída por Daniel West? Un alma gemela la habría reconocido de forma inmediata... ¿no? Pero daba igual, no había sitio en su vida para un hombre.

Y esperaba que terminase su artículo o su historia sobre Sugar Gulch lo antes posible. Era una distracción que no le hacía ninguna falta.

–Buster, ¿qué te parece? Él cree que soy una curandera de pueblo y yo le di un golpe en la cabeza con una cazuela. ¿Debería pedirle que saliera conmigo?

Mirándola, Buster inclinó a un lado la cabeza, pensativo.

–Eso mismo pienso yo. No hay nada que hacer. Es demasiado... estirado. No tiene imaginación –suspiró Kat.

Pero, ¿por qué sentía el deseo de entrar en su habitación y tumbarse en la cama con él?

Daniel abrió la cremallera de su bolsa de viaje y empezó a guardar la ropa en los cajones. Estaba pensando en la dueña de la pensión, la posible sospechosa. Katherine Bennett era la contradicción personificada. Suave como un pecado y dura como el hierro. Una mujer moderna... y una ninfa imaginativa.

¿Una ninfa? El golpe que recibió en la cabeza debió de ser más fuerte de lo que había pensado.

Daniel cerró uno de los cajones de golpe. Tendría que medir sus pasos, tener cuidado. Debía mantener su apetito sexual bajo control, pero le iba a costar trabajo con aquella chica tan guapa.

Su objetivo era atrapar a un ladrón. Aunque ese ladrón fuese Kat Bennett.

Kat estaba echándole canela a los bollos cuando se abrió la puerta de la cocina.

–Buenos días, Elizabeth.

–Buenos días. ¿Quién es? –preguntó su vecina y amiga, yendo directamente al grano, como era su costumbre.

Kat sabía que iba a pasar. Dos de las ventanas de su casa daban directamente a la de Elizabeth, de modo que debía de haber visto a Daniel en el porche.

–Se llama Daniel West y es un cliente. Llegó anoche... tarde –contestó, esperando que eso respondiera a todas sus preguntas.

Pero no.

–Katherine, que no nací ayer... Puedo ver el color púrpura en tu aura. Ha pasado –dijo Elizabeth, con una sonrisa de oreja a oreja–. Estás interesada en él. No te molestes en disimularlo.

–¿Yo? Pero si acabo de conocerlo.

Su amiga soltó una risita.

–Ya era hora. Temía que acabases siendo una solterona como yo.

Kat se dejó caer en una silla y apoyó los codos en la mesa, esperando distraer a Elizabeth con sus malos modos.

–Tú no eres una solterona. Eres una mujer llena de vida, inteligente, encantadora...

–Por favor, no intentes distraerme. Sabes que no va a funcionar. ¿A quién te recuerda?

Kat sacudió la cabeza.

–A Matt Dillon.

Elizabeth sonrió como lo haría un bulldog con un buen hueso en la boca. Una vez que se enganchaba a un tema, no había forma de que lo soltara.

–¿Matt Dillon? –repitió, perpleja–. ¿Quién es ése?

–A ver, uno que tú conozcas... Gary Cooper en *Solo ante el peligro*.

–Ah, sexy y misterioso –suspiró Elizabeth, jugando con su collar de cuentas–. ¿Qué vas a hacer?

–Nada.

–¿Por qué no?

–Porque hay algo que no... no sé –murmuró Kat. Pero no quería decir nada más. No quería compartir sus sospechas.

–¿No es tu tipo?

–No es eso.

–¿Chad Filcher es tu tipo?

–Chad Filcher no es mi tipo en absoluto –suspiró Kat, sintiendo un escalofrío al recordar las manos sudorosas del banquero, que últimamente siempre parecían estar en su brazo o en su hombro.

Pero al mencionar a Chad, que era el director del banco de Sugar Gulch, volvió a poner los pies en la tierra. Llevaba meses persiguiéndola y ella rechazaba sus atenciones. Ahora tenía que pedirle ayuda. No era una buena situación, no.

Si el banco no le concedía una prórroga en el pago de la hipoteca, perdería la pensión y el salón de té.

Aunque todo era muy raro... Su tía Bernice era una mujer muy organizada, pero cuando murió, Kat descubrió que no tenía dinero ahorrado... o más bien, que su cuenta había desaparecido. Consiguió sobrevivir aquel año con sus ahorros, pero la fecha de vencimiento de la hipoteca se acercaba peligrosamente.

–Nunca has pensado en Chad como un posible novio, ¿verdad? –preguntó Elizabeth.

–Claro que no, pero...

–Nada de peros. Quiero conocer a ese Daniel West y juzgaré por mí misma –la interrumpió su amiga, levantando una mano. La conversación había terminado, por el momento.

Entonces oyó el ruido de una puerta. Iba a ser inevitable que Daniel se enfrentara con la inquisitiva Elizabeth. Bueno, a lo mejor ella descubría qué significaba la lista que encontró en su pantalón.

Daniel no se sorprendió al ver a una señora de pelo blanco en la cocina. Estaba resuelto a seguir adelante con su investigación sin dejar que nada lo distrajese. Y le daba igual que Kat se pusiera a bailar desnuda por la casa.

«¿A quién quieres engañar, West?»

¿Que le daría igual? Para nada. Además, sería muy divertido.

«Concéntrate, West, concéntrate»

–Buenos días.

Buster emitió un gruñido desde debajo de la mesa. Aunque Daniel sintió la tentación de gruñir como respuesta, decidió que lo mejor era estrechar la mano de la recién llegada.

Pero en lugar de estrechar su mano, la mujer le dio la vuelta y empezó a estudiarla.

–Daniel, te presento a Elizabeth, mi vecina. Creo que anoche te hablé de ella.

Él intentó recordar. Ah, sí. La mujer a la que le había recomendado que entrevistase, una experta en los hechos históricos de Sugar Gulch. Pero, ¿por qué estaba leyendo su mano?

–Todo irá bien –dijo ella, soltándola.

–¿Qué irá bien? –preguntó Daniel.

Elizabeth sonrió.

–Lo que tenga que ser, será.

Él asintió. No entendía nada, pero lo mejor sería no hacer preguntas.

Kat señaló una silla. Lo miraba con una intensidad que... hacía que se le formase un nudo en el estómago. Pero no podía ser. Nada de fantasías, nada de tonterías que lo distrajesen. Estaba allí por motivos profesionales y debía recordarlo.

Kat puso una taza de té sobre la mesa. Daniel abrió la boca para decir que prefería un café para empezar el día, pero ella se dio la vuelta antes de que pudiera decir nada.

–¿Qué clase de té vamos a tomar esta mañana? –preguntó, mirando el líquido dorado. Los chicos de su equipo de rugby se partirían de risa si le vieran tomando aquel brebaje.

–Es una mezcla de té verde y gingko –contestó Kat.

–¿Gingko? –repitió él. No le gustaba el nombre. Probablemente haría que le salieran pelos en las manos o algo así.

–Es un té con jengibre que da mucha energía. Elizabeth también lo toma.

Daniel tomó un sorbo. Sabía a limón. Entonces, sin ninguna sutileza, miró los bollos que había en una bandeja sobre la encimera.

–Toma los que quieras. Hay un montón –dijo Kat–. ¿Tienes algún plan para hoy?

–Iré a la biblioteca para investigar en los archivos del pueblo –contestó Daniel, observándola para ver cuál era su reacción.

Pero ella parecía muy tranquila.

Elizabeth se aclaró la garganta.

–¿Qué estás buscando?

–Estoy investigando la zona –contestó él, mordiendo un bollo. Riquísimo. Kat podía estar loca, pero cocinaba de maravilla.

–Daniel es escritor. Está investigando la historia de Sugar Gulch.

–Ah, entonces estás interesado en el pasado. ¿Quizá en vidas anteriores? –sonrió Elizabeth, con un brillo burlón en los ojos.

–No exactamente. Estoy interesado en eventos que hayan sido comprobados, registrados y, espero, publicados en alguna parte –contestó Daniel–. Kat me dijo que podría hablar con usted.

–Llámame de tú, por favor.

–Muy bien. Que podría hablar contigo.

–¿Qué quieres saber?

–¿Hay un banco en el pueblo?

Al oír la pregunta, Kat se quedó pálida. Muy pálida. Interesante.

–¿Por qué?

–Tengo que cobrar un cheque. Además, ellos tendrán registros de los residentes del siglo pasado.

En ese momento llamaron a la puerta.

–Está abierto –dijo Kat.

Un hombre alto entró en la cocina. Daniel observó que Kat se ponía tensa. Evidentemente, era una visita poco bienvenida.

Elizabeth, sin embargo, se apoyó en el respaldo de la silla, como para disfrutar del espectáculo.

–Buenos días, Chad. ¿Qué te trae por aquí?

–He traído un informe del banco sobre la cuenta de tu tía –contestó el hombre, mirando a Daniel.

–Ah, qué detalle. Chad, te presento a Daniel West, un cliente. Chad Filcher, el director del banco de Sugar Gulch.

–Buenos días –sonrió Daniel.

El hombre no le ofreció su mano. Eso cuadraba con la información que tenía de él: un hombre distante y antipático. Excepto con Kat. ¿Sería su novio? Sin embargo, no parecían cómodos el uno con el otro. No hubo beso de buenos días, ni siquiera se tocaron. En un pueblo tan amistoso como Sugar Gulch, Filcher no pegaba nada.

–¿Se quedará mucho tiempo en el pueblo, señor West?

–El tiempo que haga falta para investigar mi artículo.

«Y para pillar a un atracador»

–Ah, claro –dijo Chad, volviéndose hacia Kat–. ¿Quieres que hablemos de la cuenta de tu tía ahora o prefieres que quedemos para comer?

–No terminaré de trabajar hasta después del almuerzo –dijo ella, mirando su reloj–. ¿Qué tal si quedamos a las tres en el banco?

–Muy bien. Te esperaré allí –dijo Filcher, despidiéndose con un movimiento de cabeza–. Señor West, buena suerte con su investigación.

La puerta se cerró y los tres quedaron en silencio. Kat se mordió los labios, incómoda.

–¿Puedo hacer algo? –preguntó Elizabeth.

–No, claro que no –suspiró ella, mirando a Daniel–. Supongo que podrás arreglártelas solo. La casa siempre está abierta, así que puedes entrar y salir cuando quieras.

–Muy bien.

¿Cuál era la conexión entre Kat y su sospechoso, Chad Filcher? El trabajo de Daniel era descubrir cuál era esa conexión y determinar si Kat estaba involucrada en las actividades delictivas.

Katherine Bennett no era sospechosa hasta que el investigador que hizo el trabajo preliminar sobre Filcher notó ciertos cambios. El cambio era Kat precisamente. Por lo visto, pasaba mucho tiempo en el banco con él. ¿Significaba eso que estaba involucrada o sería una casualidad?

Daniel esperaba que no hubiera ninguna conexión. Aquella mujer empezaba a gustarle.

Y mucho.

Kat estudiaba a Daniel, esperando entender su reacción. Algo había cambiado en su expresión cuando le presentó a Chad. El director del banco y el hombre con una lista de bancos robados en el bolsillo... Eso no probaba nada, claro. Pero tampoco explicaba qué hacía aquella lista en su pantalón.

Kat se acercó a Elizabeth y le dio un beso en la mejilla.

–Termina cuando quieras. Nos veremos después.

–Me gusta Daniel –le dijo su amiga en voz baja–. Será mejor que te lo quedes antes de que te lo quite yo.

Kat miró hacia la izquierda para ver si Daniel lo había oído. Pero él estaba frente al fregadero, lavando su taza. El ruido del agua había impedido, afortunadamente, que la oyera.

–No estoy buscando novio –dijo en voz baja.

–Es entonces cuando se encuentra –sonrió Elizabeth.

Daniel se volvió entonces y Kat apartó la mirada. Si no lo miraba, su cuerpo no podía responder traicioneramente. Sin embargo, se había puesto colorada. Aquel hombre la afectaba de una forma absurda.

Nerviosa, escapó al comedor para preparar las mesas. Cualquier cosa para no fantasear con Daniel. Golpeando el cojín de un sofá con innecesaria fuerza, pensó en su reunión con Chad. ¿Tendría buenas noticias? ¿Habría descubierto la cuenta perdida de su tía?

Aunque se rebelaba, Daniel aparecía en su pensamiento continuamente. ¿Un hombre que le recordaba a Gary Cooper podría ser un delincuente?, se preguntó.

Por razones que no quería analizar, Kat esperaba que no.

Daniel entró en la habitación que hacía de despacho, al lado del comedor, y encendió su ordenador portátil. Desde allí podía ver a Kat moviéndose por la casa. Todo por sentido del deber, naturalmente. Aunque ayudaba mucho que ella fuese tan guapa.

Pronto empezó a llegar gente para tomar el té. Eran sobre todo señoras, que reían y charlaban con su encantadora anfitriona. La risa de Kat hacía que sintiera un cosquilleo en la espalda.

La investigación que había hecho sobre ella sólo dio como resultado un problema financiero: debía hacer el último pago de la hipoteca... al banco del que Chad Filcher era director. ¿Sería ésa la razón por la que se había involucrado con una banda de atracadores? ¿O estaría ocultando a alguien?

Daniel la observó charlando con sus clientes. Era tan simpática que la gente le contaba sus cosas como si fuera de la familia.

Cuando Kat se inclinó para servir una taza de té, se fijó en la curva de sus piernas. Sólo había cinco centímetros de piel entre el final de la bota y el bajo de la falda, pero se le subió la sangre a la cabeza. El vestido que llevaba acentuaba sus curvas... No le estaba poniendo fácil concentrarse en su trabajo, no. Todo lo contrario: empezaba a sentirse como un cavernícola.

Daniel se pasó una mano por el pelo. El aspecto encantador podría ser engañoso. Y era su trabajo comprobar si lo era o no.

–¿Por qué no has venido antes, tonta? –Kat estaba abrazando a una señora mayor que se secaba las lágrimas con un pañuelo–. Me da igual qué hora fuese, Stelle. Yo encontraré un té que te quite el dolor de huesos, no te preocupes.

La mujer sonrió, encantada.

–Sé que lo harás, Katherine. Eres tan buena conmigo... Tu tía estaría orgullosa.

Daniel observó que ella se mordía los labios para disimular la emoción.

–Gracias. Pero prométeme que la próxima vez que no puedas dormir vendrás a verme. Sea la hora que sea. ¿Cómo vas a leer cuentos a los niños si no has pegado ojo en toda la noche? No sabes cómo te echarían de menos si no pudieras hacer tus lecturas.

La suavidad de sus palabras, el evidente cariño con el que trataba a todo el mundo, hicieron que Daniel se quedara pensativo. Con esas palabras no sólo había animado a la mujer, también le había recordado lo importante que era para los niños. Realmente a Kat le importaba la gente, pensó.

¿Cómo sabía lo que necesitaba cada persona?

Por fin, los clientes empezaron a marcharse y Kat asomó la cabeza en el despacho para despedirse porque tenía que ir al banco.

Daniel esperó unos minutos para comprobar que estaba solo en la casa. Luego apagó el ordenador y se levantó.

Mirando el reloj que había sobre la chimenea, planeó su itinerario: primero, el dormitorio de Kat. Pero cuando empujaba la puerta, oyó un gruñido. Buster.

–Perrito bueno –murmuró, volviéndose. El perro lo olisqueó un momento y luego se alejó por el pasillo.

Daniel dejó escapar un suspiro de alivio. Obstáculo número uno controlado.

Entró en la habitación y miró alrededor. El cuarto pegaba mucho con ella: muy femenino, tradicional y, a la vez, moderno.

Entonces se sintió culpable. Estaba registrando su casa sin una orden de registro, sin una placa... Pero tenía que hacerlo, era su trabajo. Tenía que solucionar el caso y para ello era mejor pedir perdón que pedir permiso.

Daniel decidió entonces que la cómoda era el mejor sitio para empezar.

Encaje y sedas lo recibieron al abrir el primer cajón. Había pensado que Kat llevaría ropa interior de algodón. Una sorpresa estimulante.

Sonriendo, pasó la mano por encima de sujetadores, braguitas y camisones. Ningún papel, ningún diario lleno de confesiones, ninguna cinta escondida. ¿De verdad había esperado encontrar una prueba tan fácilmente?

Daniel tomó un sujetador de color rosa, con aros... y entonces se le heló la sangre en las venas. La habitación del dormitorio de Kat daba a la casa de al lado. Directamente a una ventana, frente a la que Elizabeth estaba tranquilamente sentada. Mirándolo.

–Me temo que ese sujetador no es de tu talla, cariño –le dijo, con una sonrisa en los labios.

# CAPÍTULO 3

DANIEL tiró el sujetador en el cajón, nervioso. Mientras se dirigía hacia la ventana iba inventando una excusa plausible para su comportamiento.

Pero, ¿a quién quería engañar? Aquello no había forma humana de explicarlo.

–¿Qué tal?

–Bien. Me duelen un poco las rodillas. Pero gracias por preguntar.

–De nada.

Una conversación absurda, naturalmente. Pero necesitaba ganar tiempo.

–¿Piensas seguir husmeando en las cosas de Kat? –preguntó Elizabeth.

Daniel parpadeó.

–No.

–¿Quieres hacerle daño?

–Claro que no –contestó él.

–Ah, pues eso es todo lo que necesito saber.

–¿Estás segura? –preguntó Daniel, atónito.

¿Dónde encontraría a una mujer a la que no pareciese importarle pillarlo metiendo la mano en el cajón de la ropa interior de otra?

–Sólo quiero pedirte una cosa –dijo Elizabeth.

«Ya está. Ahora va a chantajearme».

–Dime.

–Que le pongáis mi nombre a vuestra primera hija.

Después de soltar aquella bomba, Elizabeth bajó la persiana y desapareció de su vista.

Daniel estaba convencido de que había oído mal. Si su reputación no estuviera en entredicho, saldría corriendo de aquel pueblo inmediatamente. No iba a ser capaz de aclarar aquel lío sin perder la cabeza.

Entonces oyó el motor de un coche. Cuando se volvió, vio que el cajón seguía abierto. Estaba perdiendo facultades con la edad, se dijo.

Tenía treinta y tres años y se sentía anciano. Diez años desenmascarando a los que intentaban defraudar a las empresas aseguradoras lo habían dejado agotado. Ésa era la razón por la que, en aquel caso, no se sentía imparcial. Kat era como un soplo de aire fresco, una mezcla de diversión y espontaneidad. La verdad era que no quería que estuviese involucrada con un criminal, ni siquiera remotamente.

Irritado consigo mismo, cerró el cajón con más fuerza de la necesaria y salió de la habitación. Se detuvo en el pasillo para comprobar si Kat había vuelto... No. No había nadie.

¿Dónde estaba aquella mujer que lo volvía loco? ¿Por qué duraba tanto su reunión con Filcher?

Y, sobre todo, ¿por qué le importaba tanto? ¿Por su investigación o por el nudo que sentía en el estómago?

Kat intentó disimular un bostezo mientras Chad hablaba y hablaba sin parar. «¿Se callará algún día?», pensó. Si le hubiera dado una buena noticia sobre la cuenta perdida de su tía, lo habría escuchado encantada. Pero llevaba una hora diciendo bobadas.

Y ya estaba bien.

Kat se incorporó un poco. Le dolía el trasero de estar sentada en aquella silla tan dura. Además, esa conversación no la llevaba a ninguna parte, mientras en casa tenía un hombre guapísimo esperándola.

Kat suspiró. Menuda broma, esperándola...

Daniel West era muy atractivo, pero no era para ella. Incluso aunque no fuera un delincuente, lo único importante para Kat era salvar su negocio, el legado de su tía. No tenía tiempo para distracciones.

–Chad.

Él siguió hablando, como si no la hubiera oído.

–¿Chad?

–Dime, querida Kat –murmuró él, tan pomposo como siempre–. ¿Quieres que te repita algo?

–¡No! Quiero decir, no, gracias. Siento interrumpirte cuando has sido tan generoso con tu tiempo –empezó a decir ella–. Pero tengo que irme a casa a preparar el té para mis clientes.

Chad se levantó.

–Claro, perdona. Te acompaño a la puerta.

Iba a tocarla, pensó ella, horrorizada. Siempre la tocaba con aquellas manos sudorosas.

Chad, naturalmente, tomó su mano entre las suyas.

–No dudes en llamarme si necesitas cualquier cosa, ¿entiendes? Cualquier cosa. Y no te preocupes, trabajaré día y noche para localizar esa cuenta perdida. Todo se arreglará.

¿Todo se arreglará? Kat sonrió débilmente. La letanía no mejoraba con las repeticiones. Estaba cansada de oír siempre lo mismo. Quería acción. Además, ¡qué narices!, necesitaba el dinero para pagar la hipoteca.

–Gracias, lo haré.

Pensando que ésa era una señal, Chad se acercó un poco más. Kat apartó la cara a tiempo y él sólo consiguió darle un beso en la mejilla.

–Adiós.

Chad Filcher le regaló una sonrisa llena de dientes con fundas. Esa misma sonrisa podría haber emocionado a otra mujer, pero con ella era una pérdida de tiempo.

Cuando salió del banco, dejó escapar un suspiro de alivio al respirar el aire fresco. ¿Por qué siempre que salía de una reunión con Chad se sentía como si estuviera sucia? La mitad de las solteras de Sugar Gulch estarían encantadas con sus atenciones. Además, debía admitir que era un buen partido. Con su aspecto y sus cuidadas maneras, Chad podría ser el sueño de muchas mujeres.

Pero no el suyo.

Iba caminando hasta su casa, que estaba a tres manzanas del banco, cuando la imagen del hombre de sus sueños apareció en su mente.

Daniel West.

No, no podía ser. Pero si acababa de conocerlo... Además, cabía la posibilidad de que fuera un delincuente.

Un delincuente alto, guapo, seductor. Pero ella no estaba interesada. En absoluto. Tenía demasiadas responsabilidades, demasiados problemas como para poner su energía en otra cosa.

Entonces, ¿por qué la idea de arrinconarlo en un sitio oscuro hacía que sintiera palpitaciones?

Kat apresuró el paso.

Las cuatro y media. Daniel miró el reloj de la chimenea. Kat llevaba fuera de casa más de una hora. ¿Qué estaría haciendo? Ya había registrado la casa y no tenía nada que hacer. Pero se negaba a seguir paseando por la cocina y decidió salir al porche...

La puerta se abrió antes de que pudiera tocarla y le dio un golpe en la nariz.

–¡Ay!

Kat asomó la cabeza.

–¿No me digas que he vuelto a darte un golpe?

–Ha sido culpa mía –suspiró él, tocándose la nariz–. Menos mal, no me has hecho sangre.

El sonido de unas pezuñas en el suelo de madera alertaron a Daniel, que tuvo tiempo de apartarse antes de que Buster se lanzara sobre Kat. Ella se inclinó para acariciarle la tripita, que el enorme animal le ofrecía como si fuera un cachorro.

–Éste es mi perrito bonito. ¿Me has echado de menos, chiquitín?

¿Haría lo mismo con él si se tumbara en el suelo?, se preguntó Daniel. Irritado, sacudió la cabeza. ¡Qué idea tan absurda! Tenía que empezar a controlar sus fantasías.

–¿Qué tal va la investigación?

Si ella supiera...

–Admito que hoy he sido un poco perezoso. Pero he trabajado en un informe –contestó él, observando el movimiento de sus caderas mientras atravesaba la cocina.

–Bueno, a todos nos pasa. Además, sólo con estar en Sugar Gulch ya estás absorbiendo la historia del pueblo –sonrió Kat, abriendo armarios–. Sirvo el té a las seis. Es una merienda fría, pero llena mucho.

–¿Nunca te tomas un día libre? –preguntó Daniel, apoyándose en la encimera.

–No suelo. Llevar un negocio como este no me lo permite. Sirvo tres comidas diarias y, además, están las habitaciones –contestó ella–. El salón de té es mi vida y me encanta, pero a veces desearía...

–¿Qué desearías?

Kat sacudió la cabeza, como avergonzada.

–Nada. Tengo todo lo que necesito. O eso espero.

¿Cómo conseguía todo lo que necesitaba?, se preguntó él. ¿Con dinero robado?

–Se me ha olvidado preguntarte qué tal ha ido tu reunión en el banco.

–No demasiado bien.

–¿Puedo ayudarte en algo?

Sí, claro. Se habían conocido apenas veinticuatro horas antes y ella iba a contarle la historia de su vida. «Despierta, West», se dijo a sí mismo.

–A menos que sepas encontrar dinero perdido... –sonrió Kat.

Daniel emitió un bufido que tapó con una tosecilla.

–Me temo que mis habilidades se limitan a la palabra escrita. Los números no son lo mío.

Ella dejó escapar un suspiro mientras abría la puerta de la despensa. Luego pulsó el interruptor de la luz, pero no pasó nada.

–¡Vaya, otra vez! –exclamó, entrando en la oscura despensa.

Daniel oyó un golpe.

–¿Qué pasa? ¿Te has hecho daño?

–No... bueno, es que me he dado un golpe en la espinilla.

La voz de Kat se convirtió en un murmullo inaudible y Daniel alargó una mano para entrar en la oscura caverna. Era una despensa enorme.

–¿Qué estás buscando?

–Pajitas de azúcar.

–¿Qué es eso?

–Son como azucarillos, pero en forma de pajita. Para el té –contestó Kat desde alguna parte al fondo de la despensa–. Ah, están aquí arriba... ¡Ay, no llego!

Daniel dio un paso adelante. El cuerpo de Kat era una mera sombra al fondo.

La distracción y la tentación nunca habían aparecido ni en mejor sitio ni en mejor momento.

Kat se quedó sin aire. El cuerpo de Daniel estaba apretado contra el suyo. No sabía cómo había pasado, pero todas sus fantasías... sus fantasías prohibidas, acababan de hacerse realidad en la oscuridad de la despensa.

–¿Qué ocurre? –preguntó Daniel.

–Nada, que no llego. Están ahí arriba.

Kat cerró los ojos, pensando en su tía y en Elizabeth. La falta de amor, los años vividos en soledad, teniendo sueños que nunca se hicieron realidad...

Por una vez, quería experimentar la emoción de hacer algo que no haría nunca. De ser un poco traviesa.

Antes de que el sentido común se lo impidiera, Kat alargó la mano y tocó aquello con lo que llevaba todo el día soñando.

Daniel, sobresaltado, se aclaró la garganta. Y ella se quedó helada al darse cuenta de que le estaba tocando el trasero.

Ah, pero era mejor de lo que había imaginado.

No podía moverse. No podía respirar. Seguramente habría alguna ley que prohibía tocar a un cliente en una despensa oscura. Especialmente cuando el cliente podría ser un ladrón de bancos. Quizá podría decir que había confundido su trasero con un melón. Ya, claro.

Cuando por fin pudo recuperar el control y apartó la mano, sintió que Daniel se acercaba. Tanto que acabó con la espalda contra las estanterías. El tiempo parecía suspendido y el mundo fuera de la despensa no existía en absoluto.

La mano de Daniel rozó su cara. Kat no podía verlo, pero sentía el deseo que emanaba de su piel.

–Ay, yo...

Daniel la hizo callar con un beso. Pero no un besito cualquiera, sino un beso apasionado, profundo. Con lengua. Kat dejó de pensar sobre si aquello estaba bien o no y se rindió cuando Daniel la apretó contra su pecho. Incluso se puso de puntillas para ponérselo más fácil.

«Autocontrol» era una palabra desconocida en aquel momento.

Kat echó la cabeza hacia atrás y Daniel aprovechó para besarla en el cuello. El calor de sus labios despertaba un incendio en su interior. Y quería más.

Pero vaciló, sabiendo que si seguían... sería muy difícil parar.

Daniel se apartó un poco. Afortunadamente.

–¿Kat?

Su nombre, susurrado con voz ronca, hizo que se perdiera en un mundo nuevo para ella... un mundo de pasión, de sensaciones desconocidas. ¿Por qué le gustaba tanto?

Le temblaba todo el cuerpo. Y sentía un calor...

–Haces que quiera olvidar quién soy.

Las palabras de Daniel, sinceras, despertaron un anhelo escondido. Enterrando los dedos en su pelo, Kat empujó su cabeza para que volviera a besarla.

–¿Kat? –oyó que la llamaban desde fuera.

Pero pasó de la voz, de su conciencia y de todo y siguió besando a Daniel.

–¿Estás ahí?

Era Elizabeth. Y Buster, que se había puesto a ladrar, como advirtiéndole que allí pasaba algo muy raro. Kat hizo una mueca. Si no salía de la despensa inmediatamente, Buster hincaría el colmillo en la pierna de Daniel. O en el melón.

–¡Buster, cállate!

Elizabeth asomó la cabeza en la despensa.

–¿Qué estás haciendo ahí, a oscuras?

–Se ha fundido la bombilla –contestó Daniel por ella–. Estaba ayudando a Kat a buscar... el azúcar.

Elizabeth no era tonta, claro.

–Ah, qué bien. Qué caballeroso por tu parte. Bueno, voy a llevarme a Buster a dar un paseo antes de la cena.

Kat miró hacia delante. Estaba tan oscuro que ni siquiera podía ver el torso al que se estaba agarrando.

Agarrando.

Nerviosa, apartó las manos. Había vuelto a la realidad. ¿Cómo iba a enfrentarse con Daniel después de portarse como una lunática?

–¿Kat?

Ella no contestó, no podía. Había agarrado la aventura con las dos manos, literalmente, y ahora no estaba preparada para enfrentarse con las consecuencias.

–Esto no ha terminado –dijo Daniel.

–Sí, ha terminado. Lo siento –consiguió decir Kat–. Me he comportado como... no me había pasado en la vida.

–Te has comportado como una mujer con deseos normales. No tienes que avergonzarte –murmuró él, inclinándose para buscar sus labios.

Pero Kat mantuvo los suyos cerrados... durante dos segundos. Y, al final, le devolvió el beso. Ya se enfrentaría con el remordimiento más tarde.

Besaba a su delincuente como si no quisiera parar en la vida. Y disfrutaba sin vergüenza alguna.

# CAPÍTULO 4

DANIEL levantó la mirada para ver las estrellas colándose a través de las ramas del álamo. Sus ramas esqueléticas se levantaban hacia la luna, un objetivo imposible... tan imposible como una relación con Kat.

Furioso, pateó las hojas que había bajo sus pies. Sabía que no podía mantener una relación con alguien que podría estar implicado en el caso que tenía entre manos.

¿La llamada a su supervisor aquella tarde no le había recordado por qué estaba allí? Evidentemente, no. Aunque habían recibido información que los llevaba a creer que el asunto estaba manipulado desde alguno de los bancos.

La información sobre el envío de sacas, horarios y todo lo demás, era conocida por los delincuentes, que incluso conocían los códigos de seguridad. Ahora lo que tenía que hacer era conectar a su sospechoso, Filcher, con los atracos. Sencillo. El problema era su inesperada atracción por una mujer que podría estar involucrada en el asunto.

Daniel miró hacia la casa. Las luces estaban encendidas y Kat estaría dentro. Kat, tan guapa, tan cálida, tan espontánea... tan imposible para él.

Su código personal le exigía que no se repitiera el incidente en la despensa.

Incidente. Qué palabra tan fría para definir los besos más alucinantes de su vida. La sorpresa pronto se había tornado en deseo cuando Kat lo tocó.

Quizá estaba utilizando la atracción física para hacer que mirase hacia otro lado... para distraerlo. ¿Sospecharía por qué estaba en Sugar Gulch? ¿Por qué si no habría hecho aquello?

Filcher podría haberla advertido, sabiendo que las autoridades estaban investigando y que, casi con toda seguridad, era un sospechoso. Aunque había ocultado bien las pruebas. Llevaba semanas siendo sospechoso antes de que alguien mencionase el nombre de Kat.

Daniel golpeó el tronco del árbol con la mano, suspirando. Se estaba distrayendo y por eso le costaba tanto trabajo concentrarse en su objetivo.

Podía lidiar con la pasión, con el deseo. Lo que le preocupaba eran los sentimientos que empezaban a crecer en su corazón. Él no quería una relación y, desde luego, no la necesitaba en absoluto.

Entonces, ¿por qué le molestaba tanto la idea de que Kat pudiera estar liada con un delincuente? ¿Por qué se le encogía el corazón al pensar que se marcharía de Sugar Gulch y no volvería nunca más?

Para resumir sus primeras veinticuatro horas en aquel pueblo: se sentía incómodo, raro, nervioso y no estaba más cerca de resolver el caso que cuando llegó.

Daniel se volvió al oír la puerta. Kat había salido al jardín. Con una mano levantaba el bajo de la bata, con la otra... ah, en la otra llevaba la cazuela de hierro que él conocía tan bien. Por supuesto, con grasa de beicon para los crisantemos.

Daniel se apartó del árbol y se mezcló entre las sombras.

–Te lo digo en serio, tía Bernice, tú habrías hecho lo mismo. Bueno, quizá no exactamente lo mismo, pero habrías tenido la tentación de hacerlo.

Daniel sonrió. Kat era un poco rara, pero le gustaba. No había creído que hablase de verdad con su difunta tía, pero allí estaba la prueba.

–Lo sé, lo sé...

¿Qué sabía? Una conversación con una difunta no era fácil de seguir.

–Pero es simpático. Y guapísimo. Y valiente... al fin y al cabo, se toma mi té.

¿Estaría hablando de Filcher?

–Ya sé que sólo lleva aquí veinticuatro horas...

Daniel casi se dio una palmada en el muslo. Estaba hablando de él. ¡Estaba hablando de él! Entonces arrugó el ceño. ¿Por qué lo emocionaba tanto? «Esto es lo último que necesito», se dijo. ¿O no?

–Y lo de la despensa... No me puedo creer que le agarrase el trasero. ¿En qué estaría pensando?

El trasero de Daniel pareció encogerse al recordar la caricia.

–De verdad, me he portado como si fuera la guarrona del pueblo. Por supuesto, no sé si lo que hicimos constituye un romance o es puro deseo físico... –seguía Kat, echando la grasa sobre los crisantemos–. Pero no volverá a pasar. Puedo resistirme a los encantos de Daniel West.

Daniel la vio entrar en la casa de nuevo. Le había lanzado un reto, lo supiera o no.

Dependía de él dar el siguiente paso. Daniel sonrió, preguntándose si podría volver a meterla en la despensa.

Silbando bajito, decidió dar un paseo por el jardín.

Kat miró el reloj de la chimenea. Otra vez. Sólo habían pasado seis minutos desde la última vez que lo miró. ¿Dónde demonios estaba Daniel? Se había marchado después de tomar el té y, dos horas más tarde, no sabía nada de él.

No le importaba demasiado, claro, pero era su inquilino. Y era responsable de él.

Sí, ya.

¿A cuántos inquilinos había imaginado desnudos mientras les servía la cena? A ninguno. Hasta que llegó Daniel.

Aquel hombre la ponía de los nervios. Su penetrante mirada azul la había seguido toda la tarde, como si quisiera hacerle saber que recordaba el incidente de la despensa. Kat sentía un escalofrío cada vez que pensaba en ello.

«¿Cómo un hombre al que acabo de conocer puede afectarme de esta forma?», se preguntó.

Ella siempre había mantenido el control sobre su vida, sobre sus sentimientos. Y que le pasara aquello era algo... insoportable.

Pero no tenía sentido perder el sueño por él. Daniel era mayorcito y sabía cuidar de sí mismo.

Daniel esperó hasta que la cocina quedó a oscuras. Sólo había tardado diez minutos en dar un paseo y cinco en sacar la pistola de la guantera del coche. Pero le dolían las piernas de estar agachado en la oscuridad.

Entonces sacudió la cabeza. Afortunadamente, la noche anterior no había llevado la pistola, pensó. Kat la habría descubierto cuando lo llevaba hacia la casa.

Ella lo observaba. No dejaba de mirarlo cuando estaban en la misma habitación. Daniel quería creer que era su cuerpo lo que la interesaba, pero podría ser otra cosa. Quizá había descubierto que era un investigador de seguros...

No podía saberlo. Y eso la hacía peligrosa.

La luz en la habitación de Kat se encendió y Daniel vio su silueta pasando por delante de la ventana antes de que bajase la persiana. Demasiado tarde. Había visto el camisón blanco que, bajo la luz de la lámpara, era casi transparente. Pero tenía que concentrarse en las razones para evitar una relación con ella:

Primero, su posible relación con un delincuente. Segundo, Kat era una figura clave en su trabajo. Y tercero y más importante, nunca dejaría que una mujer lo dominase.

Daniel abrió la puerta que daba a la cocina. Afortunadamente, la lista mental de razones por las que no podía tener nada que ver con Kat habían sido como una ducha fría. Por lo menos, así podría dormir...

Pero no. No iba a poder dormir. Porque Kat estaba en la cocina. La luz seguía apagada, pero había una vela encendida. Y el camisón, con aquella luz, tenía la consistencia del papel. Daniel se aclaró la garganta.

Ella se sobresaltó.

–No te había oído.

–Lo sé.

Los camisones blancos eran sus favoritos.

–¿Quieres una infusión? No podía dormir, así que he venido a hacerme una tila –murmuró Kat, sin mirarlo.

Daniel miró la vela, que era de un color muy raro.

–Aromaterapia –explicó ella–. Velas de lavanda. Para dormir mejor... –en ese momento, se tocó el camisón y pareció darse cuenta de que iba medio desnuda–. ¡Ay, qué horror!

A Daniel le dio pena su expresión de angustia.

–Bonito camisón. Pero no quiero nada, gracias.

El suave «buenas noches» de Kat lo siguió por el pasillo.

Tenía que darse otra ducha fría.

Un golpecito en la ventana de la cocina llamó la atención de Kat.

¿Y ahora qué?, pensó. Al abrir las cortinas vio a Elizabeth muy sonriente en el jardín.

–¿Qué haces aquí a estas horas?

–Lo mismo que tú, cariño –sonrió su amiga.

–¿No podías dormir?

–Me refiero a la otra razón por la que no estás en la cama. Daniel ha vuelto muy tarde, ¿no?

Kat fingió indiferencia.

–No me había dado cuenta.

Elizabeth entró en la cocina disimulando una risita.

–Por favor... Sabes que no puedes contar mentiras porque tu rostro te delata. Ese hombre te gusta mucho.

Kat decidió hacer como que no lo había oído. ¿Qué podía decir? Era cierto.

–¿Quieres un té?

–¿Tienes fruta de la pasión?

Kat fulminó a su vecina con la mirada.

–Me refiero al té, no a tu incursión en la despensa.

–Eres incorregible. No ha pasado nada.

Pero sabía que Elizabeth habría visto la verdad en sus ojos.

–Supongo que besará bien.

–¿Por qué lo dices?

–No, por nada, por nada.

–Toma un té, anda.

Elizabeth tomó un sorbo y cerró los ojos.

–Mmmm... qué rico. Justo lo que necesitaba para calmar mis nervios.

–Ibas a decirme por qué crees que Daniel besa bien.

–Ah, es verdad –sonrió Elizabeth, dejando la taza sobre la mesa–. Por sus labios. No son tan bonitos como para que parezcan de una chica, pero sí lo suficientemente generosos como para tentar a cualquier mujer.

Kat abrió la boca, sorprendida. Elizabeth siempre echaba algún ingrediente insospechado en las mezclas.

–¿Se te ha olvidado que una vez fui joven? Tu tía y yo hablábamos muchas veces de cómo besaba éste o aquél. No me mires con esa cara. En nuestros tiempos también nos dábamos besos, y nos gustaba tanto como parece gustarte a ti ahora.

Kat abrazó a su amiga, riendo.

–Perdona que haya sido tan tonta. Es que... no puede haber nada entre Daniel y yo. Sólo está aquí de paso, Elizabeth. Se marchará cuando termine su historia o su investigación... o lo que sea.

–Tonterías. Después de todo, le gusta tu ropa interior.

–¿Cómo que le gusta mi ropa interior?

–Por su forma de tocar el sujetador, tiene que gustarle...

–¿Qué sujetador? –exclamó Kat.

Elizabeth miró hacia el pasillo y bajó la voz:

–Cuando te fuiste al banco. La verdad es que se me ha escapado...

–¿A qué te refieres?

–A que Daniel metió la mano en el cajón de tu ropa interior.

Kat tragó saliva. Tenía que ser un delincuente. Si no, ¿por qué iba a tocar sus cosas, qué iba a buscar en su casa? Aunque también podría ser algo peor...

En cualquier caso, no podía dejar que la usara para robar el banco de Sugar Gulch.

Por eso le había preguntado qué tal su reunión con Chad... porque quería conocer las costumbres del director. Entonces robaría el banco y desaparecería para siempre...

Kat deseó que lo del robo la molestase tanto como lo de la desaparición. Pero tenía que hacer algo, pensó. Podría equivocarse, pero era mejor que quedarse cruzada de brazos.

Daniel West iba a desear no haber puesto los pies en su casa.

–Tengo un problema, Elizabeth. Y voy a necesitar tu ayuda.

–Ah, qué bien. Cuéntame.

Kat respiró profundamente.

–Daniel y yo no podemos mantener una relación porque está planeando robar el banco de Sugar Gulch.

Elizabeth formó un círculo perfecto con los labios.

–Tonterías. Si él es un ladrón de bancos, yo soy una modelo.

–Ojalá fuera verdad, pero tengo pruebas.

–¿Qué clase de pruebas?

–Encontré esta lista en un bolsillo de su pantalón –dijo Kat, sacando el papelito.

–¿Y qué hacías mirando en el bolsillo de su pantalón?

–No es lo que te imaginas. Es que lo metí en la lavadora y esto cayó de uno de los bolsillos.

–¿Cayó?

–Bueno, no cayó... pero da igual. Es una lista con todos los bancos de esta zona que han sido robados recientemente.

–A lo mejor hay otra razón para que tenga esa lista.

–No es sólo eso. Daniel actúa de una forma muy rara, me observa todo el tiempo, me ha preguntado qué tal mi reunión con Chad... Y anoche estaba merodeando por el jardín.

–Pues claro que te mira, mujer. ¿No te has visto en el espejo? Todos los chicos del pueblo te miran.

Aunque tú pareces no darte cuenta –sonrió Elizabeth–. ¿Sabes una cosa? Bernice y yo lo hicimos muy mal. Dejamos que te encargaras del negocio desde que eras muy joven...

–Tonterías –la interrumpió Kat–. Voy a hacer más té. Me temo que los beneficios relajantes del primero ya no valdrán para nada.

–Gracias, hija.

–Además, Bernice y tú lo hicisteis muy bien. Simplemente, no estoy interesada en relaciones románticas por el momento.

–Pues yo creo que una relación romántica está muy interesada en ti –dijo Elizabeth–. Uno no puede hacer nada contra el destino... más que aceptarlo.

–No pienso tener una relación con un delincuente.

–Yo no creo que Daniel sea un delincuente. No lo parece.

Kat hubiera querido estar tan convencida como su amiga, pero temía descubrir que estaba en lo cierto. El problema era que a Elizabeth le encantaba Daniel.

–Tenemos que investigar discretamente. Hacer preguntas sin llamar mucho la atención.

–Sin problema. Tengo unos contactos que no te puedes ni imaginar.

Kat sonrió.

–Estupendo. Empezaremos mañana por la mañana. Y, recuerda, ni una palabra a Daniel.

–Puedes contar conmigo. Yo sé cómo guardar un secreto.

La biblioteca no abría hasta las diez y Kat decidió matar el tiempo secando unas hojas de té mientras Daniel tomaba el desayuno. El peso de su intensa mirada hacía que le fuera imposible concentrarse. Y su cuerpo, traidor, respondía a esa mirada de una forma completamente indebida.

Por fin, Daniel salió de la casa, mencionando una visita al museo del pueblo. Kat esperaba que su ausencia aliviase la tensión sexual que había en el ambiente.

Lo que su ausencia ofrecía, desde luego, era una oportunidad para mirar entre sus cosas.

Kat miró por la ventana de la cocina hasta que lo vio desaparecer. Pero cuando estaba delante de la puerta, vaciló. La idea de husmear en las cosas de los demás no era lo suyo.

Pero tenía que hacerlo, se dijo.

Había guardado su ropa interior en el primer cajón. No los típicos calzoncillos blancos que ella había imaginado, sino de colores, de cuadritos. Kat los miró, sorprendida. Y tuvo que cerrar los ojos para no imaginar... ciertas cosas.

No valió de nada, claro. ¿Por qué no usaba calzoncillos aburridos, normales y corrientes? Así sería más fácil.

Kat dobló los calzoncillos con cuidado y volvió a guardarlos en el cajón. El resto de su ropa no la ayudó nada. Vaqueros y camisetas no convertían a nadie en un delincuente.

Después, salió al pasillo y cerró la puerta, mirando el reloj. Había llegado la hora de ir con Elizabeth a la biblioteca. Su amiga le había garantizado un contacto en la sección de referencias. Kat suspiró. Tenía que intentarlo.

Cuando estaba poniéndose una chaqueta de pana, vio a Elizabeth esperando en la puerta. Tan puntual como siempre.

El brillante sol otoñal la recibió en el porche. Afortunadamente, llevaba gafas de sol que, por otra parte, eran muy adecuadas para una espía.

–Buenos días. ¿Seguro que quieres meterte en este lío?

–Intenta detenerme –sonrió Elizabeth–. Ya era hora de que pasara algo interesante en este pueblo.

–¿Seguro que Wilma estará en la biblioteca?

–Claro que sí. Es voluntaria del departamento de referencia desde hace doce años. ¿Si descubrimos que Daniel es una persona honrada admitirás que te has equivocado?

–Elizabeth, si me he equivocado, me pondré a cantar ópera en la plaza del pueblo –sonrió Kat–. Espero haberme equivocado, además. Aunque eso no cambia el hecho de que Daniel y yo no tenemos nada que ver el uno con el otro.

–¿Por qué?

–Pues... él es... no parece creer en nada que no esté en las estadísticas.

–¿Y qué? Muchas parejas felices son completamente diferentes –contestó Elizabeth, mirándola por encima de sus gafas bifocales–. Como tus padres, por ejemplo. Tu padre era profesor de derecho y tu madre, bailarina. Y siempre pensaron que el otro era fascinante.

–Lo sé. Y estuvieron muy enamorados. Pero esto es diferente. Daniel se cansaría de mis rarezas y yo no estoy dispuesta a moverme de aquí. Me gusta vivir en Sugar Gulch.

Kat siguió enumerando las razones por las que mantener una relación con Daniel sería un error. Eran demasiado diferentes... por no hablar de sus posibles actividades delictivas.

Poco después llegaron a la biblioteca.

–Y ahora, recuerda que debemos ser discretas. No podemos llamar la atención.

–No te preocupes. Veo todas esas películas de detectives en televisión –contestó Elizabeth.

Kat se quedó un poco atrás mientras su amiga se acercaba a una mujer mayor.

–Buenos días, Wilma.

Wilma se puso una mano detrás de la oreja.

–¿Eh?

–¡He dicho que buenos días! ¡Necesitamos información! –gritó Elizabeth.

Kat hizo una mueca. Aquello no podía ser. Afortunadamente, nadie parecía estar prestándoles atención.

–¿Información sobre qué? –preguntó Wilma.

–Atracos a bancos –contestó Elizabeth–. Los que han ocurrido recientemente en la zona.

Varias cabezas se volvieron en su dirección. Kat intentó hacerle gestos a su amiga, pero Elizabeth estaba pendiente de Wilma.

–¿Por qué? –preguntó la mujer.

–¡Kat cree que sabe quién es el ladrón! –contestó Elizabeth, a voces.

Genial. Maravilloso.

Elizabeth se tapó la boca con la mano y la miró con gesto de disculpa. Demasiado tarde, el daño ya estaba hecho. Afortunadamente, en la biblioteca había muy poca gente.

–Creo que será mejor intentarlo en otro momento –suspiró Kat, tirando de su brazo.

–Ay, lo siento. Se me había olvidado que Wilma es sorda como una tapia. Y se niega a ponerse un sonotone.

–Da igual. Vámonos antes de que lo estropeemos más.

Kat se volvió, pero se detuvo al ver la silueta de un hombre apoyado en una estantería.

Daniel.

Y, por su expresión, había oído a Elizabeth. Como la mitad del pueblo, seguramente.

Elizabeth, tan sutil como siempre, le dio un codazo en las costillas. Como no quería hablar con Daniel, Kat salió prácticamente corriendo... y se chocó con un hombre que entraba en la biblioteca en ese momento.

Chad.

Cielos. ¿Quedaba alguien fuera de aquel drama?

Chad la sujetó tomándola por la cintura. Un gesto, por otra parte, totalmente innecesario.

–¿Te has hecho daño?

Ella se apartó.

–No, no. Estoy bien. Gracias. Adiós –dijo a toda prisa.

Enseguida se enteraría del incidente, de modo que no tenía sentido contárselo.

Una rápida mirada por encima del hombro hizo que apresurase el paso... todo lo que podía, mientras tiraba del brazo de la pobre Elizabeth. Daniel se dirigía hacia ellas y no iba sonriendo. Todo lo contrario. Estaba muy serio, como enfadado.

Cuando llegaron a la calle, Kat detuvo el primer taxi que vio. Ya habría tiempo para explicaciones.

De vuelta en casa, Buster las recibió moviendo alegremente la cola.

–Hola, chico –sonrió Kat, cerrando la puerta con llave.

–No exageres –protestó Elizabeth–. Aún no sabemos si Daniel es responsable de los atracos –añadió, dejándose caer sobre una silla.

–Tampoco sabemos que no lo sea –replicó ella–. Y nos ha oído hablar de los atracos en la biblioteca.

–Ya veremos qué pasa.

–Sí, eso digo yo. Ya veremos qué pasa... pero tengo que pensar. ¿Qué haría un policía en esta situación?

¡Ja! Ella sólo sabía dirigir un salón de té, no tenía exactamente las habilidades requeridas en aquellas circunstancias.

–Un policía aseguraría todo el perímetro de la casa –oyó una voz a sus espaldas.

Daniel.

Kat se volvió, con una mano sobre el corazón. Allí estaba, en la puerta de la cocina, con Buster a su lado. ¡Se le había olvidado cerrar la puerta principal! Menuda seguridad. ¿Y dónde estaba Buster cuando más lo necesitaba? Comiendo de su mano. Una vergüenza.

Elizabeth sacó tranquilamente las tazas del armario.

–¿Quieres un té, Daniel?

Él contestó sin dejar de mirar a Kat:

–¿Tienes algo de ese gimbo?

–Gingko –le corrigió Elizabeth.

–Eso.

–¿Qué... qué haces aquí? –preguntó Kat, tragando saliva.

–Terminé de buscar papeles en el museo y me acerqué a la biblioteca para explorar los archivos... Y allí escuché una conversación muy interesante entre Elizabeth y la mujer que lleva el departamento de referencias.

–Ah –murmuró Kat, sujetándose al respaldo de la silla.

Daniel dio un paso adelante.

–Pensé que te gustaría hablar sobre tu teoría con otra persona.

–Ah.

–Eso ya lo has dicho antes.

Kat miró a Elizabeth como pidiendo ayuda, pero su amiga estaba muy ocupada calentando agua. Y Buster lamía la mano de Daniel.

«Perro traidor»

Elizabeth se volvió, sonriendo.

–Es la hora del té. Sentaos, por favor –dijo, como si fuera la anfitriona en el palacio de Buckingham.

El mundo se había vuelto loco. Kat entendía en aquel momento cómo se sintió Alicia cuando cayó dentro del agujero. ¿Nadie se daba cuenta de lo que estaba pasando? Aquel hombre era un delincuente, un atracador de bancos sin escrúpulos. Y las tenía acorraladas en su propia casa. ¿Su amiga no se daba cuenta de que estaban en peligro?

Mientras miraba, incrédula, a Elizabeth, una mano se posó sobre su hombro.

La mano de Daniel.

Oh, no. No iba a hacerla callar. No iba a amedrentarla.

Kat se volvió y le clavó el tacón del zapato en el pie mientras lo golpeaba con el codo en la barbilla.

# CAPÍTULO 5

LA CABEZA de Daniel salió despedida hacia atrás. Atónito y dolorido de nuevo, lanzó un gruñido de sorpresa. No había esperado que Kat lo atacase.

«Pues deberías haberlo imaginado», pensó. Había hecho lo mismo la primera noche, cuando creyó que estaba merodeando en su jardín. De modo que había al menos un setenta por ciento de posibilidades de que volviese a pegarlo si se veía acorralada.

Kat se colocó delante de Elizabeth como escudo, los puños levantados en una pobre imitación de un boxeador. Tenía fuego en los ojos. Y miedo.

Daniel miró a las dos mujeres, una en una parodia pugilística, la otra, sonriendo tan tranquila. Buster estaba en el medio, gimiendo.

–Por favor, Daniel. Dile a la pobre chica que tú no has atracado ningún banco antes de que vuelva a pegarte –suspiró Elizabeth por fin.

–¿Qué? ¿Crees que yo soy el atracador?

–Claro que sí.

–¿Por qué?

–Porque encontré una lista con los nombres de los bancos en el bolsillo de tu pantalón. Porque te pillé merodeando en mi jardín... tus preguntas sobre el banco... cómo me miras todo el tiempo. ¿Necesito algo más?

Daniel sacudió la cabeza.

–La lista de bancos tiene que ver con mi trabajo. No sabía dónde estaba tu casa cuando me encontraste en el jardín, las preguntas eran para probarte... y te miro porque eres guapísima.

Elizabeth empezó a aplaudir, encantada.

–Ya te lo dije, Kat.

Ella bajó los puños un par de centímetros.

–¿Qué clase de trabajo tiene que ver con los bancos que han atracado?

Daniel suspiró. A juzgar por su reacción, Kat no tenía nada que ver con el caso. Era imposible que tuviese algo que ver... a menos que fuera una actriz excelente.

Tendría que arriesgarse.

–Trabajo de incógnito.

–¿Qué?

–Investigo los atracos para la compañía que asegura al banco contra pérdidas no cubiertas por el gobierno federal –explicó Daniel–. Una pista me ha traído hasta Sugar Gulch y pensé que tú tenías algo que ver.

–¿Yo? –replicó Kat, atónita–. Lo dirás de broma. ¿Dónde podría esconder yo el dinero? Además, si tuviera ese dinero no estaría a punto de perder mi negocio.

Buster salió entonces de la cocina. Y a Daniel le habría gustado hacer lo mismo.

–Kat...

–¿Y qué fue lo de la despensa, una investigación profunda sobre mi personalidad?

–Si no recuerdo mal, fuiste tú la que me agarró.

–Un caballero no recordaría eso –replicó ella, irritada.

–Eso no es verdad –intervino Elizabeth–. Daniel es un caballero. Me prometió no ponerse tu ropa interior.

Él soltó una carcajada.

–Por favor...

Veía sorpresa en la cara de Kat, la lucha que mantenía consigo misma para creerlo. Y, por fin, sonrió. Una sonrisa pequeña, pero una sonrisa al fin y al cabo.

–Quiero detalles. ¿Quién te ha pedido que vengas a Sugar Gulch?

Daniel esperó hasta que ambas mujeres estuvieron sentadas antes de tomar una silla.

–Verás...

–Y quiero ver alguna identificación –lo interrumpió Kat.

Suspirando, Daniel se llevó la mano al bolsillo del pantalón, donde tenía la cartera.

–¿Puedo ver esa foto? –preguntó Elizabeth.

–Es mi familia. Mi madre, mi padre, mis hermanas...

Kat se puso pálida.

–¿Tienes... estás casado?

–No, gracias a Dios. No me verás cometiendo ese error.

Elizabeth levantó la mirada.

–¿No crees en el matrimonio?

–Está bien para otras personas, pero no para mí. Yo no pienso cambiar para que otra persona me acepte.

–Qué raro. Kat me dijo algo muy parecido esta mañana mientras íbamos a la biblioteca.

Daniel se aclaró la garganta.

–Eso me recuerda... ¿qué hacíais en la biblioteca? ¿Y por qué?

Kat contestó, a la defensiva:

–Investigando a alguien al que creía un delincuente. No recordé que Wilma está sorda como una tapia hasta que fue demasiado tarde.

–¿Te das cuenta de que te has puesto en peligro? ¿Y a Elizabeth?

–¿Qué quieres decir?

–Anunciasteis a todo el mundo que tú sabías quién era el atracador.

Kat arrugó el ceño.

–Pero no lo sé. Si no eres tú... –se interrumpió y se quedó mirándolo.

–A juzgar por cómo vuelan las noticias en los pueblos pequeños, todo el mundo se habrá enterado del incidente en la biblioteca antes de la hora de comer.

Kat miró su reloj.

–¡La hora de comer! –exclamó, levantándose–. Sólo tengo media hora hasta que lleguen las señoras del club del libro.

Elizabeth se levantó también.

–No te preocupes. Nosotros te ayudaremos. ¿Verdad, Daniel?

Él sonrió. Elizabeth podía parecer frágil, pero tenía una voluntad de hierro.

–Sí, señora.

Entre los tres hicieron suficientes sándwiches como para dar de comer a un regimiento.

Daniel miró los diminutos trozos de pan rellenos de lechuga, pepino...

–¿La gente come estas cosas? ¿Dónde está el jamón, la carne? ¿Y por qué son tan pequeños?

Kat estaba colocándolos en una bandeja.

–Intento servir una variedad de sándwiches, basados todos en las delicatessen que se sirven en otros países para acompañar el té.

–Ah –murmuró Daniel, mordiendo uno. La salsa sabía muy rica... sin darse cuenta se comió dos–. No están mal. Con todo lo que estoy aprendiendo podría escribir un libro.

Elizabeth se volvió.

–Entonces, ¿de verdad eres escritor?

–No, soy investigador de seguros. Pero me han publicado un par de artículos –contestó él, un poco avergonzado.

Kat se quedó mirándolo.

–¿Siempre has querido dedicarte a la investigación?

Daniel levantó la mirada y encontró a las dos mujeres observándolo, como si la respuesta fuera muy importante.

–Sí, creo que sí. Mis padres nunca entendieron por qué... y yo a veces tampoco lo entiendo. Supongo que nací para hacer lo que hago.

Kat y Elizabeth se miraron como diciendo «ya me lo imaginaba». Nunca entendería a aquellas dos.

–Pero no has dicho a quién has venido a investigar... además de a mí –dijo Kat entonces.

Él suspiró. Quería contestar sin mentir y sin poner en peligro su misión.

–No te conocía, Kat. No sabía si tenías algo que ver o no –dijo, levantando su barbilla con un dedo–. Perdona.

Ella lo miró a los ojos durante lo que le pareció una eternidad. Y Daniel se olvidó de todo. Sólo podía recordar el beso en la despensa, su cuerpo... Apenas unos centímetros separaban sus labios cuando Kat dio un paso atrás.

Elizabeth había desaparecido discretamente.

Kat se apoyó en la encimera, nerviosa.

–Yo también te debo una disculpa. La verdad es que saqué una conclusión equivocada sobre ti. Pero lo de ayer fue un error que no debe volver a repetirse. Cuando hayas terminado con este caso te marcharás del pueblo. Y a mí no me gustan los revolcones de una noche.

Daniel asintió. No quería analizar por qué su confesión lo hacía sentir mejor. Al fin y al cabo, le estaba diciendo que no quería saber nada de él. Si no fuera por el deseo que veía en sus ojos, se habría marchado. Pero, estuviese mal o bien, fuera o no un error, aquella mujer se había convertido en alguien muy importante para él. Y quería volver a besarla, quería volver a tenerla y a sentirla entre sus brazos.

Kat apartó la mirada.

–Voy a darme una ducha. ¿Te importa decirle a Elizabeth que saldré enseguida? Y gracias por tu ayuda.

Daniel mordió otro sándwich mientras la veía alejarse por el pasillo.

Esos trocitos de pan estaban riquísimos. Claro que se moriría de hambre si sólo comiera eso... A lo mejor, la lechuga y el pepino le darían más sabor a un sándwich de verdad. Uno de carne.

Kat cerró los ojos mientras dejaba caer el agua sobre su cara, intentando no pensar en Daniel. Sin embargo, no podía dejar de imaginarlo lavándole el pelo con sus largos dedos...

Entonces dejó escapar un suspiro.

Había dicho en serio eso de que no podía mantener una relación con él. Desgraciadamente, su cuerpo parecía tener otras ideas. Muy diferentes. Pero un par de momentos robados no hacían una relación. El problema era que, si se había sentido atraída por él cuando lo creía un delincuente, resultaba doblemente tentador ahora que sabía que era un ciudadano honrado.

Kat cerró el grifo del agua caliente y abrió el del agua fría para espabilarse. Tenía que quitárselo de la cabeza de una vez por todas. Daniel West sólo estaba de paso y se marcharía del pueblo en cuanto hubiera terminado su investigación.

¿Qué daño podría hacerle tener una historia con él?, se preguntó.

Mucho.

Kat salió de la ducha y se secó con la toalla, pensativa. Lo último que necesitaba era que le rompiesen el corazón, esperar a un hombre que nunca volvería.

Pero, ¿y si nunca volvía a experimentar la pasión que sentía por él? ¿El arrepentimiento marcaría su vida? ¿Se preguntaría siempre cómo habría sido si hubiese aprovechado la oportunidad?

Kat se miró al espejo, muy seria. ¿Qué iba a hacer? ¿Seducir a Daniel West o pasarse la vida lamentando no haberlo hecho?

Sin embargo, ni siquiera sabía si ella le gustaba. Sí, claro que le gustaba, pensó, recordando la tensión del cuerpo masculino en la despensa. Por supuesto que le gustaba.

La comida con las señoras del club del libro pasó rápidamente. Habló con todas, pero no recordaba nada. Daniel ocupaba todos sus pensamientos.

Eso no podía ser.

Tenía que concentrarse en cosas más importantes. Como por ejemplo, hacer algo para no perder su negocio.

Después de colocar las tazas en el armario, Kat apagó la luz de la cocina y abrió la puerta para que Buster saliera al jardín. A cinco metros de la casa, Buster plantó sus patas en el suelo y empezó a gruñir.

–¿Quién es? ¿Daniel?

Buster se lanzó de cabeza hacia las sombras. Sus ladridos frenéticos fueron seguidos de un grito de dolor.

–¡Apártate, chucho maldito! ¡Kat! –gritó Chad–. ¿Puedes apartar a esta bestia?

Kat salió corriendo y se encontró con una imagen inesperada: Chad subido a una de las ramas del álamo y Buster tirando del bajo de su pantalón.

–¡Buster, suéltalo!

El perro obedeció, con desgana. Y ella, controlando la risa, se preguntó dónde estaba la cámara de fotos cuando más la necesitaba.

–Ya puedes bajar, Chad.

–¿Por qué no lo encierras en la casa?

–No pasa nada, de verdad. ¿Qué demonios haces ahí?

Chad bajó del árbol y comprobó el daño que Buster había hecho en sus pantalones.

–He oído que hubo un incidente en la biblioteca y quería comprobar si estabas bien.

–Ah, ya –murmuró Kat–. ¿Quieres entrar?

No le apetecía nada, pero su perro le había destrozado los pantalones y debía ser amable por lo menos.

Lo acompañó a la cocina y encendió la lámpara. No quería estar a oscuras con él. Buster no se despegaba de su lado, como si no se fiara de Chad.

–¿Cómo es que estás involucrada en la investigación de unos atracos?

Kat se quedó al lado de la nevera, tan lejos de él como le era posible.

–No estoy involucrada. Ha sido un malentendido.

Algo en su mirada le dijo que no debía comentar nada sobre Daniel. Además, trabajaba de incógnito, de modo que no debía revelar su verdadero propósito.

–Wilma no llevaba puesto el sonotone y ya sabes lo difícil que es hacerle entender algo.

Chad asintió.

–Entonces, ¿no sabes nada de los atracos?

–Claro que no. Ojalá lo supiera. El dinero de la recompensa me vendría muy bien.

Él se acercó entonces y tomó su mano.

–Ya te he dicho que si puedo ayudarte en algo... Sólo tienes que decírmelo.

Buster gruñó y Kat contuvo el deseo de darle una galleta. Estaba empezando a entender qué esperaría Chad a cambio de su ayuda.

–Te lo agradezco, pero prefiero solucionar sola mis problemas.

–Muy bien, pero la oferta sigue en pie. En fin, será mejor que me vaya.

Kat intentó disimular su alivio.

–Gracias por preocuparte –dijo, abriendo la puerta.

–Buenas noches, querida –murmuró él, inclinándose para darle un beso.

Kat, que se había apartado como un rayo, se golpeó la cabeza contra el quicio de la puerta. Y Chad aprovechó para besarla antes de desaparecer. Buster seguía gruñendo, como esperando una orden para atacar.

–No pasa nada, chico –suspiró ella, pasándose la mano por los labios para borrar la huella del beso.

«¿Por qué no me gusta un respetable banquero que, además, vive en el pueblo, en lugar de un investigador privado que se marchará antes de que me dé cuenta?»

Daniel apareció entonces entre las sombras. Kat se quedó helada. ¿Desde cuándo estaba allí?

–Podrías lavarte con jabón antibacteriano. A saber dónde ha puesto la boca antes –sonrió, entrando en la cocina.

–Eres muy gracioso. ¿Sigues espiándome? –preguntó ella, cerrando de un portazo.

–En absoluto. Iba a entrar cuando vi la escenita y no quería interrumpir –contestó Daniel, dejándose caer sobre una silla.

–La próxima vez, te doy permiso para que interrumpas. Por favor.

–Entonces, el banquero y tú... ¿no estáis juntos?

–¿Qué tiene eso que ver con tu investigación? Francamente, mi vida privada no es asunto tuyo –replicó Kat, irritada–. Que hayamos compartido un beso en la despensa no te da derecho a meterte en mi vida.

–No he dicho que quiera meterme en tu vida –dijo él con aparente calma.

Kat hizo una mueca.

–Perdona, Daniel. Es que últimamente estoy un poco nerviosa. Bueno... ¿empezamos otra vez?

Daniel se levantó. El aroma de su colonia era delicioso.

–Te perdono –dijo, estrechando su mano–. Soy Daniel West, encantado de conocerte.

Kat sonrió.

–Kat Bennett. Lo mismo digo. Espero que disfrute de su estancia aquí, señor West.

–Eso espero yo también –sonrió él, tirando de su mano–. Me han dicho que en esta casa hay una despensa muy interesante.

Kat tuvo que respirar profundamente para llevar aire a sus pulmones. No podía decir que no, no podía apartarse. Así que levantó la cara para recibir el beso.

Buster se metió entre los dos, frotando la cabeza contra la pierna de Daniel para llamar su atención. Kat dio un paso atrás. Era lo mejor. Aún no había tomado una decisión sobre Daniel... no sabía qué hacer.

Pero en ese momento supo que sentía algo más que deseo por él. Mucho más. Daniel West le había robado el corazón sin que se diera cuenta. Pero él no lo sabría nunca, porque no pensaba decírselo.

Además, no la creería. No entendería qué había ocurrido cuando cayó sobre él en la cama, la primera noche. Fue como si... como si su búsqueda hubiera terminado. Aunque ella no sabía que estuviera buscando.

Elizabeth se lo había advertido: «El amor te encontrará cuando no te des cuenta, cuando menos lo esperes. Cuando menos creas que lo necesitas».

Pero aquello no llevaba a ninguna parte.

–Por favor, apaga la luz antes de irte a dormir. Dejaré mi puerta abierta para que Buster entre cuando quiera. Buenas noches.

Él no contestó y Kat no dijo nada más.

Daniel sacudió la cabeza.

¿En qué estaba pensando? Sí, tener una aventura con Kat sonaba muy bien... en teoría. Pero no podía hacerlo. Kat Bennett era una mujer de las que se casan, de las que cree en los finales felices... aunque no quisiera admitirlo en voz alta.

Y él no podía ofrecerle eso. No quería cambiar y no podía imaginar a Kat viviendo la vida que él vivía en Denver. Tampoco ella querría cambiar.

Daniel apagó la luz de la cocina y siguió a Buster por el pasillo. Incluso el perro le gustaba. Suspirando, se detuvo en la puerta de su habitación y vio a Buster entrando en la de Kat.

Qué suerte.

Pero él tenía que concentrarse en el trabajo si quería conservar su reputación, que tanto le había costado conseguir. Tocar a Kat de nuevo era imposible.

Aunque tendría que convencer a sus manos. Y a sus labios. Y a todo su cuerpo.

No iba a resultar nada fácil.

Kat oyó que Daniel cerraba la puerta de su habitación. No había esperado que entrase en la suya y, sin embargo, se sintió decepcionada. Una decepción amarga que le recordaba que los años pasaban, le recordaba su soledad, su miedo al rechazo...

¿A qué estaba esperando? ¿Qué quería, un caballero con brillante armadura? ¿Dónde estaba escrito que una mujer tuviera que casarse para ser feliz? Ella llevaba muchos años cuidando de sí misma y podía seguir haciéndolo perfectamente.

Kat se levantó de la cama de un salto. Buster la miraba con sus ojitos acuosos.

–No te muevas de aquí. Voy a... a hacer el ridículo más espantoso o a lanzarme de cabeza a la aventura. Da igual, el caso es hacer algo.

Pero vaciló cuando iba a abrir la puerta.

«Puedo hacerlo. Las mujeres hacen estas cosas», pensó. Sintiéndose como una tonta, entró en el cuarto de baño y encendió la luz.

Estaba pálida. Kat se pellizcó las mejillas para darles un poco de color. Luego miró hacia abajo: el camisón. Cómodo sí, pero no era muy sexy.

Entonces se acercó a la cómoda. Buster apoyó la cabeza sobre las patas mientras la observaba sacar un camisón tras otro. Nada le parecía bien para la ocasión. ¿Qué había que ponerse para seducir a un hombre?

¿Qué decían las revistas? Ah, sí. «Los hombres se sienten estimulados visualmente, aunque sus emociones no tengan nada que ver». Pero ella no quería pensar en la segunda parte. Por fin había admitido sus sentimientos por Daniel, pero no sabía nada sobre los de él.

Decidió entonces ponerse la bata sobre un tanga, que era regalo de Elizabeth. Se alegró entonces de no haberlo tirado a la basura. Pensaba que jamás iba a ponérselo, pero... Sólo tendría una noche con Daniel y quería que fuese memorable. Su experiencia era limitada, pero ella era una mujer imaginativa.

Eso, suponiendo que Daniel no la echase de su habitación, claro.

Kat se puso un poco de brillo en los labios, apagó la luz del baño y respiró profundamente para darse valor. Pero cuando entró de nuevo en su dormitorio... se quedó de piedra.

Daniel estaba al pie de su cama.

La luz de la luna iluminaba su torso desnudo. Su mirada estaba fija en la bata... o más bien en el escote de la bata.

¿Por qué no había ladrado Buster? Kat miró alrededor.

–¿Dónde está... dónde está mi perro?

–Buster y yo hemos llegado a un acuerdo. Él duerme en mi cama y, a cambio, no me arranca una pierna mientras yo seduzco a su dueña –contestó Daniel, dando un golpecito en el edredón–. Espero que te gusten mis habilidades como negociador.

Kat vaciló. Había pensado seducirlo... pero no estaba preparada para aquello.

–Podemos ir a la despensa si allí te encuentras más cómoda.

–No, no...

Kat dio un paso hacia la cama y oyó campanitas. Todas esas tonterías que le habían contado sobre que se oían campanitas cuando uno encuentra a su alma gemela eran verdad.

–¿Has oído eso? –preguntó él.

De modo que Daniel también las había oído. Entonces, sentía algo por ella. Las campanitas volvieron a sonar, esta vez de forma insistente.

–¿No vas a contestar, Kat? Está sonando el teléfono.

# CAPÍTULO 6

KAT SE quedó mirándolo. El teléfono. Claro, era el teléfono. Avergonzada, corrió hacia la mesilla para contestar. El teléfono casi se le cayó de las manos.

–¿Dígame?

–Soy yo –dijo una voz.

–¿Quién eres? ¿Y por qué hablas tan bajito?

–No quiero que me oigan.

–¿Elizabeth? ¿Dónde estás? ¿Quién no quieres que te oiga?

Daniel acercó la oreja al teléfono.

–Estoy en la cabina, al lado de la tienda de Millie. Los he visto. Date prisa.

–¿A quién has visto, Elizabeth?

–Una pareja con pinta muy rara. No me gustaron, así que los seguí. No son del pueblo...

Elizabeth dejó de hablar abruptamente.

–¿Estás ahí? –preguntó Kat, apoyándose el teléfono inalámbrico en la barbilla mientras se ponía unos vaqueros–. ¿Elizabeth?

Daniel, que había salido de la habitación, volvió con la camisa puesta y poniéndose una chaqueta.

–Claro que estoy aquí.
–Vamos para allá ahora mismo.
–¿Quiénes?
–Daniel y yo.
–No hace falta que lo despiertes.
–No... es que está aquí –dijo Kat, atándose los cordones de las zapatillas.
–Ah, ya era hora. Perdona si os he interrumpido.
Kat miró a Daniel y se puso colorada.
–No has interrumpido nada. Llegaremos enseguida –dijo antes de colgar.
–¿Qué ocurre? –preguntó Daniel.
–No lo sé. Elizabeth está frente a la tienda de Millie, vigilando a no sé quién.
–¿Hace esto a menudo?
–Nunca.
–Vamos, iremos en mi coche.
Ella no discutió. No tenía tiempo.

Daniel se movió, incómodo, en el asiento. Por supuesto, en sus condiciones, no había forma de ponerse cómodo. Seguía excitado por su encuentro con Kat, pero... la vida era así. Elizabeth seguramente estaba bien, pero no podían arriesgarse.
Entonces miró a Kat. Quería decirle algo, pero no sabía qué.
–Me gusta ese tanga que llevas.
Ella no lo miró. Mala señal.

–Oye, yo... –empezó a decir Daniel.

–Por favor, ahora no quiero hablar de eso –lo interrumpió ella.

–¿Lo lamentas? No ha pasado nada.

–Porque sonó el teléfono –suspiró Kat–. Me siento como una idiota.

Ninguno de los dos intentó hablar de nuevo. Estaban llegando a la plaza del pueblo en ese momento y Daniel miró alrededor. Nada parecía siniestro ni fuera de lugar.

–Ahí está Elizabeth, al lado de la cabina –murmuró Kat.

Daniel detuvo el coche.

–¿Te encuentras bien?

–¡Qué susto me has dado! ¿Qué haces aquí a estas horas? –preguntó Kat, nerviosa.

–Estaba intentando ayudar a Daniel.

–Él puede hacerlo solito, Elizabeth. Es su trabajo.

Su amiga entró en el coche y volvieron a casa en silencio.

«Soy tonta», pensaba Kat. Ver la pistola que Daniel llevaba escondida bajo la chaqueta la había devuelto a la realidad. Tenía una misión y sólo estaba allí para hacer un trabajo. Nada más. Después, se marcharía.

Tocarlo, dejar que la tocase, le había demostrado lo vulnerable que era. Era hora de tomar las riendas y decirle a sus hormonas que se calmasen de una vez. Aunque tenía la sensación de que ya era demasiado tarde.

Daniel mantenía los ojos clavados en la carretera, aunque miraba de vez en cuando por el espejo retrovisor. Elizabeth y Kat iban mirando cada una por una ventanilla.

Tenía que hablar con Elizabeth, saber qué había visto. Seguramente sería cosa de su imaginación, pero... tenía que preguntarle de todas formas.

Kat era otra cuestión. Y mucho más difícil. Se apartaba cada vez que él intentaba tocarla... Algo había cambiado, estaba claro.

Pero estuvieron a punto de meterse en la cama... ¿qué había pasado?

Un teléfono, eso había pasado.

Por un segundo, Daniel creyó oír campanitas. Las campanitas que deben sonar, supuestamente, cuando uno está a punto de darse el revolcón del siglo. Nunca las había oído antes. Desde luego, no con Vivian. Sería mejor recordar eso y no a Kat medio desnuda a la luz de la luna.

Suspirando, Daniel detuvo el coche frente a la casa.

–Será mejor que te quedes a dormir aquí, Elizabeth –dijo Kat.

–Muy bien.

Daniel se preguntó si querría usar a su amiga como escudo. No, no era eso. Kat quería mucho a Elizabeth y deseaba cuidar de ella. Nada más.

La mujer sonrió cuando la ayudó a bajar del coche.

–Gracias, Daniel. Dile a tu madre que ha criado a un chico estupendo.

–Se lo diré.

–Hablaremos de mi plan por la mañana –dijo Elizabeth.

Kat levantó una ceja. ¿Qué plan?

–Voy a dar un paseo –suspiró Daniel–. Venga, Buster. Me debes una.

Buster había dormido en su cama, él estaba sexualmente frustrado y Kat casi no le dirigía la palabra.

Asombroso lo que una llamada de teléfono podía hacer por una relación.

Kat ayudó a Elizabeth a ponerse el pijama de franela. La mujer quería saber detalles sobre lo que había pasado con Daniel y Kat pudo contestar con sinceridad: nada. Cero.

No había pasado nada y no pasaría nada.

Después de darle las buenas noches, fue a la cocina para esperar a Daniel. Té, eso era lo que necesitaba. Un té con leche para calmar los nervios y olvidarse de Daniel West.

Aunque sólo una cosa haría que lo olvidase: volver atrás en el tiempo y no haberlo conocido nunca.

La puerta se abrió poco después. Hombre y perro entraron en la cocina y Daniel se inclinó para restregar la tripita de Buster, que prácticamente le echó las patas al cuello.

Hasta él estaba enamorado de Daniel, pensó Kat, angustiada. Con Elizabeth y Buster contra ella, no tenía ninguna posibilidad.

–¿Te importa si tomo un té?

–Claro que no. ¿Qué le has hecho a mi perro?

–¿Eh?

–Eres el primer hombre que le cae bien. No sé si le estarás dando drogas o algo.

Daniel se encogió de hombros.

–Es que lo trato como si fuera un amigo.

–No me digas que es una cuestión de testosterona.

–Yo no digo nada. Sólo que el pobre siempre ha vivido con mujeres. Tu tía, Elizabeth, tú...

–¿Y?

–Necesita un hombre a su lado. Y supongo que ése soy yo.

Kat soltó una risita. Aquel hombre era irreal.

–¿Y lo has conseguido en un par de días?

–Es cosa de hombres, tú no lo entiendes.

Kat sacudió la cabeza, incrédula.

–¿A quién estás investigando, Daniel?

–No puedo decírtelo.

–¿Por qué? Yo también soy parte de esto.

–No suelo involucrar a nadie en mis investigaciones.

–No eres militar ni policía, así que puedes contármelo.

–No puedo.

–Me debes una –dijo Kat entonces, testaruda–. Pensabas que yo tenía algo que ver con los atracos, alquilaste una habitación con mentiras, eres un extraño en el pueblo y has convertido a mi perro en un mariquita.

–No olvides que también he intentado seducirte.

–Sí, bueno, será mejor olvidar eso.

La mirada de Daniel estaba clavada en el escote de su blusa y ella, nerviosa, se abrochó un botón.

–Quiero estar involucrada en el caso.

–No.

–Puedo ayudarte. La gente confía en mí y tú eres un extraño aquí.

–No.

–Yo podría entrar en sitios en los que tú no puedes entrar...

–No.

Kat golpeó la mesa con la mano, con tal fuerza que hizo saltar las tazas.

–Daniel West, si vuelves a decirme que no te arranco la lengua.

–Da igual lo que digas, la respuesta será la misma.

–Es que también es asunto mío. El dinero que necesito para salvar mi negocio ha desaparecido –dijo Kat, apretándole la mano–. Si te ayudo a encontrar al culpable de los atracos, podría conseguir una extensión en la hipoteca.

–N...

–Te lo he advertido –lo interrumpió ella, levantándose e intentando intimidarlo con la mirada.

Daniel no parecía muy afectado–. Investigaré por mi cuenta. Con Elizabeth.

–La pondrás en peligro.

–No lo creo. Si alguien del pueblo estuviera involucrado en los atracos, yo lo sabría. En los pueblos pequeños se sabe todo. Además, yo confío en todos los vecinos de Sugar Gulch.

–Pues haces muy mal –replicó Daniel, levantándose–. Si sigues confiando en todo el mundo, acabarán haciéndote daño.

–¿Porque confío en mis vecinos? Llevas demasiado tiempo viviendo en una gran ciudad. Las cosas aquí son diferentes.

–Hay gente mala en todas partes, Kat. No todos los delincuentes van por ahí con la cabeza afeitada y un piercing en la nariz. Y no quiero que te hagan daño.

–Oh.

Quizá le importaba... un poco, pensó.

–Y no quiero que nadie le haga daño a Elizabeth.

–Oh.

¿También le importaba Elizabeth?

–No quiero perderte.

–Oh.

–Si vuelves a decir «Oh» te arrancaré la lengua –dijo él, tomándola por la cintura.

Kat enredó los brazos alrededor de su cuello.

–¿Me lo prometes?

La respuesta se perdió en sus labios.

Tres minutos de besos apasionados después, Kat dio un paso atrás.

–No podemos seguir.

–¿Por qué?

–No puedo... no puedo estar contigo y luego ver cómo te marchas del pueblo. Lo siento.

Kat se alejó sin mirarlo a los ojos.

Despertó por la mañana al oír risas en la cocina.

«¿Qué voy a hacer?», se preguntó.

A partir de aquel momento no podía pensar en Daniel como hombre, sólo como la persona con la que iba a colaborar, quisiera él o no, para resolver el caso.

Era mucho más fácil pensar eso sin tenerlo delante, claro, descubrió al entrar en la cocina. Pero no iba a mirarlo. No iba a mirarlo en absoluto. La vida era normal antes de su llegada y volvería a serlo.

Normal, vacía.

Pero debía hacerle saber que pensaba tomar parte en la investigación. O eso, o empezar una por su cuenta.

Daniel levantó la mirada cuando Kat entró en la cocina. Ninguna mujer tenía derecho a ser tan sexy. Los vaqueros y la blusa de color crema le quedaban tan bien como el tanga.

Pero no podía pensar en eso, se dijo, apartando la mirada. Si seguía así, tendría que darse una ducha fría y ya estaba harto.

–Buenos días, querida –la saludó Elizabeth, espátula en mano.

–¿Necesitas ayuda? –preguntó Kat, sin mirar a Daniel.

–¿Yo? Llevo cocinando más años que vosotros dos juntos –sonrió Elizabeth, moviendo el beicon en la sartén–. Y no se me olvidará guardar la grasa para los crisantemos.

–Buenos días, Kat –dijo Daniel, pasando las páginas del periódico.

–Buenos días –contestó ella, de espaldas.

Aunque le gustaba la panorámica desde allí, Daniel hubiese preferido verle la cara.

–Hay un artículo muy interesante en el periódico.

–¿Qué dice?

–Otro atraco.

–¿Cuándo?

–Ayer por la noche –contestó él.

No le dijo que había recibido una llamada de la empresa a medianoche. Seguros Global quería resolver el caso lo antes posible.

–Ya lo sabía –dijo Elizabeth.

–¿Cómo que lo sabías?

–Ya os dije que había visto a dos hombres muy raros en el pueblo.

Kat miró a Daniel con expresión aprensiva.

–¿Qué hombres?

–Los que os dije anoche por teléfono.

–Ah, es verdad, se me había olvidado. ¿Por qué no nos cuentas qué viste y por qué te pareció raro?

–Yo voy al bingo dos veces por semana...

–¿Y?

–Anoche me quedé un poquito más, aunque no suelo acostarme tarde.

–¿Y qué viste? –preguntó Daniel.

–Cuando volvía a casa, pensando en mis cosas...

–¿Qué viste, Elizabeth?

–Cuando cruzaba la plaza vi que me estaba perdiendo una noche preciosa. ¿Os disteis cuenta de que había luna llena?

«Sólo cuando vi el cuerpo de Kat», pensó Daniel. El rubor de ella le dijo que estaba pensando lo mismo.

–Me di cuenta... era maravilloso.

–Así que me dije a mí misma: Lizzie Bell... así era como me llamaba siempre mi madre... ¿por qué no te sientas un ratito a contemplar el paisaje? El invierno llegará antes de lo que esperas.

–¿Y qué pasó?

–Me senté en un banco al lado del viejo pino. ¿Sabes dónde digo?

Kat dejó escapar un suspiro.

–Sí, claro.

–No había estado allí ni cinco minutos cuando vi que había una luz encendida en el banco. Podía ver la silueta de tres hombres... y estaban discutiendo.

–¿Podrías identificarlos? –preguntó Daniel.

–A distancia no, pero unos minutos después dos de ellos salieron del banco.

–¿Cómo sabes que eran hombres?

–Por el tamaño, supongo. Aunque algunas mujeres son muy altas... Pero podía oír sus voces y, desde luego, eran hombres.

Daniel dejó la taza sobre la mesa.

–¿La tercera persona se quedó en el banco?

–No, salió poco después –contestó Elizabeth.

–¿Y quién era? –preguntó Kat, que no podía soportar el suspense.

–No podría decirlo. Había poca luz y sólo vi que entraba en un coche. Entonces fue cuando te llamé.

–¿Y por qué pensaste que la situación era extraña? –preguntó Daniel.

–Por la pistola.

–¿La pistola? –exclamaron Daniel y Kat a la vez.

–Uno de los hombres llevaba una pistola.

–Daniel, ¿puedo hablar contigo un momento... a solas? –preguntó Kat.

Elizabeth sonrió.

–Así me gusta, Kat. Lucha por lo que quieres. No dejes pasar la vida sin hacer nada.

Su risa los siguió hasta el pasillo. ¿Entendería alguna vez los mensajes de Elizabeth?, se preguntó Daniel.

Kat entró en su habitación y cerró la puerta.

–Venga, dilo.

–¿Decir qué? –preguntó él, apoyándose en la cómoda.

–«Te lo advertí». Una pistola en Sugar Gulch. ¿Y si le hubiera pasado algo a Elizabeth?

–No le ha pasado nada. Pero ahora quizá entiendas que todo esto es más peligroso de lo que creías. No quiero que te hagan daño, Kat. Ni a ti ni a Elizabeth.

–Es él –dijo Kat entonces, abriendo mucho los ojos.

–¿Quién?

–La persona a la que estás investigando es Chad Filcher.

–¿Por qué dices eso?

–Porque es lo más lógico –contestó ella, paseando por la habitación–. ¿Quién más tendría acceso al banco de noche? Por eso pensabas que yo tenía algo que ver.

Daniel se metió las manos en los bolsillos del pantalón.

–No te molestes en negarlo, Daniel. Viniste a mi casa porque pensabas que yo estaba involucrada en los atracos. Porque pensabas que yo era la amante de Chad.

–No su amante –suspiró él–. Pero creí que tenías alguna conexión.

Daniel levantó los ojos al cielo. Al final se lo había dicho. ¿Qué clase de investigador privado era?

Uno que se distraía por un par de ojos verdes. Uno a quien le importaba demasiado una mujer con la que no tenía nada en común, excepto un deseo abrumador.

–¿Cómo pudiste pensar que yo tenía algo que ver?

–Mucha gente te vio visitando el banco por la tarde, cuando no eran horas de oficina. Y yo no sabía la razón para esas visitas hasta que tú me lo contaste.

–Ya, claro –murmuró Kat, pensativa–. Pero, ¿por qué se habrá metido Chad en eso?

–Las razones de siempre: dinero, ambición...

–¿Cuánto dinero puede necesitar?

–Filcher está endeudado hasta el cuello con una banda de gángsters. Por culpa del juego.

–Ah, el juego. ¿Crees que sabe más sobre la cuenta de mi tía de lo que dice?

–Seguramente.

–Entonces lleva meses engañándome, intentando tocarme cada vez que tiene oportunidad... cuando es él quien me ha colocado en esta situación. Ha arriesgado mi negocio, mi herencia...

–Bueno, yo creo que está interesado en ti de todas formas. O, al menos, en «conocerte» mejor. Pero el dinero de tu tía le habrá venido muy bien.

–Pues entonces usaremos eso para atraparlo. Haremos que esa asquerosa fijación lo ponga de rodillas.

–¿Y cómo piensas hacerlo?

Kat se lo pensó un momento.

–Haré de cebo. Pondré lo que más desea delante de sus narices y será una tentación que no podrá resistir.

–¿Cómo?

–Tendré que actuar... usar maquillaje, ponerme ropa llamativa. Pero sí, creo que puedo atrapar a Chad Filcher.

–N...

–No lo digas –lo interrumpió Kat–. Haré que Chad confíe en mí.

–Kat, no pienso permitirlo.

–¿Cómo que no? Es lo único que podemos hacer. ¿Cuál es el problema?

Daniel la tomó por la cintura.

–El problema es que no quiero que te toque.

Inclinó la cabeza para buscar sus labios y Kat no protestó. No podía hacerlo.

–¿Esto significa que vamos a atraparlo a mi manera? –preguntó ella unos minutos después, cuando se apartaron para buscar oxígeno.

Daniel detestaba la idea, pero sabía que era lo mejor. Cualquier hombre acabaría de rodillas si Kat Bennett se lo proponía. Además, él siempre estaría cerca para protegerla.

Tenía razón. Chad Filcher no podría resistirse.

Desde luego, él era incapaz.

# CAPÍTULO 7

KAT SE miró en el cristal de la puerta del banco. Casi no se reconocía.

El vestido era mucho más corto y más estrecho de lo normal, o de lo que era normal en ella. Llevar los muslos al aire era algo que no la hacía sentir cómoda en absoluto. Y el escote era obsceno.

Varios hombres la habían mirado cuando salía del coche y sus miradas hicieron que se sintiese rara: sexy, poderosa, avergonzada...

Y las miradas de sus mujeres habían sido mucho peor. Kat se consoló pensando que podría explicar su comportamiento más tarde, cuando el canalla de Filcher estuviera entre rejas.

El guardia de seguridad del banco le abrió la puerta.

–Gracias.

–De nada, señorita Bennett.

Kat se acercó al escritorio de la secretaria, que enseguida la hizo pasar al despacho de Chad.

Oyó que la puerta se cerraba y supo que ya no podía dar marcha atrás. Cuando se volvió, vio que Chad se dirigía hacia ella con los brazos abiertos.

–Kat, querida, qué sorpresa –dijo, apretando su mano.

Ella sonrió, pero tenía mariposas en el estómago. Estaba cara a cara con un posible atracador de bancos y tenía que seducirlo. Genial. ¿A quién se le había ocurrido la idea?

Entonces pensó en Daniel. Contaba con ella, su reputación dependía de ella. Mucha gente la necesitaba. Prácticamente, era una heroína.

–Espero no haber venido en mal momento. Estaba de compras y he pensado pasar por aquí para saludarte.

Él la miró de arriba abajo.

–¿Ese vestido es nuevo?

–Sí, me alegro de que te des cuenta –sonrió Kat, dándose una vueltecita–. ¿No te parece un poquito exagerado? La verdad es que me apetecía algo diferente.

–Yo te encuentro estupenda –dijo Chad, pasándose un dedo por el cuello de la camisa–. Te queda... muy bien.

Al sentarse, Kat intentó bajarse la falda, pero no había tela que bajar.

–Me temo que es más corto de lo que yo creía.

Había tenido que pedirle a la señora Conrad que le metiera el bajo diez centímetros. Tendría que explicárselo más tarde.

Chad no dejaba de mirarle las piernas. Estupendo. Justo lo que quería: distraerlo.

–¿Sabes algo del dinero de mi tía?

–Ojalá pudiera darte buenas noticias, pero me temo que no hay nada nuevo desde la última vez que nos vimos. Lo siento.

–¿Cuánto tiempo tengo antes de que el banco exija el dinero de la hipoteca?

–Dos o tres semanas como máximo.

Kat se pasó la lengua por los labios y apoyó los codos en la mesa, apretando sus pechos para destacar el escote. «Perdonadme, feministas del mundo»

–No sé si podré reunir el dinero, Chad.

Él no contestó. Su mirada seguía clavada en el escote. Kat sintió un escalofrío de repulsión.

«Cree que quiero liarme con él. Por favor, voy a vomitar»

Entonces sonó el intercomunicador. Dos veces. Chad consiguió apartar la mirada de su escote y pulsó el botón.

–¿Sí?

–Ha llegado su cita de la una, señor Filcher.

–Dile que espere un momento, por favor. Perdóname, Kat. Si pudiera cancelar la cita lo haría, pero me temo que es imposible.

Ella se levantó, estirándose el vestido.

–No te preocupes. Sé que eres un hombre muy ocupado.

–Me gustaría invitarte a cenar. En Bakersville, si te parece –dijo él, sin dejar de mirarle el pecho.

–¿Tú crees que sería apropiado?

–¿Qué quieres decir?

–Como soy cliente del banco...

–Yo puedo salir con quien quiera. Y quiero salir contigo –sonrió Chad. Esa sonrisa hizo que a Kat le diera un vuelco el estómago.

–A mí también me gustaría cenar contigo –dijo, pestañeando–. ¿A las ocho te parece bien?

–Iré a buscarte a casa –dijo Chad, acercándose.

Cielos. Iba a besarla. Sería la prueba suprema de su talento como actriz. «Tengo que pensar en Daniel, tengo que pensar en Daniel», se dijo.

Chad se inclinó y Kat apretó los dientes. El beso sólo duró un segundo, pero la hizo sentir náuseas.

–Hasta luego.

Salió de allí como alma que lleva el diablo. Quería alejarse de Chad Filcher todo lo que fuera posible.

Otro planeta no estaría mal.

A Daniel no le hizo ninguna gracia. En cuanto Kat entró en casa se metió en el cuarto de baño y cerró la puerta. Llevaba veinte minutos oyendo el grifo.

–Kat, ¿estás bien? –preguntó, llamando a la puerta.

Silencio. Si ese canalla le había hecho daño... lo mataría con sus propias manos.

Daniel se sentó en la cama y esperó. Tendría que salir en algún momento.

Unos minutos después, Kat salió del baño y se acercó al armario mascullando maldiciones. Evidentemente, no lo había visto.

Pero Daniel sí la había visto. La toalla en la que iba envuelta no podía tapar el nacimiento de sus generosos pechos. Y la cantidad de pierna que dejaba al descubierto hizo que le subiera la presión.

–¿Qué demonios ha pasado con Filcher?

Kat se dio la vuelta, sobresaltada. Las braguitas y el sujetador que tenía en la mano cayeron al suelo.

–¡Qué susto! ¡Y no me mires así!

–¿Cómo te miro?

–Así... como un hombre.

–Es que soy un hombre.

–Pues deja de mirarme.

–¿Te ha hecho daño? –preguntó Daniel.

–No, qué va –suspiró ella–. Pero me apetecía ducharme con estropajo de aluminio. Nunca me había sentido tan... violada en toda mi vida. Ese vestido es como un imán.

–Te lo advertí. ¿Cómo esperabas que reaccionase?

–¡Y yo qué sé!

–¿Se ha tragado el anzuelo?

–Hasta el fondo. Vendrá a buscarme esta noche para ir a cenar.

–No me gusta nada –suspiró Daniel, intentando no mirarla, aunque era imposible–. Debería ser yo quien hiciera esto.

–No creo que el vestido te quedase tan bien como a mí –sonrió Kat–. No podemos hacer nada, Daniel. Hay que desenmascararlo como sea... ¡Y deja de mirarme así!

¿Qué esperaba? Él sabía lo que escondía esa toalla. Un tironcito y estaría en el cielo.

No, más bien: un tironcito y acabaría con un ojo morado.

Kat entró en la cocina. Con los vaqueros y la vieja camiseta se sentía un poco mejor.

Elizabeth estaba cortando zanahorias frente al fregadero, canturreando como era su costumbre.

–No tienes que hacer eso. Es mi trabajo.

–Ya lo sé, pero me entretiene. Además, Daniel y tú necesitáis tiempo para estar a solas.

–No necesitamos tiempo. Ya te he dicho que no hay nada entre nosotros.

–Protestas demasiado, jovencita. Me refería al caso –sonrió Elizabeth.

–Ah, bueno. ¿Daniel te lo ha contado?

–Sí, claro. Y no me gusta nada que salgas con Chad. No me fío de él.

Kat tomó un cuchillo y empezó a cortar zanahorias.

–Puedo manejarlo. Pero si me entero de que tiene algo que ver con la desaparición de la cuenta de mi tía... espero no tener a mano ningún objeto cortante.

–Eso digo yo.

–¿Por qué no te sientas un rato? –sugirió Kat entonces–. No quiero que estés todo el día trabajando.

–¿Por qué no te sientas tú? ¿Qué crees, que soy una vieja?

Sonriendo, Kat colocó las zanahorias en un plato y miró alrededor, buscando a Buster.

–¡Buster!

Nada.

Si estuviera en casa habría ido corriendo a saludarla. Kat tomó la gorra y la chaqueta del armario y salió al jardín. Una risotada la llevó a la parte trasera de la casa.

Buster y Daniel estaban rodando sobre las hojas doradas de los robles. Y lo estaban pasando tan bien que no se fijaron en ella.

Kat se apoyó en la pared para disfrutar del espectáculo. Buster movía la cola tan vigorosamente que temió que le diese a Daniel un golpe en la cara. Pero Daniel no parecía preocupado por eso.

¿Por qué aquel hombre?, se preguntó. ¿Por qué en aquel momento precisamente? Le hubiera gustado jugar con ellos, rodar sobre la hierba... y que Daniel la quisiera.

Él se levantó entonces y empezó a quitarse las hojas del pantalón. Cuando se acercó a ella, Buster trotaba alegremente a su lado.

–¿Qué le has hecho a mi perro?

–Nada.

–¿Nada? Lo has convertido en un cachorro cuando era un fiero perro guardián.

Él levantó una ceja, irónico.

–Le he enseñado un truco nuevo.

–¿Qué truco?

Daniel se acercó hasta la pila de hojas y metió la mano.

–Ajá –exclamó, mostrándole un disco de plástico–. No apartes la mirada de este disco aerodinámico, por favor.

–Es un frisbi.

–Calla. A Buster le gusta llamarlo por su verdadero nombre –la regañó Daniel. Kat tuvo que contener la risa.

El frisbi voló por el aire y Buster pegó un salto tremendo para agarrarlo. Después, volvió hacia ellos con el disco, moviendo la cola como si fuera una majorette.

–Buen chico –sonrió Daniel, acariciando sus orejas.

Kat sonrió. Entendía que su perro estuviera tan contento. También ella había experimentado las caricias de esos dedos que despertaban un incendio en su interior.

Pero no podía pensar en eso. Tenía que pensar en Chad Filcher, en murciélagos, en ratas... cualquier cosa para no pensar en Daniel.

–¿No tienes calor?

–¿Calor? –repitió ella.

–Con la chaqueta. Hoy hace muy buen día –dijo Daniel.

–Si hubiera estado revolcándome en la hierba, seguramente tendría calor –contestó ella–. Pero la gente normal tiene frío en otoño.

–¿Normal? ¿Normal? –rió Daniel, tirándole un puñado de hojas–. Cariño, normal no es una palabra que yo usaría para describirte.

«Cariño»

–¿Y crees que ser un estirado como tú es normal? –replicó ella–. ¿Te parece normal merodear por la casa de una mujer a medianoche, tocar su ropa íntima?

Daniel soltó una carcajada.

–En el cajón de la cómoda.

Kat tiró el frisbi al aire, pero Buster no se movió.

–Ve por él, chico –sonrió Daniel. Buster salió como una flecha.

¿Qué estaba pasando allí? ¿Cómo iba a poder olvidarlo si incluso había enamorado a su perro?

Las siete y cuarenta y cinco. Daniel comprobó de nuevo el reloj.

–No te pongas nervioso –sonrió Elizabeth–. No va a pasar nada, Kat sabe cuidar de sí misma.

Las siete y cuarenta y seis. Daniel empezó a sentir algo muy parecido a un ataque de pánico. Sólo faltaban unos minutos para que el canalla de Filcher fuese a buscarla.

–No puedo dejar que vaya sola.

–Kat toma sus propias decisiones, Daniel. Debes aceptarlo. Así la relación será más fácil.

–No tenemos una relación –dijo él, pero sin convicción alguna–. ¿Por qué tarda tanto?

–Una mujer quiere estar guapa cuando va a aplastar a una cucaracha –dijo Kat desde la puerta.

Daniel se volvió y tuvo que hacer un esfuerzo para que no se le cayera la mandíbula al suelo.

El jersey de angora rosa le quedaba ajustadísimo. Y sus pechos... sus pechos parecían a punto de salirse por el escote. Y la falda negra le quedaba muy por encima de las rodillas.

Daniel se cruzó de brazos.

–Ve a cambiarte ahora mismo.

–De eso nada.

Elizabeth se aclaró la garganta.

–Daniel, tú vas a seguirlos con el coche, ¿verdad?

–Sí, pero...

–Nada de peros –lo interrumpió ella–. Kat tiene que distraer a Chad mientras le saca información. Y con ese atuendo lo conseguirá, no tengo la menor duda.

Daniel y Kat se miraron el uno al otro. Él hubiera querido llevarla de vuelta a la habitación y arrancarle ese jersey. Y el sujetador, y las braguitas... demonios, quería tenerla desnuda. La idea de que Filcher la tocase lo ponía enfermo.

Entonces sonó el timbre.

Las ocho en punto.

Kat se acercó a la puerta, trastabillando sobre los tacones.

–Espera, no abras. Estaré todo el tiempo detrás de ti –le dijo Daniel en voz baja–. Si no me ves, aléjate de Filcher y vuelve a casa. Elizabeth, tú te quedarás al lado del teléfono, por si llama. Buster se quedará contigo... pero cierra la puerta con llave.

–Sí, señor –dijo ella, haciendo un saludo militar.

–No te hagas la lista –sonrió Daniel.

–Es que soy muy lista –rió la mujer.

Kat miró hacia la puerta, asustada.

–No puedo hacerlo. ¿Y si intenta tocarme? –murmuró, llevándose una mano al estómago–. Me voy a poner enferma.

–Lo harás muy bien. Tendrás a Filcher comiendo de tu mano –le aseguró Daniel.

–Gracias –dijo Kat entonces, más segura de sí misma–. Y ahora, vete.

Daniel desapareció en el pasillo y ella abrió la puerta.

–Hola, Chad. Perdona que te haya hecho esperar.

Él la miró de arriba abajo. Daniel, que estaba observando detrás de la puerta, quería salir y liarse a puñetazos. «¿Qué demonios me pasa?», se preguntó. Aquella era la reacción que esperaba de Chad, no de él. Desgraciadamente.

–No pasa nada. Estás... ¡guau!

–Gracias. Esperaba que te gustase.

Filcher prácticamente estaba salivando. Daniel apretó los puños.

–¿Dónde vamos? –preguntó Kat.

–Al Brass Bear. Me han dicho que el chef es fantástico.

–¿El restaurante Brass Bear, en Bakersville? –preguntó ella, en voz alta para que Daniel lo oyese.

Demasiado excitado como para darse cuenta de nada, Chad asintió.

–Hacen buena pareja –murmuró Elizabeth cuando cerraron la puerta.

–¿Estás intentando ponerme celoso? –replicó él, de mal humor.

–No, qué va. No hace falta –rió la mujer–. Y ahora sigue a mi chica.

Daniel obedeció.

Kat hizo una mueca. Había vuelto la cabeza dos veces, pero no veía los faros del coche de Daniel. ¿Dónde estaba? ¿Y por qué la carretera hasta Bakersville era tan solitaria?

–¿Tienes frío? –preguntó Chad.

–No, estoy bien.

Entonces vio unos faros reflejados en el espejo retrovisor. Menos mal.

–Cuéntame cómo es ser director de un banco. Manejar tanto dinero debe de ser una responsabilidad tremenda.

Chad se hinchó como un pavo.

–Una chica tan guapa como tú no debería preocuparse de cosas tan serias. ¿Por qué no hablamos de ti?

–Seguramente ya lo sabes todo sobre mí.

–Me gusta oír tu voz –dijo él.

«Puaj», pensó Kat.

–Pues... llevo dirigiendo el salón de té desde los quince años. Menos el tiempo que estuve en la universidad, claro. Mi tía Bernice me lo dejó en herencia.

Chad alargó una mano para «consolarla». Una mano que acabó sobre su muslo.

«Como si mi muslo necesitara consuelo».

–Bueno, el caso es que todo iba bien hasta que llegó la fecha de pago de la hipoteca. Entonces descubrí que el dinero de la cuenta había desaparecido –siguió Kat, poniendo la mano en su muslo como barrera, para que Chad no siguiera subiendo–. ¿Y sabes una cosa? Estoy cansada de preocuparme por el dinero.

–Lo siento, de verdad. Hacemos lo posible para localizarlo.

–Y no puedo decirte lo agradecida que estoy, Chad.

–Todo se arreglará, ya verás. Tú y yo tenemos mucho más en común de lo que crees –dijo él entonces, mirando su escote de reojo.

–¿De verdad?

–He notado que tienes un espíritu aventurero. Quieres ver el mundo, viajar... Sugar Gulch es un agujero demasiado pequeño para ti.

–¿Y cómo sabes eso?

–Está en tus ojos. Tú mereces algo mejor que servir infusiones de agua marrón.

Kat se mordió los labios. Si volvía a decir algo así sobre sus infusiones iban a tener un problema muy serio.

El ego de aquel hombre no conocía límites. ¿Ninguna mujer lo había mandado a paseo? No, aparentemente no estaba acostumbrado al rechazo. Y Kat estaba deseando ser la primera.

–Merecer algo y conseguir ese algo son dos cosas distintas.

–Tienes razón. Pero la gente que se arriesga casi siempre consigue lo que quiere.

Kat cerró los ojos, recordando la única vez que se había arriesgado para conseguir lo que quería: Daniel. En la despensa. Cuando abrió los ojos y miró por el retrovisor, los faros de su coche seguían allí.

«No te alejes, cariño».

Su llegada a Bakersville la salvó de la absurda conversación.

El restaurante era muy lujoso, muy elegante. Kat lo odió desde el primer momento. Gente cursi comiendo comida cursi y mirando a los demás por encima del hombro. Y todo pronunciado con acento francés. El maître los llevó a una mesa apartada. Con velas. Y, en lugar de sillas, un sofá de terciopelo.

Esperaba que Chad no se pusiera muy cerca, pero no tuvo suerte. Su apetito desapareció de inmediato.

–¿Vino? –le dijo Chad al oído.

–Sí, por favor –contestó ella. Quizá podría emborracharlo y sacarle información.

–Una botella de Talbot Monterrey Chardonnay –dijo él, cerrando la carta–. Yo quiero pato asado con verduras. Y la señorita tomará ternera con patatitas francesas.

Kat se quedó atónita. ¿Pedía por ella? ¿Quién se creía que era el muy imbécil?

–Espero que no te moleste que haya pedido por ti. Soy muy anticuado.

«Y no tienes cerebro, idiota».

–No, no me importa. Gracias.

El sommelier se acercó con la botella de vino y Chad lo probó, haciendo un gesto insoportablemente pomposo.

–Para la mujer más hermosa y más tentadora del mundo –dijo, levantando su copa.

Ella fingió beber, pero apenas se mojó los labios. Después de la segunda copa, llegó la cena. Kat miró alrededor, buscando a Daniel. Por fin, lo vio al otro lado del restaurante, detrás de una planta enorme.

Chad tomaba una copa detrás de otra y no se daba cuenta de que ella apenas bebía, seguramente porque no dejaba de mirar su escote.

–Bueno... dime qué puedo hacer para que tus sueños se hagan realidad –dijo, acercándose más. Todavía más.

–Pues... me ayudaría mucho encontrar el dinero que me dejó mi tía.

Un estruendo llamó entonces su atención. Cuando se volvió, Kat vio que Daniel había empujado a un camarero, en su prisa por levantarse de la mesa.

«Genial, ahora que lo tenía atontado». Tenía que distraer a Chad enseguida, así que le puso una mano en la pierna.

–Podríamos volver al pueblo... despacio. Muy despacio.

Chad pidió la cuenta de inmediato.

En menos de tres minutos estaban de pie, en la puerta, esperando que el portero les llevase el coche. Chad la tomó por la cintura e intentó darle un beso en el cuello.

–Aquí está el coche –dijo Kat, apartándose–. ¿Te importa si conduzco yo?

No podía dejar que Filcher se pusiera tras el volante en esas condiciones.

–Lo que tú quieras, cielo –dijo él.

Pero en lugar de sentarse en el asiento, prácticamente se colocó sobre sus rodillas. Kat lamentó haberle dicho que iba a conducir ella porque así Chad tenía las dos manos libres. Y parecían doce.

–Estabas diciéndome cómo ibas a hacer mis sueños realidad.

–Con mucho dinero, cariño –contestó él.

–¿Quieres decir que tienes ahorros?

–Así es como amasan dinero los tontos –Chad tenía hipo. Estaba como una cuba–. Mis sueños son más ambiciosos.

Kat miró el espejo retrovisor. No veía los faros del coche de Daniel.

Cuando volvió a mirar a Chad, comprobó que apenas podía mantenerse erguido en el asiento.

«Hay gente que no debería beber», pensó. Y tenía que sacarle información como fuera.

Kat pisó el freno a fondo.

–¿Qué pasa?

–Te deseo, Chad. Aquí, ahora mismo.

–Ya lo sé –dijo él–. Acércate, preciosa.

Kat se acercó, apartando la cara para evitar su desagradable aliento. Chad inclinó la cabeza para besarla... y la dejó caer sobre su escote.

Se había quedado dormido.

Genial.

Entonces oyó un crujido de grava tras ella. Daniel.

–¡Apártate ahora mismo, Filcher!

–¡No! –gritó Kat.

Daniel abrió la puerta de un tirón y Kat, sin apoyo, cayó de espaldas, arrastrando a Chad en su caída. Aquella vez, la cabeza del banquero quedó entre sus piernas.

–¿Te importa apartarlo?

–¿Qué ha pasado? –preguntó Daniel, sorprendido.

–Lo que pasa es que no te veía. No veía los faros...

–¿Qué le he pasado a Filcher?

–Se ha quedado dormido. Ha bebido mucho, el idiota.

–¿Por qué has salido del restaurante a toda velocidad? Se tarda unos minutos en pagar la cuenta... Menudo susto me has dado.

Kat sonrió. Estaba preocupado por ella.

–Sí, bueno... ¿y ahora qué hacemos?

–Os seguiré, no te preocupes –suspiró él, colocando a Chad sobre el asiento.

–Muy bien, pero si me mete mano mientras está dormido lo tiro a la carretera.

Veinte minutos después, miraban al hombre que dormía a pierna suelta en el sofá de su propia casa. Ni siquiera había abierto los ojos al sacarlo del coche.

–¿Y ahora qué hacemos? –preguntó Kat.

–Dame tus bragas.

–¿Qué?

–Tus bragas. Las dejaremos en el suelo. Así Chad pensará que ha ganado el premio gordo e irá detrás de ti como un perrito.

Kat apretó los dientes.

–Date la vuelta... Ya está –murmuró, tirando las braguitas al suelo.

Daniel se quedó mirándolas.

–¿No es un tanga?

–¿Para él? Ni muerta.

–Mejor. Vámonos de aquí.

Unos minutos después, Daniel paraba el coche delante de la casa de Kat.

–Oye, siento haberte perdido durante unos minutos.

–No pasa nada.

–Pero podría haber pasado. Filcher podría...

Kat puso un dedo sobre sus labios.

–No ha pasado nada.

Luego intentó apartar la mano, pero no pudo porque Daniel empezó a chupar la punta de su dedo.

Sólo fue un leve roce, pero la hizo tragar saliva.

–No deberíamos...

–¿Por qué no?

¿Por qué no?

–Porque te vas a marchar de Sugar Gulch.

–Ahora mismo no pienso irme a ningún sitio –murmuró Daniel, besando su muñeca.

Kat cerró los ojos, pero los abrió enseguida.

–Alguien podría vernos.

Él miró alrededor.

–Nos encontraremos dentro.

–¿Dónde?

–En la despensa.

# CAPÍTULO 8

DESPUÉS de atender a Elizabeth y a Buster, Kat por fin entró en su habitación y se quitó los zapatos. Debería estar agotada, pero los nervios y el deseo la mantenían tensa.

«¿Puedo hacerlo?», se preguntó. Claro que podía. Deseaba a Daniel más de lo que había deseado a nadie en toda su vida. Y, evidentemente, él la deseaba también. Pero, ¿eso era suficiente? No tenía su corazón y, probablemente, no lo conseguiría nunca.

Kat tiró el jersey de angora y la falda sobre la cama, se quitó la ropa interior y se metió bajo la ducha. El agradable olor del gel la ayudó a olvidar la sensación de las grasientas manos de Chad sobre su piel.

Se quedó un rato bajo el agua, fantaseando sobre lo que iba a pasar en la despensa. Pero ya estaba bien, se dijo. Ella quería algo real, estaba harta de fantasear.

Se secó a toda prisa y entró en la habitación. Antes de vestirse, se puso un poquito de aceite de jazmín en las muñecas y en el escote. No venía mal aprovechar un pequeño afrodisíaco.

Luego se miró al espejo. No había forma de retrasar aquello.

Y estaba harta de esperar.

Daniel deseaba tanto a Kat que estaba empezando a ser dolorosamente obvio. No lo podía creer, pero estaba a punto de tener un encuentro romántico con ella... en la despensa. No era el sitio más normal para seducir a una mujer, pero, claro, Kat no era una chica normal y corriente. No era una chica como las demás.

Cada minuto que pasaba se sentía más encariñado, más atado a ella.

Daniel miró por la ventana. Las luces de las casas cercanas estaban encendidas. Todas llenas de familias, personas que cuidaban unas de otras. Gente que no hería a sus seres queridos.

¿Y si a Kat le rompía el corazón que él se fuera de Sugar Gulch? Ése estaba empezando a ser un tema espinoso.

«¿Cuándo empecé a sentir algo por esta mujer?», se preguntó. «¿Y qué demonios voy a hacer?»

Suspirando, se dejó caer sobre la cama.

Nada. No iba a hacer nada. No podía arriesgarse a hacerle daño. Lo de la despensa no había sido buena idea, pensó. De modo que apagó la lámpara y se tumbó en la cama.

Aunque no iba a pegar ojo.

Kat contuvo el aliento y alargó el brazo hacia el pomo de la puerta. Pero era muy sencillo. Sólo tenía que empujar la puerta y estaría en el pasillo. Y luego, en la despensa. Era fácil.

Pero ella quería más, lo quería todo. Quería palabras de amor y devoción. De hecho, quería a Daniel para siempre, no sólo por un par de noches.

No, no podía hacerlo.

Entonces, suspirando, se volvió hacia la cama. Una solitaria lágrima rodó por su mejilla, pero la apartó de un manotazo. A lo mejor no le importaría estar solo en la despensa. Al fin y al cabo, había muchos bollos de canela. Y Kat sabía que a Daniel le gustaban sus dulces.

El sonido del teléfono la despertó. Medio dormida, alargó la mano para contestar y tiró el despertador al suelo. Las seis y media de la mañana. ¿Quién la llamaba a esas horas? El teléfono, afortunadamente, había dejado de sonar.

Kat se colocó la almohada sobre la cara, pero no sirvió de nada porque enseguida llamaron a la puerta.

–Vete –murmuró, dándose la vuelta.

La puerta se abrió y cuando miró con el rabillo del ojo, vio que eran Elizabeth y Daniel. Daniel tenía el teléfono inalámbrico en la mano.

Iba desnudo de cintura para arriba. Por favor, aquel hombre era una tentación. ¿Por qué no se ponía algo encima?

–Es tu novio –dijo en voz baja.

Kat se sentó sobre la cama, deseando liarse a tortas con alguien.

–Dámelo... Buenos días, Chad.

–Kat, cariño –dijo él, aclarándose la garganta–. ¿Puedes perdonarme por mi comportamiento de anoche? El vino...

–No te preocupes, «cielo». Era un vino delicioso –lo interrumpió ella, haciendo una mueca de asco.

–Y pensar que incluso después de mi deplorable comportamiento... nosotros, tú y yo...

–Las cosas se nos escaparon de las manos. Te pusiste tan romántico... pero no tengo queja.

–¿Pero yo... quiero decir tú...? ¿Podrías quedar embarazada?

Kat hizo un gesto de horror. Que aquel imbécil pudiera ser el padre de sus hijos era sencillamente insoportable.

–No lo había pensado. Anoche no podía pensar en nada.

–¿Cuándo podemos volver a vernos?

Kat vaciló.

–No sé.

–Me gustaría que la próxima vez... me gustaría tener un recuerdo más vívido.

–A mí también me gustaría, Chad.

–¿Qué tal si comemos juntos?

–Me parece muy bien. Hoy no tengo que dar comidas –suspiró ella, sacándole la lengua a Daniel, que estaba disimulando una risita.

–Me gustaría que fuese una comida muy larga, Kat. No sé si me entiendes.

Después, colgó el teléfono.

–Voy a comer con él.

–¿Por qué? –preguntó Daniel.

–Porque me lo ha pedido. Después de «lo que pasó anoche», es lo más lógico.

–Eres la mujer más terca que he conocido en mi vida.

Kat sonrió.

–Gracias. Y ahora, si no te importa irte a otra zona de la casa, Elizabeth me ayudará a elegir el atuendo para esta comida.

–Ahórrate tiempo y ponte una gabardina encima del tanga –replicó él.

Los cuadros se movieron cuando cerró de un portazo.

–Está preocupado por ti –dijo Elizabeth.

–Lo sé. Pero me pone nerviosa.

–No es eso. Lo que pasa es que estás enamorada y te da miedo.

Kat saltó de la cama.

–No me da miedo.

–Pruébalo. O, más bien, pruébatelo a ti misma. No dejes que algo tan especial se te escape de las manos, cariño. Nunca se sabe lo que pasará mañana. Eso es lo divertido de la vida.

–Ya –murmuró Kat, sin mirarla.

–Y ahora, vamos a trabajar. Tienes que pisotear a una serpiente.

Daniel marcó el número de la empresa.

–Seguros Global.

–Bob, soy Daniel West. Espero que no estés muy ocupado.

–¿Por qué no vienes aquí y me echas una mano?

–Ahora no puedo. ¿Alguna noticia sobre el informe que pedí sobre Filcher?

–Sí, llegó hace cinco minutos –contestó Bob Reynolds.

–Necesito que me lo mandes por fax. ¿Hay algo importante?

Bob empezó a pasar hojas y Daniel lo imaginó con su sempiterno café en la mano.

–No tiene novia, pero por lo visto es un mujeriego. Tiene un título universitario y fue nombrado director del banco hace tres años. Tuvo un pequeño problema con la ley cuando estaba en la universidad... alguien informó de que había un cadáver en su habitación, pero resultó ser una muñeca hinchable.

–Qué tipejo.

–Ya te digo.

Daniel oyó voces en el pasillo.

–Tengo que colgar. Gracias por tu ayuda –dijo apresuradamente.

Estaba leyendo el periódico cuando las dos mujeres entraron en la cocina. Al ver a Kat, lo que había entre sus piernas se endureció.

–¿Qué te parece? Lo ha elegido Elizabeth. Dice que con esto Chad se pondrá de rodillas.

«De rodillas, de espaldas, de cabeza, como tú quieras», pensó él.

Daniel intentó formar un pensamiento coherente, pero le resultaba imposible porque tenía toda la sangre en la parte inferior del cuerpo.

–Es... bonito –consiguió decir.

–¿Bonito? Mira otra vez, guapo. Esto es para caerse de espaldas.

Desde luego, lo era. El vestido de punto era como una segunda piel, sólo que más ajustado. Cada curva se marcaba a la perfección y, además, le llegaba por la mitad del muslo. Daniel la miró a los ojos y ella abrió mucho los suyos. Sin duda, tenía el deseo tatuado en la cara.

–O sea, que te gusta.

El movimiento de sus caderas lo tenía hipnotizado. Tanto que tuvo que ir a su habitación para tranquilizarse.

Media hora más tarde volvió a la cocina para entrenar a Kat en técnicas de interrogatorio.

–Intenta que confíe en ti. Pero no te pongas en peligro.

–Sí, pero Chad cree que... ya sabes.

–Eso será una ventaja para ti –murmuró Daniel, ofreciéndole una pequeña grabadora. Guárdala en el bolso y aprieta el botón si empieza a hablar sobre algo interesante.

–Muy bien. ¿Tú estarás cerca?

–Os seguiré desde el banco.

Elizabeth se levantó de la silla y dijo:

–Voy contigo.

–No creo que...

–O me llevas o te sigo por mi cuenta. Yo también soy parte de esto –protestó ella–. Nunca se sabe cuándo uno va a necesitar a una señora mayor. Además, quiero vigilar, como en las películas.

–Muy bien, pero harás lo que yo te diga –asintió Daniel.

–Sí, querido.

Daniel observó entonces el cartel de «Cerrado» en la puerta.

–¿Vas a perder mucho dinero por no dar comidas hoy?

–Perderé mucho más si no encuentro el dinero de mi tía.

Todos se quedaron en silencio. Tenía razón.

Buster iba gruñendo en el asiento trasero del coche. Cómo lo habían convencido para que llevase al perro, no tenía ni idea. Pero cuando Kat y Elizabeth decidían algo... era imposible hacerlas cambiar de opinión. ¿Cuándo se había convertido aquella investigación en un circo? ¿Cómo iba a mantenerlas a salvo?

Kat abrió la puerta del coche.

–Intentaré que Chad me lleve a comer cerca de aquí.

–Ten cuidado. Ese hombre tiene manos por todas partes.

–Dímelo a mí.

Daniel observó cómo varias cabezas masculinas se volvían a su paso, viéndola entrar en el banco. Normal. Y le hubiera gustado liarse a tortas con todos. Deseaba tanto a Kat... Y eso lo asustaba más que enfrentarse con una pandilla de atracadores de bancos.

–Ahora tendremos que esperar aquí, Elizabeth. Esta es la parte emocionante que nunca se ve en las películas.

Elizabeth sacó unas agujas de punto. Una mujer lista. También a él le haría falta algo para dejar de pensar en Kat y en lo que podría pasarle con Chad Filcher.

Kat intentaba mantener cierta distancia entre Chad y ella. Pero había subido montañas que requerían menos energía.

–¿No quieres que vayamos a comer?

–Cariño, todo lo que me apetece está aquí –dijo él, tomándola por la cintura–. Refréscame la memoria sobre lo de anoche.

Ella intentó apartarse.

–Me duele que no te acuerdes.

–En diez minutos, estarás deseando no haberte ido –sonrió Chad, besándola en el cuello como un lobo.

Entonces sonó el intercomunicador. Chad clavó el dedo en el botón, furioso.

–No quiero que me molesten.

–Lo siento, señor Filcher. El señor Granger está al teléfono.

–Ah, gracias –murmuró él, pálido.

Interesante.

Si iba a pedirle que se fuera, lo tenía claro. Kat metió la mano por debajo de su chaqueta y acarició su torso. Chad miró el teléfono y luego a ella. Tenía que tomar una decisión. Y para asegurarse de que tomaba la decisión acertada, Kat desabrochó un botón de su camisa.

–Señor Granger, lamento haberlo hecho esperar. Estupendo.

Kat se acercó, como si fuera a besarlo en el cuello. El teléfono estaba a unos centímetros de su oreja.

–Necesito cierta información, Chad.

–Pero le di la que me pidió hace dos días.

–Necesitamos un nuevo código y una nueva fecha de entrega.

–¿Otro más? –preguntó él, nervioso.

Kat fingió que no se estaba enterando de nada.

–Otro más –dijo el tal Granger.

–¿Cuál?

–El tuyo.

Chad se estiró de golpe y Kat estuvo a punto de caer de espaldas.

–¿Cuándo?

–Esta noche.

Él pareció pensárselo un momento.

–Muy bien. De acuerdo.

Después, colgó el teléfono y se dejó caer sobre el sillón.

–¿Va todo bien, cariño? –preguntó Kat.

–Hace tiempo que nada va bien –contestó Chad, mirando por la ventana.

–¿Puedo ayudarte en algo?

–Ni siquiera tú, con todos tus encantos, podrías ayudarme. Me da mucha pena, pero tengo que pedirte que dejemos la comida para otro día.

Ella contuvo una sonrisa.

–Y yo que estaba esperando el postre...

Los ojos de Chad se encendieron, pero Kat prácticamente salió corriendo hacia la puerta, por si acaso cambiaba de opinión.

–Llámame.

Al salir, se chocó contra alguien.

–Perdón... ¿qué haces aquí, Daniel?

–¿Todo bien?

–Sí, todo bien. Luego te lo cuento.

Hicieron el viaje en silencio. Kat iba pensando en lo que había oído en el despacho de Chad...

–Voy a cambiarme –dijo cuando llegaron a casa.

–Pero queremos saber... –protestó Elizabeth.

–Podéis esperar cinco minutos, ¿no? Si no os importa, podríais prepararme un té de frambuesa mientras me pongo unos vaqueros.

Daniel entró en la cocina y sacó un bote de té.

–Si me vieran mis amigos...

–¿Qué pasaría? –rió Elizabeth.

–Hacer té no es algo muy normal entre nosotros. Ni siquiera lo había probado hasta que llegué aquí.

Unos minutos después, Kat entró en la cocina.

–Bueno, ¿qué ha pasado?

–Chad está metido en esto hasta las cejas.

–¡Genial! ¿Lo has grabado?

–No he podido. Fue una conversación telefónica.

Daniel se pasó una mano por el pelo.

–¿Cómo escuchaste la conversación?

–Mejor no te lo digo.

–Dímelo –insistió él.

–Me senté sobre sus rodillas y puse la oreja.

–¿Qué?

–Si no, no habría podido oír nada.

–¿Y dónde tenía él las manos?

Kat sonrió. ¿Estaba celoso? No, imposible.

–Deja de actuar como si fueras mi confesor. Tú me enviaste allí para que consiguiera información...

–¿Yo?

–Bueno, da igual. El caso es que la tengo. Y tengo un nombre: Granger.

–Granger –murmuró Daniel, golpeándose el muslo–. Ésa es la conexión.

–¿Qué?

–Granger es el gángster al que Chad debe tanto dinero. Menuda pieza... al FBI le encantaría ponerle las manos encima. ¿Qué dijo?

–Mencionó una información que Chad le había dado y le pidió más. Algo sobre unos códigos y unas fechas de entrega.

–Eso lo explica todo.

–¿Qué explica?

–Todas las sucursales fueron atracadas después de haber recibido una gran cantidad de dinero –suspiró Daniel–. Si Filcher está pasando los códigos de seguridad de los ordenadores, Granger y su grupo saben exactamente cuándo llega el dinero. Y como director del banco, Chad tiene acceso a esa información.

–Pues entonces, tenemos un problema –dijo Kat.

–¿Por qué?

–Porque creo que el siguiente es el banco de Sugar Gulch.

–¿Granger dijo eso?

–No exactamente. Pero le pidió su código... supongo que lo lógico es que vayan a atracarlo.

–Sin pruebas no podemos hacer nada.

–¿No podríamos hablar con él? –sugirió Elizabeth–. Decirle que el juego ha terminado.

–Eso no serviría de nada. No tenemos pruebas.

Elizabeth dejó escapar un suspiro.

–Bueno, tengo que irme. Vosotros resolveréis esto... Ah, pero necesito que Daniel suba unas cajas del sótano. Espero que puedas hacerlo mientras estoy fuera.

Daniel levantó una ceja, sorprendido por el cambio de tema.

–Sí, claro.

–Kat, ¿te importa decirle qué cajas son?

–No sé...

–Las de la ropa para el albergue.

–Ah, ya. ¿Cuándo vienen a buscarlas?

–Por la mañana. Podéis dejarlas en el porche –contestó Elizabeth–. Esto de tener un hombre en casa está muy bien. Bueno, me voy, he quedado con mis amigas para el curso de bordado.

–Hasta luego –se despidió Kat.

–Vamos a hacerlo ahora, antes de que te pongas a hacer infusiones –suspiró Daniel.

Aquello podía ser divertido, pensó. Pero cuando entraron en casa de Elizabeth, descubrió que el sótano estaba apenas iluminado por una bombilla.

–¿No hay más luz?

–Estas casas son viejas.

–Vamos a ver si puedo hacerlo sin romperme ningún hueso. Tuve que pedir la baja una vez porque me caí por las escaleras de un sótano.

Kat señaló unas cajas.

–Son ésas de ahí.

–Muy bien, yo las subiré.

–Por favor... ¿crees que soy tan floja? Te ayudaré.

Si volvía a tratarla como si fuera una niña, le daría una bofetada.

–No hace falta.

–Claro que hace falta –insistió Kat.

–¿Por qué eres tan cabezota?

–¿Yo, cabezota? Y tú eres un machista ignorante...

–Cuida tu lenguaje, cariño –sonrió Daniel, levantando una caja.

Irritada, Kat le dio un empujón. Él dio un paso atrás, intentó mantener el equilibrio pero tropezó con algo y cayó al suelo. Con la pesada caja sobre el pecho.

–¡Daniel!

Otra vez había vuelto a pegarlo. Dios mío, ¿qué tenía aquel hombre que la hacía golpearlo a la menor ocasión?

–¿Te has hecho daño?

–Casi un día entero.

–¿Eh?

–Había pasado casi un día entero sin que me hicieras daño.Las probabilidades están subiendo, esto se está convirtiendo en una costumbre.

–La culpa es tuya. Esperaré arriba mientras tú te haces el machote.

Kat subió las escaleras y giró el pomo de la puerta. Nada. Volvió a empujar. Nada, imposible, la puerta estaba atascada.

Oh, no, otra vez no. ¿La escoba estaba apoyada en la pared?

–Daniel.

–¿Qué pasa ahora?

–Mira.

–¿Qué?

Kat señaló la puerta con la cabeza.

–Estamos encerrados.

## CAPÍTULO 9

POR EL amor de... –Daniel subió la escalera y empujó la puerta con el hombro–. No está atascada. El pomo gira.

–Lo sé.

–¿Y por qué no se abre?

–Porque... normalmente hay una escoba al lado de la puerta.

–¿Eh?

Kat se aclaró la garganta.

–Me parece que la escoba se ha caído y ha atascado la puerta.

–¿Y eso?

–Podría haberse quedado atascada en la esquina de la nevera.

–¿Hablas por experiencia?

–Sí, ya me pasó una vez. Afortunadamente, Elizabeth estaba en casa y me oyó gritar.

–¿Kat?

–¿Sí?

–¿Cuánto tiempo estará Elizabeth en la clase de bordado?

–Dos horas –suspiró ella–. Pero no es culpa mía.

–¿No? Di una sola cosa que me haya pasado desde que llegué a este pueblo que no haya sido culpa tuya.

–Eso no es justo. ¿Cómo iba a saber yo que eras un hombre dado a sufrir accidentes?

Daniel se pasó una mano por el pelo.

–No me lo puedo creer.

Kat se mordió los labios.

–Y no te pongas a llorar. No te hagas la víctima...

–¡No voy a llorar! Yo nunca lloro –lo interrumpió ella, golpeándolo en el pecho con un dedo. Sin embargo, horrorizada, comprobó que sus ojos se llenaban de lágrimas.

–Kat, por favor, no llores. No quería ponerme así de bruto.

–¡Esto es increíble! Primero te doy con una cazuela en la cabeza, después te doy plantón en la despensa, luego...

–¿Qué has dicho?

–¿Eh?

–Lo de la despensa.

–Que te di plantón –contestó Kat, secándose las lágrimas con la manga de la blusa.

–Yo tampoco fui a la despensa.

–¿Me diste plantón? –replicó ella–. ¿Cómo te atreves? ¿Cómo sabías que no me había quedado allí horas, esperándote?

–¿Estuviste esperando?

–¡No!

Daniel dejó escapar un suspiro.

–Tenemos que salir de aquí. ¿Hay algún teléfono?

–No.

–¿Y Buster?

–¿Qué pasa con Buster?

–Si gritas vendrá, ¿no?

–Buster no es Lassie –contestó Kat–. Además, estaba roncando cuando salimos de casa.

–Muy bien. Vamos a sacar la ropa de las cajas.

–¿Para qué?

–Para sentarnos –suspiró él–. ¿Por qué no será éste un moderno sótano bien iluminado?

–Porque esta no es una casa moderna. Gracias a Dios, tiene carácter –replicó ella, sacando ropa de las cajas–. Elizabeth nos matará.

–Si morimos de hambre antes de que llegue, no tendrá necesidad.

–Por favor... ¿siempre te entra el pánico cuando te enfrentas a una situación inusual?

Daniel volvió a pasarse la mano por el pelo, cada vez más irritado.

–¿Quién tiene pánico?

Kat se acercó a una estantería y tomó un bote de cristal.

–Mira, no nos moriremos de hambre. Elizabeth tiene aquí mermelada de frambuesa –dijo, abriendo la tapa. Luego metió el dedo y se lo llevó a la boca–. Y está riquísima.

Daniel se acercó. La miraba de una forma...

Entonces tomó su dedo y se lo llevó a los labios.

–¿Quién necesita cuchara?

Esas palabras, pronunciadas con voz ronca, hicieron que Kat tragase saliva. Estaban allí, en el sótano, encerrados...

–He intentado dejarte en paz, Kat, de verdad –dijo él entonces.

–¿Y quién te ha pedido que lo hagas? ¿De qué tenemos miedo? Yo quiero vivir... probarlo todo.

Daniel, que era un caballero, decidió darle gusto. Así que la tomó por la cintura y buscó su boca con desesperación. Era más dulce que la mermelada.

Luego se puso de rodillas sobre la ropa y la tumbó a su lado.

–No quiero que luego tengas remordimientos –le dijo en la penumbra.

–Si no te toco, tendré remordimientos toda mi vida –murmuró ella, desabrochando su camisa.

Entonces Kat metió el dedo en el tarro de mermelada y le puso un poco en el estómago. Con cuidado para no derramar una gota, empezó a chuparla con la lengua... Daniel se quedó sin aire en los pulmones.

–¿Sigues teniendo hambre? –preguntó Kat con voz ronca. Le asombraba poder seguir hablando a pesar de que el deseo la ahogaba.

Un gruñido fue la respuesta de Daniel, que le quitó la blusa de un tirón. Ella se puso colorada al ver cómo miraba su sujetador. Nerviosa, respiraba con tanta fuerza que sus pechos prácticamente se salían de las copas.

–El postre antes de la cena –murmuró Daniel, poniendo un poquito de mermelada sobre sus pechos y lanzándose para devorarla con la lengua.

Entonces oyeron pasos. Hora de volver al mundo real. Fuera como fuera.

Elizabeth estaba sonriendo mientras abría la puerta del sótano. Daniel y Kat le explicaron que habían tenido que tirar la ropa al suelo porque no había sillas y Elizabeth siguió sonriendo. Afortunadamente, su amiga se movía despacio... porque si no, se habría llevado una sorpresa tipo película X.

El teléfono estaba sonando cuando entraron en casa de Kat.

–Dígame... Ah, Chad, me alegro de que llames.

Daniel apretó los puños. No eran celos, se dijo. Pero la idea de que otro hombre la tocase lo enloquecía.

Como no quería oír más, fue a su habitación. Una ducha fría lo ayudaría enormemente. Daniel cerró de un portazo y se fue directo a la ducha. Tenía que dejar de pensar en Kat.

El chorro de agua fría lo golpeó con la fuerza de una piedra.

Kat estaba terminando de vestirse. La llamada de Chad la había dejado preocupada... casi tanto como la desaparición de Daniel.

No quería pensar en lo que había pasado en el sótano, pero seguía sintiendo como un cosquilleo en el pecho...

Sin embargo, quizá eso era todo lo que iba a quedarle de él. Al menos, tendría eso, pensó.

Alguien llamó a la puerta en ese momento.

–¿Sí?

Daniel entró sin esperar invitación.

–Tenemos que hablar. ¿Podemos hacerlo en la cocina?

«Cobarde»

–Iré enseguida.

La puerta se cerró tras él.

Unos minutos después se encontraron, cada uno a un lado de la mesa.

–A partir de ahora, yo dirijo la investigación –dijo Daniel–. Ha sido un error involucrarte.

Kat se puso las manos en las caderas.

–Si no te importa, yo tomo mis propias decisiones. Tú no me has involucrado, me he involucrado yo solita. Lo creas o no, todo me había ido bien hasta que pusiste tu cabeza en el camino de mi cazuela. ¿Por qué crees que puedes decirme lo que debo o no debo hacer?

Daniel la miró como si tuviera dos cabezas.

–¿Por qué te pones así?

–¡Porque no me gusta que me digan lo que tengo que hacer!

–Pero esto no es ningún juego, Kat. Granger es un hombre peligroso.

–¿Y a mí qué? Yo sólo intento que me devuelvan el dinero de mi tía...

–¿Quieres escucharme, maldita sea?

En ese momento, Elizabeth entró en la cocina, con Buster tras ella.

–Habíais dejado solo a este pobrecito y estaba arañando mi puerta.

Daniel y Kat se miraron. O, más bien, se fulminaron con la mirada.

–Ah, pensé que habíais hecho las paces en el sótano, que había sido bueno para vuestra relación.

–No tenemos una relación, Elizabeth –suspiró Kat–. Aquí, don Testosterona quiere que deje la investigación.

–¿Y?

–Que tengo que recuperar mi dinero. Mi plan con Chad, por desagradable que haya sido para mí, ha dado resultado.

–¿Plan? Pero si te has dedicado a pasear medio desnuda delante de él... –la interrumpió Daniel.

–¿Cómo te atreves? Lo que hacía era distraerlo para conseguir lo que tú querías.

–Pues yo no quería que te metiese mano.

–Y no lo ha hecho –aseguró Kat.

–Si sigues con esto, lo hará.

–¿Tanto te importaría?

En lugar de contestar, Daniel se volvió hacia Elizabeth.

–Voy a llevar a Buster a dar un paseo. ¿Te importaría hacerla entrar en razón?

–Idiota arrogante –murmuró Kat cuando desapareció.

–Estás fatal –suspiró Elizabeth.

–Es insoportable y... ¿de qué te ríes?

–¿Te estás oyendo? Si no te importase, no te pondrías tan furiosa.

–No me importa, ¿me oyes? Sólo es un hombre que ha pasado por aquí.

–Ya, claro. Pero un hombre estupendo.

Los ojos de Kat se llenaron de lágrimas.

–No quiero que se marche, Elizabeth. Y no quiero que me rompa el corazón.

Kat dejó que su amiga la abrazase como si fuera una niña pequeña que se ha magullado la rodilla, en lugar de una mujer de veintiocho años con el corazón roto.

Daniel siguió a Buster hasta el final de la calle. Kat tenía derecho a estar enfadada, pensó, pero daba igual. Debía apartarse del caso y de Filcher lo antes posible.

La idea de que ese hombre la tocara lo ponía enfermo. Pero él no quería sentar la cabeza, no quería tener una relación estable. Después de lo de Vivian... sólo salía con mujeres que querían divertirse, no formar una familia.

Kat era diferente. Kat era...

En el jardín cercano vio a un montón de niños jugando con sus padres, riendo, corriendo detrás de Buster, al que no parecían tener miedo.

Fue como si le hubieran dado un mazazo.

Él también quería todo eso. Quería a Kat, una familia, hijos, un perro al que pasear... ¿Cuándo había pasado? Kat y él acababan de conocerse. Además, la mayor parte del tiempo la había pasado recuperándose de los golpes que ella le propinaba. ¿Cuándo había entrado el amor en la historia? ¿Y si ella no sentía lo mismo? Kat pensaba que se marcharía de Sugar Gulch en cuanto resolviera el caso... y tenía que demostrarle que él no era de los que besan y salen corriendo.

Entonces decidió hacer una visita a la comisaría. Era la mejor idea que había tenido en mucho tiempo. La mejor que había tenido en toda su vida.

Buster tuvo que correr para colocarse a su lado.

Elizabeth arrugó el ceño.

–Por favor... Daniel no sabe nada de la llamada de teléfono y si no hago algo esta investigación se irá a la porra –insistió Kat.

Su amiga seguía sin estar convencida.

–No sé...

–Chad quiere verme esta noche, pero ha dicho que tendremos que esperar hasta que termine la reunión. Seguro que va a reunirse con Granger y necesitamos pruebas.

–Daniel ha dicho que podría ser peligroso.

–No tiene por qué serlo. No me verá nadie, Elizabeth, tendré cuidado. Sólo haré un par de fotografías de Chad con Granger y luego volveré a casa.

–Muy bien. Pero con una condición.

–¿Cuál?

–Yo iré contigo.

Kat dejó caer los hombros.

–No puede ser. Si ocurriese algo...

–Yo tomo mis propias decisiones, jovencita. ¿Te suena?

–Esto es diferente.

–¿Por qué?

–Porque...

–Iré contigo. Voy a buscar mi cámara de fotos.

–Pero...

–Nos encontraremos en el coche. Y no salgas sin mí o llamaré a Daniel.

Kat se encogió de hombros. Elizabeth era tan cabezota como ella.

«Seguramente por eso nos llevamos tan bien»

# CAPÍTULO 10

DANIEL se secó el sudor de la frente con la manga de la camisa. Dos horas de interrogatorio eran suficiente para dejar KO a cualquier hombre.

Entonces miró alrededor. ¿Dónde estaba Buster? Seguramente habría vuelto a casa, pensó.

A casa. ¿Cuándo la casa de Kat se había convertido en su casa? La respuesta era fácil: cuando se dio cuenta de que estaba enamorado de ella.

Así que tenía un trabajo por delante, no la investigación de los atracos, que era más fácil. No, aquel trabajo era más importante.

Tenía que convencer a Kat para que confiase en él, para hacerle ver que dos personas opuestas pueden vivir juntas. Su futuro, su vida, dependía de ello.

Cuando llegó a casa vio, sorprendido, que todo estaba a oscuras. Entonces miró su reloj. Kat debía estar sirviendo el té, pero el cartel de «Cerrado» colgaba en la puerta.

Automáticamente, metió la mano bajo la chaqueta para comprobar que llevaba su arma.

¿Qué demonios estaba pasando? Sin hacer ruido, caminó por entre las sombras del jardín... hasta que una masa de pelo se lanzó sobre él.

–Apártate, bobo –suspiró, acariciando a Buster–. Ahora no tengo tiempo para jugar. ¿Dónde está Kat?

Buster inclinó la cabeza a un lado.

–Qué pena que no sepas hablar.

En la casa no había nadie. ¿Dónde estaban Kat y Elizabeth? Aquello era cosa de Filcher, seguro.

Una lucecita llamó su atención: la luz roja del contestador. Daniel pulsó el botón y esperó, impaciente, mientras se rebobinaba la cinta.

–Kat –oyó la voz de Filcher–. La reunión de la que te hablé se ha cancelado, así que no tienes que venir al banco. Iré a buscarte a casa a las diez. Por cierto, ponte ese jerseycito rosa que tanto me gusta.

Daniel apretó los dientes. No había que ser muy listo para adivinar dónde habían ido Kat y Elizabeth. Maldita mujer, pensó. ¿Qué la había poseído para intentar atrapar a Filcher sin contar con él?

Kat se frotó los brazos, helada. ¿Qué estaba haciendo allí? Entonces miró hacia su coche. Podía ver a Elizabeth en el interior... haciendo punto.

Debería estar en casa tomando un té, pensó, y no allí frente al banco, pasmada de frío.

¿Dónde estaba Granger? No había aparecido por ninguna parte. Y se estaba quedando helada.

Entonces decidió ir al banco... quizá los pillaría allí.

Se arregló un poco el pelo y puso cara de seductora mientras llamaba a la puerta. Chad abrió, pálido.

–¿Qué haces aquí? –preguntó, mirando a un lado y otro de la calle.

–Pensé que querías verme esta noche.

–Sí, pero te dejé un mensaje para que me esperases en casa.

–Ah, es que no lo he oído. ¿Me perdonas?

–Sí, claro –contestó él.

–¿Por qué no entramos en tu despacho? –sonrió Kat, pasando un dedo por su camisa.

–Sí, pero tenemos que darnos prisa. Estoy esperando... a un cliente –dijo él, tomándola del brazo.

–¿Prisa? Pensé que esta noche teníamos tiempo.

–Te garantizo que gritarás mi nombre tengamos tiempo o no –dijo Chad, cerrando la puerta e inclinando la cabeza para besarla en el cuello.

Kat gimió... de asco. Pero Chad pensó que era una señal de excitación y siguió besándola, muy decidido. Ella miró entonces hacia la ventana y se quedó helada.

Daniel estaba al otro lado, con una expresión de furia en sus ojos azules.

Le hizo gestos con la mano para que desapareciese y cuando Chad iba a volver la cara, sujetó firmemente su cabeza.

–Kat, no sabía que te gustase jugar duro.

«¿Jugar duro? Te vas a enterar»

Lo empujó con fuerza y Chad cayó sobre el sillón. Luego aprovechó su confusión para encender la grabadora que llevaba en el bolsillo de la chaqueta.

–Una cosa es que te gusten los juegos y otra que no me dejes iniciativa, cariño. Yo prefiero decidir cómo y cuándo quiero hacerlo.

–El juego ha terminado –dijo Kat.

–¿Cómo? No se puede dejar a un hombre a medias...

–Lo sé todo.

Chad se levantó del sillón. Su expresión había cambiado por completo.

–¿Qué es lo que sabes?

–Lo de los atracos... el dinero de mi tía.

–Tú no sabes nada –dijo Chad, avanzando hacia ella.

–Granger.

Esa palabra lo detuvo.

–Y yo pensando que eras una chica lista. No es muy inteligente por tu parte venir aquí... sola.

Kat miró hacia la ventana y Chad aprovechó para agarrarla del brazo.

–¡Suéltame! Elizabeth sabe que estoy aquí. Estará buscándome.

–Qué miedo... –sonrió él, aplastándola contra la pared con una mano mientras con la otra abría un cajón.

Del que sacó una pistola.

Kat se asustó. Pero tenía que distraerlo, tenía que ganar tiempo.

–¿Por qué te has quedado con el dinero de mi tía?

–Razones personales. Era una forma de estar cerca de ti, de meterme en tu cama.

–Entonces, ¿no tiene nada que ver con los atracos?

–Querida, tu dinero es calderilla comparado con lo que sacaré de este banco.

–Pero pensé que Granger...

–Esta vez el dinero es para mí. Pero todos creerán que ha sido él, naturalmente –dijo Chad, apagando la luz.

–¿Vas a traicionar a un gángster? –oyeron entonces la voz de Daniel.

Gracias a Dios. Pero no... Daniel no sabía que Filcher tenía una pistola.

Chad la colocó frente a él, como escudo.

–¿Quién está ahí?

–¡Daniel, cuidado, lleva una...!

–¿El periodista? Maldita sea, debería haberlo imaginado...

–Filcher, quiero hablar contigo.

–No, gracias. Tengo a la señorita Bennett... y una pistola.

Silencio. Kat intentó ver a Daniel, pero todo estaba muy oscuro.

Una sombra pasó al lado de la ventana. Chad apuntó y apretó el gatillo. Nada. Volvió a apretarlo. Nada. No estaba cargada.

Kat le dio un pisotón y un codazo en la barbilla, un movimiento que tenía bien practicado.

Él trastabilló y tuvo que soltarla.

Kat se apartó a toda velocidad y buscó refugio bajo una mesa. Chad debió de salir corriendo en dirección contraria, porque oyó un golpe y el ruido de una silla que caía al suelo.

Y luego el sonido de un puñetazo.

Daniel. ¿Le habría hecho daño?

«Nadie lo pega más que yo», pensó.

Kat cargó en la oscuridad.

# CAPÍTULO 11

DANIEL agarró a Filcher por la pechera de la camisa y lo empujó contra una mesa. El canalla había amenazado a su chica...

Entonces algo, una cosa furiosa, cayó sobre su espalda y tuvo que soltar a su presa.

–Si vuelves a tocarlo, te mato. ¡No, mejor te arrancaré tus atributos, si los tienes, con una cucharilla! –gritó Kat, golpeándolo con los puños.

Daniel consiguió quitársela de encima.

–Kat, si vuelves a pegarme te daré una azotaina, te lo juro.

–Ay, perdón, creí que eras Chad...

–Calla. Y no te muevas de ahí –la interrumpió Daniel, mirando alrededor. Luego puso la oreja sobre la pared para ver si localizaba a Chad. Iba tocando la pared cuando llegó a una puerta y oyó un ruidito al otro lado. Filcher.

Al detenerse, algo chocó contra su espalda.

–¿No te he dicho que te quedases ahí?

–Es que estaba preocupada –dijo Kat.

–¡No te muevas!

–Bueno, bueno.

Daniel se acercó a la puerta y la abrió de una patada... y tuvo que cerrar los ojos porque la luz lo cegó.

–Vaya... perdón –dijo Kat, con la mano en el interruptor.

Filcher salió disparado del baño y cargó contra él. Daniel vio su pistola volando por el aire.

Kat no sabía qué hacer. Encendió la luz, volvió a apagarla.

–¡Busca la pistola! –gritó Daniel desde el suelo.

Kat se lanzó hacia ella y consiguió sostenerla con las dos manos.

«Con la suerte que tengo, seguro que me dispara a mí», pensó él.

Filcher aprovechó para darle un puñetazo.

–¡No lo toques! –gritó Kat.

Los dos hombres se quedaron parados. Chad por miedo, Daniel por miedo también... a recibir un disparo. Por fin, pudo levantarse y esposó al banquero a una mesa. Después le quitó a Kat la pistola de las manos. Por.si acaso.

–Lo has hecho muy bien...

Y entonces ella cayó al suelo.

La valiente Kat Bennett se había desmayado.

Kat movió la cabeza. Le dolía horriblemente. ¿Dónde estaba?

De repente, lo recordó todo. La pistola, la pelea... Estaba en el asiento trasero de un coche de policía.

–Ya ha pasado todo, querida –dijo Elizabeth, apretando su mano.

–¿Dónde está Daniel? Tengo que advertirle sobre Granger...

–No pasa nada, Kat –la interrumpió él, acercándose a la ventanilla–. Granger fue detenido cuando iba a entrar en el banco.

–¿Estás bien?

–Sí, claro.

Daniel se acercó entonces a un grupo de hombres con traje de chaqueta.

–¿Y tú, Elizabeth, estás bien? –preguntó Kat.

–Por supuesto. Y es un detalle que el comisario Wade no quiera presentar cargos contra mí.

–¿Cargos contra ti?

–Bueno, fue culpa suya, por acercarse por detrás, sin hacer ruido. Le di tal bolsazo en la cabeza que casi lo mato.

Kat hizo una mueca.

–¿Con tu bolso? Pero si dentro llevas un ladrillo.

–Ya te digo. Casi lo mato.

–¿Y qué ha pasado con Chad?

–Ha cantado, por supuesto. Menudo cobarde está hecho –suspiró su amiga–. Espero que no lo pongan en la misma celda que a Granger. Por cierto, esta noche me quedaré a dormir con Wilma. Cuando llegues a casa, tómate una tila. Es lo mejor.

Después salió del coche y se alejó, con su bolso.

Y Kat se quedó completamente abandonada.

El comisario Wade se acercó a la ventanilla del coche patrulla.

–¿Se encuentra bien, señorita Bennett?

–Me pondré bien –suspiró ella.

–Por la mañana tiene que ir a la comisaría para declarar.

–Lo haré, no se preocupe. Por cierto, llevo una grabadora... la encendí mientras hablaba con Chad Filcher.

–Ah, estupendo. Pruebas concretas, eso es lo que me gusta –sonrió el comisario.

Esas palabras le recordaron a Daniel. Quería irse a casa y lamer sus heridas en privado. Seguramente Daniel se marcharía esa misma noche...

Poco después subió a su propio coche y condujo hacia su casa. Cuando llegó y vio todas las luces apagadas, se le encogió el corazón.

Pero Buster la estaría esperando y llevaba todo el día solo, el pobre.

Cuando subió al porche, Buster no estaba allí. De modo que estaba sola, desesperadamente sola.

Entonces se preguntó si Elizabeth tendría razón. ¿Cuánto tiempo tardaría en olvidar a Daniel? Toda la vida, seguramente.

Entonces oyó el ruido del balancín.

–¡Le advierto que llevo una...!

–No necesito otro chichón, Kat.

Era Daniel, no un gángster en busca de venganza.

–Tú... ¿cómo has llegado aquí?

La había asustado. La había hecho llorar. Le había hecho pensar que estaba sola en el mundo. Kat le arrancó un pelo del brazo.

–¡Ay! ¿Por qué has hecho eso?

–Por asustarme, por hacerme pensar que te habías marchado... por hacer que me enamore de ti –Kat se llevó una mano a la boca. Lo había dicho, se lo había confesado.

–¿Por qué crees que estoy aquí? –preguntó él, levantándose.

–Porque... somos físicamente compatibles.

–Sí –contestó Daniel–. Pero yo necesito algo más, Kat. Tú me has hecho creer en el amor.

Kat se quedó sin respiración. ¿Sería posible?

–Yo...

–Déjame terminar, por favor. Pensé que el amor significaba abandonar lo que uno era, sacrificar su individualidad... pero tú me has demostrado que eso no es así. Mi maleta está dentro, por cierto.

Kat sonrió.

–¿Cómo te has librado de Elizabeth y Buster?

–Buster está durmiendo en casa de unos niños muy traviesos que viven al final de la calle. Y Elizabeth... sólo tuve que decirle que le pondríamos su nombre a nuestra primera hija.

–Oh.

Daniel la tomó en sus brazos.

–Te lo advierto. Pienso torturarte hasta que aceptes pasar toda la vida conmigo.

–¿Qué quiere decir, señor West?

–Que quiero despertarme contigo por la mañana, Kat –sonrió él, acariciando su pelo–. Quiero que me hagas infusiones y quiero hacerte el amor en todas las habitaciones de la casa.

–Entonces, ¿no te marchas?

Daniel levantó los ojos al cielo.

–¿Tú qué crees? Te quiero, Kat.

–Yo también te quiero, Daniel –suspiró ella–. Pero pensé que ibas a marcharte... incluso había pensado vender mi casa para ir contigo a Denver.

Daniel la apretó contra su corazón.

–En cuanto el comisario Wade reciba los papeles, estarás frente al nuevo comisario de Sugar Gulch, cariño.

–¿Qué?

–Wade está a punto de retirarse. Mi trabajo como investigador privado y mi entrenamiento con la policía me han sido muy útiles para conseguir el puesto.

–¿En serio? –exclamó Kat, atónita.

–En serio. Pero no pienso dejar que vuelvas a ayudarme a resolver ningún caso.

Kat apoyó la cara en su pecho, henchida de felicidad.

¿Que no iba a dejar que lo ayudase a resolver ningún caso? Bueno, daba igual. Tenía toda la vida para convencerlo.

Que quiero despertarme contigo por la mañana. —Kat sonrió al acariciarle el pelo—. Quiero que me hagas tus pasteles y quiero hacerte el amor en todas las habitaciones de la casa.

—Entonces, ¿no te marcharás?

Daniel levantó los ojos al cielo.

—¿Tú qué crees? Te quiero, Kat.

—Yo también te quiero, Daniel —susurró ella—. Pero pensé que ibas a marcharte. Incluso había pensado en alquilar una casa para ir contigo a Denver.

Daniel la apretó contra su corazón.

—En cuanto el comisario Wade reciba los papeles, estaré al frente del nuevo [illegible] de Sugar Creek. [illegible]

—¿Qué?

—Wade está a punto de retirarse. Mi trabajo [illegible] con la policía [illegible] para conseguir el puesto.

—¿En serio? —exclamó Kat, atónita.

—Muy en serio. Pero no pienses [illegible] que vuelvas a ayudarme a resolver ningún caso.

Kat apoyó la cara en su pecho, henchida de felicidad.

¿Qué más podía desear [illegible] que lo ayudase a resolver ningún caso? [illegible] Tenía toda su vida [illegible].

JAZMÍN™

ROXANN DELANEY

# UN HOMBRE NUEVO

# CAPÍTULO 1

HENRY Davis?

Hank levantó la vista de la revista que estaba hojeando y lo que vio lo dejó sin respiración. Podría jurar que acudir a esa asesoría de imagen había sido una gran idea a juzgar por la mujer que tenía ante sí.

–Yo soy Hank –contestó él levantándose de la silla.

–Señor Davis, mi nombre es Elizabeth Edwards. Bienvenido a Kansas City, Asesores de Imagen –dijo la mujer con una sonrisa radiante.

Hank estrechó la mano que le ofrecía y un inesperado calor le recorrió el brazo al tiempo que la miraba a los ojos, unos grandes ojos azules que le devolvían la mirada. Completaba el cuadro una piel del tono de los melocotones maduros y una boca de fresa.

Hank no podía dejar de mirarla pero ella retiró la vista con su espléndida sonrisa.

–Vayamos a mi despacho y veamos qué podemos hacer por usted. Tal vez el señor Davis quiera algo de beber, Janine –dijo mirando a su secretaria.

–Estoy bien –consiguió decir Hank aunque no era cierto.

Cuando vio el anuncio en la revista de Kansas City en Nuevo México, no había imaginado que se iba a encontrar con alguien así. No le importaba, claro. No sabía cuánto tiempo seguiría con su empleo de jefe de obra en Construcciones Crown, pero podía permitirse algún lujo. Al menos, ése. Nunca había sido hombre de una sola mujer. No sabía qué era desear formar una familia y sentar la cabeza.

–Tenemos mucho trabajo –dijo su nueva asesora de imagen girando sobre sus talones y haciendo que la siguiera.

Hank siempre había creído que un hombre tenía derecho a aprovecharse y a disfrutar de las cosas cuando la oportunidad se presentaba. Y allí estaban aquellas insinuantes caderas que oscilaban bajo la falda blanca, y unas largas y bien definidas piernas que ponían a prueba su imaginación.

Retiró la vista para detener sus fantasías. A medida que la seguía por el pasillo, apenas si se fijó en el buen gusto de la decoración. En lugar de ello, fue el cuello de alabastro cubierto por una mata de cabello dorado lo que llamó su atención. Unos mechones color cobrizo escapaban del recogido y caían hasta el cuello de su traje blanco. Hank ardía en deseos de acariciar aquel cabello sedoso. Pero nunca tendría la oportunidad.

Llegaron a su despacho antes de que su imaginación volara descontrolada. Ella lo guió hacia un largo sofá que había junto a la pared. Le ofreció asiento y tomó la carpeta con su expediente que estaba sobre su escritorio antes de sentarse ella también. La mujer tomó los papeles, pero antes de ponerse a estudiarlos, lo miró y le ofreció otra de sus espléndidas sonrisas.

–Dígame qué lo convenció para venir a nuestra asesoría, señor Davis.

–Llámeme Hank –contestó él cruzando las piernas

y jugueteando con los dibujos que hacía el cuero de la bota. Lo cierto era que acababa de cumplir treinta años y había llegado a la dura conclusión de que no había conseguido grandes cosas en la vida. Tres meses atrás había recibido una carta de su empresa en la que se le ofrecía un puesto de más responsabilidad. Cuando vio el anuncio de Kansas City, Asesores de Imagen, decidió pulir un poco su imagen en las dos semanas que faltaban para empezar en su nuevo puesto.

–Supongo que se podría decir que necesitaba un cambio –añadió, tratando de no desvelar demasiado–. Casi toda mi vida he estado de aquí para allá, así es que no he podido aprender las costumbres sociales que la mayoría aprende de forma natural.

–Comienzas en un puesto nuevo dentro de Construcciones Crown dentro de dos semanas –dijo ella leyendo el expediente y arrugando la nariz en gesto de concentración–. ¿Es un puesto de jefe de obra?

–Llevo trabajando en esa empresa dos años, y en otras antes. Crown se puso en contacto conmigo para ofrecerme el trabajo. No sé muy bien dónde encontraron mis referencias, pero decidí que no estaría mal subir un puesto en la escalera, ya que me lo estaban ofreciendo.

Sus miradas se encontraron en ese momento pero Elizabeth desvió la suya rápidamente.

–Háblame un poco más de tu carrera para que pueda hacerme una idea de tu experiencia.

Hank reprimió las ganas de reír. Había tenido que rellenar una solicitud de tres páginas para estar allí. Trece puestos de trabajo en otros tantos años le daban más experiencia que la que podía tener la mayoría de la gente, pero dudaba mucho que aquella mujer pudiera estar interesada en los detalles.

–Bueno, he trabajado en los pozos petrolíferos de Alaska y Kuwait. También en un rancho en Wyoming y en Montana, en los muelles de San Diego, en un barco salmonero; he participado en algún rodeo…

–Me hago una idea –dijo ella agachando la cabeza para leer el informe.

Pero el ligero brillo en sus ojos no escapó a la mirada observadora de Hank, aunque ocurrió demasiado deprisa para que pudiera identificarlo.

–Veo que tienes mucho mundo, ¿por qué elegiste Kansas City? –preguntó ella mirándolo de nuevo.

Hank se encogió de hombros y trató de centrarse en la pregunta en vez de en aquellos ojos azules.

–Mi madre nació aquí, y Crown es una empresa con una gran reputación.

–¿Así es que tienes familiares por aquí? –preguntó ella tomando un bolígrafo y escribiendo en el papel.

–No que yo sepa.

–¿No lo sabes?

–Es improbable. Mi madre perdió a toda su familia cuando era pequeña. Para ser sincero, nunca la oí hablar de su familia. No recuerdo que mi padre hablara de la suya tampoco.

La familia no era algo excesivamente importante para Hank. Se había valido por sí mismo durante diez años. No contemplaba la opción de casarse y formar su propia familia. Nunca había tenido una dirección postal permanente, tan sólo un apartado de correos, y no tenía la intención de cambiar. Al menos a corto plazo. Además, había sido testigo de lo que una vida nómada había afectado a su madre y no querría hacerle algo así a la mujer que amase.

–¿Tu madre vive en Nuevo México? –preguntó Elizabeth.

–Murió cuando yo tenía diez años.

–Lo siento –contestó Elizabeth y la compasión inundó sus ojos.

–¿Y tu familia vive aquí? –preguntó él, curioso por saber cosas sobre ella.

–Toda menos mi padre –contestó ella después de un breve titubeo.

Esta vez no se le escapó la mirada de aquellos ojos azules, aunque no comprendía muy bien la tristeza que había en ellos. Lo que Hank recordaba de su madre era que siempre le había dicho que los ojos eran las ventanas del alma de las personas. Pero no era en el alma de aquella mujer en lo que él estaba interesado. Simplemente, su mirada le había llamado la atención.

–Bien –dijo ella aclarándose la garganta–. Janine ha redactado ya el contrato. Dos semanas, ¿verdad?

–Exacto.

–Empezaremos ahora mismo. Normalmente trabajamos con un cliente durante un mes, pero en este caso tendremos que trabajar más rápido, concentrándonos en los aspectos básicos. En vez de trabajar unas pocas horas al día, estaremos juntos gran parte del día, incluso por la tarde. Espero que no sea un inconveniente.

–No hay problema –respondió él.

–Y ahora, necesito saber que vives en una dirección habitual que demuestre que eres una persona estable.

Su sonrisa contagiosa lo tomó por sorpresa, y se preguntó qué habría detrás de aquella fría fachada.

–Tengo una habitación en el hotel Regency, cerca del aeropuerto.

Elizabeth sacudió la cabeza, y Hank imaginó que

el rígido peinado se soltaba y caía por su espalda como fuego líquido. La idea le hizo desear extender una mano y quitarle las horquillas que lo sostenían, pero detuvo la fantasía tan pronto como comenzó.

–En ese caso, como vas a vivir aquí algún tiempo, creo que será mejor que encontremos algo más permanente.

–No conozco la zona, pero confiaré en tu opinión –dijo él pensando que ella iría con él.

–Conozco un apartamento que se alquila con posibilidades de compra. Y lo que es aún mejor, puedes vivir un mes de prueba antes de tomar una decisión.

Hank no tenía la intención de quedarse en la ciudad el tiempo suficiente como para necesitar una vivienda permanente. Tenía el dinero aunque normalmente nunca se involucraba tanto con un lugar como para alquilar una casa, pero no pudo decir nada porque en ese momento sonó el intercomunicador.

–Discúlpame –dijo Elizabeth al tiempo que se levantaba y se dirigía hacia su escritorio–. ¿Qué ocurre, Janine? –se detuvo para escuchar–. Dile que la llamaré yo más tarde... ¿Quién? ¿Te ha dejado su número? ¿Y sabes...? Está bien, haz lo que puedas.

Colgó el teléfono y volvió hacia el sofá.

–Siento tener que meterte tanta prisa pero deberíamos ponernos en marcha ahora mismo. Janine ya tiene el contrato. Ahora te lo dará. Me gustaría que lo leyeras y lo firmaras. Si algo no está bien, no dudes en decírnoslo. ¿Tienes coche?

Hank denegó con la cabeza.

–Dejé mi camioneta en Nuevo México, y en cuanto aterricé me dirigí al hotel y dejé allí todas mis cosas y vine directamente hacia aquí.

–No nos corre tanta prisa conseguir uno. Te puedo

recoger en el hotel dentro de… –se detuvo para mirar el reloj–, dos horas. Así tendremos tiempo para concretar lo del apartamento antes.

Por alguna razón aquella mujer lo intrigaba. No le habría importado pasar más tiempo con ella. Un poco de diversión no vendría mal tampoco. No había ningún peligro en ello. Pero cualquier otra cosa estaba fuera de lugar.

Hank se levantó y le estrechó la mano que le ofrecía.

–¿Tus amigos te llaman Lizzie?

–En el trabajo prefiero que me llamen Elizabeth –contestó ella negando con la cabeza pero sin retirar la mano.

–Si no te importa, yo te llamaré Lizzie.

–Bueno, supongo que…

–Bien. Y yo soy Hank –dijo él acariciándole la mano que aún tenía entre la suya. Hank oyó entonces cómo Lizzie tomaba aire profundamente y soltaba la mano.

–Bien, nos veremos dentro de dos horas, Hank –dijo con un tono más áspero de lo normal.

Hank se dio cuenta también de que Lizzie no se había movido del sitio cuando él salió de la habitación. Se dirigió hacia el vestíbulo de entrada sacudiendo la cabeza. No podía negar que aquella mujer lo atraía, pero no era la primera, y sus relaciones nunca habían sido serias. No había razón alguna para pensar que esta vez fuera diferente. Ninguna.

Lizzie observó cómo Hank Davis salía del despacho, y entonces retrocedió un paso para apoyarse sobre el escritorio tratando todo el tiempo de reprimir el gemido que tenía en la garganta. Las piernas le habían empezado a temblar desde el primer momento en que lo vio esperando en recepción. ¿Y tendría que trabajar con ese hombre todos los días? Esa vez no pudo reprimir el gemido.

Con paso dubitativo, se acercó a la puerta, la cerró con cuidado y se apoyó en el marco. Desde luego las siguientes dos semanas iban a ser un calvario. La voz de Hank, grave y mesurada, le había hecho sentir escalofríos. Pero había sido de los hoyuelos de lo que se había quedado realmente prendada y de la boca extremadamente sexy. Se reprendió por su debilidad. No tenía tiempo para pensar en hombres, por muy guapos que fueran. Su vida era su trabajo y su hija Amanda.

Regresó a su escritorio y tomó el expediente de Hank pero era imposible concentrarse. La profesionalidad se había escapado por la ventana.

Decidida a no perder el control, apretó el botón del intercomunicador y pidió a Janine que fuera a su despacho. Tenía muchas cosas que hacer antes de recoger a Hank en su hotel. Al momento, Janine abrió la puerta y asomó la cabeza.

–¡Madre mía! ¿Y vas a tener que trabajar con ese hombre?

Lizzie sonrió a Janine, su mejor amiga además de empleada, y rezó por que no se hubiera dado cuenta del efecto que Hank Davis había tenido en ella.

–Le has dado la carpeta con la agenda que vamos a seguir, ¿verdad?

–Por supuesto –contestó Janine al tiempo que entraba en el despacho y se dejaba caer en el sofá. Sus ojos castaños relucían–. Cuando hayas terminado con él no habrá una sola mujer en todo Kansas City que no caiga rendida a sus pies.

Lizzie se guardó sus pensamientos. No había razón para alimentar la mente soñadora de Janine.

–No hace falta mucha imaginación para verlo vestido con un esmoquin hecho a medida enamorando a las mujeres de la alta sociedad de Kansas City –continuó Janine.

–A veces, la ropa hace al hombre –dijo Lizzie sin pensar, y eso era preocupante. Los hombres apuestos vestidos de esmoquin habían sido siempre su debilidad. El padre de Amanda era prueba de ello.

Pero incluso vestido con una ropa bastante más mundana como eran los vaqueros y la camisa de algodón azul, Henry Wallace Davis era un hombre que quitaba el hipo. No parecía el tipo de hombre que se sentía cómodo con un traje. Daba la imagen de un hombre duro, una piedra en bruto, y su trabajo consistiría precisamente en limar todas esas durezas.

–A mí me parece que el señor Davis está perfecto así –dijo Janine con un suspiro–, pero tú sabrás manejarlo.

La idea de «manejar» a Hank Davis hizo que Lizzie sintiera escalofríos de nuevo. Apartó el pensamiento de su mente y volvió a centrarse en el trabajo que tenía entre manos.

–¿Podrías llamar a Bailey y decirle que traiga el coche dentro de una hora? Tengo que llamar a la señora Adams del centro de rehabilitación para preguntar por mi madre.

–¿Cómo está?

–Mejor. Las enfermeras creen que el doctor la dejará volver a casa pronto. Será un alivio.

–Y más trabajo para ti –señaló Janine.

–Estaré bien –contestó Lizzie llevándose un dedo a la sien y masajeando la zona tratando de evitar el incipiente dolor de cabeza–. No me queda más remedio. Aunque ahora tengamos a Hank Davis, necesitamos atraer más clientes. Las dos sabemos que el negocio ha estado flojo esta primavera. ¿No tienes idea de quién llamó antes?

–Preguntó por ti y le dije que estabas atendiendo a otro cliente, y antes de poder preguntarle el nombre había colgado –contestó Janine sacudiendo la cabeza.

–Tal vez vuelva a llamar más tarde –dijo Lizzie, que no quería perder la oportunidad de nueva clientela–. Si lo hace, y reconoces su voz, me lo pasas inmediatamente.

Mientras Janine hablaba con Bailey, Lizzie marcó el número de la clínica. Mientras esperaba se puso a repasar la lista de cosas que tenía que hacer y deseó no haber tenido que aceptar a Hank Davis. Pero no podía echarse atrás porque se sintiera atraída por un cliente. Era un cliente demasiado importante. Con el pago adelantado que había hecho podría pagar la última letra del préstamo que había pedido para iniciar el negocio, y en breve no tendría que preocuparse por las facturas de la rehabilitación de su madre. Si consiguiera atraer a más clientes, podría permitirse contratar a algún otro asesor, y así podría pasar más tiempo con Amanda.

Tal vez algún día su sueño de convertir su asesoría en la más importante de Kansas City se hiciera realidad, y entonces le demostraría a su familia que ya no era la cabeza loca que una vez había sido. Pero tenía que ir paso a paso.

En su corazón, su hija y su familia eran lo primero. No permitiría que un hombre cambiara eso. Reticente a admitir que se sentía atraída por Hank, lo que tenía que hacer en ese momento era centrarse en el asunto de conseguirle un apartamento. Eso debería hacer que sus hormonas se controlasen un poco. Conocía a los hombres como él. En el momento que el padre de Amanda escuchó la palabra «bebé», salió corriendo. Y no había sido el único. Era consciente de que algunos hombres no estaban hechos para asentarse en un lugar, y no iba a dejarse involucrar otra vez en lo mismo. Tenía un sueño que lograr y algo que demostrar.

–¿Qué es esto? –preguntó Hank cuando salió del hotel. Era evidente que la limusina y el conductor que esperaban a la puerta eran para él.

–Un obsequio para nuestros clientes –dijo Lizzie sonriendo al conductor y metiéndose en el coche.

Hank entró tras ella.

–¿Pero una limusina? ¿No es demasiado? Voy a ser jefe de obra de una constructora, no el presidente.

–Todo es cuestión de la imagen que uno quiera dar de sí mismo –explicó Lizzie, con gesto resuelto–. Si una persona considera que merece algo, acabará consiguiéndolo. Una limusina es algo que, para la mayoría de la gente, representa cierto nivel social y económico. Que alguien cuente con un chófer para que lo lleve a todas partes lo hace sentir especial y comenzará a mostrar la forma en que esa persona piensa y actúa.

–Por no mencionar lo que dirán los demás, ¿no?

–Exacto –contestó ella mirándolo a los ojos y sonriendo.

Hank mantuvo la mirada, perdido en la inmensidad de los ojos azules, hasta que finalmente Lizzie optó por retirar la suya y dirigirse al conductor para darle instrucciones. Cuando hubo terminado se volvió hacia Hank y sonrió.

–Bailey será tu chófer durante las próximas dos semanas y si necesitas algo no tienes más que decírselo –añadió Lizzie.

Bailey arrancó el vehículo y salió del aparcamiento.

–Puede llamarme siempre que quiera, señor Davis –dijo Bailey.

–Gracias –contestó Hank estirando las piernas en el espacioso interior del coche, y pisando accidentalmente a Lizzie, que se había alejado de él–. Pero llámame Hank.

–Sí, señor.

Hank miró a Lizzie y vio cómo el cristal divisorio se elevaba. Como no tenía nada que hacer, había pasado las dos horas desde que había salido del despacho de Lizzie pensando en ella, básicamente. Iba vestida con el mismo traje color crema y seguía llevando el pelo cobrizo recogido en la nuca, su rostro reluciente, igual que en el anuncio del periódico. Profesional. Intocable. Pero Hank no podía evitar pensar que aquella mujer debía de estar utilizando para sí misma la psicología que utilizaba con sus clientes. Las cosas no siempre eran lo que parecían. Igual que la limusina.

–Mientras leía el contrato, me surgió una duda.

–¿Y cuál es? –preguntó ella inclinándose hacia delante.

El aroma de su perfume, dulce y almizclado, alcanzó los sentidos de Hank haciéndole perder la concentración.

–Mencionaste que normalmente trabajas con una misma persona al menos durante un mes, y como conmigo no vas a estar más que dos semanas, tal vez debería pagar sólo la mitad.

Lizzie abrió mucho los ojos al tiempo que trataba de controlar el pulso acelerado.

–Pero doblaremos los esfuerzos para conseguir lo mismo en la mitad de tiempo –contestó con voz indecisa.

La respuesta de Lizzie confirmó las sospechas de Hank. Ella necesitaba el dinero. Con suerte, él no. Siempre había ganado mucho dinero en todos sus trabajos, y no había tenido grandes gastos. Y su nuevo trabajo le reportaría grandes ingresos, así es que no tenía de qué preocuparse. Pero no dejaba de preguntarse por qué ella tendría problemas de dinero dirigiendo un negocio tan de moda como el suyo.

–¿Cuál será nuestra primera parada? –preguntó.

–El apartamento no estará listo hasta mañana, así que podríamos empezar por ir de compras al centro comercial Plaza –contestó Lizzie después de aclararse la garganta.

–¿Compras?

–Ropa.

En realidad la respuesta no lo sorprendió. Era evidente que Lizzie pensaba que un cambio de imagen comenzaba por la forma de vestir.

–La ropa hace al hombre, ¿no? –preguntó con una sonrisa.

–¿Cómo has…? –preguntó ella mirándolo con asombro, y de pronto sintió que las mejillas le ardían.

–¿Cómo lo he sabido? Bueno, la limusina no es más que una forma de mostrar una imagen –explicó él mirando hechizado el rostro sonrojado de Lizzie–. Con la ropa supongo que ocurre algo parecido.

–Eres muy perspicaz. ¿Y sabes también lo que haremos después? –sonrió y Hank se dio cuenta de que le había hecho un cumplido.

–No todo. ¿Haces esto por diversión?

–¿Diversión? –Lizzie negó con la cabeza–. No tengo tiempo para divertirme. Dirigir un negocio requiere mucho tiempo.

–Pero todo el mundo debería tener tiempo para darse un respiro y divertirse.

–Estoy de acuerdo, pero depende mucho de lo que entiendas por diversión –señaló.

Hank pensó en ello. La mayor parte de su vida, había hecho lo que había querido, cuando había querido. La vida había sido dura a veces, pero nunca había dejado de disfrutar de ella. Entonces, ¿por qué había pagado dinero para que le cambiaran la imagen? Porque había empezado a aburrirse, y porque había visto un anuncio en una revista que le había llamado la atención, y pensó que podría ser divertido. No le vendría mal tampoco dar buena impresión. Seguiría siendo Hank. La ropa no cambiaba a la persona. Miró a Lizzie y le regaló su mejor sonrisa.

–Creo que trabajar contigo va a ser divertido. ¿Qué opinas? –preguntó Hank.

–Creo que será interesante –respondió ella.

Por el momento, se conformaba con esa respuesta, pero definitivamente había despertado su curiosidad.

## CAPÍTULO 2

PERO a mí me gustan los vaqueros.

Toda la clientela de la exclusiva tienda masculina se volvió para mirar a Hank, que apenas si pudo contener la risa. No lo preocupaba en absoluto su manera de vestir. Nunca lo había importado. Tan sólo había hecho el comentario para ver cómo reaccionaba Lizzie embutida en su traje perfecto. Ésta lo miró con gesto paciente mientras sostenía en un brazo unos pantalones de estilo informal.

–Hay momentos y lugares en los que llevar vaqueros, Hank. Confía en mí. Pero necesitarás algo para ponerte en tu primer día, y también algo informal.

–Para eso están los vaqueros –contestó él mientras ella se dirigía al probador. Estuvo a punto de decirle que podía ponerse los pantalones ella cuando vio que le sonreía.

Sabía cómo relajarse pero no quería hacerlo. Tendría que recordarlo. Tal vez las dos semanas que le quedaban por delante no fueran tan malas después de todo.

–Buscaremos unos vaqueros cuando terminemos con éstos –dijo Lizzie ofreciéndole los pantalones–. Por favor, Hank.

No supo si fue por el tono de su voz o que lo llamara por su nombre, pero Hank se paró en seco y tomó los pantalones.

–Y pruébate también esta camisa –añadió Lizzie poniéndole una camisa informal en la mano libre–. Y este otro modelo de pantalón y camisa.

–¿Tratas igual a todos tus clientes? –preguntó Hank riéndose y sacudiendo la cabeza.

–Por supuesto. Todos mis clientes son especiales –contestó ella girando sobre sus talones y dirigiéndose hacia uno de los vendedores.

En el probador, Hank se sintió tentado de tirarlo todo al suelo y decirle a Lizzie que todo le quedaba bien, pero lo pensó mejor. Aquella mujer tenía razón. Quería dar una buena imagen el primer día de trabajo. Era importante causar buena impresión. Tanto si se quedaba con el trabajo como si no, quería empezar con el pie derecho. ¿Acaso no era por eso por lo que había contratado los servicios de una asesora de imagen?

Se quitó la ropa y se puso lo que Lizzie había seleccionado. Ni se molestó en mirarse al espejo cuando salió del probador. En vez de eso fue a buscar a Lizzie, que estaba mirando corbatas.

–¿Qué te parece? –le preguntó colocándose a su lado.

–Hank, te quedan perfectos.

El brillo que relucía en los ojos de Lizzie y la sonrisa en sus labios lo tomaron por sorpresa. Sólo pudo encogerse de hombros para tratar de disimular y fingir indiferencia.

–Si te gustan, por mí no hay problema. Odio admitirlo, Lizzie, pero tienes buen gusto. Sólo tengo una duda.

–¿Cuál? –dijo ella levantando la vista de la corbata.

–¿También me ayudarás a elegir la ropa interior? –preguntó, cediendo a la tentación de bromear con ella.

–¡Hank!

Lizzie lo miró con los ojos muy abiertos por la sorpresa, y los labios fruncidos. Hank notó que trataba de contener la sonrisa y también se dio cuenta de que le temblaban los hombros. Parecía que había conseguido su objetivo.

–Vamos. Los calcetines y los calzoncillos están por ahí.

–¡Hank! Déjalo ya.

A Hank no lo detuvieron las palabras de Lizzie sino su risa boyante. Era como ver la explosión de color de las flores en primavera. La miró y vio que sus ojos relucían de alegría y el corazón le dio un vuelco. Aquélla no era buena señal. Tenía que parar. Estaba bien divertirse, pero... No solía enamorarse de las mujeres a las que conocía, pero que no le hubiera pasado antes no significaba que no pudiera ocurrirle. Teniendo en cuenta las circunstancias, aquélla era la peor elección que podía hacer. Fue Lizzie la primera en recobrar la compostura.

–Yo... yo creo que eso te lo dejaré hacer a ti solo, si te parece bien.

–Sí –contestó él aún confuso–. Creo que podré arreglármelas solo.

Lizzie se alejó un poco y entonces se dio la vuelta y le dijo:

–Cuando termines, avísame para pagar.

Se dirigió al probador y fue entonces cuando se vio en un espejo y lo sorprendió comprobar que el reflejo se parecía al Hank de siempre sólo que... un poco diferente. Tras él, Lizzie lo miraba. Sus miradas se cruzaron, y una vez más el corazón de Hank le dio un vuelco. Se maldijo por ello.

Antes de poder pensar en algo que decir para quitar carga a la situación, Lizzie giró sobre sus talones y se encontró con un vendedor.

–Nos llevamos todo esto y lo que está en el probador –dijo.

Hank soltó el aire que había estado conteniendo inconscientemente y se metió en el probador para ponerse sus queridos vaqueros. Cuando terminó se encontró con Lizzie en el mostrador de caja y le dio las prendas al vendedor. Mientras éste hacía la suma, Hank extendió la mano y le quitó a Lizzie de las manos el bolígrafo que tenía preparado para firmar.

–¿Qué haces? –preguntó ella.

–Es mi ropa, así es que yo la pagaré.

–Estos gastos están incluidos en el dinero que pagas al firmar el contrato –replicó ella intentando recuperar el bolígrafo.

–Me voy a hacer cargo yo –dijo él alargando el brazo para que Lizzie no pudiera alcanzar el bolígrafo. Metió la mano en el bolsillo y sacó la cartera.

–Hank…

–No te preocupes. Si vamos a discutir por cada centavo, será mejor que te busques a otro.

Lizzie se mordió el labio inferior y entrecerró los ojos de forma que el entrecejo se le llenó de arrugas.

–Está bien –accedió–. Por esta vez, pero, de verdad, Hank…

–Listo. Ahora ya podemos ir a buscar esos vaqueros –dijo tomando las bolsas en una mano y a ella del brazo con la otra.

–Tendremos que hacerlo mañana. Ahora tenemos que ir al gimnasio –contestó ella mirando el reloj.

–¿Gimnasio? Lo dirás en broma.

–Tienes que mantenerte en forma –contestó ella saliendo de la tienda–, y además, un gimnasio es el sitio perfecto para conocer gente. Eres nuevo en la ciudad. ¿Querrás conocer a alguien para...?

–¿Salir?

–Exacto.

–Espera un minuto, Lizzie. He jugado al baloncesto y he levantado pesas de vez en cuando, pero no recuerdo haber pisado un sitio de ésos nunca. No creo que me sienta cómodo.

Ella lo miró de una forma que Hank no comprendió, y acto seguido se metió en el coche. Hank la siguió, pero no pudo evitar mirar la curva que formaba su muslo cuando se sentó a su lado. Se estaba convirtiendo en una mala costumbre. Y tenía que acabar con ella lo antes posible. Lizzie era una tentación demasiado grande para él. Si seguía así, no duraría dos semanas a su lado.

–Tienes que comprender que hacerse socio de un club deportivo es importante –dijo ella, siguiendo con el tema–. Es vital que te hagas socio del gimnasio y de otros muchos lugares de la ciudad para entrar en la vida de los negocios de Kansas City. Y lo que es más importante, te ayudará a darte a conocer en la sociedad de Kansas City.

–La sociedad de Kansas City no me interesa, y sólo voy a ser un jefe de obra, no el presidente de la empresa. Soy un tipo corriente, Lizzie. Quiero mejorar mi imagen, pero no tanto. Eso no es lo que quiero hacer.

Además, la idea de un gimnasio era para ayudar a la gente a mantenerse en forma. Él ya lo estaba. No necesitaba todas aquellas máquinas. El trabajo en la construcción hacía que un hombre se mantuviera en forma. Y así se lo dijo.

–No siempre tendrás la oportunidad de hacer ese

tipo de trabajo. Los hombres de negocios de más éxito se pasan la mayor parte del día detrás de una mesa de escritorio. Estoy segura de que un par de visitas semanales te harán mucho bien.

Hank pensó en ello. Era cierto, su trabajo no iba a ser físico como el que había realizado hasta ese momento. Pasaría la mayor parte del día detrás de una mesa tratando con subcontratistas y proveedores, y supervisando el trabajo de los operarios. La falta de trabajo físico podía tener malos resultados en él, pero pensar en tener que ponerse en forma en un gimnasio no le agradaba.

–¿Tú vas al gimnasio?

–No a ése. Pero, sí, voy al gimnasio al menos una vez a la semana. Y trato de ir a correr siempre que puedo.

–Todo eso y ayudarme a mí. ¿De dónde sacarás el tiempo?

–Encontraré tiempo para entrenar –dijo ella mirándolo con seriedad–. Me gusta estar en forma.

Hank se acomodó y la miró de arriba abajo.

–Y vaya si lo has conseguido. Muy bien. Pero volviendo a lo del gimnasio…

–Accediste a ponerte en mis manos. Has pagado mucho dinero para ello. ¿Por qué no me dejas hacer mi trabajo?

A Hank le apetecía poner a prueba la paciencia de Lizzie, pero ella tenía razón. Había contratado sus servicios para algo.

–Vale. Iré al gimnasio con una condición.

Lizzie se inclinó hacia atrás en el asiento y lo miró con cierta desconfianza.

–¿Y cuál es esa condición?

–Me subiré en todas las máquinas, y hasta me daré

masajes si quieres, pero quiero que estés conmigo en todo momento. ¿Trato hecho?

–Yo… Hank, esto no es justo. No estoy acostumbrada a ese tipo de ejercicio.

–Y yo tampoco –dijo él con una sonrisa–. Si no lo haces, me iré –dijo retándola.

Lizzie se giró y miró por la ventanilla, debatiéndose. Y cuando Hank ya pensaba que había ganado, se volvió a él mirándolo con una malévola sonrisa en los labios.

–No tengo aquí mi ropa de deporte.

–Yo tampoco –contestó él con una risa sincera.

–Iremos a comprarla… –dijo ella deteniéndose de golpe.

Hank cruzó los brazos y se apoyó en el respaldo mirándola con una sonrisa. Ya que la sorpresa de compartir la experiencia deportiva con ella había pasado, le gustaba la idea de verla vestida con ropa deportiva.

–Creo que mi cuenta bancaria podrá con los gastos de los dos.

Lizzie olvidó instantáneamente lo incómoda que estaba con unos leotardos cuando vio a Hank con la camiseta con la insignia del gimnasio y unos pantalones cortos para hacerle perder la cordura. Suspiró y tragó con cierta dificultad tratando de no mirar. Los hombres musculosos no eran su tipo, pero tendría que haber estado ciega para no reaccionar ante la visión que se presentaba ante sus ojos.

–De acuerdo, Lizzie, ¿qué quieres probar primero?

Lizzie parpadeó rápidamente.

–¿Lizzie?

Nuevo parpadeo, y consiguió eliminar la niebla que cegaba sus ojos.

–¿Qué?

–Tú sabes más de esto que yo. ¿Por dónde empezamos? –preguntó de nuevo, sonriendo y mostrándole sus maravillosos hoyuelos.

Lizzie sintió que las rodillas le flaqueaban y la mente se le nublaba. Era peligroso sentirse atraída por ese hombre. Y no estaba bien. Ya se había equivocado con los hombres muchas veces, y aunque el primero le había dejado como recuerdo a Amanda, no volvería a cometer el mismo error. Ni volvería a repetir el segundo que había cometido en su vida. Se recordó que Hank era un cliente y nada más. Obviamente quería mejorar, pero ¿quedaría convencido? No era exactamente el tipo de hombre hacia el que ella solía sentirse atraída, aunque se sintiera tentada. Pero no tenía tiempo.

–Aquí viene Tony –dijo ella refiriéndose a uno de los entrenadores–. Podemos enseñarte a utilizar los aparatos.

Tras las presentaciones, siguió a los dos hombres por el gimnasio. La molestaba que el cuerpo perfecto de Tony no le causara la más mínima impresión, mientras que mirar a Hank le ponía el corazón a cien por hora.

–Te toca –dijo Hank bajándose del último aparato.

–Gracias, pero paso –dijo ella apartándose un poco de él. No tenía por qué seguir tentando a sus hormonas.

Pero antes de reaccionar, Hank la levantó en brazos.

–No, no puedes hacer eso. Tenemos un trato –dijo él posándola sobre el banco acolchado.

¡Y Lizzie que pensaba que su corazón se le desbocaba con sólo mirarlo! Sentía como si la piel le ardiera allí donde Hank la había tocado. Quería protestar, pero no podía articular palabra.

–Sujeta esto –dijo él poniéndole un par de argollas en las manos–. Y ahora tira al tiempo que te deslizas.

Sin pensar, hizo lo que le decía. Necesitó toda su concentración para ello, y olvidó que Hank estaba muy cerca. Nunca había utilizado ese tipo de máquinas de entrenamiento. Lo que hacía para mantenerse en forma era asistir una vez a la semana a una clase de aerobic y caminar lo más rápidamente posible. Pero aquella máquina no estaba mal. De hecho, le parecía hasta divertido.

Tony los interrumpió para preguntarle algo a Hank, lo que le dio a Lizzie la oportunidad de recobrar levemente la compostura. Se escabulló hacia el bar y pidió una botella de agua para después girarse y, apoyada en la barra, observar a los dos hombres.

Varias personas se habían acercado a la máquina en la que Hank estaba entrenando y Lizzie sólo tenía una visión parcial de él entre el barullo. Pero esos breves vistazos eran más que suficientes.

No era que Hank fuera Mister Universo; su físico no era tan exagerado, pero la excitaba la idea de verlo entrenar. Oscuras manchas de sudor teñían su camiseta y hacían brillar su piel. Los músculos de sus brazos se contraían y se relajaban alternativamente al subir las pesas. Podía escuchar también la respiración entrecortada por el esfuerzo. El pelo oscuro, demasiado largo para su gusto habitual, se le arremolinaba en el cuello. Y sólo alcanzaba a ver la parte superior de aquel cuerpo.

Continuó con el escrutinio bajando la mirada hacia sus piernas. Unos muslos potentes cuyos músculos también se contraían y relajaban a medida que ejecutaban el ejercicio. Las piernas de los hombres siempre le habían gustado. Las de Hank la fascinaban.

Se dio la vuelta y dejó la botella de agua sobre la barra. Ya era suficiente. Evitando volver a mirar, se dirigió hacia el vestuario y se cambió de ropa censurándose todo el tiempo por el ataque de debilidad que había sufrido. Tendría que guardar las distancias y evitar a toda costa que se repitiera una situación como aquélla. Sentirse atraída por aquel hombre sería un error desastroso y no podía permitírselo. Tenía que pensar en su negocio. Y en Amanda. Su hija ya había sufrido una vez por la atracción que su madre había sentido hacia un hombre y no iba a permitir que ocurriera de nuevo.

Lizzie quería lo mejor para su hijita. Había hecho todo lo posible, pero gran parte del dinero que ganaba lo destinaba a que cuidaran de ella y el resto se le había ido en pagar el tratamiento médico de su madre. El golpe que su madre había sufrido la había debilitado considerablemente, pero su madre se había esforzado mucho con la rehabilitación para recuperar la forma.

Desde la muerte de su marido tres años atrás, la madre de Lizzie se había refugiado en sus hijas, sobre todo en Lizzie. Con treinta años, Vicky, seis años mayor que Lizzie, tenía su propia familia y una vida perfecta. Lo que Lizzie quería más que nada en el mundo era tener éxito en su vida, no quería fracasar. Sus padres habían intentado frenar sus impulsos salvajes pero ella no los había escuchado. Ahora se daba cuenta de que aquélla había sido su forma de llamar la atención. Lizzie siempre había sido la hija pequeña y la menos perfecta. Había vuelto de la universidad con el anuncio de que estaba embarazada y el padre de la criatura la había abandonado. Aquello había roto el corazón de sus padres quienes, a pesar de la decepción sufrida, estuvieron a su lado. Por su parte, Lizzie había aprendido la dura lección. Lamentablemente, su padre murió sin que ella pudiera demostrarle que había cambiado, pero aún podía demostrar a su madre que era una mujer y una madre responsable.

–¿Ya te has rendido?

Lizzie alejó aquellos pensamientos y alzó la vista. Allí estaba Hank, con una toalla blanca alrededor del cuello.

–Es un poco más de esfuerzo del que estoy acostumbrada –contestó ella con una sonrisa que no sentía.

–¿Tienes hambre? –preguntó él.

–Un poco –asintió Lizzie. Se acababa de dar cuenta de que no había comido nada desde el desayuno.

–Bien –dijo él y los hoyuelos más encantadores aparecieron en sus mejillas–. Bailey me ha hablado de un sitio estupendo para comer. Me ducho rápidamente y nos vamos...

–Hank –lo interrumpió ella al tiempo que ponía la mano sobre su brazo musculoso. Un escalofrío le recorrió el cuerpo pero trató de ignorarlo–. No podemos salir a cenar esta noche.

–¿Por qué no? –preguntó Hank mirándola un tanto confuso–. Pensé que sería una ocasión perfecta para que me explicaras qué tenedor hay que usar en cada ocasión y que no se debe poner uno la servilleta debajo de la barbilla.

Lizzie no estaba segura de si debía decirle la verdad. Rara vez les hablaba de su hija a los hombres que conocía. Ésa había sido otra dura lección que había aprendido, a costa de su pequeña Amanda por desgracia, y nunca revelaba su vida privada a sus clientes. Pero por alguna razón sentía que tenía que decírselo a Hank.

–Le prometí a mi hija que cenaría con ella esta noche.

Por un momento Hank guardó silencio.

–¿Tu hija?

Lizzie se percató del tono decepcionado del hombre, el mismo que había notado en otros hombres que había conocido. Estaba acostumbrada. Lo que era peor era que ella también estaba decepcionada. No debería haberle importado, pero así era.

–Una hija –repitió Hank, que sentía como si acabaran de darle un tremendo puñetazo. No se le había ocurrido preguntarse por la vida privada de Lizzie, y tampoco había creído que fuera importante hacerlo. Pero parecía que sí lo era, por mucho que tratara de negarlo.

Hank miró discretamente hacia la mano izquierda de Lizzie para asegurarse de que no llevaba anillo. No se había dado cuenta antes, pero tampoco había prestado demasiada atención.

–Lo siento por lo de la cena –se disculpó Lizzie.

–No, está bien –contestó él sacudiendo la cabeza.

Lizzie alzó la vista para mirarlo a la cara y Hank notó la tristeza en sus ojos azules. Lo que no podría decir era si aquella tristeza sería por el hecho de no poder salir a cenar con él. Y no tenía manera de saberlo.

Pero no importaba. Las cosas habían cambiado. Lizzie ya no era simplemente una hermosa mujer por la que se sentía atraído. Era una madre. Una mujer con la responsabilidad de cuidar de una hija, de una familia, algo que él sólo recordaba vagamente y en lo que no quería verse involucrado. Pero su curiosidad podía más que él a pesar de mirar a Lizzie desde una perspectiva muy diferente.

–¿Cuántos años tiene? Tu... hija.

–Cuatro –contestó ella mirando hacia la sala de pesas, como si estuviera buscando una salida–. Será mejor que nos vayamos.

–Está bien –dijo él asintiendo con la cabeza–. Me daré esa ducha rápida mientras tú me esperas en el coche, a menos que quieras hacerlo aquí.

–Saldré para avisar a Bailey –contestó ella.

Hank asintió y se dirigió hacia el vestuario. Que fuera madre no la hacía menos atractiva. De hecho, aquello avivaba su curiosidad. Pero si estaba casada... no, estaba seguro de que no lo estaba. Llevaría un anillo.

En menos de quince minutos se había duchado y cambiado de ropa, y salía del gimnasio para encontrarse con Lizzie, que lo esperaba dentro de la limusina. Sin saber aún cómo manejar el cambio de circunstancias se subió en el coche y se sentó frente a ella.

–Tenemos un día muy completo mañana –dijo Lizzie sin mirarlo–. El apartamento está amueblado, podrás instalarte mañana. Te explicaré los detalles más tarde para que no tengas de qué preocuparte. ¿Tienes las cosas aquí o te las tienen que enviar de Nuevo México?

Al pensar en las escasas pertenencias que tenía almacenadas en la vieja caravana en la que había vivido durante años, no se le ocurrió ninguna que mereciese la pena ir a buscar.

–No creo que necesite nada.

–Le diré a Bailey que te recogeremos en el hotel a las ocho de la mañana.

Hank miró el reloj y se dio cuenta de que era más temprano de lo que pensaba. ¿Qué iba a hacer solo el resto de la tarde? No había hecho ningún plan.

–Pensé que me habías dicho que íbamos a tener una agenda muy apretada –le recordó.

–Y así es –dijo ella–, pero siempre paso al menos una tarde a la semana con mi hija, siempre que me es posible.

Hank dudó si seguir preguntando pero tenía que saberlo.

–¿Y qué hay del padre? ¿No podría hacerse cargo él teniendo en cuenta nuestra «apretada agenda»?

–No tiene padre –contestó ella con un hilo de voz tras guardar silencio un momento.

Hank se tomó su tiempo para asimilar la respuesta antes de lanzar la siguiente pregunta.

–Entonces ¿no hay un marido oculto entre las sombras esperando a saltar sobre mí si entro en escena?

–No, no hay marido.

La forma en que lo miró decía a gritos que aquélla era la verdad. Era una mujer soltera. Una madre soltera. A pesar de que los recuerdos sobre su propia madre hacía tiempo que se habían difuminado, tenía una idea de lo que una madre tenía que darle a un hijo: tiempo. Mucho tiempo. Y dinero. Sospechaba que esto último no debía de sobrarle a Lizzie, a pesar de las apariencias.

–Dijiste que tenías familia aquí en Kansas City –dijo Hank cambiando de tema.

–Bueno, sí –contestó ella sorprendida–. Mi madre, mi hermana y mi hermano.

–¿Mayores o menores?

–Mi hermana es seis años mayor, está casada y tiene dos hijos. Mi hermano está aún en la universidad.

–Parece agradable.

–Oh, sí –respondió ella con una suave sonrisa que le llegó a lo más hondo del corazón. Pero al momento, la sonrisa se desvaneció–. Yo... yo no fui lo que se dice una hija fácil.

Hank vio el dolor reflejado en los ojos azules de Lizzie y notó el tono de pena en su voz.

–Ocurre a menudo –contestó él sin encontrar nada más adecuado que decir.

Durante un rato ambos parecieron perdidos en sus pensamientos y una idea comenzó a tomar forma en la cabeza de Hank. Realmente no quería pasar el resto del día solo en el hotel, y no tenía ganas de hacer turismo por la ciudad.

–¿Dónde vais a cenar tu hija y tú? Tal vez podáis enseñarme entre las dos qué tenedor es el que tengo que usar.

–La última vez que estuve en La Casa de Emilia la pizza se comía con las manos –respondió ella con una risa tan leve que casi pasó inadvertida para Hank.

–¿Pizza? ¡Me encanta la pizza! Pero hay gente que la come con cuchillo y tenedor.

Lizzie entrecerró los ojos y se acercó a Hank.

–¿Acaso te estás invitando a nuestra cena?

Hank sabía que debería darle vergüenza pero no era así.

–¿Entonces puedo ir con vosotras?

La risa de Lizzie sonó esta vez alta y clara en el interior acolchado de la limusina.

–Dudo mucho que te apetezca pasar la velada comiendo pizza en compañía de una niña de cuatro años. Hay veces en que pone a prueba realmente la paciencia de un santo, aunque la mayor parte del tiempo sea un ángel.

Él no lo dudó un momento, no si Lizzie era la madre. No sabía por qué tenía esa necesidad de estar con ellas. No era que no quisiera pasar la tarde solo viendo la televisión, y tampoco era necesidad de gastar energía porque ya lo había hecho en el gimnasio. No, tenía que ser curiosidad. Quería saber qué tipo de mujer se escondía tras lo que veían sus ojos. Se preguntaba por su historia aunque había oído tantas que ya nada lo sorprendía. Suponía que querría saber qué tipo de madre era y eso era algo inesperado. Y aunque algo así debería hacerle perder el interés, no hacía sino incrementarlo.

–No me molestan los niños –contestó él encogiéndose de hombros. Y era cierto porque no conocía a ninguno. Nunca había deseado ser un hombre de familia, así es que no se había acercado demasiado a ninguno. Pero ahora estaba deseando hacerlo en parte por la curiosidad y en parte para pasar más tiempo con Lizzie.

–No sé...

Aquella respuesta era mejor que una negativa rotunda y el tono dubitativo lo alentó a insistir un poco más.

–Así podrás darme los detalles del contrato de alquiler del apartamento y ahorraremos tiempo para mañana. Incluso pagaré la pizza.

–No puedo dejar que lo hagas.

–Bien, entonces pagaremos a medias –insistió un poco más.

–Bueno...

–Entonces arreglado –dijo él volviéndose para dar un toque en el cristal tintado que separaba al conductor de los pasajeros. Bailey lo bajó inmediatamente–. Déjame en el hotel primero. Después lleva a la señorita Edwards a casa y espera. Cuando ella y su hija estén listas venid a buscarme al hotel.

–Sí, señor.

Antes de que pudiera decirle que no lo llamara «señor», Bailey subió de nuevo el cristal. Contento de que Lizzie no le hubiera puesto excusas, Hank se reclinó sobre el respaldo del asiento y la observó. Tenía que admitir que no parecía muy contenta de recibir órdenes, pero tampoco parecía a punto de explotar de furia. De hecho, parecía más sorprendida que otra cosa. A él le parecía bien. Todo. Incluso la idea de pasar la velada con una niña de cuatro años.

# CAPÍTULO 3

ERES un «quiente» de mi mamá? –preguntó Amanda con la boca llena de tomate frito.

Lizzie sabía que no tenía ningún sentido limpiarle la boca hasta que hubiera terminado de comer, porque en menos de treinta segundos la boca angelical de su pequeña estaría otra vez llena de tomate.

–Pues sí, lo soy. Y también su amigo, espero –al decir esto último miró a Lizzie y sonrió de forma que sus hoyuelos parecían dos pozos sin fondo.

Lizzie trató de defenderse del ataque de aquella sonrisa pero aún no había encontrado la manera. Aquel hombre poseía más encanto que cualquier hombre que hubiera conocido antes y ese encanto podía desarmarla.

–¿Eres mi amigo «tamién»? –preguntó la niña.

Lizzie tenía la sensación de que aquel hombre también estaba hechizando a su pequeña con el mismo encanto. Pensó que si pudiera embotellarlo haría una fortuna.

–Sólo si tú quieres –contestó Hank con un tono de sinceridad en la voz que Lizzie no pudo sino creer.

Miró cómo Hank extendía la mano para estrechar la de Amanda y se preguntó si su hija recordaría lo que significaba el gesto. Si lo recordaba, Hank acabaría cubierto de grasa, tomate frito y queso.

La niña dudó un momento mientras estudiaba la oferta de Hank y finalmente le ofreció la mano.

–Sí. Podemos ser amigos.

Hank ni siquiera pestañeó ante el festival de grasa. Al contrario, le dio un buen apretón de manos y habló sin soltarle la manita.

–¿Sabes, Amanda?, eres todavía más bonita que tu mamá. Y apuesto que eres muy lista también.

–Me sé el abecedario –contestó la niña con toda seriedad.

–¿De verdad? Entonces sí que eres lista. Y dime, ¿qué es lo que más te gusta hacer?

Lizzie ahogó el gemido que amenazaba con salir de su garganta. Lo único que parecía importarle a Hank era la diversión. Por su parte, Amanda, con la carita arrugada en actitud pensativa, miró primero a Lizzie y de nuevo a Hank.

–Bueno... visito a la abuelita y a veces juego con Denny y Roger, pero son chicos y se portan mal conmigo.

–Denny y Roger son los hijos de mi hermana. Amanda se queda con ellos cuando tengo que trabajar hasta tarde –explicó Lizzie–. Son un poco más mayores y a veces no controlan su fuerza.

Hank frunció el ceño preocupado y miró a Amanda.

–¿Te hacen daño?

–No, pero me hacen rabiar y a veces lloro –dijo ella sacudiendo los rizos pelirrojos de su cabecita.

–Tal vez podría enseñarte algunos...

–Hank –interrumpió Lizzie poniéndole la mano sobre el brazo. Una sensación cálida le recorrió el cuerpo haciendo que se detuviera un momento a tomar aliento. Trató de ignorar su reacción y continuó–. Hank, créeme, Amanda sabe cuidarse sola. A veces se meten con ella un poco pero en el fondo la adoran.

–No deberían hacer eso, molestarla quiero decir. Y no me extraña que la adoren –y al decir esto último relajó el ceño fruncido y sonrió a la niña.

Lizzie sintió que una oleada cálida le cubría el corazón, y eso era lo último que quería que le ocurriera. La mayoría de los hombres que habían conocido a Amanda hablaban con ella como si fuera una persona adulta pero Hank era diferente. Había algo en su forma de hablarle a Amanda que era diferente. Y le daba miedo teniendo en cuenta lo mucho que la atraía a ella también.

–Fuiste hijo único, ¿verdad? Pero no tienes que preocuparte. Sabe cuidarse sola –replicó Lizzie, consciente de que también ella debería aprender a defenderse de los encantos de Hank.

–¿Y su madre también sabe hacerlo? –preguntó él buscándole la mirada.

Lizzie sintió que se derretía. No sabía qué responder y cuando empezó a retirar la mano él puso la suya encima, atrapándola. Era una sensación muy confortable y lo único que pudo hacer fue quedarse en el sitio mirándolo a los ojos.

–Necesito una «sevilleta» –anunció la niña de pronto.

Lizzie tuvo que hacer un esfuerzo supremo para dejar de mirar a Hank.

–Espera tesoro, iré a buscarlas –contestó al fin levantándose. Escuchó a Hank diciéndole a Amanda si le importaba que se comiera el último trozo de pizza, pero no pudo escuchar la respuesta de la niña.

Agradeció la interrupción. Creía que su hija le serviría de distracción frente al carisma de Hank, pero en vez de ello Amanda parecía arrancar a aquel hombre encantos ocultos. Lizzie se reprendió por estar contenta de que Hank estuviera allí. No debería estarlo. Ya había pasado por una historia parecida antes y se había jurado, entre las lágrimas angustiadas de Amanda, que nunca volvería a cometer el mismo error.

«Hank es un cliente», se recordó Lizzie. Probablemente un hombre con pocas ganas de asentarse en un sitio a juzgar por su pasado. Si algo había aprendido con su negocio era que siempre se podían cambiar cosas de una persona, pero nunca las inclinaciones innatas ni el carácter.

Aunque tal vez... No. Una cosa era enseñar a alguien a elegir la ropa y a decir las palabras adecuadas en cada situación, pero otra muy diferente era hacer que una persona que nunca había estado en un mismo sitio más de unos meses seguidos se volviera hogareño. No podía olvidar que cada vez que Hank sonreía y se le formaban aquellos hoyuelos perdía toda capacidad de lógica.

Lizzie regresó a la mesa donde Hank le estaba hablando a Amanda del poni que tuvo una vez cuando era pequeño. Amanda, con los codos apoyados en la mesa y la cara entre las manos pegajosas, lo miraba extasiada.

–¿Y hacía cabriolas como los ponis del circo? Están muy guapos con las plumas de colores en la cabeza.

–No, pero corría veloz como el viento –respondió él.

La mirada ilusionada de Amanda descolocó a Lizzie y tuvo que reprimirse las ganas de acercarse a abrazar a Hank. ¿Pero en qué estaba pensando? Tenía que mantener las distancias, tanto física como emocionalmente, respecto a aquel hombre así es que venció su impulso y se limitó a acercarse a su hija.

–Vamos a limpiarte un poco la boquita y después directas a casa.

–¿Ya? –preguntó Amanda, evidentemente decepcionada con que su madre pusiera fin tan pronto a su diversión.

Lizzie le limpió a Amanda las manos y la cara tanto como le fue posible y la pequeña no protestó. Era algo de lo que Lizzie siempre había estado orgullosa. Amanda sabía muy bien que no le valía de nada protestar cuando se le decía que era hora de acabar la diversión. Denny y Roger, sus sobrinos, no siempre se portaban tan bien.

Mientras Lizzie recogía sus cosas, Hank se levantó de la mesa y se dirigió a la barra.

–¿Adónde crees que vas? –gritó Lizzie.

–A pagar –contestó él sin detenerse.

–Habíamos decidido que pagaríamos a medias.

–Bueno, pues he cambiado de idea –contestó él encogiéndose de hombros pero sin dejar de andar.

–No… no puedes hacerlo.

–De verdad que no me importa –contestó él aminorando la marcha.

–A mí sí me importa –dijo ella agarrándolo del brazo, pero cuando Hank se detuvo y se giró para mirarla, le soltó y trató de calmarse–. No puedo dejar que sigas pagando cosas, Hank. Aún no has empezado en tu nuevo trabajo.

–He venido a cenar con vosotras sin esperar invitación. Sé que ha sido un poco grosero por mi parte pero me alegra haberlo hecho. Me has salvado de una noche aburrida en una solitaria habitación de hotel. ¿Por qué no dejarme pagar una pizza? Veinte dólares no me sacarán de pobre.

Las palabras de Hank le hicieron recordar que si lo perdía como cliente ella sí que tendría graves problemas económicos.

–La próxima vez te toca pagar a ti, te lo prometo –susurró Hank inclinándose sobre ella.

El sonido de su voz fue como una caricia que le recorrió todo el cuerpo Pero en realidad, ¿cuántos hombres le habían hecho sentir algo tan placentero? Sólo dos que ella pudiera recordar, pero ninguno la había afectado tanto como Hank.

–Te guardo la palabra –contestó ella retrocediendo en un intento por alejarse de él.

Y entonces Hank la obsequió con otra de sus cautivadoras sonrisas. Lizzie regresó a la mesa mientras Hank pagaba la cuenta.

–¿Viene Hank a casa con nosotras, mami?

Lizzie levantó la cabeza de golpe y miró a su hija muda de asombro. A Amanda no le gustaban los hombres desde que Ken las abandonó. Y allí estaba, preguntando si Hank iba a acompañarlas a casa. Lizzie estaba metida en un lío.

–Hank se va a su hotel.

–¿Es allí dónde está su familia?

Lizzie tragó con dificultad el nudo que se le había formado en la garganta.

–N...no. Hank no tiene familia, tesoro.

–¿No? –preguntó la niña tirando de la manga de su madre–. ¿Y no podemos llevarlo a nuestra casa entonces?

–Amanda, no puedes llevarte a casa a la gente que encuentras en la calle como si fueran gatitos abandonados –trató de explicar Lizzie después de un profundo suspiro–. Pero eres muy amable por pensar en él. Esta noche dormirá en el hotel y mañana lo acompañaré a su nuevo apartamento. ¿Te parece mejor así?

–Creo que sí –contestó la niña con un hilo de voz, el labio inferior tembloroso y los ojos llenos de lágrimas.

Lizzie abrazó a su hija llena de orgullo por la naturaleza generosa de la niña, pero sabía que tenía que ser cauta.

–¿Ya? –preguntó Hank cuando regresó a la mesa.

–Sí.

Hank ayudó a Amanda a bajar de la trona y le dio la mano para acompañarla hasta la salida. Amanda tomó con su mano libre la de Lizzie y ésta no pudo evitar pensar en que parecían una auténtica familia. Al momento espantó el pensamiento de la cabeza y trató de centrarse en la conversación de Amanda sobre el conejo de sus primos, los gatitos del vecino y en que iba a montar un zoo cuando fuera mayor. Hank parecía prestar toda su atención a la pequeña y Lizzie no sabía muy bien qué hacer en aquella nueva situación.

Hank observó a Lizzie mientras metía la llave en la cerradura del nuevo apartamento. Le había explicado que después del mes de prueba podría decidir si quería quedarse con él o no. A él realmente no le importaba en absoluto el tipo de vivienda siempre que tuviera un techo sobre su cabeza y una cama. Había pasado la mayor parte de su vida en casas móviles o temporales, según el caso. Pero nunca lo había preocupado mucho el tema. De hecho, no recordaba haber vivido nunca en una casa más cómoda que su última habitación de hotel.

Lizzie abrió por fin la puerta y miró por encima del hombro a Hank, que esperaba paciente tras ella. Lizzie no dejaba traslucir nada en su rostro aparte de una pequeña arruga entre los ojos.

Volvía a ser Elizabeth Edwards, la dueña de Kansas City, Asesores de Imagen. Hank frunció el ceño. Recordó a la mujer relajada con la que había cenado la noche anterior. De hecho, juraría que había sido una velada divertida. ¿Qué le habría pasado para hacerla cambiar de actitud? Con una sonrisa muy profesional en el rostro, Lizzie entró en el apartamento silencioso.

–Bueno, aquí estamos. Espero que encuentres todo a tu gusto, pero si necesitas algo no tienes más que decírmelo.

Hank entró tras ella y miró alrededor. No podía ver demasiado pero lo que vio lo dejó sin palabras.

–Cuando traigas tus cosas tendrá un aspecto más hogareño –continuó Lizzie al tiempo que encendía la lámpara baja. Tras ella, Hank pensaba en las pocas cosas que había llevado consigo. Todas, incluida la ropa, le habían cabido en una maleta. Aquello era una nueva experiencia para él.

–Es bonito –acertó a decir finalmente.

La fingida sonrisa de Lizzie pareció relajarse un poco mostrando un poco más a la Lizzie de la noche anterior.

–Me alegra que te guste. Te enseñaré el resto del apartamento –dijo, invitándolo a seguirla e indicándole de paso dónde estaba el mando de la televisión y el termostato–. Éstos parecen ser los dos artículos más importantes para la mayoría de los hombres –dijo riendo levemente–. Y la cocina, claro.

Al ver que Hank no decía nada, continuó en silencio por el resto de las habitaciones entre las que estaba el pequeño comedor anexo a la cocina donde había una mesa de cristal para dos.

–El dormitorio está por ahí –continuó Lizzie caminando por un pequeño pasillo y abriendo la puerta del final–. El cuarto de baño está al otro lado del pasillo y tiene un armario bien provisto de todo lo que puedas necesitar.

La habitación superaba con mucho las expectativas de Hank; probablemente era más de lo que necesitaba, pero no había razón para no disfrutar de ello. Se volvió hacia Lizzie haciendo un gesto de asentimiento.

–¿No dijiste que teníamos algunos detalles que tratar?

–Así es.

De vuelta en el salón, Lizzie se acomodó en una silla mientras Hank lo hacía frente a ella en un sofá de cuero marrón.

–Tienes el resto de la mañana para traer tus cosas pero si necesitaras más tiempo dímelo. Esta tarde te llevaré a dar una vuelta por la ciudad.

–¿Y qué me dices de esta noche?

–He hecho una reserva para los dos en uno de los restaurantes más populares del centro. Creo que te gustará –contestó Lizzie con una sonrisa.

Hank sabía que le gustaría cualquier sitio especialmente si Lizzie lo acompañaba, pero no disfrutaría si ésta no se relajaba un poco. Desde que había llegado en la limusina a recogerlo en el hotel se había comportado como Elizabeth Edwards, la profesional, la misma mujer que había visto al llegar a la asesoría el primer día. Y él creía que ya estaban por encima de eso. Pensaba que eran amigos. Pero estaba claro que había sido algo temporal.

–Un paso atrás y dos adelante –murmuró Hank.

–¿Cómo dices?

–¿Cómo se llama el restaurante?

–La Fábrica de Queso. Creo que te gustará. La comida es estupenda y no es un sitio formal.

–Todavía no estoy preparado para eso, ¿no? –comentó Hank pendiente de las largas piernas de Lizzie.

–Eso vendrá más tarde –respondió ella con voz un poco ronca. Se aclaró la garganta y se estiró la falda–. Tenemos un montón de cosas que hacer antes de eso. ¿Leíste la información que te dio Janine?

–Parte –mintió él. Ni siquiera la había ojeado y no tenía ni idea de dónde la había dejado.

–Entonces sigamos la agenda prevista. Mañana te cortarás el pelo.

–Bien, barbería –contestó él asintiendo–. Nada grave.

–Noooooo. Salón de estética.

–¿Estética? –repitió él atragantándose con las palabras–. Lizzie, escucha, puede que eso sea lo que tus otros clientes necesitan pero no está hecho para mí. Los hombres de la construcción no necesitan que les hagan un tratamiento de belleza.

–Confía en mí, Hank –dijo ella sacudiendo la cabeza al tiempo que se levantaba y se estiraba la falda antes de dirigirse a la puerta–. Sé lo que hago.

–¿Ya te vas?

–Bailey vendrá después para ayudarte con tus cosas y luego irá a buscarme a la oficina a la una para llevarte a ver la ciudad.

–¿Vendrá Amanda con nosotros? –Hank se levantó también y la acompañó hacia la puerta.

–No, está en la guardería –contestó ella al tiempo que se metía la mano en el bolso–. Olvidaba darte esto –dijo dándole un sobre que él miró expectante–. Todo lo que necesitas debería de estar ahí dentro. Hay una copia de la llave del apartamento, tu número de teléfono y el número de un apartado de correos –explicó ella al tiempo que metía la mano de nuevo en el bolso, de donde sacó un teléfono móvil–. Y esto también es para ti.

Hank tomó el móvil y rozó la piel de Lizzie en el movimiento. La forma en que ésta tomó aire era prueba de que a ella también la afectaba estar cerca de él. Realmente no quería que se marchara. Todavía no.

–Lo pasé muy bien anoche.

–Yo... yo también –tartamudeó ella.

Hank la miró a los ojos y quedó sorprendido del brillo ardiente que vio en ellos. Apoyó una mano en la pared junto a ella y con la otra le acarició la mejilla con el pulgar. Lizzie se sonrojó y retrocedió.

–Ahora tengo que irme –dijo con un hilo de voz–. Le dije a Bailey que no tardaría mucho y debe de estar preguntándose si me ha pasado algo.

Antes de que Hank pudiera pedirle disculpas, Lizzie estaba fuera del apartamento y se alejaba por el pasillo.

–A la una –le gritó él.

Una vez que hubo desaparecido dentro del ascensor, Hank cerró la puerta y se quedó pensando lo que iba a hacer hasta que Bailey volviera. Volvió al sofá y pensó en Amanda. ¿Qué clase de tonto era liándose con una madre soltera? El caso es que Lizzie estaba empezando a gustarle demasiado y no parecía que pudiera hacer nada al respecto.

–Te aseguro que mi cultura se extiende más allá de la televisión –dijo Hank muy serio a la salida del Museo de Arte Nelson-Atkins. Lizzie fingió no darse cuenta del brillo travieso en sus ojos marrones.

Habían pasado la última semana y media acudiendo a exposiciones de arte y asistiendo a eventos culturales que, a veces, habían exigido etiqueta. Lizzie había comprobado que Hank tenía más don para tratar con la gente de lo que éste quería reconocer. Y nunca parecía estar fuera de lugar, incluso cuando hacían algo que no le gustaba demasiado.

–Éste es el último –dijo ella–. Ahora regresaremos a mi oficina y te daré una lista de sitios a los que puedes ir tú solo.

–¿Como cuál? –preguntó él adaptando su paso al de ella.

–Lugares que estoy segura de que te gustarán, como el Palacio de los Campeones de la Liga de Baloncesto...

–¿Ah, sí? ¿Y entonces por qué nos hemos pasado todo el tiempo yendo a museos y a bibliotecas cuando podíamos haber estado allí?

–Porque nunca habrías ido a los museos y a las bibliotecas tú solo. De esta forma, si alguien menciona el Museo Kemper de Arte y Diseño Contemporáneo sabrás de lo que está hablando.

Llegaron al coche donde los esperaba Bailey, que les abrió la puerta para que entraran.

–No te hará daño estar informado sobre la zona en la que vives –insistió ella–. Es parte de lo que hago para ayudar a la gente. Lo que hagas con ese conocimiento a partir de ahora depende de ti. Desde este momento estarás solo.

–Vale.

Lizzie se quedó pensando en el gesto fruncido de Hank, muy distinto a su habitual gesto travieso. No le gustaba aceptar que había disfrutado mucho en las dos semanas que había trabajado con él. Echaría de menos especialmente su testaruda negativa a visitar la mayoría de los lugares que ella insistía en visitar, para comprobar después su entusiasmo una vez allí. Tenía la facultad de hacer que todo pareciera divertido.

–Ponte cómodo mientras hablo con Janine –le dijo Lizzie a Hank una vez en su despacho–. Necesito que me firmes unos papeles y después te hablaré de las cosas que puedes hacer tú –y diciendo esto salió del despacho y se dirigió a la recepción.

–¿Qué harás ahora que has terminado con él? –preguntó Janine.

–George Rogers me dijo que está listo para comenzar la próxima semana.

–No me refería a eso –contestó Janine con una gran sonrisa–. Me gusta verte con un hombre.

–No he «estado» con Hank. Era mi cliente.

–Amanda me contó lo de vuestra salida a la pizzería. Está loca por él –contestó Janine sonriendo aún más.

–Tengo que admitir que se llevaron bien –dijo Lizzie un tanto reacia–, pero teniendo en cuenta el encanto que destila...

–¿Y qué me dices de la mamá de Amanda? ¿Qué le pareció a ella?

Lizzie sintió que la cara le enrojecía por momentos y se dio la vuelta hacia el archivador fingiendo buscar algo, pero Janine no se dejaba engañar fácilmente.

–La mamá de Amanda ha aprendido que no tiene que dejarse llevar por el encanto. Es parte de Hank. Es siempre así con todo el mundo, incluso con las camareras de los restaurantes.

–Apuesto a que vas a echarlo de menos.

Lizzie casi se pilló los dedos con el cajón.

–Echo de menos a todos mis clientes hasta que llega uno nuevo.

Y sin decir más regresó a su despacho preguntándose si habría algún lugar en el que pudiera encontrarse a salvo: cuando no era Hank atacando sus sentidos, era Janine haciendo montañas de granos de arena. No había nada entre ella y Hank, nada en absoluto. Y nunca lo habría.

–Janine tendrá los papeles listos en unos minutos –dijo, preguntándose si sería suficiente un escritorio para ponerse a salvo de él.

–¿Qué es lo que tengo que hacer ahora?

Lizzie deseó que fuera un hombre más difícil de tratar, porque le daba pena que su tiempo se estuviera acabando.

–En primer lugar, conseguir un coche. Tienes varias opciones: alquiler, alquiler con opción posterior a compra o compra directamente. ¿Qué prefieres?

–Supongo que alquilar es la más cara, pero en este momento, creo que es la más adecuada. No quiero aceptar la responsabilidad del alquiler con opción a compra de un coche y de un apartamento.

A Lizzie no le pasó desapercibido el comentario de Hank que dejaba clara su falta de intención de asentarse, lo que a ella le parecía bien.

–Podemos hacerlo más tarde, si quieres. Te concertaré citas para algunas otras cosas.

–¿Como cuál? –preguntó él alzando una ceja.

–Nada de lo que tengas que preocuparte –dijo ella.

En ese momento se abrió la puerta y entró Janine.

–Aquí tienes el resto de los papeles –dijo dándoselos a Lizzie y mirándola de reojo antes de salir de nuevo.

Lizzie los miró por encima y se los pasó a Hank.

–Rellénalos y fírmalos, por favor.

Hank asintió al tiempo que aceptaba el bolígrafo que le ofrecía Lizzie y comenzó a leer.

–Supongo que aquí termina nuestra relación.

–Nos queda buscar tu coche –dijo ella, que, por alguna razón, encontraba difícil hablar.

–Puedo hacerlo solo, pero gracias por el ofrecimiento.

Lizzie trató de sonreír pero no lo consiguió. No comprendía por qué se sentía triste de pronto.

–Si necesitas algo no tienes más que llamarme –dijo ella, como siempre hacía cuando terminaba con cada uno de sus clientes.

Hank la estudió durante un momento con una expresión ilegible en sus ojos.

–Lo recordaré.

–Lo harás muy bien, Hank –respondió ella extendiendo la mano en un intento por mostrarse profesional.

–Siempre lo hago –contestó él estrechando la mano que le ofrecía–. Y, Lizzie...

–¿Si? –preguntó ella rogando que le soltara la mano para recuperar el pulso habitual.

–Ha sido divertido.

Cuando se marchó, Lizzie se sentó en su escritorio

y respiró profundamente. Estaba segura de que a Hank le iría muy bien en su nuevo trabajo. Tenía la habilidad. Y ella estaría lista para empezar con un nuevo cliente aunque dudaba mucho que otro hombre pudiera afectarla tanto como había hecho Hank.

# CAPÍTULO 4

DANIEL Wallace –el nuevo jefe de Hank extendió la mano hacia éste a través del escritorio para saludarlo–. Me alegro de conocerte, Davis. Toma asiento.

Hank estrechó la mano que le ofrecían y casi se rió de lo irónico de la situación. Hasta ese momento no tenía ni idea del nombre del dueño de Construcciones Crown. Daniel Wallace no sólo poseía la constructora sino también Wallace Internacional, una empresa con inversiones por todo el mundo, todas ellas muy rentables. Curiosamente el segundo apellido de Hank era Wallace, aunque a él esto nunca le había reportado beneficio alguno.

Se sentó frente al hombre y esperó. Tenía curiosidad por saber por qué le había ofrecido a él el trabajo de jefe de obra pero imaginó que no tenía la más mínima importancia, el caso es que tenía trabajo.

–¿Te importa si te llamo Henry? –preguntó Daniel Wallace.

–Todo el mundo me llama Hank.

–Muy bien. Hank entonces –dijo el hombre apoyando los codos en la mesa–. Siempre tengo por costumbre conocer un poco a mis empleados antes de que empiecen a trabajar para mí, así es que te haré algunas preguntas, y tú puedes hacerlas también. Si crees que me meto en un terreno demasiado personal no tienes más que decirlo.

–De acuerdo –contestó Hank sorprendido por aquella costumbre, pero como no tenía nada que ocultar no había razón alguna para no responder a lo que le preguntara.

–Creo que no estás casado, Hank.

–No. Aún no he conocido a la mujer con la que quiera sentar la cabeza. Y, sinceramente, tampoco he sentido la necesidad de hacerlo.

El señor Wallace asintió y se inclinó en la silla, una sonrisa triste asomando a sus labios.

–Te comprendo. Desde la muerte de mi mujer hace más años de los que me gustaría, he disfrutado de la vida a mi manera. Cuéntame algo de tu familia, de tu padre...

–Mi padre llevaba nueve años viudo cuando murió en un accidente en un pozo petrolífero.

–¿Cuántos años tenías cuando murió tu madre? –los ojos de Daniel Wallace eran de un azul intenso.

–Diez.

–¿No tienes hermanos?

–No. No me queda familia que yo sepa. Mis padres habían quedado huérfanos bastante jóvenes.

–Veo que has llevado una vida bastante interesante, Hank. ¿Te gusta viajar? –preguntó el otro hombre echando un vistazo al papel que tenía entre manos.

–He visto y hecho más cosas que la mayoría de la gente –contestó Hank encogiéndose de hombros–. No conozco otra vida que no sea viajar.

–Pero veo que también estudiaste.

–Un poco.

–Estás diplomado en Dirección de Empresas. ¿Te gusta?

Hank se paró a pensar en la pregunta. Cuando empezó en la universidad se preguntó qué iba a hacer con lo que estaba aprendiendo, pero en vez de dejar los estudios por no ver un futuro inmediato, se había entregado a ellos, aunque lo hiciera en tiempos muertos.

–Me pareció interesante –respondió–. Disfruté con las clases y con las cosas que aprendí pero nunca he puesto en práctica nada de aquello. Dudo mucho que lo haga alguna vez.

–¿Lo harías si tuvieras oportunidad? –preguntó el señor Wallace a continuación, la mirada más intensa que antes.

–No lo había pensado.

–Me gustaría que pensaras en ello –dijo Daniel Wallace levantándose y dirigiéndose hacia el ventanal desde el que tenía una vista panorámica de la ciudad–. Tenemos una vacante en dirección. Con tu titulación y tu experiencia demostrada en el ámbito de la construcción considero que eres el hombre adecuado para el puesto –se detuvo y se giró para mirar a Hank con un brillo de determinación en la mirada azul–. ¿Qué me dices?

Perplejo, Hank no sabía qué responder. No estaba seguro de si quería intentarlo. No había planeado hacer de Kansas City su residencia permanente. De hecho, no había planeado nada excepto trabajar durante un tiempo como jefe de obra hasta que sintiera la necesidad de cambiar de sitio.

–¿Qué le hace pensar que podría hacer el trabajo? –preguntó.

Daniel Wallace guardó silencio durante un momento.

–Has llegado aquí altamente recomendado. Tienes la formación y la experiencia que estoy buscando.

–¿Y si no me gusta? –preguntó Hank–. ¿O si no soy lo bueno que parece creer que soy?

–Eso no será problema –aseguró Daniel Wallace–. Siempre podemos encontrar otro puesto para ti, pero me gustaría que lo intentaras. Tienes un espíritu aventurero. Considéralo una nueva aventura.

–Es algo a lo que no estoy acostumbrado, eso seguro. Nunca he hecho algo así antes –contestó Hank reticente.

–Tal vez sea hora de probar.

Ciertamente aquello sonaba como un reto, y él nunca había rechazado ninguno antes. Además, si no aceptaba el trabajo siempre podía pedir el puesto de jefe de obra o volver a Nuevo México.

–De acuerdo. Probaré –dijo levantándose y extendiendo la mano frente a Daniel Wallace.

–Bien –dijo éste con una amplia sonrisa–. Tendrás que rellenar algunos papeles y podrás empezar de inmediato. Te enseñaré las instalaciones y te presentaré a la gente con la que vas a trabajar. Creo que no te arrepentirás de tu decisión.

Hank tampoco lo creía. Por un lado, le daba la excusa que necesitaba para volver a ver a Lizzie. No había conseguido dejar de pensar en ella en todo el fin de semana y había tratado de buscar una razón para llamarla, pero no se le había ocurrido nada. Le debía una muy grande a Daniel Wallace.

–Doy una cena para recaudar fondos el próximo viernes, Hank –le dijo el señor Wallace mientras se dirigían hacia la puerta–. Me gustaría que asistieras y conocieras a algunas personas. Te ayudará a conocer el negocio.

La idea de una cena elegante no era demasiado emocionante para Hank, pero no estaba en posición de poder rechazarla.

–¿Puedo traer a una amiga?

–¿Alguien en particular? –preguntó el hombre alzando las cejas blancas.

–Elizabeth Edwards –respondió Hank sin pensárselo dos veces.

–Por supuesto que puedes. He coincidido con ella un par de veces y creo que es encantadora. ¿Dónde la has conocido?

Hank no estaba seguro de si debía contestar con sinceridad. ¿Qué pensaría su nuevo jefe de que hubiera acudido a un asesor de imagen?

–Me ha estado aconsejando sobre algunas cosas que hacer en la ciudad.

La mirada que recibió de Daniel Wallace le decía que sabía la verdad y que no le importaba. Seguro que algún otro empleado suyo había acudido a los servicios de su asesoría de imagen. No era que a Hank le importase, pero se preguntaba cuántos se habrían sentido tan atraídos por ella como él y si ella habría sentido lo mismo por alguno. La idea no le gustó nada.

–Pasaré por ahí esta noche, mamá –dijo Lizzie con el auricular del teléfono apoyado en el hombro mientras repasaba una lista de clientes.

–Elizabeth, siento no poder valerme sola todavía.

Aparte de la ligera parálisis en el lado izquierdo de su cuerpo que desaparecería con el tiempo, su madre se estaba recuperando bastante bien. Pero aún estaba algo débil después del tiempo que había pasado en rehabilitación. Lizzie se sintió de nuevo culpable por no poder hacer más por su madre pero su negocio no siempre se lo permitía. Quería ayudar a su madre pero también quería demostrarle a ella y a su hermana que era una adulta responsable y no una adolescente rebelde.

–Tal vez Vicky podría ayudarte hasta que yo llegue. No puedo ir ahora mismo.

–Y yo no quiero que dejes lo que estás haciendo.

Lizzie dejó los papeles y se pasó los dedos por las sienes. Entre la llamada anterior de su hermana y la de su madre no estaba segura de si podría aguantarlo más. Vicky había sugerido contratar a una enfermera, pero Lizzie no sabía cómo podría pagarlo.

–No te preocupes, mamá. De verdad.

–Sé que tu negocio es muy importante para ti, Elizabeth, tanto como la familia de Vicky lo es para ella. Sólo me gustaría que encontraras a un buen hombre, igual que hizo tu hermana, así podrías quedarte en casa y no tendrías que trabajar tanto.

Lizzie no pudo evitar notar el tono insultante en aquel comentario; no importaba las veces que tratara de explicarle a su madre que ella no quería tener una familia como Vicky. Su hermana siempre había sido la hija perfecta. Ella sólo había sido una decepción.

–Amanda y yo estamos bien, mamá. No necesitamos... –Lizzie oyó el intercomunicador y no tuvo más remedio que interrumpir lo que estaba diciendo–. Espera un minuto, mamá –dijo cambiando la línea y suspirando–. ¿Qué pasa, Janine?

–Hank Davis por la línea dos.

¿Hank? ¿Por qué la llamaría? Le había costado todo el fin de semana recuperar el equilibrio y convencerse a sí misma de que era feliz y que sólo había sido un cliente más.

–Gracias, Janine –trató de ignorar el ligero temblor en su mano cuando apretó el botón para conectar con su madre–. Lo siento, mamá. Tengo que irme.

–Está bien, Elizabeth. Me las apañaré sola hasta que llegues.

–Pero no te pases –le advirtió–. Prometo ir directa a tu casa cuando salga esta tarde. Y si necesitas algo, llama a Vicky.

–Está bien.

Trató de apartar el sentimiento de culpa que siempre la asaltaba cuando hablaba con su madre y colgó. La gran pregunta era por qué la estaría llamando Hank. Sabía que habría comenzado ya en su nuevo trabajo y se habría reunido con Daniel Wallace, y de pronto se preguntó si habría ido mal. El caso era que no podía enfrentarse a Hank, ni siquiera por teléfono, pero no tenía elección.

–Hank, soy Lizzie. ¿Ocurre algo?

–Las cosas han dado un giro radical.

Lizzie trató de ignorar la manera en que latía su corazón, que apenas si le permitía escuchar a Hank.

–Pero sigues teniendo el trabajo, ¿verdad? –no podía creer que Daniel Wallace no hubiera quedado impresionado con él. Pero de pronto se le ocurrió algo–. No lo habrás rechazado, ¿verdad?

La suave risa que escuchó al otro lado del hilo la hizo temblar de pies a cabeza.

–¿Rechazarlo? No, nada de eso. De hecho, me han ofrecido un puesto de dirección en la empresa. No sé qué le ha pasado a ese hombre, pero parece creer que mi diploma de Dirección de Empresas me convierte en el hombre adecuado para el puesto. Sinceramente, creo que ha perdido la cabeza, pero supongo que le he caído bien. Es un tipo simpático.

–¡Eso es estupendo, Hank! –lo felicitó ella–. Pero, ¿qué tiene que ver eso conmigo?

Le pareció notar cierto titubeo en Hank antes de responder.

–Va a celebrar una cena para recaudar fondos... el

viernes por la noche. Me gustaría que me acompañaras.

Esta vez la sensación de placer se unió con el miedo recorriéndole la espina dorsal. ¿Una velada con Hank? Apenas si había conseguido olvidarse de él en todo el fin de semana. Verlo de nuevo no era una buena idea.

–No sé.

–Si estás ocupada pagaré por tu tiempo.

Ya salió. Las palabras mágicas. Sólo tenía previsto otro cliente y no llegaría hasta pasada una semana, así es que no se podía decir que estuviera muy ocupada. Pero no podía aceptar el dinero de Hank. No estaría bien. Y aun así, sería una idiota si rechazara la invitación. Salir le vendría bien. Pero tenía sus dudas... no era capaz de controlarse ante él. La voz de Hank la trajo de nuevo al presente.

–Necesito que me ayudes con la ropa que tengo que elegir para esto, Lizzie.

–Esmoquin –respondió automáticamente–. Este tipo de cenas siempre son muy formales –añadió y empezó a imaginárselo con el esmoquin negro. ¡Lo que le faltaba a su cordura!

–Lizzie, ¿sigues ahí?

–De acuerdo –respondió, preguntándose si se arrepentiría de ello–. Tengo que trabajar hasta tarde, pero me encantará ir a cenar contigo. ¿Quieres que pregunte a Bailey si está libre?

–Yo lo llamaré. Pasaré por tu oficina el viernes a las siete. Y Lizzie, te debo una.

Sentada en la limusina de camino al hotel en el que se daría la cena, Lizzie rezaba por que Hank no notara las miradas constantes que le lanzaba. Hacía una semana que no lo veía pero se notaba que lo estaba haciendo muy bien solo.

–¿He aprobado, señorita Edwards? –preguntó quitándose con el dedo una mota del traje negro.

–Pues, sí –respondió ella con una sonrisa–. Estás perfecto, Hank. ¿Te has acostumbrado ya al nuevo corte de pelo?

–No me importa lo del corte de pelo –contestó él con un movimiento que delataba su incomodidad–. Aprender a peinarme no ha sido fácil pero ahora ya está. Es este mald… este maldito esmoquin. Los trajes de pingüino no son mi estilo.

«Si supiera lo guapo que está». Hank parecía un príncipe de cuento. Janine tenía razón. Sería el hombre más deseado de todo Kansas City, sobre todo cuando las mujeres lo vieran vestido así. Y Lizzie no era inmune a sus encantos. Había hecho lo posible por dejar de pensar en él pero cada vez que decidía que ella no estaba disponible para ningún hombre, la imagen de Hank haciendo pesas invadía su mente. Era incapaz de controlar sus hormonas.

–Espero que los chicos de mi cuadrilla de Nuevo México no se enteren nunca de que me hice la manicura. No podrían aceptarlo –continuó Hank mirándose las manos.

–Bueno, ya hemos llegado –anunció Lizzie cuando el coche aminoró la marcha y se detuvo en la puerta del hotel–. ¿Listo?

Estuvo a punto de soltar una carcajada al ver la mueca de Hank. El pobrecillo estaba fuera de su elemento. Odiaba admitir que lo había echado mucho de menos en la última semana, pero por otro lado se sentía aliviada.

El portero uniformado se acercó a la limusina y abrió la puerta. Hank salió primero y a continuación le ofreció la mano a Lizzie para ayudarla. Ésta dudó un momento. «Después de esta noche todo volverá a la normalidad». Animada por la idea, tomó la mano y sintió la calidez ya familiar pero la retiró en cuanto puso el pie en la acera.

Hank le ofreció el brazo a continuación tal y como mandaban las normas protocolarias. Justo lo que ella no necesitaba. Se mordió el labio un momento pero finalmente aceptó el brazo con la mejor de sus sonrisas. Estaba segura de que actuaba así por los nervios.

Una vez dentro del edificio atravesaron el suelo de mármol del vestíbulo y Lizzie soltó el brazo para quitarse el chal. Muy en su papel, Hank la ayudó a hacerlo. Cuando Lizzie se volvió para mirarlo y le sonrió, fueron sorprendidos por el anfitrión de la fiesta que los llamaba desde la entrada al salón de baile.

–Señorita Edwards, preciosa, como siempre.

–Gracias, señor Wallace. Y gracias por la invitación de esta noche.

El hombre de pelo blanco se acercó a ellos a grandes zancadas.

–Es agradable veros. La cena es por una buena causa, pero ya os enteraréis más tarde. Me alegro de que hayas podido venir, Hank –dijo esto último estrechando la mano de Hank.

–Es un placer haber podido venir juntos, señor –respondió Hank respondiendo al saludo del señor Wallace.

–Te presentaré a algunas personas –dijo el señor Wallace volviéndose hacia Lizzie a continuación–. –¿No te importará que te robe al joven un momento, verdad, señorita Edwards?

Por un momento vio el pánico en los ojos de Hank.

–Nos vemos en la mesa, Hank –le dijo Lizzie y a continuación se dio la vuelta y se marchó, no sin antes oír las palabras de Daniel Wallace.

–Esta noche no hablaremos de negocios, Hank. Me gusta disfrutar de estas cosas, todo lo posible.

Lizzie no pudo oír la respuesta de Hank pero sí oyó su risa. Aquello la alivió bastante. Estaba sola, y tenía la oportunidad de mezclarse con gente a la que no siempre se tenía acceso. Podría ser un empujón para su negocio y, como Amanda estaba en casa de Vicky, tenía toda la intención de aprovecharse de la situación.

Casi media hora después, consiguió encontrar su sitio en la mesa donde se le unió Hank con su perfecta sonrisa y sus no menos perfectos hoyuelos.

–¿Sabes?, son gente agradable –dijo al tiempo que se sentaba junto a Lizzie–. Más normales de lo que suponía teniendo en cuenta el dinero que poseen.

–Me alegra que estés disfrutando –contestó Lizzie en un susurro apenas audible porque justo en ese momento un hombre daba las gracias al anfitrión y se disponía a hablar.

El hombre sonrió con gesto benevolente a la sala llena de gente.

–Hemos recaudado doscientos mil dólares esta noche. Gracias a todos y especialmente a nuestro amigo y colega Daniel Wallace por habernos invitado a esta velada.

Lizzie hacía todo lo posible por olvidar que Hank estaba sentado junto a ella pero cada vez que éste se movía, era como si una corriente eléctrica le recorriera el cuerpo. El discurso fue muy entretenido y la comida deliciosa, pero afortunadamente la velada pasó rápidamente.

Lizzie se dio cuenta, una vez más, de que disfrutaba estando con Hank y éste, por su parte, parecía haber hecho una grata impresión en todos, especialmente en Daniel Wallace, que parecía haberlo tomado bajo su especial protección.

Sabía que no debería haber disfrutado tanto. El último hombre con el que había disfrutado le había roto el corazón, tras lo que había jurado que no volvería a involucrarse con nadie más.

Acababan de despedirse de sus compañeros de la cena y la limusina los llevaba a la oficina de Lizzie donde ésta había dejado el coche. Hank apenas si había abierto la boca desde que entraron en la limusina.

–¿Te preocupa algo, Hank?

–Supongo que estoy cansado después de esta primera semana –contestó él encogiéndose de hombros. Se había aflojado la corbata y se había desabrochado el primer botón de la camisa, lo que le daba un aire todavía más sexy de lo habitual.

–No me sorprende. Pero creo que lo hemos hecho muy bien.

–¿Hemos? –preguntó él mirándola a los ojos.

Lizzie quería retirar la mirada pero no podía. Había algo en aquellos ojos, algo que no había visto antes, algo que quería investigar aunque sabía que no debía.

–Yo... ha sido una velada muy agradable.

–Agradable... Vaya, Lizzie, ¿Significa eso que lo has pasado bien?

–¿Pasarlo bien?

–Igual que la noche de la pizza. ¿Podríamos repetirlo alguna otra vez?

Lizzie no podía negar que lo había pasado bien la noche de la pizza, pero no podía dejar que se convirtiera en una costumbre. Amanda apenas si había hablado de otra cosa desde entonces. Incluso la madre de Lizzie había oído hablar de Hank. No había sido fácil convencerla de que sólo era un cliente y no un posible padre para Amanda. Su hija era una niña feliz de nuevo y Lizzie no quería que nada cambiara eso. No había olvidado lo duro que le había resultado a Amanda la última vez, y tenía que evitar otra situación igual.

–No puedo imaginar lo que te resulta tan divertido en salir a comer pizza acompañado de una niña de cuatro años –contestó Lizzie con la esperanza de que Hank captara el tono humorístico que trataba de conseguir–. Lo cierto es que Amanda lo pasó muy bien. Las dos –añadió para suavizar el golpe de lo que iba a decir a continuación–. Pero no me gustaría que se convirtiera en un hábito. No quiero que Amanda lo considere como algo cotidiano.

–Supongo que tú sabes lo que es mejor para ella –dijo Hank frunciendo el ceño levemente.

A Lizzie no le gustaba nada ser tan insensible pero el corazón de su hija estaba en juego, y también el suyo, aunque no quisiera admitirlo. De pronto el coche se detuvo, al igual que sus pensamientos.

–Bueno, ya hemos llegado –dijo aliviada.

–Te acompaño.

A Lizzie no se le ocurrió ninguna manera de decirle que no sin parecer grosera, así es que se limitó a asentir. Hank salió del coche el primero y le ofreció la mano para ayudarla a salir.

–Sólo será un momento, Bailey –le dijo al conductor.

–Estoy bien, Hank –le dijo ella deseosa de evitar quedarse a solas con él.

–Y yo no hago más que poner en práctica las cosas que me has enseñado, señorita Edwards.

Lizzie notó el tono bromista de Hank y se dijo a sí misma que podía manejar la situación. Le temblaba ligeramente la mano al introducir la llave en la cerradura de la oficina. Todo estaba en silencio. Lo único que tenía que hacer era buscar los dos expedientes que necesitaba para trabajar en ellos durante el fin de semana en casa de su madre.

Perdida en sus pensamientos, no se percató de que Hank se había deslizado hasta quedarse junto a ella y tropezaron en la oscuridad. Aunque no pudiera verlo, podía sentir su presencia. Aquello la ponía nerviosa y no le gustaba.

–Encenderé la luz –dijo ella extendiendo la mano hacia el interruptor pero en vez de encontrar la lámpara del escritorio de Janine, se topó con el fuerte pecho de Hank.

El hombre estaba fuerte como una roca. Lizzie no pudo evitar balancearse un poco con el choque y Hank la tomó de los brazos para sujetarla, pero su contacto la desequilibró aún más.

–Lizzie…

–Hank, deja que encienda la luz.

–No –contestó él sujetándola.

En vez de insistir, Lizzie se quedó quieta. Esperando. Contuvo el aliento mientras luchaba contra la chica alocada que seguía habitando dentro de ella. Se le habían acostumbrado los ojos a la oscuridad y podía ver la camisa blanca de Hank, pero lo que era peor, podía escuchar su respiración tranquila, y oler su colonia, y sentir la tibieza de su cuerpo. El corazón se le aceleró de pronto, no de miedo, sino de deseo. Sabía que no debía dejar que las cosas fueran más allá, pero no podía detenerse. No podía detener lo que estaba ocurriendo.

–Me iré en un minuto –dijo Hank rompiendo el silencio–, sólo quiero preguntarte si te gustaría ir al cine o a cenar conmigo mañana. Para celebrar mi nuevo trabajo. O lo que quieras.

–No... no puedo.

–¿Amanda?

–No. Tengo trabajo este fin de semana.

Había dicho lo correcto. Pero Hank seguía sin soltarla. Así es que sacó fuerzas de flaqueza para demostrar su gran profesionalidad.

–Ha sido un placer trabajar contigo, Hank. Y espero haberte ayudado.

–Oh, sí, lo has hecho.

Por un momento, al no decir nada más, pensó que la soltaría, le daría las buenas noches y se marcharía. Pero no fue así.

–Entonces supongo que no te importará que haga esto –dijo él con voz profunda en la oscuridad.

Y antes de que Lizzie pudiera darse cuenta de lo que estaba ocurriendo, Hank la acercó a él y bajó la cabeza para rozar sus labios. Al principio estaba demasiado sorprendida para reaccionar, pero cuando notó que el beso se hacía más profundo no tardó en darse cuenta de que le estaba gustando.

## CAPÍTULO 5

HANK llamó al timbre de la puerta mientras echaba una ojeada. Era un barrio agradable. La casa era pequeña pero supuso que Lizzie y su niña no necesitarían mucho más.

La puerta se abrió y tras ella apareció Amanda con los rizos pegajosos y la boca ribeteada de mermelada de fresa.

–¡Hola, Hank! ¿Quieres desayunar?

–Gracias, Amanda, pero ya he…

–Amanda, ¿quién es? –Lizzie apareció tras su hija y quedó con la boca abierta al ver a Hank–. Hank. ¿Qué estás haciendo aquí?

Hank no sabía muy bien por qué se le había ocurrido aquella idea. Lo único que sabía era que quería darles una sorpresa.

–Hace un día estupendo y pensé que os gustaría compartirlo conmigo.

–¡Yo sí quiero! ¡Yo sí quiero! –exclamó Amanda dando saltos.

Lizzie cerró un poco los ojos al tiempo que hacía que la niña se echara hacia atrás y abrió la puerta mosquitera para dejar a Hank que entrara.

–Creía que anoche ya discutimos esto –dijo Lizzie en voz baja mientras Hank entraba en la casa.

No tenía sentido fingir que no sabía de lo que hablaba Lizzie. Había pensado mucho en ello.

–¿Acaso he dicho algo de pizza? No. Tengo otra idea –dijo Hank girándose y mirando por la puerta–. Es perfecto.

–¿Qué es perfecto?

–El día.

–Hank, de verdad…

–Sólo un poco de brisa –dijo dándose la vuelta de nuevo y poniéndole las manos en los hombros a Lizzie–. Será mejor que vistas a Amanda. Tengo una sorpresa especial para ella. Para las dos.

–¿Qué crees que estás haciendo?

Pero en vez de responder la siguió hasta el salón donde Amanda estaba sentada delante de la televisión viendo los dibujos animados.

–Demasiada televisión no es buena para los niños –dijo Hank tomando en brazos a la pequeña y haciéndole cosquillas–. Necesitan mucho aire puro.

–Hank… –Lizzie se interrumpió al sonar el teléfono.

–¿Estás preparada para una aventura, Amanda? –preguntó mientras la dejaba en el suelo.

–¿Como ver al león cazando en la selva? –preguntó la niña, los ojos abiertos como platos.

–No, nada de leones cazando. Algo mucho mejor.

–Pero le dije que pasaría el día con ella… No, Vicky, dile a Dean que no puedo. Estaré allí dentro de media hora, en cuanto limpie la cara de Amanda y le desenrede el pelo. Vicky, por favor, déjame hacer esto hoy… no estoy ocultando nada. ¿Por qué demonios piensas eso? –Lizzie parecía disgustada en el teléfono.

Echó una furtiva mirada en dirección a Hank. Cubrió la parte receptora del teléfono con la mano y se giró rápidamente.

–Llévate a los niños al cine o algo –continuó–. Vale, de acuerdo, haz lo que quieras. Estaré allí más tarde... No, no te debo ninguna explicación y mi comportamiento no es extraño... Vale –colgó y se giró hacia Hank–. Y dime, Hank, ¿qué era eso que tenías planeado?

–Algo divertido –respondió él simplemente.

–Mira, mami, mira. ¡Está tocando las nubes!

Hank retiró su atención de la cometa el tiempo suficiente para mirar a Lizzie. La más placentera de las sensaciones lo invadió al ver la sonrisa que había en su rostro, más que cuando había sorprendido a Amanda con la cometa. Nunca se había dado cuenta de que la alegría de un niño podía contagiarse a los demás. Miró a la niña con cariño. Sintió envidia del hombre que fuera su padre.

–¿Crees que podrías sostener el hilo tú sola? –preguntó a Amanda agachándose hasta ponerse a su misma altura.

La niña contestó que sí con la cabeza sin perder de vista la cometa en ningún momento.

–Agárralo fuerte –le dijo–. Yo iré a sentarme con tu mamá. Si empieza a caerse, vendré rápidamente y te ayudaré a que suba de nuevo.

–Vale.

Lizzie le sonrió cuando se sentó junto a ella sobre la manta.

–¿Cómo se te ocurren tantas cosas divertidas, Hank?

–Supongo que he tenido mucho tiempo para pensar –contestó él encogiéndose de hombros.

–¿Quién te enseñó a volar una cometa?

Hank sonrió al recordar el día que su padre le llevó una cometa de plástico.

–Mi padre –respondió–. Yo no debía de ser mayor que Amanda y ni siquiera sabía lo que era.

–¿No sabías lo que era una cometa? Oh, Hank.

Cuando Lizzie se estiró para tocarle el brazo, Hank tuvo que luchar para evitar poner su mano sobre la de ella. No quería asustarla. Aquello era un avance.

–¿Cómo era tu padre? –continuó.

–Un gran trabajador –respondió él–. La mayoría de las personas no lo creerían, si supieran la forma en la que vivíamos. Nunca tuvimos una casa permanente, no lo suficiente para que nos acostumbráramos, a menos que llamemos casa a la caravana en la que vivimos durante diez años. La mayoría del tiempo no me importaba, pero a veces…

–¿A veces, qué? –preguntó ella con suavidad.

–Aquella cometa fue la única comprada en una tienda. Después, mi padre me enseñó a hacerlas con papel de periódico y palitos de madera. Utilizaba trapos viejos para hacer los flecos. Y déjame decirte que aquellas cometas caseras fueron mucho mejores que la primera –Hank se volvió hacia Amanda, que agarraba el hilo mientras la cometa subía y bajaba en el aire–. Tendré que enseñar a Amanda a fabricar una cometa con papel de periódico.

–Seguro que le gustaría.

Hank miró entonces a Lizzie y no pudo evitar ver el brillo de sus ojos y la tez sonrosada. Por primera vez desde que la conocía, no estaba vestida con su traje formal. Llevaba tan sólo unos vaqueros, como él, y una sudadera. Y el pelo en una trenza sobre la espalda en vez del habitual recogido. Le gustaría que se lo dejara suelto alguna vez. Pero lo que era más importante: estaba relajada.

–¿Y qué le gustaría a su madre? –preguntó Hank sin poder evitarlo.

–No lo sé –contestó ella más sonrojada–. Supongo que tener más tiempo para estar con Amanda. Crece muy deprisa.

–¿Más tiempo libre para disfrutar?

–Sí, más tiempo para disfrutar –contestó ella y sus miradas se encontraron–. Yo… bueno, desde que abrí la asesoría de imagen he estado muy ocupada. No es que me importe. Quiero que mi negocio prospere, pero no me deja tiempo para Amanda –Lizzie miró entonces a su hija y suspiró–. Pero supongo que eso es algo que una madre soltera tiene que aprender a sobrellevar. Nunca hay tiempo para todo.

Hank no sabía muy bien si sacar el tema, pero sabía que ella no respondería si no quería. Lizzie era una mujer que no se dejaba avasallar.

–¿Qué pasó con el padre?

–Se fue –contestó ella bajando la cabeza y sacudiéndola–. Yo era una niña. Si no hubiera sido por mi familia… A veces no sé cómo me apoyaron.

Pero en vez de continuar como a él le hubiera gustado, Lizzie se puso en pie de un salto.

–¿Me dejas que la vuele yo un rato, Amanda? –le gritó a su hija.

Hank no la siguió. La escena que se presentaba ante sus ojos era demasiado hermosa para interrumpirla. Miró a madre e hija riendo. Amanda tendría unos bonitos recuerdos de su infancia. A él le gustaba tener los suyos. Y recordaría ese día también para siempre.

Estaba bastante claro que las cosas no siempre

habían sido fáciles para Lizzie. Lo que fuera que hubiera ocurrido con el padre de Amanda le había dejado una buena cicatriz. Él sabía que todo el mundo las tenía, pero se preguntó si las de Lizzie no serían demasiado profundas. Aunque no hiciera otra cosa durante su estancia en Kansas City, le enseñaría cómo olvidar el pasado y disfrutar del presente.

Lizzie dobló otra toalla y la puso sobre la pila.

–Tendríamos que hacer una agenda que nos conviniera a las dos –le dijo a su hermana al tiempo que tomaba otra toalla.

Denny y Roger, sus sobrinos, corrían por la cocina seguidos de una Amanda que no paraba de dar gritos. Vicky sujetó la pila de toallas para evitar que cayeran al suelo.

–Más despacio, niños. La abuela está durmiendo.

Lizzie agarró a Amanda por la camisa haciendo que la niña se detuviera en seco.

–Ya vale, cariño, o vosotros tres os iréis fuera.

–¿Puedo enseñarle a Roger y a Denny mi cometa? –preguntó, mirándola con sus enormes e inocentes ojos azules.

–¿Tienes una cometa? –preguntó Vicky mientras sus dos hijos salían dando un portazo. Sacudió la cabeza–. No sé qué les pasa últimamente. Es como si no escucharan ni una palabra de lo que les digo.

–Están llenos de energía –respondió Lizzie dejando libre a Amanda y acariciándole el pelo, pero ella también se había dado cuenta de que sus sobrinos parecían estar poniendo a prueba la paciencia de su madre. No era algo habitual en ellos. Siempre se habían comportado como perfectos hombrecitos cuando visitaban a su abuela.

–Hank me dio una cometa y me «ensenó» a volarla –le dijo Amanda a su tía.

–Se dice «enseñó» –corrigió Lizzie automáticamente con la esperanza de que aquello distrajera la atención de su hermana.

–¿Hank? ¿Quién es Hank? –preguntó Vicky.

–Hank es mi amigo especial –dijo Amanda.

–¿Alguien de la guardería, tesoro?

–No. Es el amigo especial de mamá, también.

–No me habías dicho que salieras con alguien –dijo Vicky echando una mirada suspicaz a su hermana.

–Y no lo hago –dijo Lizzie doblando otra toalla tratando de que su hermana no viera el temblor de sus manos. Hank la había desequilibrado bastante el fin de semana anterior con su excursión al parque. Al llegar a casa, le había recordado que no quería que Amanda contara con él como algo habitual. De eso hacía ya cuatro días y no había vuelto a saber de él. Esperaba no volver a hacerlo.

La puerta trasera se abrió y la cabeza de Roger apareció tras ella.

–Vamos, Amanda, hemos encontrado un nido.

–Amanda –dijo Lizzie a su hija, que ya corría al encuentro de una nueva aventura–, tened cuidado con el nido. La mamá pájaro no querrá a sus hijos si estropeáis el nido.

–Vale –dijo la pequeña por encima del hombro.

–Te juro que si esos niños…

–Déjalos –dijo Lizzie–. Sabemos que lo moverán con un palo y echarán un vistazo. Tienen curiosidad.

–Sí, pero… –se detuvo, suspiró y volvió a ocuparse de la ropa–. Ahora que Dean trabaja tantas horas, los niños se están volviendo más indomables.

–Todo va bien, ¿verdad? –preguntó Lizzie, que presentía problemas. Quería a su hermana, a pesar del sentimiento de inferioridad que una vez sintiera. No había sido fácil crecer a la sombra de la perfecta Vicky–. ¿Vicky?

–Y dime, ¿quién es ese Hank? –preguntó Vicky rehuyendo la pregunta.

–Mi último cliente –contestó Lizzie con la esperanza de que aquello no se convirtiera en un interrogatorio. Desde el nacimiento de Amanda, Vicky se había mostrado sobreprotectora con las dos, sobre todo en lo referente a hombres. Lizzie sospechaba que era porque Vicky no quería que ella cometiera otro terrible error.

–¿Y Amanda lo considera un amigo especial? Sinceramente, Lizzie, Amanda es una preciosidad. No recuerdo que mis hijos lo fueran tanto. Siempre te he envidiado por eso.

¿Vicky celosa? Lizzie miró a su hermana. Pero ésta no se dio cuenta y continuó hablando.

–¿Qué lo hace tan especial?

Encogiéndose de hombros, Lizzie tomó la pila de toallas y se dirigió al cuarto de baño tratando de escapar al interrogatorio.

–No tengo la más remota idea.

–Amanda dijo que también era tu amigo especial. ¿No tendrá esto nada que ver con aquella extraña conversación que tuvimos el sábado por la mañana?

Lizzie abrió la boca para negarlo, pero decidió que sería mejor dar explicaciones. Si lo negaba rotundamente, las sospechas de Vicky aumentarían, y Lizzie no pararía de escuchar opiniones al respecto.

–Hank es nuevo en la ciudad y terminamos compartiendo los tres una pizza la semana pasada. Amanda quedó prendada de él rápidamente.

–¿Cómo es?

Lizzie sintió que le ardía la cara. No estaba dispuesta a responder a muchas preguntas. Lo mejor sería quitarle importancia antes de que las cosas fueran más allá.

–Es muy agradable pero por lo que sé de él, no es el tipo al que le guste quedarse mucho tiempo en el mismo sitio.

–Oh.

Lizzie notó el tono de decepción en la voz de su hermana pero no era nada comparado con la decepción que también ella sentía. Verse atraída por Hank era una batalla que tenía que luchar constantemente. Él nunca le había dado muestras de querer quedarse. Había cambiado la imagen de Hank, pero cambiarlo a él era bien distinto.

Lizzie miró a su hermana y salió hacia el baño para colocar las toallas. Mientras lo hacía oyó que el teléfono sonaba.

–Lizzie, teléfono –llamó Vicky desde el vestíbulo.

Lizzie cerró el armario y salió.

–¿Quién es?

–Es un hombre –susurró Vicky mientras le pasaba el auricular.

–Probablemente será Bailey preguntándose si tengo más trabajo para él –dijo Lizzie poniéndose el auricular en el oído–. ¿Si?

–No es fácil seguirte la pista –dijo Hank al otro lado del hilo.

Lizzie sintió que el corazón dejaba de latirle y miró a Vicky, que la observaba expectante.

–¿Cómo me has encontrado?

–No estabas en la oficina ni en casa así es que llamé a Bailey.

«Traidor». No había caído en decirle a Bailey y a Janine que no le dieran a Hank el teléfono de la casa de su madre. Sabía que su hermana la observaba, así es que adoptó su tono más profesional.

–¿Hay algún problema?

–Sólo si no me dices sí.

–Nada de pizza y cometas en el parque –advirtió ella.

La risa de Hank hizo que el corazón le latiera más deprisa.

–No, esta vez no tiene nada que ver con Amanda. Te prometí que te consultaría antes de planear nada para ella.

–Te lo agradezco. Significa mucho para mí. ¿Qué querías decirme entonces?

–Daniel nos ha invitado a cenar el viernes, a los dos.

La familiaridad con la que hablaba la dejó sorprendida.

–¿Daniel? ¿Tuteas a tu jefe?

–Bueno, parece que nos llevamos bien. Es un hombre muy simpático, Lizzie. Está un poco solo y ha sido muy generoso con su tiempo y con toda la ayuda que me ha ofrecido. Parece que es importante para él que me familiarice con el negocio.

Lizzie sospechaba que Daniel Wallace había visto algo en Hank. No le vendría mal a Hank. Tener a alguien tan poderoso como Daniel Wallace cerca de él significaba que las cosas le iban a ir bien. Si Hank decidía quedarse. Y tanto si Lizzie lo admitía como si no, a ella le gustaría que lo hiciera. Si ir a cenar con él podía ayudar, no se negaría.

–¿A qué hora el viernes?

Hank le dio los detalles, mientras Lizzie se preguntaba en lo que se estaba metiendo. No quería hacerse esperanzas, ni que Amanda pensara que Hank podría convertirse en alguien permanente en sus vidas. Cuando se despidió y colgó el teléfono, se dio la vuelta y se encontró con su hermana que la miraba con una gran sonrisa.

–No te hagas ideas equivocadas –advirtió Lizzie–. Me han invitado a cenar en casa de Daniel Wallace.

–Creo que yo también quiero conocer a ese Hank –dijo Vicky con una mueca.

La idea no le gustó nada a Lizzie. Nunca había presentado a su familia a los hombres con los que había salido.

–Ya veremos.

–Maldita sea. Olvidé decírtelo –dijo Vicky chasqueando con los dedos.

–¿Qué?

–Será mejor que te sientes –le acercó una silla a su hermana.

–¿Qué pasa? Pareces… Bueno, sea lo que sea, no estoy muy segura de querer saberlo –dijo Lizzie con una mirada de preocupación.

–Y a mí no me gusta tener que decírtelo, pero es mejor que estés sobre aviso –dijo su hermana tomando otra silla.

–¿Tiene que ver con mamá?

–¿Cuándo fue la última vez que tuviste noticias de Jeffrey?

–¿Jeffrey? –Lizzie sintió que el corazón dejaba de latirle–. El día que le dije que estaba embarazada. ¿Por qué? –preguntó, presa del pánico más tremendo. Nadie había vuelto a nombrar a Jeffrey desde el nacimiento de Amanda.

–Lo vi ayer, o al menos, me pareció que era él. ¿Se ha puesto en contacto contigo?

Incapaz de pronunciar palabra, Lizzie negó con la cabeza. Jeffrey era la última persona de quien quería oír hablar, la última. Tal vez Vicky estuviera equivocada. Tal vez sólo había sido alguien que se parecía a Jeffrey. Aun así, tendría que estar en guardia.

–Es una carne exquisita, señor Wallace –dijo Lizzie a su anfitrión–. Me encantaría que me diera la receta.

–Martha es una cocinera excelente –respondió éste–. Vale su peso en oro como amiga, además. Ha trabajado para esta familia muchos años y se quedó cuando mi mujer murió. No creo que pudiera arreglármelas sin ella. Os la presentaré antes de que se marche esta noche. Va a pasar unos días con su familia en San Luis.

Hank estaba sentado frente a Lizzie y escuchaba la conversación culinaria entre ella y su jefe. Por lo que a él se refería, un filete grueso y jugoso, bien cocinado acompañado de un buen montón de patatas asadas cubiertas de crema, era su idea de la comida perfecta. La mitad de lo que decía le era extraño y no tenía por qué mostrar su ignorancia. Si decidía quedarse en Kansas City un tiempo, sería mejor que aprendiera algo de la comida del lugar.

Estaba empezando a considerar la idea de dar una oportunidad a su trabajo y a la ciudad. Seis meses le parecía un plazo prudencial para probar, pero no se lo había dicho a nadie aún, ni siquiera a Lizzie. Por difícil que le resultara admitirlo, ella tenía la culpa de que lo estuviera considerando.

–Aquí está Martha –dijo Daniel poniéndose en pie al ver que la mujer con el pelo gris entraba en la habitación.

Hank recordó las lecciones sobre buenos modales e hizo lo mismo en espera de la presentación.

–Martha, me gustaría que conocieras a Elizabeth Edwards –dijo Daniel con una sonrisa–. Es la propietaria de la asesoría de imagen. Una joven brillante, por lo que he oído.

–Encantada de conocerla, señorita Edwards –respondió Martha–. Lleva un jersey precioso.

Lizzie notó que se ponía colorada ante el cumplido.

–Gracias. Le estaba diciendo a Daniel que nunca había probado una carne tan sabrosa. ¿Compartirá su secreto conmigo?

Le tocó entonces el turno de sonrojarse a Martha.

–No es nada –dijo ella quitándole importancia–. Me gusta cocinar porque me da la oportunidad de hacer cosas nuevas de vez en cuando. Daniel puede decirte que no siempre me sale todo bien, pero aún no lo he envenenado.

Hank rió también con la broma de la cocinera lo que hizo que Daniel se volviera hacia él.

–Y éste es Hank Davis, Martha.

Algo en sus ojos llamaron la atención de Hank. La emoción que vio en ellos era imposible de definir, pero era casi como si…

–Así es que éste es Hank –dijo Martha con una amplia sonrisa–. Daniel me ha hablado mucho de ti, tanto que me parece como si te conociera. Es maravilloso tenerte aquí. Espero que hayas disfrutado con la cena.

–Oh, sí. Mucho –respondió él con sinceridad–. Y también es un placer para mí conocerla.

Martha permaneció frente a él, mirándolo, con el rostro resplandeciente. Hank sentía que el cuello de la camisa lo aprisionaba. Odiaba las presentaciones porque nunca sabía qué decir. Lizzie había tratado de ayudarlo, y según ella, lo había hecho muy bien, pero cuando tenía que hacerlo, se quedaba en blanco.

–Tal vez sea el momento de tomar el postre, antes de que te marches –dijo Daniel tocándole el brazo.

–Déjeme ayudarla –dijo Lizzie, dejando la servilleta sobre la mesa y levantándose de la silla–. Tal vez se me peguen algunas de sus artes culinarias.

–De verdad que no es para tanto –contestó Martha riendo–, y me encantará compartirlas. Agradezco su compañía en la cocina –y se volvió entonces hacia Hank–. Ha sido un placer conocerte, Hank. Espero que nos veamos más a menudo.

Hank murmuró algo incomprensible que esperaba que fuera una respuesta apropiada. Cuando las dos mujeres se hubieron marchado, bebió un poco de agua y se aclaró la garganta.

–Debe de ser como parte de la familia.

–Lo es. Estaba casada cuando empezó a trabajar para nosotros. Ella y Ida se hicieron muy buenas amigas en poco tiempo. Entonces el marido de Martha murió repentinamente, y se quedó con nosotros. Ha vivido aquí desde entonces. Ella... bueno, te diré más cosas después –se interrumpió cuando las dos mujeres entraron con los platos del postre.

–Volveré el miércoles, Daniel. Tienes el número de mi hermana, si me necesitas –dijo Martha cuando todos se hubieron sentado a tomar el pastel de chocolate y frambuesa.

Los tres siguieron la conversación. Hank disfrutó

hablando con Daniel sobre distintas cosas. De pronto Daniel se volvió hacia Lizzie.

–Cuéntame algo de tu familia, Elizabeth.

Por un momento, los ojos de Lizzie se nublaron pero pronto recuperó la sonrisa.

–Soy la mediana de tres hermanos. Tengo una hermana mayor, Victoria, felizmente casada y madre de dos preciosos niños, y un hermano menor, Richard, que estudia en la Universidad de Chicago. Mi padre murió de un ataque al corazón hace tres años, pero era un respetado profesor en el departamento de Lengua de Pem Hill –dijo volviéndose a Hank–. Quiero decir Pembroke Hill, una escuela privada de la ciudad.

–¿Pem Hill? –preguntó Daniel–. Mi hija estudió allí. ¿A qué escuela fuiste tú?

–A Pem –respondió Lizzie con un tono inusitadamente bajo–. Como mi padre era profesor se nos permitía matricularnos allí.

Daniel pareció captar la idea que Lizzie no quería mostrar abiertamente y cambió rápidamente de tema.

–¿Y tu madre vive aún?

–Sí. Sufrió un ataque hace unos meses, pero ya se está recuperando.

–Mala cosa, los ataques –dijo Daniel–, pero Hank me ha dicho que tienes una hija. ¿Cuántos años tiene?

–Cuatro.

–Hank dice que es preciosa.

La forma en que sonrió a Hank fue como una caricia para éste. Lo alegraba mucho estar con Amanda, pero su madre era muy importante para él también. Una situación peligrosa, y lo sabía, razón por la que constantemente debía recordarse que no estaba hecho para casarse ni con ella, ni con ninguna otra mujer. Y tenía la sensación de que era demasiado tarde para aprender.

–Es una maravilla –dijo Lizzie, llena de orgullo materno–. Pero no sabía que tuvieras una hija también.

Daniel guardó silencio, y a continuación se puso en pie y se retiró de la mesa.

–Vayamos al estudio a tomar el café. Me gustaría enseñaros algo.

–Tal vez debería recoger los platos ya que Martha se ha marchado –dijo Lizzie.

–No es necesario –dijo Daniel saliendo ya de la habitación–. Así tendré algo que hacer después. Mañana vendrá alguien a ayudarme mientras ella está fuera.

Salieron los tres del comedor, Hank cerrando la comitiva y sin perder ojo del provocador balanceo de las caderas de Lizzie. A cada paso que daba aumentaba su deseo de poner sus manos sobre esas caderas y acercarlas a él. Llegó un momento en que sintió que no podía resistirlo más. Entonces, tomó aire profundamente y lo dejó escapar lentamente.

Daniel Wallace vivía rodeado de lujo. Hank no podía imaginarse viviendo en semejante mansión. La finca parecía extenderse a lo largo de kilómetros, y la casa era enorme y silenciosa. El eco de sus pasos quedaba ahogado por la mullida alfombra y no pudo evitar preguntarse si las risas habrían resonado alguna vez entre aquellas paredes. En ese momento, se sintió contento de la vida que él había llevado, a pesar de haber pasado estrecheces.

Daniel abrió entonces una puerta y los invitó a pasar.

–Ésa es mi Ida –dijo señalando un retrato de tamaño natural de una mujer, colgado tras el enorme escritorio.

Hank miró el retrato. Los profundos ojos marrones de la mujer tenían una expresión amable dentro del hermoso rostro, pero había algo en ella que lo inquietaba. Algo vagamente familiar.

–Y aquélla de allí –dijo Daniel atravesando la estancia hasta llegar a un hueco abierto en la pared–, es mi hija.

Hank se quedó sin respiración, pero consiguió articular una palabra.

–No.

# CAPÍTULO 6

ELIZABETH notó el dolor y el rechazo en el tono de Hank y se volvió a mirarlo.

–¿Hank? ¿Estás bien?

La respuesta quedó clara cuando vio la expresión en su cara. Algo no iba bien. Atravesó la habitación y le puso una mano en el brazo.

–¿Qué te pasa?

En vez de contestar, retiró el brazo de un golpe y se acercó a Daniel.

–¿Es alguna broma pesada?

–Hank… –comenzó ella.

–No te metas, Lizzie –dijo sin mirarla. Continuó mirando a Daniel, que se había puesto pálido–. ¿De dónde has sacado esta foto?

El rostro de Daniel permaneció insondable a la tenue luz que había en el estudio.

–Es una foto de mi hija.

–No, es una foto de mi madre. ¿Cómo la has conseguido? –dijo Hank tensando la mandíbula.

Lizzie se mordió el labio inferior para evitar dar un grito. Vio la tensión que se acumulaba en el cuerpo rígido de Hank.

–¿Por qué no nos sentamos y hablamos tranquilamente? Estoy segura de que hay una explicación lógica.

–¿Explicación lógica? –exclamó Hank mirándola–. Me gustaría oír la explicación que tiene –dijo a continuación lanzándole una amenazadora mirada a Daniel–. Escuchémosla.

Daniel permaneció en silencio un momento, estudiándolo.

–Te pareces a ella, ¿sabes?

–Eso no viene al caso –contestó Hank quitándole importancia al comentario–. Lo que quiero saber es cómo llegó a tus manos una foto de mi madre, o de alguien que se parece a ella.

–Dale tiempo –susurró Lizzie poniéndole una mano sobre la suya con la esperanza de poder calmarlo–. Sé que es duro para ti, pero también debe de serlo para él.

Hank la miró sin poder dar crédito a lo que estaba oyendo. La dura mirada de sus ojos se suavizó un poco. Giró la mano hacia arriba y entrelazó los dedos con los de ella.

–Es como si me hubiera lanzado encima una tonelada de ladrillos –le dijo en voz baja.

–Lo sé –respondió ella, apretándole la mano–, pero dale una oportunidad. Escúchalo.

Tras un breve titubeo, Hank asintió y se volvió hacia Daniel.

–Mi madre siempre me dijo que no tenía familia.

–No me sorprende –dijo Daniel con una sonrisa de tristeza–. Tu madre siempre fue muy cabezota. Es una buena cualidad…

–¿Por qué estás tan seguro de que tu hija era mi madre?

–¿Cuál es tu segundo apellido?

–Wallace –contestó Hank apretando los labios.

–¿Nunca supiste que ése era su apellido de soltera?

–No, nunca.

Daniel se movió en su silla. Lizzie vio la ocasión para participar.

–Hank, ¿no se te ocurrió cuando conociste a Daniel?

–Wallace es un nombre bastante usual.

–Pero sabías que tu madre era de Kansas City –señaló ella–. ¿Y eso no despertó tu curiosidad?

–Si hubieras conocido a mi madre, si hubieras visto cómo vivíamos… –Hank sacudió la cabeza–. No lo entiendo. ¿Por qué me dijo que no tenía familia cuando no era cierto?

–Tu madre se marchó obligada por las circunstancias. Tuvimos una discusión. Yo dije cosas que no debería haber dicho, y ella se las tomó muy a pecho, mucho más de lo que habría imaginado.

–¿Sobre qué discutisteis?

La sombra que cubrió el rostro de Daniel y el titubeo dejaron claro que no era una pregunta a la que quisiera responder.

–No me gustaba el chico con el que salía.

–¿Quién era? –preguntó Hank irguiéndose en el sofá.

Daniel parecía estar librando una batalla consigo mismo.

–Tienes que comprender ciertas cosas, Hank.

–¿Quién era? –repitió Hank.

Bajando la cabeza, Daniel tomó aire profundamente y volvió a alzar la cabeza para mirar directamente a Hank.

–Tu padre.

–¿Mi padre? –preguntó Hank poniéndose en pie de un salto.

Lizzie podía imaginar cómo se sentía Hank. Había

oído hablar mucho del hombre que lo había criado cuando su madre murió. Aquello era un golpe directo al corazón. Aun así, sabía que tenía que intentar tranquilizarlo para que Daniel pudiera explicarse. Porque seguro que había una explicación.

–Siéntate, Hank –dijo Lizzie, tirando de su mano–. Deja que termine. Por favor.

–Por lo que a mí concierne… –Hank la miró y pareció ablandarse de nuevo–. De acuerdo.

–He aprendido mucho en los últimos treinta y dos años, hijo.

Hank se puso tenso. Ella le apretó la mano y rezó porque aquello acabara bien, para Hank y para Daniel.

–¿Y qué has aprendido?

–He aprendido que el ambiente que rodea a una persona no tiene nada que ver con la forma en que se comporte esa persona. Debería haberlo sabido viniendo de una familia de clase media, como es mi caso.

–¿Tú? No lo creo –dijo Hank.

–Me fui de casa muy joven con la intención de ganar un millón de dólares.

–Y conseguiste veinte veces más –dijo Lizzie asombrada.

–Me hizo ver las cosas de forma distinta, pero entonces perdí las dos cosas que más quería en el mundo. Primero Ida, poco después del nacimiento de Marjorie, y luego a la propia Marjorie.

–¿Qué ocurrió tras la discusión con tu hija? –esta vez fue Lizzie la que preguntó al quedar Hank callado.

–A la mañana siguiente, ya más calmado, pude razonar, pero seguía creyendo que su amor por James

Davis no era más que un capricho de adolescente. Mi hija siempre fue muy cabezota y pensé que salía con él para irritarme.

–Pero te equivocabas –dijo Hank–. ¿Conociste a mi padre? ¿Llegaste a saber la clase de hombre que era?

–No, nunca lo conocí –admitió Daniel–. Una vez conseguí localizarlos. Traté de ponerme en contacto con mi hija. Sabía que había cometido un error y quería pedirle disculpas. Y traté de hacerlo, varias veces, por carta. Ella me las devolvió todas, sin abrir. Y entonces les perdí la pista.

–Te rendiste.

–Si piensas que Wallace es un nombre usual –dijo Daniel sonriendo con amargura–, prueba a encontrar a alguien de nombre James Davis. Pero sí, me rendí. Cuando logré encontrar algo de información una segunda vez, Marjorie se había ido y también él.

A Lizzie se le rompía el corazón al escuchar a los dos hombres. Daniel ya había sufrido lo suyo durante muchos años. Hank tenía la oportunidad de facilitar las cosas, pero su rabia y su resentimiento le impedían ver la verdad. Daniel había cometido un error, como muchos otros padres. Lizzie daba gracias a sus padres por haber reaccionado de forma distinta con ella. Si supiera qué decir para hacer que Hank comprendiera... Antes de poder dar con algo reconfortante que decir, Hank le soltó la mano y se apartó. Sabía suficiente lenguaje corporal para reconocer que se estaba encerrando en sí mismo. Necesitaba su ayuda más que nunca.

–Una última pregunta –dijo Hank poniéndose en pie–. ¿Me ofreciste el empleo de jefe de obra en Construcciones Crown porque era tu...?

–¿Nieto? –terminó Daniel–. Es difícil responder a eso. No estaba seguro de que fueras el hijo de Marjorie. Pasaron varios años hasta que te localicé. No estaba seguro de que fueras tú, pero esperaba que fueras mi nieto. Toda la información que había conseguido así lo indicaba.

–Entonces la oferta de empleo… y el puesto de dirección… sólo me los has ofrecido por ser quien soy, no por mis capacidades.

–No, no del todo. Te has convertido en un buen hombre –dijo Daniel con voz grave–. Es obvio que la sangre Wallace corre por tus venas.

–Y también la sangre Davis –apostilló Hank en tono desafiante.

–Por lo que sé de ti, diría que es la parte Wallace la que te ha convertido en el hombre que eres.

–¿Y qué es lo que sabes? –preguntó Hank.

–Todo.

–Entonces sabrás lo dura que fue la vida para nosotros.

–No lo sabía entonces. Hice todo lo que pude cuando encontré a tu madre. Podía haber venido a casa, podía haberme pedido ayuda, pero era joven y cabezota. Tomó la decisión de no responder a mis cartas. No sabes cuántas veces deseé que las cosas hubieran sido diferentes.

Hank permaneció de pie en silencio.

–¿Qué me dices? –continuó Daniel–. ¿Seguirás trabajando para Construcciones Crown o dejarás que el orgullo te destruya, igual que destruyó a nuestra familia?

–Depende.

–Un hombre inteligente no desperdiciaría una oportunidad como ésta. Y tú eres inteligente, Hank.

–Tal vez más de lo que piensas. Sé algo que tú no sabes, algo en lo que te equivocas. Mis padres no eran orgullosos. Y mi madre menos que nadie. Fuimos felices a pesar de no tener todo esto –hizo un gesto con los brazos mostrando lo que había a su alrededor–. Tengo bastante claro que las cosas materiales, la riqueza, no la hacían feliz. Además, si te hubieras molestado en conocer a mi padre, si le hubieras dado una oportunidad... pero no lo hiciste y tal vez por eso mamá murió tan joven. Se negó a ir al hospital cuando enfermó de neumonía porque no teníamos seguro médico.

A juzgar por la expresión de Daniel, Lizzie supo que las palabras de Hank le habían hecho daño, y se le cayó el alma a los pies. Daniel le había abierto su corazón, había admitido su error, pero Hank quería que se sintiera culpable de todo. Lizzie no veía bien ese comportamiento.

Se levantó y se acercó a Hank. Le puso la mano en el brazo.

–¿No lo ves, Hank? Todos cometemos errores. Daniel está intentando enmendar el suyo.

–Tal vez sea demasiado tarde –dijo Hank y volvió a mirar a Daniel–. Tengo que pensar en todo esto. Ya te haré saber si me quedo con el trabajo.

Daniel asintió con la cabeza.

–Encontraremos solos la salida –dijo a continuación–. Vamos, es tarde y Bailey ya debe de estar esperando.

Mientras atravesaban el sendero de grava, Lizzie se volvió hacia él.

–Sólo estaba…

–Ahora no –la cortó él abriendo la puerta del coche antes de que lo hiciera Bailey–. No puedes ayudarme en esto, Lizzie. No hay nada que puedas enseñarme.

Lizzie sabía que tenía razón, pero se preguntaba si habría algo que ella pudiera hacer. Necesitaba mostrarle que la gente cometía errores. Si no podía aceptar eso, ¿cómo podría aceptarla a ella?

Hank aparcó el coche de alquiler en el lugar que Lizzie le había indicado. Si pudiera haber rechazado su invitación sin herir sus sentimientos lo habría hecho, pero le había dejado claro que si no iba se enfadaría y quedaría muy decepcionada. Y él no quería decepcionarla.

Permaneció allí sentado, la calle vacía, y tamborileó con los dedos en el volante. ¿En qué momento no decepcionar a Lizzie se había convertido en algo tan importante para él? Antes nunca le había importado algo así. La única persona que le importaba, a parte de sus padres, era él mismo. Pero ahora Lizzie entraba también en el juego. Y se suponía que no era lo adecuado.

Frente al edificio de dos plantas en el que sabía que lo estaba esperando, Hank estuvo tentado de arrancar el coche y marcharse. Siempre se había jurado no aceptar trabas. La gente se marchaba. La gente moría. Él había visto lo que la pérdida de su madre le había hecho a su padre. Una depresión y con ella el abuso del alcohol que cada año había empeorado hasta que James Davis dejó de existir mucho antes de morir. Y todo por amor.

Pero Hank no podía decepcionar a Lizzie.

No había aceptado bien que Daniel Wallace fuera su abuelo, aunque hacía ya dos días de eso. Tal vez lo haría con el tiempo pero ¿seguiría teniendo la misma opinión de su madre?

Hank abrió la puerta del coche, salió y se dirigió hacia la casa. No amaba a Lizzie. No podía hacerlo. ¿Qué podría ofrecerle? No tenía ni idea de lo que significaba relacionarse con una mujer. Había pasado la mayor parte de su vida con su padre, y el resto solo, rodeado de hombres. Las mujeres, cómo actuaban, cómo pensaban, eran un misterio para él y sabía que era importante comprender ciertas cosas para poder llevar una relación. Había oído hablar mucho a sus compañeros para saberlo. En vez de aceptar las oportunidades que se le habían presentado en la vida, las había dejado pasar.

Delante de la casa de la madre de Lizzie y preparado ya para tocar el timbre, se dio cuenta de que estaba moviéndose en círculos. No había decidido lo que iba a hacer con su empleo en Construcciones Crown porque no había decidido lo que iba a hacer con Lizzie. No comprendía por qué su opinión se había convertido en algo tan importante para él. No comprendía por qué no podía decepcionarla.

La idea de que significara tanto para él lo asustaba. Y en ese mismo momento se dio cuenta de que no podía enfrentarse a ella. No entonces. Tal vez otro día.

Se dio la vuelta para marcharse, las manos en los bolsillos, y cuando estaba a medio camino del coche, oyó que la puerta se abría.

–Hank. ¿Adónde vas?

Hank se dio la vuelta y se encontró con Lizzie. Un rayo de sol hacía un extraño juego de luces y sombras que incendiaban sus cabellos rojizos.

–Olvidé las llaves –respondió él.

–Oh. De acuerdo. Pensé que te marchabas.

Decidió entonces que tenía que seguir adelante. Se acercó al coche, tomó las llaves y volvió.

–Es una mala costumbre que tengo que evitar –dijo Hank, de nuevo en la puerta de la casa.

–Todo el mundo está sentado en la parte de atrás. Estamos listos para empezar.

Lizzie tenía un tono alegre en la voz pero a Hank no le pasaron desapercibidas las arrugas de preocupación que rodeaban sus ojos.

–Siento llegar tarde –murmuró él.

–No te preocupes. Siempre cenamos tarde. Espero que tengas hambre. Mamá y Vicky han hecho comida para un ejército, como siempre.

La casa daba por la parte de atrás a un patio de ladrillo. Desde el escalón de la cocina, Hank pudo ver a la familia de Lizzie sentados en torno a una enorme mesa de picnic donde se apilaban montones de comida.

–Lavaos las manos, niños –dijo a sus dos hijos pequeños una mujer joven que se parecía mucho a Lizzie. Hank supuso que se trataría de su hermana y los niños debían de ser los famosos Denny y Roger.

Los hermanos subieron corriendo los escalones y pasaron junto a Hank y Lizzie. Tras ellos, como un tornado en miniatura, corría Amanda, que se detuvo de golpe a ver a Hank. Se acercó y le rodeó las piernas con sus bracitos.

–Mamá creía que no ibas a venir pero yo sabía que sí vendrías.

–Me han detenido unas obras en la carretera.

La sonrisa de Amanda se hizo más grande. Sin más palabras salió tras sus primos. Al verla se dio cuenta de que Lizzie no sería la única decepcionada si decidía marcharse. De pronto se sintió feliz de que Lizzie hubiera detenido su marcha.

–Tú debes de ser Hank –dijo un hombre de unos treinta y pocos años que se acercó con la mano extendida–. Soy Dean Jacobs, el marido de Vicky. No pasa un solo día en que no haya alguna obra en la carretera para incordiar.

–Eso veo –contestó Hank aceptando la calurosa bienvenida.

–Le presentaré a todos –dijo Dean dándole una palmada en el hombro a Hank y mirando a Lizzie–. Tu madre dice que ya se puede sacar el pollo.

A Hank no le gustó nada verla desaparecer en la casa dejándolo con un montón de gente desconocida, pero su cuñado hizo que se sintiera a gusto rápidamente hablando del tema del tráfico en Kansas City.

–Así es que tú eres el misterioso Hank –dijo la hermana de Lizzie acercándose con una cálida sonrisa–. Me alegra conocerte. Diría que Lizzie nos lo ha contado todo sobre ti, pero sería mentira. De hecho, nos ha contado muy pocas cosas. Me alegra que mi curiosidad vaya a quedar por fin satisfecha.

–Yo también he oído mucho sobre ti –dijo Hank.

–No me sorprende –dijo ella riéndose–. Lizzie se ha mostrado muy misteriosa últimamente, pero ya vale. Ven a conocer a mamá –y tomándolo del brazo lo acompañó hasta la mujer que se estaba ocupando de las servilletas que amenazaban con salir volando a la más mínima brisa–. Mamá, éste es el Hank de Lizzie.

Cuando la mujer alzó el rostro en el que había una agradable sonrisa, Hank se percató del leve temblor en la comisura de los labios. Lizzie había dicho que había sufrido un ataque y que se estaba recuperando lentamente, bastante bien por lo que podía observar. Tenía unos ojos azules rodeados de arrugas.

–Nos alegramos tanto de que hayas podido venir, Hank. Elizabeth iba a empezar a comer ya, pero le dije que teníamos que esperar un poco más. Las judías no se habían acabado de hacer, de todas formas.

–El tráfico de Kansas City –dijo Dean acercándose a ellos y pasando un brazo por la cintura de su mujer–. Me muero de hambre.

–Aquí viene Lizzie con la comida, Dean. Hank, ¿por qué no te sientas allí?

–Yo me quiero sentar al lado de Hank –dijo Amanda corriendo hacia su madre, que trataba de guardar el equilibrio con la inmensa fuente que llevaba en las manos–. Mamá se puede sentar al otro lado. Es nuestro amigo –dijo esto último mirando a sus primos con una sonrisa triunfal.

Hank comprendió inmediatamente por qué Lizzie había dicho que Amanda podía cuidar de sí misma. Rió para sus adentros. Amanda se parecía mucho a su madre.

Cuando todos se hubieron sentado a la mesa, bendijeron los alimentos y comenzaron a pasarse los platos. Fue una comida bulliciosa, en la que todas las conversaciones se mezclaban. A Hank le preguntaron, sutilmente, cuál era su opinión de la ciudad y también lo que opinaba del negocio de Lizzie, el cual alabó con creces.

–Sabe lo que hace –les dijo a todos–. Mirad lo que ha hecho conmigo. Yo llegué aquí con la perspectiva de un trabajo en la construcción y nada de familia, y en menos de cuatro semanas no sólo soy director en la constructora sino que además tengo abuelo.

Las palabras salieron de su boca sin darse cuenta

de que había hecho un chiste sobre su situación. Lo sorprendió mucho ver que estaba admitiendo su relación con Daniel Wallace. Y sabía por qué. La familia de Lizzie no tenía pretensión alguna. Eran buenas personas, gente con los pies sobre la tierra que le habían dado la bienvenida a su casa como si fuera uno más. Para cuando terminaron de cenar, había hecho varios amigos.

Todos ayudaron a quitar la mesa, incluso Dean y los niños y el propio Hank hicieron algo.

Cuando hubieron terminado, las mujeres se sentaron en la mesa mientras los niños se turnaban para jugar en los dos columpios. Hank se inclinó contra un árbol que había junto a la mesa y miró la escena. Aunque sabía que no debería, deseó haber tenido una familia como los Edwards.

–¿Te vienes con nosotros a dar una vuelta? –preguntó Dean. Vicky protestó cuando su marido la hizo levantarse.

Hank miró a Lizzie para ver qué responder pero no pudo leer su expresión.

–Os alcanzaremos en un momento –dijo Lizzie. Cuando la pareja salió a la calle, Lizzie se levantó y se acercó a Hank–. Es una tradición familiar. Mi madre y mi padre la iniciaron cuando se hicieron novios. Y cuando nosotras llegamos, seguimos haciéndolo.

–¿Viene también tu madre? –preguntó Hank, que se había dado cuenta de que la señora Edwards ya no estaba en el jardín.

–Está descansando. Ésta ha sido la primera reunión familiar desde su ataque –explicó Lizzie–. Está contenta pero cansada. Le has gustado mucho, Hank.

Pero no pudo saber si aquello hacía feliz a Lizzie

o no porque, sin decir nada más, se dio la vuelta y se alejó. No debería importarle, pero de hecho sí le importaba. Hank se enderezó entonces y la siguió.

–Demos ese paseo –invitó Hank deseoso de saber qué pensaba Lizzie.

Ésta vio que Amanda había salido corriendo detrás de sus tíos, que los llamaban.

–De verdad que no tienes por qué hacerlo. Sé que puede ser una pesadez.

–¿Estás intentando asustarme? –preguntó Hank tomándola de la mano. Ella sacudió la cabeza y sonrió. Hank trató de ignorar la sensación de alivio que aquel gesto le provocó–. Bien, hay algo que tienes que saber: no acostumbro a incumplir tradiciones.

Echaron a andar y Lizzie tuvo cuidado de que hubiera suficiente espacio entre ellos.

–¿Significa eso que has decidido quedarte en Crown?

–No es lo mismo –contestó él y cuando ella empezó a discutir continuó–. Pero eso no significa que haya tomado una decisión. Sigo considerándolo.

–Me alegro. Creo.

Hank extendió la mano en busca de la de Lizzie y cuando ésta trató de retirarla él la sujetó con fuerza.

–Ellos van de la mano –señaló hacia Dean y Vicky.

–Ellos están casados hace tiempo –respondió Lizzie–. Podrían hacerse una idea equivocada si nos vieran hacer lo mismo.

–Creo que ya se han hecho la idea equivocada –contestó él sonriendo.

–Porque todos piensan que debería encontrar a un buen hombre y casarme.

–¿Y qué piensas tú? –preguntó él no muy seguro

de lo que quería oír. Miró a la otra pareja y sintió un incómodo pinchazo de envidia. Lo que los Jacobs tenían él no podría tenerlo nunca. Era el hijo de un pocero que había llevado una vida nómada siempre y había disfrutado del presente. Nunca había echado raíces en un sitio. Tratar de echarlas ahora sería frustrante y probablemente un vano intento. Aun así le importaba lo que Lizzie deseaba.

–No lo sé –dijo finalmente–. La gente me dice que la niña necesita un padre pero Amanda está bien. Es feliz y tiene una familia que la adora. Gracias a Dean no ha echado de menos la figura paterna. Tal vez eso sea suficiente.

–No estaba preguntando por Amanda.

–No pienso mucho en mí, Hank. Me preocupa Amanda. Ella es mi objetivo prioritario. Si realmente creyera que necesita un padre, lo habría buscado hace tiempo.

–Tienes que pensar en ti primero, Lizzie.

–No, estoy bien –contestó ella suspirando–. Pero tal vez ahora comprendas por qué no quiero que se acostumbre a ti. Hace dos años le pasó lo mismo con un hombre con quien salía yo que resultó que no quería ser el padre de la hija de otro. Ahora está en la edad en la que los niños se unen mucho a sus papás. No quiero que se sienta unida a un hombre que no se quedará aquí. Tengo que protegerla de eso.

–Y también quieres protegerte a ti misma, ¿verdad? ¿Por qué?

–Hay muchas cosas que no sabes –dijo ella retrocediendo un poco.

–Cuéntamelas entonces –dijo Hank.

–No tengo por qué hacerlo.

Hank sabía que no debía presionarla. Si Lizzie no

quería compartirlo con él, no podía hacer nada para remediarlo. Podía comprender que Lizzie necesitara estabilidad y un hogar normal aunque no era algo familiar para él, ni natural. No podía comprometerse pero tampoco podía irse.

–¿Pero podré seguir viéndoos?

–Oh, Hank…

–No, escúchame. Seré responsable con Amanda –dijo él con la esperanza de poder hacerlo–. Hablaré con ella y le explicaré la situación, que somos amigos y nada más. ¿Lo comprenderá?

–No estoy segura, pero parece que no tengo otra opción –contestó Lizzie al ver que su hija se acercaba corriendo hacia ellos.

–Denny y Woger, y la tía Vicky y el tío Dean van a ir al zoo el fin de semana. ¿Puedo ir con ellos?

–¿Por qué no vamos todos? –sugirió Hank–. Tu mamá, tú y yo.

Sería una oportunidad perfecta para tener una pequeña charla con Amanda y explicarle las cosas. Él tenía tan pocas ganas de abandonarla como su madre.

–¡Si! ¡Si! ¡Qué divertido! –dijo Amanda con los ojos redondos como platos y dando saltos de alegría.

Antes de que Hank o Lizzie pudieran decir nada salió corriendo a decírselo a sus primos.

–Espero que sepas lo que estás haciendo –dijo Lizzie volviéndose hacia Hank.

Hank también lo esperaba.

# CAPÍTULO 7

VICKY llamó diciendo que le dolía mucho la cabeza y que los niños estaban insoportables, por lo que tendrían que ir los tres solos al zoo.

Amanda estaba en su elemento. Subida a hombros de Hank tenía una vista perfecta de los animales y su cara relucía de felicidad. Desde lo lejos, Lizzie miraba a su hija imitando a los chimpancés y riendo de alegría, hasta que se dio cuenta de la mostaza del perrito caliente que le estaba resbalando por la mano a punto de manchar la camisa de Hank.

Lizzie se acercó con la servilleta. Tenía que admitir que hacía mucho tiempo que no se había sentido tan feliz. Hank las estaba malacostumbrando. Esperaba que nada arruinara aquella sensación. No había tenido noticias de Jeffrey y sospechaba que Vicky se había equivocado.

–¿Quieres ir a dar de comer a los patos otra vez? –preguntó Hank girando la cabeza para mirar a la niña.

–No podemos –contestó ésta con una sonrisa triste–. No me queda más comida de patos.

–Si te doy una moneda, ¿crees que serás capaz de sacar la comida de la máquina tú sola? –preguntó Hank dejándola en el suelo.

Amanda sonrió ampliamente al tiempo que asentía con la cabeza. Tomó la moneda y se dirigió a la máquina pero antes de llegar se dio la vuelta y miró a Hank.

–Gracias.

–De nada –contestó Hank con una sonrisa que dejaba a la vista sus hoyuelos.

–La estás malacostumbrando –dijo Lizzie cuando la niña no podía oírlos.

–Se debería hacer con todos los niños de vez en cuando –contestó encogiéndose de hombros.

Se sentaron juntos en un banco cercano al estanque de los patos.

–Cuando Amanda hace cosas con Vicky, Dean y los niños, es una más del grupo, pero tú la tratas como si fuera especial. Eso es lo que hace que hoy sea un día especial.

–Es que ella es especial.

–Yo siempre lo he pensado pero no soy objetiva –contestó Lizzie inclinándose hacia él–. Intento pasar con ella todo el tiempo que puedo pero no es suficiente ni todo el que yo querría. Siempre tengo miedo de estar privándola de algo.

–No confías en ti y en lo que haces.

–Es bastante difícil hacerlo –contestó ella cerrando los ojos y sacudiendo la cabeza.

Hank la rodeó con un brazo e hizo que se girara para poder ver a la niña.

–Mírala. ¿Te parece una niña infeliz? –preguntó con tono suave pero apremiante.

Amanda estaba arrodillada al borde del estanque, donde se había arremolinado un grupo de patos que comían las migas que ella les iba lanzando. Incluso en la distancia, Lizzie podía oír su risa infantil.

–No. Parece una niñita feliz, sin preocupaciones –dijo ella girándose hacia él–. Gracias.

Ambos se sostuvieron la mirada hasta que Hank sonrió y retiró el brazo que estiró a lo largo del respaldo del banco, tras la espalda de Lizzie.

–Además, yo también lo estoy pasando bien –dijo Hank.

Por primera vez Lizzie no quería que Hank se marchara. Su cálida cercanía era demasiado agradable y se sentía más feliz que nunca. En vez de mantener la prudente distancia entre sus cuerpos se acercó más a él.

–Y yo también.

–Me podría morir ahora mismo sabiendo que soy feliz –contestó Hank mirándola con ojos profundos.

–Espero que no.

–¿No qué? ¿Morirme o que no debería ser feliz? –preguntó Hank, que aprovechó para rozarle los hombros con la punta de los dedos.

Lizzie pensó que el roce de aquellos dedos sobre sus hombros desnudos era delicioso y deseó poder dejarse llevar. Deseaba sentir sus fuertes brazos alrededor de su cuerpo pero no podía hacerlo…

–Por supuesto que tienes que ser feliz. Todo el mundo tendría que serlo –respondió.

–Sé lo que podría hacerme más feliz todavía –dijo Hank acercándose más aún.

–¿Qué?

–Esto –contestó él depositando un suave beso en sus labios.

–Hank…

–Shh –le puso un dedo en los labios–. No me digas que no debería haberlo hecho.

Pero decirle que no era lo último en lo que estaba pensando Lizzie.

–No pensaba hacerlo.

–He estado pensando en Daniel esta semana –dijo Hank alzando una ceja de sorpresa ante la respuesta de Lizzie.

Ésta contuvo el aliento. Hasta el momento Hank no había querido hablar del asunto de su abuelo con ella y ella no había querido preguntarle.

–No te preocupes, Lizzie. He sido justo –continuó.

–Nunca pensé que no lo fueras a ser –respondió ella con una sonrisa.

–Es sólo que... bueno, tendrías que haber conocido a mi madre –continuó él un tanto titubeante–. Nunca tuvimos demasiado pero tampoco nos faltó nada. Averiguar cosas de su pasado ha sido un choque para mí. Sigo pensando que si Daniel se hubiera molestado en conocer a mi padre, muchas cosas habrían sido diferentes.

–Pero fuiste feliz en tu infancia, ¿no?

–Sí, pero ahora me pregunto si mi madre lo fue –contestó Hank poniéndose en pie y metiéndose las manos en los bolsillos–. No dejo de preguntarme por qué no me contó nada de Daniel.

–Hank, sólo eras un niño.

–Pero me mintió y si Daniel trató de veras contactar con ella... si es cierto que ella le devolvió las cartas sin abrir... –Hank se detuvo y sacudió la cabeza–. Le dije que mis padres no eran orgullosos pero estoy empezando a preguntarme ahora si me equivocaba. De ser así, estaría loco si me quedara en Crown.

Una sensación aterradora recorrió el interior de Lizzie. Oyó en la distancia el graznido de los patos y los gritos de alegría de su hija, pero sólo podía pensar en la posibilidad de que Hank se marchara pronto.

–¿Qué quieres decir?

Hank suspiró y se sentó de nuevo en el banco, apoyó los codos en las rodillas y entrelazó las manos.

–¿Fue el orgullo lo que la mantuvo alejada o que odiaba lo que Daniel representaba?

–Eso es algo que probablemente nunca sepas –contestó Lizzie con el corazón latiéndole desbocado. Pensaba en cómo debió de sentirse la madre de Hank cuando vio que su padre no aceptaba al hombre que amaba–. Era joven, Hank. Tal vez fue el orgullo, pero el pasado no importa tanto como lo que de verdad sientes hacia Daniel. ¿Te gusta como persona?

–Es un buen hombre –admitió–. Trata a sus empleados con respeto.

–¿Eres feliz trabajando con él?

–Odio admitirlo, pero sí, lo soy. Incluso me gusta mi trabajo en la oficina. No es lo mismo que estar en la obra pero no es tan malo como pensaba.

–Entonces eso es lo que importa –dijo Lizzie, a quien el anuncio pilló de sorpresa porque implicaba que tal vez Hank se quedara después de todo.

–Pero saber que es mi abuelo, que soy parte de un conglomerado gigante, sigue interponiéndose –dijo Hank levantándose de nuevo y tomándole la mano–. Vamos. Visitemos a los leones antes de irnos.

Lizzie no estaba muy segura de querer que la conversación terminara, pero sabía que Hank tendría que solucionar las cosas por sí solo. Ella ya le había dicho todo lo que podía decirle.

–Una cosa más –dijo Hank ya cerca de Amanda–. ¿Quieres cenar conmigo mañana?

–Me encantaría –contestó ella con una sonrisa.

–Bien. Vicky dijo que podría cuidar de Amanda.

–¿Se lo has dicho a mi hermana?

–No quería que me dieras excusas.

Antes de que Lizzie pudiera decir nada, habían llegado al estanque donde estaba Amanda.

–Vamos cariño –dijo Hank a Amanda.

–¿Nos vamos? –preguntó la niña tomándole de la mano y alzando la vista para mirarlo.

–Todavía no, pero pronto.

Con la mano libre, Amanda tomó la mano de su madre mientras salían de la zona de césped hacia el camino adoquinado.

–Parecemos una familia –dijo la niña.

El inocente comentario hizo que Lizzie se detuviera de golpe. No sabía si podría soportar que le rompieran el corazón de nuevo, ni tampoco el de su hija. Pero no dijo nada para no dejar ver el pánico que la había invadido.

–Vamos, mamá –dijo Amanda tirándole a Lizzie de la manga.

Por su parte, Hank miró a Lizzie de una forma que ella no pudo identificar. Una voz en su cabeza le decía que era demasiado tarde. Se estaba enamorando de Hank.

–¿Me vas a decir adónde vamos? –preguntó Lizzie cuando Hank detuvo el coche delante de la exclusiva boutique. Él sonrió y sacudió la cabeza consciente de que si se lo decía, Lizzie no querría hacerlo.

Había investigado un poco y había averiguado que, aunque la asesoría parecía ser un negocio próspero, Lizzie tenía que hacer muchas cuentas para llegar a fin de mes. Casi lo había perdido al tener que gastar el dinero ahorrado en el tratamiento médico de su madre. A eso había que añadir que a Vicky se le había escapado que era el cumpleaños de Lizzie y se había ofrecido a cuidar a Amanda. Tras eso, se había pasado a buscarla a la oficina y había insistido en que la acompañara sin decirle nada más.

–Pensé que podíamos hacer algunas compras –dijo él saliendo del coche.

–¿Para qué tenemos que ir de compras? –preguntó ella saliendo del coche.

–Para esta noche.

–¿Esta noche? –preguntó ella con un pie en la acera y el otro dentro del coche aún.

–Ya verás –contestó él sonriendo.

–¡Señorita Edwards! –saludó la dependienta–. Qué alegría verla. ¿Puedo ayudarla en algo?

–La señorita Edwards está buscando un vestido –contestó Hank antes de que Lizzie abriera la boca.

Lizzie se giró y lo miró con la boca abierta.

–Lizzie, cariño, cierra la boca –susurró Hank pero ella continuó mirándolo–. No es un gesto propio de una señorita.

–¿Qué crees que estás haciendo? –susurró ella sin dejar de mirarlo.

–Compras –dijo él y se volvió hacia la dependienta–. Estamos buscando un vestido para cenar esta noche. Una cena muy especial.

–Ooooh, maravilloso. Acabamos de recibir nuevos modelos y creo que es el momento de que la señorita Edwards los vea.

–Después de usted, señora…

–Sanders –respondió ella con una perfecta sonrisa–. Roberta Sanders.

Hank no hizo caso a la expresión ceñuda de Lizzie. No se iba a dejar amedrentar.

–¡Hank! –tiró de la manga de Hank.

–¿Hmm? –preguntó él fingiendo no prestar atención.

–¿Qué estás haciendo?

–Comprando un vestido –susurró él sonriendo a continuación a la señora Sanders, a la vez que asentía a lo que estaba diciendo.

–¿Para qué? Ya tengo vestidos.

–No como el que estoy buscando, te lo aseguro.

–¿Qué…?

–Ya hemos llegado –dijo la señora Sanders interrumpiendo así las palabras de Lizzie. Se había detenido en un lineal de vestidos y sacó dos de la talla de Lizzie.

–No, eso no es lo que tengo en mente. Son bonitos, pero estaba pensando en algo más… –se inclinó hacia la dependienta pero se aseguró de que Lizzie no lo escuchara–, femenino, yo diría que sexy. La señorita Edwards es una mujer hermosa…

–Desde luego –interrumpió la señora Sanders–. El tono de su piel es increíble y qué decir de su espléndida figura. No se ven muchas mujeres con una figura como la suya.

–Entonces ya me comprende –dijo Hank sonriendo de nuevo–. ¿Por qué no me deja que eche yo mismo un vistazo?

–Por favor –contestó ella haciéndose a un lado.

Lizzie observaba a Hank recorrer las filas y filas de vestidos en busca del más adecuado. Por fin encontró uno negro que creía ser perfecto para ella. No tenía ni idea de ropa de mujer pero le gustaba el profundo escote y el bajo un poco rizado.

–No está mal, ¿eh? –dijo Hank mostrándoselo a Lizzie, que se había quedado sin habla–. ¿Por qué no te lo pruebas?

–Hank –comenzó a decir ella–, este vestido es... bueno, el escote es...

–Tienes muy buen gusto, Lizzie, pero esta vez quiero que me hagas caso –dijo él invitándola a entrar en el probador que les señalaba la señora Sanders–. Si necesitas ayuda con la cremallera, Lizzie, llámame.

–Hank...

–La señora Sanders estará encantada de ayudarte.

Hank esperó y esperó pero Lizzie no salía del probador.

–¿Lizzie?

–Enseguida salgo –contestó ella.

Hank se quedó sin habla cuando salió por fin.

–¡Señorita Edwards! –exclamó la señora Sanders–. Está preciosa. ¿Verdad que sí? –preguntó mirando a Hank.

Él la miró sin poder pronunciar palabra.

–¿Hank?

–Lizzie –contestó él con voz aguda–, es perfecto.

–Odio estar de acuerdo contigo, pero yo también lo creo.

–Déjeme ayudarla a quitárselo. Después lo envolveré para que no se le arrugue –dijo la señora Sanders y a continuación miró a Hank–. Se lo lleva, ¿verdad?

–Por supuesto –respondió–, y sin rechistar –dijo a Lizzie.

–No puedo dejar que lo pagues...

–Te he traído aquí y he elegido un vestido. Yo lo pagaré. Además, éste es tu regalo de cumpleaños de parte de Amanda y mía.

–¿Te lo ha dicho ella? –preguntó Lizzie con la boca abierta de nuevo.

–No.

–Tendré que darle las gracias a Vicky –dijo Lizzie mientras entraba en el probador seguida por la señora Sanders, que no paraba de hablar.

Lizzie dejó a Amanda con sus primos viendo la televisión.

–Gracias por cuidar de Amanda esta noche –le dijo a Vicky.

–Sal y diviértete –dijo Vicky y se dirigió hacia la cocina, pero no antes de que Lizzie viera que su hermana tenía los ojos enrojecidos.

–¿Vicky? –preguntó siguiéndola–. ¿Qué pasa?

–Nada –contestó Vicky girando la cabeza.

Lizzie conocía a su hermana demasiado bien para creerlo. Tomándola por los hombros, hizo que se sentara en una silla y ella a su lado.

Vicky hizo un gesto con la mano para que la dejara pero entonces los ojos se le llenaron de lágrimas.

–Hank llegará en un minuto. Ve y pásalo bien.

La preocupación de Lizzie aumentaba. No era propio de Vicky llorar. Algo grave debía de ocurrirle.

–¿Cómo voy a pasarlo bien si estoy preocupada por ti toda la noche? ¿Es mamá?

–Mamá está bien –contestó Vicky con un sollozo–. Todo va bien, menos…

Lizzie alcanzó la caja de los pañuelos y la puso en la mesa.

–Menos…

Con una débil sonrisa, Vicky tomó uno y se secó los ojos. Después tomó aire profundamente y dejó las manos en el regazo, arrugando el pañuelo con los dedos.

–Dean ha tenido una aventura con otra.

Lizzie se quedó muda por la sorpresa. No tenía sentido.

–¿Dean? No puedo creerlo.

–¿Por qué no?

–Porque te adora y porque es el perfecto padre de familia.

–Las cosas no son siempre lo que parecen, Lizzie.

Ella sabía muy bien que aquello era cierto. Pero Dean… Era imposible. Vicky y Dean habían sido siempre la pareja perfecta desde que empezaron a salir en el instituto. Él había ido a la universidad de Kansas para estar cerca de ella. Habían esperado a casarse cuando tuvieron dinero para comprar la casa perfecta. Le iba bien en su trabajo en la empresa de electrónica. Siempre había amado a Vicky y era el perfecto hombre de familia. Lizzie nunca había esperado menos. Vicky siempre había sido la hija perfecta. No se podía esperar de ella menos que un perfecto matrimonio y una vida perfecta. Lizzie la había envidiado por todo. Dean no podía haber tenido una aventura.

–¿Estás segura? –preguntó sin poder creerlo.

–Muy segura. Lo ha admitido él mismo. Ayer. Por eso no fuimos al zoo.

–¿Y qué vas a hacer?

–Iba a ir a un abogado –dijo Vicky–. Pero hay un… bueno, hay un pequeño problema. Me ha insistido en que vayamos juntos a un consejero matrimonial.

Aliviada al comprobar que, al menos, algo tenía sentido en todo aquello, Lizzie pensó en algo que decir.

–Muchas parejas sobreviven a casos de infidelidad. Un consejero os podrá ayudar. Es buena señal que lo haya sugerido él.

–Dijo que se había dado cuenta de que se había equivocado –miró a su hermana–. Me dijo que lo sentía, y yo lo creo, pero…

–Pero es duro confiar en él de nuevo –dijo Lizzie–. Si de verdad lo siente y quiere asistir a terapia, podrás recuperar la confianza en él.

–Estoy segura de ello pero ése no es el problema –contestó ella secándose los ojos otra vez.

–No quieres el divorcio, ¿verdad? –fue lo único que se le ocurrió a Lizzie.

–¡Claro que no! Pero lo más probable es que ocurra eso –dijo ella cruzando las manos en el regazo y mirando a Lizzie a los ojos–. Estoy embarazada.

–¡Pero eso es estupendo! –dijo Lizzie, a pesar de haber oído decir a su hermana y a su cuñado muchas veces que dos hijos era el número perfecto.

–Lo sería pero Dean no quiere más hijos. Creo que fue eso lo que lo hizo buscar fuera de casa. Discutimos y discutimos sobre el asunto muchas veces. He estado muy celosa de ti, Lizzie. Tú y Amanda. Hace mucho tiempo que deseaba una niñita y ahora voy a tenerla. Lo sé pero puede que no tenga papá cuando Dean se entere.

–¿Celosa? ¿De mí? –Lizzie sentía como si la hubieran golpeado con un martillo, pero consiguió no perder el equilibrio y abrazó a su hermana–. Oh, Vicky, estoy segura de que Dean no se enfadará cuando le digas lo del bebé. No cuando lo piense bien.

–Tía Lizzie, Hank está aquí –gritó Denny desde el salón.

–Vete. Hank está esperando –dijo Vicky soltándose del abrazo.

–Hank lo comprenderá –dijo Lizzie, que no quería dejarla en aquel estado.

–Estaré bien –dijo Vicky con una fingida sonrisa–. Probablemente sean las hormonas. Escucha a tu hermana mayor. Sal a cenar con Hank y pasadlo bien. Yo me ocuparé de mis problemas.

–Hablaremos más tarde –prometió Lizzie al sonido del timbre.

Cuando llegaron a la puerta, los tres niños estaban alrededor de Hank.

–Dejad a Hank en paz para que pueda ir a cenar con la tía Lizzie –dijo Vicky al ruidoso grupo.

–Lleva usted un vestido muy bonito, señorita Edwards. Quien lo haya elegido tiene buen gusto –dijo Hank.

A pesar de la preocupación por su hermana y la forma en que la cabeza le hervía al darse cuenta de que siempre había estado equivocada sobre la vida de ésta, Lizzie se rió.

–Puedes decirlo.

–Hablaremos más tarde –dijo Lizzie abrazando a su hermana cuando los niños se hubieran marchado al salón–. Te lo prometo.

–Más bien parece una amenaza –dijo Vicky con una débil sonrisa–. Estoy bien. Tengo planes para los niños –se volvió hacia Hank–. Lizzie no tiene toque de queda así es que no tengas prisa por devolverla. Amanda se quedará a dormir –añadió con una sonrisa pícara.

A juzgar por la mirada en su cara, Hank había quedado muy sorprendido ante la sugerencia. Avergonzada, Lizzie se apresuró a decir buenas noches y salió de la casa.

–Te juro que mi hermana a veces tiene las ideas más estúpidas que puedas imaginar.

–¿Está enferma? No tenía buena cara.

Lizzie habría dado lo que fuera por poder contarle a Hank su preocupación pero no estaba segura de que debiera hacerlo. Era un asunto familiar y Hank no era de la familia, por mucho que le gustara a todo el clan Edwards.

Lizzie no podía dejar de pensar que Vicky no viviera en el cuento de hadas como siempre había creído. Como su hermana había dicho, las cosas no siempre eran lo que parecía.

–Si está enferma tal vez Amanda no debería quedarse con ella –dijo Hank subiendo al coche.

–No está enferma –respondió Lizzie. «Sólo le duele el corazón»–. Amanda estará bien.

Pero no podía decir lo mismo de Vicky. En el interior del coche miró a Hank. No la sorprendía que tuviera un gran aspecto. Daba igual que llevara un esmoquin, vaqueros o el traje de corte perfecto que había elegido para la ocasión. Parecía cómodo y feliz. Lo último que quería era preocuparlo con asuntos familiares. Y sabía que se preocuparía si le decía lo que le pasaba a su hermana. Era ese tipo de hombre. No se lo diría, pero pensaría en hablar con Dean antes de hablar de nuevo con su hermana. No estaba muy segura de lo que le diría a su cuñado. Le preguntaría a Hank pero éste le haría entonces un montón de preguntas que no quería responder. Pensaría en algo. Era lo menos que podía hacer por su hermana, que siempre la había apoyado. Tal vez

Hank comprendiera algún día lo que significaba ser una «familia», pero primero ella tenía que acostumbrarse a la novedad de que su hermana no era perfecta. Y le iba a costar.

# CAPÍTULO 8

EL RESTAURANTE no era el adecuado? –preguntó Hank tras lo que él había esperado que fuera la velada perfecta.

–Lo siento. ¿Qué decías? –dijo Lizzie girándose para mirarlo.

–Tal vez deberías asistir a uno de los cursos de buenas maneras y protocolo que se ofrecen en Kansas City, Asesores de Imagen.

–¿Por qué?

–Está bien saberlo, pero si es así, ¿por qué no has dicho más que unas pocas palabras en toda la cena?

–No es nada importante.

De pronto, Hank se desvió de la dirección que tenía que tomar para ir a casa de Vicky a recoger a Amanda y continuó recto. Tenía derecho a saber qué era lo que la estaba preocupando después de haber compartido dos horas con ella sin decir más que monosílabos.

–¿Adónde vamos? –preguntó Lizzie mirando por la ventana.

–¿Te has dado cuenta?

–Lo siento. De verdad. Es sólo que…

–Vamos a mi casa –dijo Hank y antes de que Lizzie pudiera decir nada le tomó la mano–. Vicky dijo… No, si recuerdo bien insistió en que no te llevara pronto a casa. Además, tengo café en casa.

–Me gustaría.

–Esto es lo más sensato que has dicho en toda la noche –contestó él sonriendo.

Minutos después Hank aparcaba el coche en su plaza delante del edificio y apagaba el motor. Salió del coche y lo rodeó para ayudar a Lizzie. Ésta dudó un poco antes de aceptar la mano que le tendía.

–¿Qué te parece el apartamento ahora que ya llevas un tiempo viviendo en él? –preguntó con una sonrisa.

–Está bien. Grande, pero me estoy acostumbrando.

Subieron en silencio. Lo preocupaba verla tan silenciosa. Al llegar al apartamento, Hank abrió la puerta y la invitó a pasar. Por un momento no recordaba en qué estado lo había dejado todo antes de marcharse. Nadie lo había llamado nunca «cerdo» pero tampoco era don Limpio. Y nunca le había importado. ¿Por qué le importaba entonces?

–Ponte cómoda –dijo señalando al sofá–. Iré a preparar el café, ¿o prefieres otra cosa?

–¿Otra cosa?

–Sí –dijo él sin saber qué lo había impulsado a preguntar–. Ya sabes: una copa de vino. Una cerveza. Un martini quizá…

–Vino blanco –dijo finalmente–. Suena bien. ¿Tienes?

–Marchando vino blanco para la señorita.

Preparó la bebida en la cocina y tomó una cerveza para él. Con las bebidas en la mano regresó al salón y se encontró con Lizzie delante de la ventana con los brazos cruzados mirando la oscuridad.

–Es una bonita vista –dijo Hank al entrar.

Dejó las bebidas en la mesa y se acercó a la ventana. Deseaba abrazarla pero no lo hizo. Hasta que ella no le diera alguna señal de que lo deseara también, se guardaría las manos en los bolsillos. Ella le había enseñado lo importante que era mostrarse caballeroso y se iba a comportar como tal.

–¿Quieres hablar de ello? –preguntó Hank tras unos momentos que parecieron eternos.

Sus miradas se encontraron en el reflejo de la ventana pero Lizzie no respondió.

–Se me da bien escuchar. Parece que es lo que he estado haciendo toda la vida.

Para sorpresa de Hank, Lizzie se giró y apoyó la cabeza en su pecho. No estaba seguro de que ésa fuera la señal que estaba esperando pero no quería hacer un movimiento equivocado y asustarla. La abrazó con cuidado. Lizzie suspiró pero su cuerpo seguía estando muy tenso.

–No sé por dónde empezar.

–Lo primero es que estés cómoda –dijo él acompañándola al sofá. Ella no discutió, lo que era buena señal, y Hank le dio entonces la copa de vino.

–¿Te importa si me quito los zapatos? –preguntó Lizzie tomando la copa.

–Claro que no. Ponte todo lo cómoda que quieras. ¿Quieres un cojín?

–Gracias –contestó ella con una sonrisa dulce pero forzada. Bebió un sorbo y se inclinó hacia atrás con los ojos cerrados.

Hank se sentó junto a ella, no demasiado cerca, y esperó a que dijera algo, pero no lo hizo.

–¿Qué ha ocurrido?

–Muchas cosas. No puedes imaginártelas –contestó ella con un esbozo de sonrisa que desapareció al momento.

Antes de poder pensar en algo inteligente que decir, Lizzie dio un largo y profundo suspiro.

–A veces envidio que no tengas una familia.

–¿Por qué? –preguntó Hank sorprendido.

–Porque si hubieras hecho algo mal hace tiempo ahora no tendrías que pasarte la vida tratando de arreglarlo.

Hank no podía creer que Lizzie hubiera hecho algo mal en su vida. Era perfecta aunque nerviosa. Sus palabras lo demostraban.

–¿Qué crees que hiciste mal?

–No es que crea que hice algo mal, es que sé que lo hice –contestó ella subiendo una de sus magníficas piernas al sofá.

–¿Y qué fue?

–Estoy seguro de que te lo puedes imaginar, Hank –respondió ella dando un rápido parpadeo de sorpresa.

–A menos que estés hablando de Amanda, y no creo que eso sea malo, no puedo pensar en nada más. ¿Robaste un banco? ¿Mataste a alguien?

–No.

–¿Absorbiste una empresa? ¿Destrozaste un matrimonio?

–No –dijo ella alzando la vista tras la última pregunta.

–¿Entonces qué?

–Hice daño a mi familia. Los avergoncé –dijo ella sacudiendo la cabeza.

–A mí me parece que eres tú la que está avergonzada y no puedo comprender por qué.

–No sabes cómo era.

–Y tú tampoco sabes cómo era yo –replicó él y al ver que Lizzie no decía nada continuó–. ¿Qué importa lo que las personas hicieran en su juventud? Lo que importa es lo que hacemos de adultos.

–Supongo que sí.

Aquélla no era la Lizzie que él conocía. Su Lizzie era vivaz como un fuego. Sabía lo que quería y luchaba por ello pero no aplastaba a los demás en su camino. Era amable, simpática pero con una gran fuerza interior. Aquello era lo que lo había atraído de ella y lo que lo estaba reteniendo en Kansas City. No el trabajo ni haber encontrado a un miembro de su familia. Era Lizzie.

Sorprendido por haberlo reconocido aunque fuera en silencio, Hank se puso de pronto en pie.

–¿Adónde vas? –preguntó Lizzie.

Él se preguntaba lo mismo. Lo único que sabía era que tenía que salir de aquella situación antes de que hiciera algo que luego lamentara.

–Voy a preparar ese café –dijo él pero era sólo una excusa. Si no tenía cuidado no podría marcharse cuando llegara el momento y se preguntó si el momento llegaría o no. Lo que deseaba era tomarla en sus brazos y demostrarle lo especial que era, pero tenía la sensación de que eso no la ayudaría en ese momento. Además, él no debería involucrarse en una relación. Bastante lo estaba ya. Lizzie estaba muy preocupada por algo y tenía que abrirse para curar sus heridas. Tenía que ayudarla pero no de la manera que su cuerpo le estaba gritando que lo hiciera.

Lizzie se reclinó en el sofá, insegura de su próximo movimiento. No podía contarle lo que le ocurría. ¿Qué pensaría de ella? Él ya sabía el error que había cometido cuando era joven y lo aceptaba sin preguntas, pero lo que no sabía era lo que la había impulsado a hacerlo. Después de hablar con Vicky se había dado cuenta de que era una idiota.

–Espero que no sea demasiado fuerte para ti –dijo Hank, que traía dos tazas humeantes en las manos.

–Seguro que está bien –dijo ella tomando la taza que puso en la mesa–. Siento mucho lo de esta noche. No quería estropearlo.

Hank se sentó en el sofá, pero no cerca de ella, y Lizzie se sintió todavía peor. Ella no era así pero después de lo que Vicky le había dicho, y lo revelador que había sido, no estaba segura de que pudiera seguir siendo la misma.

–Me preocupas más tú que la cena.

–Estoy preocupada por Vicky –dijo Lizzie tras un largo suspiro.

–¿Le ocurre algo? –la preocupación en su voz casi la hizo llorar. No tenía por qué preocuparlo.

–Sí. No. Oh, es un desastre. Yo soy un desastre –acertó a decir.

–¿Tú? –preguntó él con una risa profunda–. Nunca he conocido a una mujer con la cabeza mejor amueblada que tú, por no hablar de tu magnífico cuerpo.

Entre la pena se sonrojó.

–Yo creía que tenía todo bajo control. Creía que lo comprendía todo, pero… bueno, las cosas han cambiado. Nada es como yo creía que era –dijo Lizzie un tanto ruborizada.

–¿A qué te refieres con todo?

–Mi vida –contestó ella. Por un momento guardó silencio pero se obligó a seguir hablando–. Toda mi vida había pensado que Vicky era perfecta. Era la favorita de mis padres. Inteligente, guapa, popular en el instituto. Perfecta. Nunca causó una preocupación a nadie.

–¿Cómo estás tan segura?

–Pero hoy he sabido algo que no estoy segura de que quisiera saber. O tal vez sí lo deseara en mi interior pero es que... no sé. Supongo que me he dado cuenta de que las apariencias pueden ser engañosas.

–¿Qué ha ocurrido?

–Ahora sé que mi hermana no es perfecta.

–No me sorprende.

–Que su matrimonio no es perfecto –admitió sin querer entrar en más detalles.

–Tampoco me sorprende. Por lo que he visto, ninguno lo es. Tal vez sea eso lo que lo hace interesante. Para algunos.

A Lizzie no se le escaparon estas últimas palabras y lo que significaban. Una vez más Hank le dejaba claro que él no iba a casarse. Se puso de pie y se dirigió a la ventana, pero en vez de admirar la vista se puso a caminar arriba y abajo nerviosa, incapaz de detenerse ya que había empezado.

–Toda mi vida he querido ser como mi hermana. Perfecta. Pero lo estropeé todo por varias razones. Debido a la idea que yo tenía de ella hice las cosas que hice –se detuvo y sacudió la cabeza–. Pensé que Jeffrey era la respuesta que estaba buscando y no sólo no lo era sino que empeoró las cosas. Me avergonzaba de lo que había hecho y di a luz el motivo de vergüenza –se volvió hacia Hank–, pero a pesar de todo, Vicky se mantuvo a mi lado. Mis padres también aunque yo no quisiera verlo entonces. Y Hank, ella me ha dicho que me tiene envidia. ¿Puedes creerlo? Vicky me envidia a mí.

–No me sorprende.

Lizzie volvió al sofá junto a él. Se sentía mejor después de su confesión y de escuchar unas pocas palabras de Hank.

–Tú eres otra cosa, Hank Davis –dijo ella acercándose a él y dándole un beso en la mejilla. Hank se retiró de pronto y Lizzie quedó muy sorprendida–. Yo… lo siento. Supongo que no debería haberlo hecho.

Estaba dolida pero no quería que Hank se diera cuenta, así que se puso en pie. No había pensado lo que él podría pensar de ella. Además de ingenua era una estúpida. Apuró lo que quedaba en la copa y miró a Hank.

–Será mejor que te lleve a casa –dijo éste.

Lizzie no estaba muy segura si era por el vino o por qué, pero se sentía un poco mareada y el corazón le latía desaforadamente. Sabía que no quería irse. No podía dejar que la llevara a casa y se marchara sin más, y eso era lo que Hank haría. Tenía la misma mirada asustada que ella cuando se enteró de que estaba embarazada y la misma que había puesto Jeffrey al enterarse. Cerró los ojos.

–¿Lizzie? –preguntó Hank indeciso.

–No. Aún no. Yo… –Lizzie sacudió la cabeza y abrió los ojos dispuesta a enfrentarse a la realidad pero lo que se encontró fue un gesto de rendición absoluta por parte de Hank, igual que el suyo.

Sin previo aviso, Hank la tomó en brazos y le buscó los labios ansioso. Lizzie no intentó detenerlo, ni siquiera lo dudó un momento. Era lo que había estado deseando. Su sentido común le decía que no debía pero ya no le importaba. Estaba disfrutando de aquel beso, de las manos de Hank recorriéndole el cuerpo haciéndola sentirse la mujer más deseada.

El pulso de los dos latía acompasado. Cuando notó que el beso llegaba a su fin ella lo empujó de nuevo. Necesitaba aquel contacto como el aire para respirar.

Hank sabía que tenía que retomar el control pero besar a Lizzie era como una droga dulce a la que se sentía cada vez más adicto. Llevaba luchando contra su instinto desde el primer beso que le dio aquella noche en el despacho. Sospechaba que no era una mujer tan rígida como quería aparentar.

Se giró levemente para tumbarla sobre el sofá y se tendió junto a ella, acercándola a sí más aún, comprobando que su cuerpo se amoldaba perfectamente al suyo. Aquello era como estar en el Cielo. Exploró la boca de ella con la lengua pero no era suficiente. Con un hábil movimiento le soltó los cabellos, algo con lo que había soñado desde que la vio por primera vez.

Hank nunca se había sentido tan excitado por una mujer. La deseaba y por un momento estuvo tentado de poseerla. De pronto se dio cuenta del daño que podría causarle y, reticente, se separó de ella.

–Lizzie…

Ésta respondió con un gemido. Hank le tomó con sumo cuidado las manos que abrazaban su cuello. Consiguió hablar a pesar de su respiración entrecortada.

–Yo… bueno, no debería haberlo hecho, pero, ¡qué demonios!, quería hacerlo.

–Y yo quería que lo hicieras –dijo ella con la respiración también entrecortada.

–Sí, pero antes de que esto llegue más lejos…

–Está bien –dijo ella rodeándole el cuello de nuevo y depositando un último beso en sus labios–. Soy adulta. Sé lo que estoy haciendo.

–No quiero que te vayas de aquí con algo que lamentar –dijo Hank ayudándola a sentarse y besándole la mano a continuación.

–No voy a lamentar nada.

–Sí que lo harás. Y yo también. Y no quiero que eso ocurra.

–¿Lo lamentarías? –preguntó Lizzie. Sacudió la cabeza y se puso en pie, tremendamente dolida–. ¿Sabes?, tienes razón.

–No quería decir eso. Simplemente no quiero que ocurra algo demasiado pronto. Éste no es el momento adecuado para nosotros. Aún no.

Hank se detuvo en seco y pensó en lo que acababa de decir. Y a continuación le besó la palma de la mano.

–Habrá un momento mejor. Te lo prometo.

Sus miradas se cruzaron y Hank reconoció el reproche que había en los ojos de Lizzie, pero vio también alivio y gratitud. Se alegraba de haber recobrado el control antes de que fuera demasiado tarde.

–Iré a arreglarme el pelo –dijo Lizzie de pronto desviando la mirada y saliendo hacia el cuarto de baño.

–¿Por qué no te lo dejas suelto? Me gusta así –dijo él acercándose a ella y acariciando la mata sedosa. Puede que hubiera tenido que detener el beso y las caricias pero no había dejado de desearla.

–Tal vez algún día –dijo ella con una triste sonrisa.

Hank la soltó y la miró mientras desaparecía. Sólo podía esperar que no le hubiera hecho demasiado daño. No se habría detenido con ninguna otra mujer. Sólo con ella y no podía asegurar que no volviera a hacerlo.

Se puso una mano en la nuca y se apoyó en el sofá. Era consciente de que tenía que tomar una decisión y pronto. ¿Debería quedarse en Kansas City y empezar algo con Lizzie? ¿O sería mejor marcharse antes de que fuera demasiado tarde? Si no planeaba quedarse no podía seguir jugando con ella. Lo preocupaba Lizzie. Y lo asustaba pensar que estuviera enamorándose de ella.

Lizzie volvió del cuarto de baño en ese preciso momento. Con una sonrisa dubitativa, recogió su bolso y deteniéndose frente a él, se inclinó y le dio un beso.

–Gracias.

–¿Por qué? –preguntó él sorprendido.

–Por ser así –respondió ella y a continuación se giró y se dirigió hacia la puerta–. Será mejor que me vaya.

–Sí –dijo él sin pensar y tomó las llaves. Dejarla ir era lo último que quería hacer.

Hank levantó la vista y vio entrar a Daniel. Se puso en pie.

–Siéntate, Hank –dijo Daniel con un gesto–. No hay razón alguna para andar con tantas formalidades. Somos de la familia.

Sus palabras le resultaron extrañas pero no le desagradaron. Daniel Wallace, su abuelo, ya había sufrido bastante. Hank había visto lo que la culpa había causado a Lizzie y sospechaba que le pudiera estar pasando lo mismo a Daniel. Aquel hombre había pagado un alto precio, pero su madre también. Los dos habían cometido un error por culpa del orgullo y Hank no podía hacer lo mismo.

–Podría haber ido a tu despacho –dijo Hank mientras el otro hombre se sentaba en una silla–. Sólo tenías que decírmelo.

–Me gusta venir aquí para verte trabajar. Me alegra el corazón –respondió el anciano sonriendo.

Hank no pudo evitar sonreír también. Allí sentado se reclinó hacia atrás en su sillón y trató de espantar los recuerdos del pasado. No quería seguir preguntándose cómo podrían haber sido las cosas.

–¿Has tomado ya tu decisión? –preguntó Daniel.

–Me quedo. Al menos de momento. Seis meses, tal vez más.

–¿Te gusta estar aquí? –preguntó el otro hombre con una sonrisa.

–No es a lo que estoy acostumbrado pero no puedo decir que no sea un trabajo interesante. Me estoy adaptando aún.

–Me habría sorprendido que no lo hicieras –dijo Daniel lleno de orgullo.

Hank se dio cuenta de que aquel hombre seguía gustándole aun después de conocer que era su abuelo.

–Parece que sabes mucho de la gente.

–He tenido muchos años para aprender –respondió Daniel–. Y los errores son siempre el mejor maestro, errores como los que cometí con tu madre.

–Todos cometemos errores.

Tras dar un suspiro Daniel se llevó la mano a la cabeza.

–Yo lo cometí por amor. Lo sabes, ¿verdad?

Hank lo pensó un momento. Sabía que Daniel quería a su hija y sólo deseaba lo mejor para ella.

–Tratabas de protegerla. Yo habría hecho lo mismo.

Daniel no dijo nada pero pareció relajarse, y Hank se dio cuenta de lo mucho que había madurado para preocuparse así por su abuelo.

–Si las cosas hubieran sido diferentes… –comenzó el hombre.

–Pero no lo fueron, así es que no sigas martirizándote. Hacemos lo que creemos que es lo mejor –dudó por un momento receloso de expresar sus sentimientos–. Me alegro de haberte conocido –admitió finalmente.

–Yo también, Hank, yo también –respondió el hombre y se apoyó en los brazos de la silla para cambiar de posición–. Pero no he venido para una visita social, aunque disfruto mucho haciéndolo. Estoy aquí por un asunto de negocios. Una oferta, para ser exactos.

–¿Una oferta? –preguntó Hank. No creía haber demostrado todavía sus capacidades en el trabajo que desempeñaba–. No es necesario…

–No lo hago porque tú lo necesites, sino porque yo lo necesito –lo interrumpió Daniel.

Hank decidió no protestar. Si había algo claro sobre Daniel Wallace y la forma en que dirigía sus empresas era que sabía lo que hacía.

–Hace tiempo que debía haberme jubilado. Podría haber dejado todo esto en manos de personas cualificadas pero no quería perder el control de las riendas.

–No lo hagas entonces –dijo Hank no muy seguro del objetivo de aquella conversación.

–No te preocupes –dijo Daniel soltando una carcajada–. No estoy tan senil como para dejarlo así por las buenas. Pero no queda tanto para que llegue el momento en que no pueda hacer las cosas, mental y físicamente. Lo que he pensado es ir saliendo poco a poco para asegurarme de que el negocio se queda en las manos adecuadas.

–¿Las manos de quién?

–Nunca pensé en nadie a quien dejarle todo este imperio. Sabía que tenía un nieto, pero, según pasaba el tiempo, las posibilidades de saber de él disminuían. No lo sabes pero puede que sepa más cosas de ti de lo que tú mismo sabes. No te lo dije pero te he estado siguiendo los últimos dos años. Sé la clase de persona que eres y creo que sé la clase de persona que serás. Quiero que seas tú quien dirija Wallace Internacional cuando yo me vaya.

–Yo no… –aunque lo veía venir Hank no se sentía preparado para asumir aquella abrumadora responsabilidad.

–No te estoy pidiendo que me contestes ahora –dijo Daniel–. Piénsalo. Volveremos a hablar antes de que tomes una decisión. Hay tiempo, y no quiero que me des una respuesta apresurada.

–De acuerdo.

–Sólo piensa en ello –repitió Daniel dándole la mano.

–Lo haré –prometió Hank.

Se quedó mirando cómo Daniel salía del despacho. Dirigir Wallace Internacional. Todo había ocurrido en muy poco tiempo. La oferta para el trabajo de jefe de obra, la mudanza desde Nuevo México, Lizzie…

Lizzie. Tenía que llamarla para contarle las noticias. Sabía lo que iba a decirle y se sentía emocionado. La vida parecía estar tomando las decisiones por él.

Tomó el teléfono pero lo colgó antes de marcar. Tenía una idea mejor, algo en lo que llevaba tiempo pensando y no podía esperar a ver la cara de Lizzie.

# CAPÍTULO 9

LIZZIE metió la taza de café en el microondas y la calentó por segunda vez. Tenía que concentrarse en lo que le faltaba por hacer, algo que le estaba resultando especialmente difícil en los últimos días. No podía dejar de pensar en Hank y en su última velada juntos, pero también pensaba en los problemas de su hermana. Al menos Vicky y Dean estaban acudiendo a un consejero matrimonial.

–¿Qué pasa ahí fuera? –preguntó Lizzie en voz alta al oír un terrible ruido fuera del edificio.

–¡Dios mío! –exclamó Janine desde la puerta–. Ven aquí, Lizzie. Tienes que ver esto.

–¿Ver qué? –preguntó ella acercándose a Janine, pero un vistazo a la calle respondió a su pregunta.

Una reluciente moto de color negro estaba parada junto a la acera y sobre ella una figura vestida de cuero negro, con la cara oculta por el casco. Cuando la figura se incorporó reveló su identidad y Lizzie dio un grito ahogado.

–¡Hank!

–¿Te gusta? –gritó él por encima del ruido atronador.

–Creo que es algo ruidosa –dijo Lizzie alzando la voz–. ¿Qué vas a hacer con ella?

–¿Hacer? Bueno, se supone que montarme en ella

–contestó él bajando de la moto y acercándose a Lizzie–. Y tú vendrás conmigo.

Hank no podía ni imaginar cuánto lo deseaba Lizzie. La potencia de aquellas máquinas la excitaban, pero no lo admitiría ante él. Sabía que era un aspecto más de su naturaleza rebelde y estaba intentando desprenderse de ella.

–Bueno, te aseguro que no será ahora –contestó ella con desgana.

–¿Y por qué no? Hace un día estupendo y no tienes a ningún cliente esperando. Vamos. Es el momento perfecto.

–Hank, mira cómo voy vestida –dijo ella señalando el traje con falda estrecha de color azul que llevaba. Pero quería montar en la moto. Desearía tener un par de vaqueros allí mismo.

–Levántate la falda y sube. Nadie te va a ver.

Lizzie notó que la cara le ardía y sacudió la cabeza. No era muy buena idea sentarse tan cerca de él. Vestido de aquella manera era la quintaesencia del «chico malo». De pronto el chico malo se acercó a ella y le susurró al oído:

–Quería compartir esto contigo.

Lizzie sintió que se derretía. ¿Cómo podía decirle que no?

–No tardaré. Defiende el fuerte en mi ausencia –dijo Lizzie girándose hacia Janine.

Entonces miró a su alrededor para comprobar que no había nadie y se subió la falda todo lo que se atrevió.

–¡Una chica valiente! Pero será mejor que te sujetes bien: este cacharro tiene potencia.

Hizo lo que le decía. Hank se dio la vuelta para mirarla y le sonrió. Era evidente lo que le provocaba esa sonrisa traviesa: la pierna desnuda de Lizzie pegada a su muslo.

–Debería haber hecho esto antes –añadió Hank con un tono gutural que no pasó desapercibido para Lizzie. Y arrancaron.

A medida que ganaban velocidad más se alegraba de no poder ver lo que había delante de ellos. Había mucho tráfico pero Hank maniobraba de forma experta entre los coches y pronto salieron a la autovía. Lizzie olvidó su indumentaria y se abandonó a la placentera experiencia, pero en seguida Hank tomó la primera salida y redujo la velocidad hasta detenerse completamente en una zona de merenderos a las afueras de la ciudad.

–Será mejor que te bajes tú primero–dijo Hank en un gesto de caballerosidad.

–Odio admitirlo pero ha sido muy divertido. Lo que me gustaría saber es que te ha empujado a comprar una moto.

–Es algo que siempre quise hacer pero nunca tuve los medios para ello –contestó Hank poniéndole los brazos por encima de los hombros–. Una moto no me resultaba práctica.

–Gracias por compartir el paseo conmigo –dijo ella.

Hank se sentó sobre una de las mesas de picnic y tomando a Lizzie por la cintura la atrajo hacia sí hasta colocarla entre sus piernas.

–Esto no era lo único que quería compartir contigo.

La sorprendió que Hank no estuviera sonriendo y no parecía como si fuera a besarla. No podía imaginar qué quería compartir con ella. Una moto era una señal de independencia o, al menos, así lo había visto ella siempre.

–Eh, ¿qué te pasa? ¿Por qué tienes el ceño fruncido –preguntó Hank.

–¿Qué quieres compartir conmigo? –preguntó aguantando la respiración en espera de lo peor.

–Daniel me hizo una oferta esta mañana.

–Vaya.

–Parece que quiere que me ocupe del negocio, por un tiempo, claro.

Sorprendida y aliviada al mismo tiempo, Lizzie lo miró con detenimiento. No sabría decir si Hank estaba feliz o no.

–¿Y qué le contestaste?

–Nada. Todavía. Me dijo que me lo pensara.

–¿Y lo has hecho? –dijo ella bastante nerviosa.

–Un poco –dijo mirándola con detenimiento–. Ya no estoy seguro de lo que quiero. Pensé que tal vez tú y yo deberíamos hablar de ello.

Una brisa esperanzadora inundó el corazón de Lizzie. Era la primera vez que Hank sugería la posibilidad de quedarse en Kansas City. Y estaba teniendo en cuenta su opinión.

–No sé si estoy dispuesto a irme –continuó Hank mirándola a los ojos–. Creo que quiero quedarme pero…

Si no hubiera añadido ese «pero» habría sido el éxtasis absoluto. En todo momento había sabido que Hank nunca tuvo intención de sentar la cabeza, ni con ella ni con nadie, pero había empezado a albergar esperanzas.

–No tienes que tomar la decisión ahora mismo –dijo Lizzie con un nudo en la garganta–. Tienes mucho tiempo –y desvio la vista incapaz de seguir sosteniéndole la mirada. Al hacerlo vio la hora que era. Tenía una cita con un nuevo cliente. El negocio había comenzado a remontar en las últimas semanas y sospechaba que Daniel tenía algo que ver.

–Hablando de tiempo –añadió–. Tengo un cliente dentro de media hora. Será mejor que nos vayamos –dijo comenzando a alejarse de él.

–Lizzie –cuando ésta alzó la cabeza Hank depositó un beso en sus labios–. Podemos hablar de esto después.

El viaje de vuelta no fue tan emocionante como el de ida pero afortunadamente llegó a tiempo a la oficina.

–Te llamaré esta noche para hablar de ello –dijo Hank cuando la dejó en la oficina–. Podríamos alquilar una película y hacer palomitas.

–Me gustaría mucho –contestó ella inclinándose para darle un beso en la mejilla y en ese momento oyó que alguien la llamaba.

–No has cambiado nada. Tan salvaje como siempre sólo que unos años mayor.

Lizzie se giró al oír la voz familiar, una voz que no había escuchado en los últimos cinco años, y se le heló la sangre en las venas.

–¿Se te ha comido la lengua el gato?

–¿Qué estás haciendo aquí? –preguntó al hombre que la había dejado embarazada cinco años atrás.

–He venido a verte –respondió éste y miró a Hank–, pero veo que estás ocupada, como siempre –dijo sonriendo a Hank con aire provocador.

–Estoy ocupada –dijo Lizzie mirando el reloj–. Por si te interesa saberlo, tengo una cita de trabajo…

–Sí, eso me ha dicho tu secretaria.

–¿Lizzie? –dijo Hank tras ella.

Ésta se giró hacia él pero no sabía qué decir. No podía hacer las presentaciones, lo único que quería era alejar a Jeffrey y su bocaza de Hank. Había pasado los últimos cinco años madurando y si Jeffrey se ponía a hablar…

–Vamos a mi oficina –dijo Lizzie a Jeffrey señalando la puerta–. Allí podremos hablar de lo que quieras.

–Podemos hablar de mi hija.

–Sí, claro, pero no aquí, en la acera –y tomando aire profundamente miró a Hank–. Lo siento, pero tengo que hacerlo.

Hank estaba mirando a Jeffrey y apenas se enteró de sus palabras.

–¿Éste es el padre de Amanda?

–Así es –dijo Jeffrey–, y quiero conocerla. Y conocer a Lizzie de nuevo.

Hank clavó la mirada en Lizzie ávido por hallar respuestas.

–Después –le dijo acariciándole la mejilla–. Te lo prometo –le dijo a Hank y a continuación se volvió hacia Jeffrey–. De acuerdo. Solucionemos el asunto.

Jeffrey la siguió y al entrar por la puerta Lizzie se volvió y miró a Hank, que seguía sobre la moto. No podía hacer nada hasta que hablara con Jeffrey pero Hank no tenía de qué preocuparse. No tenía intención de dejar que Jeffrey volviera a su vida ni a la de Amanda. Su nombre no aparecía en la partida de nacimiento. Antes de exigir nada tenía que demostrar su paternidad y eso llevaría tiempo.

Era la tercera vez que se levantaba al frigorífico en los últimos minutos. No dejaba de mirar el reloj. De nuevo en el salón tomó el móvil y comprobó que no había mensajes. Nada. Y el teléfono de su apartamento tampoco había sonado en toda la tarde. ¿Por qué no llamaría Lizzie?

Hank había regresado al trabajo tras dejar a Lizzie en su oficina en vez de haberla seguido para decirle a aquel cretino que no tenía nada que hacer con Lizzie y Amanda. Pero no había conseguido quitársela de la cabeza. Y ya habían pasado cinco horas desde aquello y Lizzie seguía sin dar señales. Había prometido que lo llamaría. ¿Acaso sabría cuánto lo estaba afectando aquella situación?

Descontrolado e incapaz de detenerse dio un puñetazo al respaldo de la silla más cercana. Por supuesto que no lo sabía. No había tenido tiempo de contarle sus planes. Habían tenido que regresar antes por la cita de Lizzie y él había necesitado un poco más de tiempo para pensar. Lo había hecho mientras regresaban del parque. Al llegar a la oficina le había dicho a Daniel que había decidido quedarse y que lo había hecho por Lizzie porque sabía lo que quería de la vida: quería formar una familia con ella y con la pequeña Amanda. Pero en esos momentos no sabía si había hecho bien porque el padre biológico había aparecido y tal vez quisieran incluirlo a él en esa familia. Los primeros amores siempre dejaban huella.

El timbre del teléfono lo sobresaltó y se lanzó a por él. Estaba seguro de que era ella.

–Lizzie, escucha, yo…

–Bueno, no soy Lizzie pero espero que tú sí seas Hank Davis.

La decepción se le hizo insoportable y se dejó caer en el sofá frotándose los ojos.

–¿George?

–Sí, soy yo –dijo su antiguo jefe–. No estaba seguro de que siguieras teniendo el mismo número.

–Sí, sí, sigo aquí.

–Me alegro de hablar contigo. Tenía miedo de que no te hubieran aceptado en ese nuevo trabajo de jefe de obra y te hubieras largado a otras tierras más lejanas sin avisarme.

–Ya te dije que te lo diría si no me iba bien –le recordó Hank pero las cosas había ido bien, mucho mejor de lo que jamás hubiera imaginado: había encontrado a un abuelo que no sabía que tuviera y estaba orgulloso de ser el nieto de Daniel Wallace. Pero sobre todo, había encontrado a una mujer muy especial.

–Hank, ¿sigues ahí?

–Aquí estoy.

Después de haber trabajado para aquel hombre durante más de tres años, Hank sabía que George no hablaba a menos que tuviera algo importante que decir.

–¿Qué pasa, George?

–Me conoces mejor que nadie, excepto Junie. Y ella siempre sabe lo que voy a decir. Ocurre que he pensado vender el negocio, Hank. Junie me ha convencido de que no quiere seguir viajando. Nos estamos haciendo viejos y Junie quiere asentarse en algún sitio, vivir como la gente normal, y creo que yo también.

–¿Vendes Construcciones GJ? –preguntó Hank sorprendido.

–Pues sí, y creo recordar que una vez dijiste que si alguna vez pensaba cerrar tú querías ser el primero en hacerme una oferta.

Hank también lo recordaba aunque no había vuelto a pensar en la conversación que tuvo tiempo atrás con George.

–¿Cuánto pides?

George dijo una cifra y Hank no pensó que fuera desorbitada. Tenía bastantes ahorros y si no podía comprarla él solo le pediría dinero a Daniel. Su abuelo no se alegraría de su marcha pero tampoco se negaría a ayudarlo.

La cuestión era si quería marcharse. Seguía pasando el tiempo. Creía que Lizzie ya llevaba demasiado hablando con su antiguo amor pero seguía teniendo un hilo de esperanza.

–¿Necesitas que te dé una respuesta con urgencia? –preguntó a George.

–Hay un par de tipos interesados –admitió George–, y tendría que decirles lo antes posible si estoy considerando sus ofertas, pero quería decírtelo a ti primero. Sé que GJ estaría en buenas manos contigo.

Hank pensó en ello. Sería su propio jefe. El propietario de una empresa. Pero también tenía que pensar en Crown y en Wallace, por no hablar de Lizzie, aunque no tuviera ni idea de cuál era su situación respecto a ella en esos momentos.

–¿Qué te parece si te llamo a las diez esta noche? –no quería dejar pasar de largo la oportunidad y necesitaba ganar tiempo para ver si Lizzie llamaba.

–Me parece bien –contestó George.

Hank colgó el teléfono y se quedó mirándolo esperando una nueva llamada. Pero no volvió a sonar. Dos horas después, Lizzie seguía sin llamar. No había contestado a las llamadas de Hank y éste comenzaba a perder la esperanza. Empezó a preguntarse si no sería mejor así, si no se habría estado engañando al pensar que podía ser un hombre de familia. No podía seguir negando su amor por Lizzie y había conectado muy bien con Amanda. El día del zoo pudo hacerse una idea de lo que era ser un padre. El pensamiento encendió de nuevo la llama de la esperanza en su corazón.

Pero el padre biológico de Amanda había vuelto y, por muy idiota que fuera, no dejaba de ser su padre. ¿Qué posibilidades tenía él, un extraño, de convertirse en un padre para aquella criatura?

Pero alguien había tomado la decisión por él. Llamaría a George para decirle que estaba interesado en comprar Construcciones GJ. Pero aunque sus planes hubieran dado otro giro radical seguía quedando un rayo de esperanza.

Lizzie soltó el bolso en el sofá y corrió hacia Hank, que estaba junto a la ventana. Sin importarle lo que pudiera pensar de ella, le rodeó la cintura con los brazos y apoyó la cara en su pecho. Lo único que necesitaba era sentirse a salvo en los brazos de Hank.

–Siento mucho no haber llamado anoche. Fue horrible.

Por un momento Lizzie se preguntó si Hank querría tocarla, pero éste finalmente le rodeó los hombros. Fue un gesto extraño, teniendo en cuenta lo que había pasado el día anterior. Lizzie se separó de él y lo miró. Sus ojos azules captaron una grave mirada en los ojos marrones de Hank y sintió el corazón en un puño.

–¿Hank?

Él deslizó sus manos por los brazos de ella, que aún lo abrazaban, y los separó cuidadosamente aunque sin dejar de sujetarle las manos.

–Tengo algo que contarte.

Lizzie no podía respirar. No podía imaginar qué habría podido pasar en menos de veinticuatro horas para hacerlo cambiar tan drásticamente. El día anterior sus caricias habían estado llenas de amor, y sus palabras le habían sabido a esperanza, una esperanza que le había dado fuerzas durante el mal rato que había pasado con Jeffrey.

Hank la acompañó hasta el sofá y él se sentó en una silla cercana. Todo era confuso.

–¿Qué pasa? –el pánico más absoluto se reflejaba en la voz de Lizzie.

–George Brundy me llamó anoche para hacerme una oferta.

–¿George Brundy?

–Mi antiguo jefe en Nuevo México.

Lizzie no podía creer que una simple llamada significara tanto para él, sobre todo después de que le hubieran ofrecido dirigir Wallace Internacional y después de haberse reencontrado con su abuelo. No cuando ella había admitido por fin que lo amaba con locura y había empezado a hacerse ilusiones de un futuro con él, aun a riesgo de romper su corazón y el de su hija.

–¿Y qué quería? –preguntó temiendo la respuesta.

–Vende la empresa. Y voy a comprarla –dijo Hank sin mirarla a los ojos–. Hablaré con Daniel y después me marcharé a Gallup, pero quería que lo supieras tú primero.

Aunque se lo esperaba, el golpe fue mayor de lo que habría imaginado. Todo se volvió gris y le parecía como si no estuviera realmente allí.

–Ya veo.

–Pensé que podría importarte, pero no debería sorprenderme de que no haya sido así –dijo Hank con voz lúgubre y Lizzie no estaba segura de haber entendido bien.

–Me importa –dijo ella y cuando Hank alzó la mirada no pudo detenerse–. ¿Cómo podrías pensar que no me importaría?

–Las cosas han cambiando. El padre de Amanda ha regresado.

–No por lo que a mí respecta. No estuvo conmigo cuando lo necesité.

–El pasado no importa. Lo que importa es el presente.

–Él nunca ha sido un padre, Hank –contestó ella consciente de que Hank estaba utilizando sus propias palabras en su contra–. Y nunca lo será.

–Es el padre de Amanda, ahora y siempre. No puedes cambiarlo –dijo Hank levantándose y alejándose.

–Jeffrey no va a quedarse, de hecho en estos momentos estará saliendo de la ciudad. Su nombre no aparece en la partida de nacimiento de Amanda. No posee derechos legales y sabe que tendría que luchar mucho en los tribunales y no ganaría. No quiere ser un padre. Nunca quiso. Sólo ha venido a intimidarme pero no le ha resultado fácil. Le dejé claro que nunca verá a mi hija. Nada ha cambiado. ¿Es que no lo entiendes?

–Pero sigue siendo su padre biológico. Nadie puede ocupar su puesto. Ni por ti ni por ella.

–¡Maldita sea, Hank! ¡Estás diciendo tonterías! –gritó Lizzie enfurecida.

–Simplemente tenemos distintas perspectivas. Me dijiste que no le hiciera esto a Amanda. Me advertiste que no dejara que se acostumbrara a mí, pero no te hice caso. Lo extraño es que ninguno de los dos vio lo que se venía encima. No era sólo lo que Amanda sintiera, sino lo que sentiría yo. Tenías razón. No puedo ocupar el puesto de padre. No soy su padre.

–¿Entonces lo haces por Amanda? –preguntó Lizzie sin fuerzas.

–En parte. En realidad se trata de ti y de mí, de si podríamos ser… –extendió la mano y le acarició la mejilla con los nudillos–. No quería que acabara así.

–Entonces no lo hagas –dijo ella–. Nada ha cambiado a menos que nosotros dejemos que lo haga.

–¿Quieres que le diga a Amanda que me voy o prefieres decírselo tú?

A Lizzie le escocían los ojos por las lágrimas que pugnaban por salir, así que se dio la vuelta para que él no pudiera verlo. No quería que Amanda volviera a pasar por lo mismo otra vez, pero era deber suyo como madre decírselo.

–Yo se lo diré.

–No quería hacerle daño. Y tampoco a ti.

–Sobreviviré.

–Entiendes que es lo mejor, ¿verdad?

–¿Mejor? –repitió ella girándose hacia él furiosa–. ¿Cómo puedes ni siquiera pensarlo?

–No soy un hombre que pueda quedarse mucho tiempo en el mismo sitio, Lizzie. Tú misma lo has dicho.

–Tal vez me equivocaba –pero cuando lo miró no pudo asegurar que fuera cierto.

Lo único que sabía era que no debería haberse enamorado de él. Había sido un error que no volvería a cometer. Sin nada más que decir tomó el bolso para marcharse. No tenía ningún sentido seguir allí discutiendo con un hombre que tiraba por la borda sus sentimientos.

–Estaremos en contacto –dijo Hank a su espalda.

–Haz lo que quieras –dijo ella sin mirarlo.

Lizzie sintió que le temblaba la mano cuando giró el pomo pero tenía que ser fuerte. Una vez fuera se giró para cerrar la puerta tras ella y pudo ver la cara de Hank. No parecía feliz, más bien parecía un pobre niño perdido, y no pudo evitar preguntarse si no se habría estado equivocando toda la vida al pensar que ser un hombre solitario podría hacerlo feliz. Se preguntó si ella volvería a serlo alguna vez.

# CAPÍTULO 10

HANK pagó al taxista y esperó a que se marchara antes de examinar la obra con detalle. Era evidente que ya estaban terminando la obra que habían comenzado cuando se marchó a Kansas City. Una furgoneta pasó junto a él levantando una polvareda de color rojizo a su paso. Las casas vacías se elevaban en hileras, un paisaje familiar que nunca lo había hecho pensar antes. Pero en ese momento no pudo evitar preguntarse cómo sería vivir en una de esas casas con su propia familia.

Ahuyentó el pensamiento de su mente. Había quemado los puentes al regresar a Nuevo México. Cuando le dijo a Daniel que se marchaba, éste había discutido, pero finalmente lo había aceptado.

–¿Hank? ¿Hank Davis?

–Hey, Tom, ¿cómo va eso?

–¡Que me aspen! –dijo el hombre dándole un fuerte apretón de manos a Hank–. George dijo que volvías pero no lo creímos. No cuando nos dijo que le ibas a comprar el negocio.

–Por el momento no hemos firmado nada –contestó Hank, que sentía no ser ya uno de ellos–. Tendrás que preguntarle a George.

–George no dice nada –dijo Tom con una sonrisa–. Creo que no quería decir nada hasta que te viera aquí. Los chicos se alegrarán de saberlo. Serás un gran jefe.

Abochornado, Hank le dio las gracias. Poco a poco fueron acercándose los demás y finalmente apareció George en la puerta de su trailer.

–Pasa, hijo. Tenemos negocios de los que hablar.

Hank siguió al hombre y se sentó frente al escritorio. Había estado allí sentado muchas veces antes y siempre se había sentido a gusto.

–Mi abogado vendrá esta tarde a las siete al restaurante de Barney con los papeles. Había pensado que podíamos celebrarlo cenando con los chicos y tomar después unas cervezas.

–Me parece bien lo de la cena –mintió Hank. Sentía un vacío en su interior que no podía llenarse con comida pero no quería decirlo–. Pero tal vez no beba nada después. Debe de haber sido el viaje.

–Podría ser –dijo George estudiándolo desde el otro lado de la mesa–. Pareces cansado. Vayamos fuera a decirle a la cuadrilla lo de la cena. De camino me contarás lo que has hecho en la gran ciudad.

Mientras seguía a George fuera del trailer, se preguntó si podría olvidar alguna vez su paso por Kansas City igual que había hecho otras muchas veces antes con otros muchos lugares.

Una vez en el restaurante, George avisó al dueño de que más tarde se les uniría otro grupo para que reservaran sitios suficientes.

–Y dime, ¿quién es ese Daniel Wallace del que me hablaste? –preguntó George cuando la camarera dejó sobre la mesa una jarra de cerveza y dos vasos.

–Mi abuelo.

–¿Quieres decir que has encontrado a alguien de tu familia? ¿Y cómo es?

–Rico –contestó Hank sin pensarlo.

–¿Rico? –preguntó George escupiendo cerveza por toda la mesa–. Ahora me explico que tengas el dinero para comprar GJ.

–La estoy comprando con mi dinero –respondió Hank.

–Bueno, sí. No has tenido muchos gastos con tu forma de vida. Los poceros no soléis tenerlos.

Al escuchar la palabra sintió un escalofrío recorriéndole la espalda. No quería ser pocero, quería ser algo más, y había sido un estúpido al dejar pasar la oportunidad.

–Tengo que hacer una llamada –dijo poniéndose en pie.

Junto al teléfono, las manos le sudaban. ¿Qué haría si Lizzie no quería hablar con él? No había sido muy dulce cuando la llamó para despedirse, pero si no lo intentaba una vez más, se arrepentiría siempre.

Metió las monedas en el teléfono y, tomando aire profundamente, marcó el número conocido. Lo dejó sonar varias veces hasta que saltó el contestador pero no quiso dejar mensaje.

En vez de regresar a la mesa tomó el teléfono de nuevo y marcó el número de Daniel. Al tercer tono Martha respondió.

–¿Está mi abuelo en casa?

–¿Hank? ¿Eres tú? Qué alegría oírte. Espera un poco, iré a buscar a Daniel.

Hank esperó preguntándose qué lo habría empujado a llamar a su abuelo. Tal vez Daniel hubiera hablado con Lizzie. Hank sólo quería saber que estaba bien.

–¿Hank? ¿Dónde estás?

–En uno de los mejores restaurantes de carne a la brasa.

–¿En Kansas City?

–No. Gallup –contestó Hank tragando con dificultad. No sólo había abandonado a Lizzie sino que había decepcionado a Daniel–. Me preguntaba si... bueno, he tratado de hablar con Lizzie pero no estaba en casa. ¿La has visto últimamente?

–¿Lizzie?

Antes de que Daniel pudiera decir nada más, Hank oyó un chillido que se parecía al de Amanda.

–¿Están ahí?

–De hecho sí, están aquí –dijo Daniel con orgullo en su voz–. Han venido a hacerle compañía a un viejo –se detuvo–. ¿Quieres hablar con Lizzie?

De pronto, no se le ocurría nada que decirle. Podía oír las risas de Amanda. No parecía que nadie lo estuviera echando de menos.

–Está aquí, a mi lado –añadió Daniel.

–¡No! Quiero decir, yo sólo quería saber si estaba...

–Hola Hank.

–Lizzie.

–¿Qué tal en Nuevo México?

Hank podía notar el tono tenso de la mujer y se preguntó si Daniel estaría escuchando.

–Como siempre.

–Oh.

Los nervios le había dejado la lengua muerta. No había ninguna razón para no poder hablar con ella de forma normal.

–Estoy oyendo a Amanda. ¿Qué está haciendo?

–Oh, me ha convencido para que le comprara un cachorro pero me temo que no seguirá siéndolo mucho tiempo.

–Supongo que lo estará pasando en grande.

–Bueno, ya sabes cuánto le gustan los animales.

–¿Y todo lo demás va bien? –preguntó sin poder dejar de pensar en el día que fueron al zoo.

–Sí, todo bien.

–Dile a Amanda que la echo de menos.

–Lo haré.

–Y Lizzie... –tenía que intentar decírselo pero no pudo–, también te echo de menos a ti.

A continuación oyó un ruido extraño proveniente del otro lado, y después, nada.

–Ha tenido que ir a ocuparse de algo –dijo Daniel.

Hank sintió como si le hubieran dado un puñetazo. Notaba el tono de censura en la voz de Daniel.

–Te llamaré esta semana. Parece que acaban de llegar las costillas a la mesa –le dijo a su abuelo antes de colgar.

Pero la carne no parecía nada apetitosa, sobre todo cuando George le presentó a un hombre vestido de traje que se acababa de incorporar.

–Jack Nolan, mi abogado –dijo George presentándoselo a Hank–. ¿Por qué no comes algo con nosotros, Jack?

–Me encantaría, pero esta noche vienen los padres de mi mujer a cenar. Os agradecería que mirásemos los papeles lo primero...

Hank escuchó al abogado mientras le explicaba los detalles del contrato, o trató de escucharlo. El extraño sonido que había oído en el teléfono cuando hablaba con Lizzie no se le iba de la cabeza. Cuanto más pensaba en ello más le parecía que había sido como si estuviera llorando. Y era por su culpa.

–Sólo tiene que firmar aquí –le dijo Notan señalando con el bolígrafo.

Hank tomó el bolígrafo y se inclinó sobre el contrato. En algún momento había soñado con dirigir GJ, al pensar que nunca haría nada importante en la vida, pero en el tiempo que había estado en Kansas City había hecho mucho: había demostrado que sabía más del negocio de la construcción de lo que imaginaba, y de negocios en general, y quería aprender mucho más. Tenía montones de ideas para Wallace Internacional.

Pero sobre todo, quería formar una familia. Su familia. Lizzie y Amanda. ¿Qué importaba que Jeffrey fuera el padre biológico de Amanda? Hank había sido más padre para ella que Jeffrey y estaba seguro de que podría hacerlo aún mejor.

–Lo siento, pero no puedo hacerlo. Dile a Junie que lo siento.

–¿Pero qué...? –comenzó George.

–Tienes más compradores, ¿no?

–Bueno, no sé...

–Entonces te compraré la empresa en nombre de Crown –dijo Hank tomando el bolígrafo y estampando su firma en el contrato.

–¿Crown? ¿Cómo puedes...?

–Daniel Wallace es mi abuelo –dijo Hank sacando cien dólares de la cartera–. Dile a los chicos que la cena corre de mi cuenta. Y diles también que me aseguraré de que tengan un buen jefe.

–Pero, ¿Daniel Wallace no es el dueño de Wallace Internacional?–preguntó George mientras Hank salía del local.

Pero Hank no se molestó en contestar.

–¿Sabes dónde está?

–Claro. Me ha costado encontrarla pero sé donde

estará un buen rato aún –dijo Bailey mirando por el espejo retrovisor.

–Bien, a lo mejor te he estropeado el día pero eras la única persona que podía ayudarme.

–No te preocupes. Estoy encantado de poder hacerlo.

Lo único que tenía que hacer Hank era convencer a Lizzie de cuánto lo sentía y que nunca volvería a hacerlo. Cuando la limusina entró en el patio de la mansión de Daniel, Hank no estaba muy seguro de que pudiera hacerlo. No le había dado motivos para creer que no se iría en cualquier momento, sólo él sabía que no lo haría y, con el tiempo, se lo demostraría. Aunque le costara toda la vida.

Hank le dio las gracias a Bailey y salió de la limusina. Cuanto más se acercaba a la puerta de la casa, más seca sentía la boca. No estaba seguro del tipo de bienvenida que recibiría por parte de Lizzie, ni de su abuelo. Podía ser que ambos lo echaran de allí, pero eso sólo aumentaría su determinación.

Tocó el timbre y esperó hasta que salió Martha. La forma en que ésta lo miró no era muy esperanzadora.

Tenía los brazos cruzados sobre el pecho.

–Vaya, así es que has vuelto.

–Sí, he vuelto, Martha.

–¿No vas a volver a huir? ¿Estás preparado para sentar la cabeza?

–Más que preparado.

–Me alegro –contestó con una sonrisa.

–Yo también –dijo él aliviado.

–Daniel y Lizzie están en la parte de atrás –dijo Martha haciéndolo pasar–. Amanda se lo está pasando pipa con su nuevo juguete.

Hank la siguió por la casa y atravesaron la gigantesca cocina. Por la puerta pudo ver a Lizzie tratando de enseñarle modales a una bola de pelo.

–Me alegra saber que has tenido más sentido común que tu madre, que en gloria esté, pero no querría ver que le hacen daño a Daniel otra vez. Ni a Lizzie y a su preciosa hija.

–Si alguien les hace daño, no seré yo. Te lo prometo.

Martha le dio entonces un abrazo maternal y lo empujó hacia el patio, al tiempo que se secaba los ojos con el delantal.

De pie, Hank observó la escena que tenía lugar ante sus ojos. Lizzie estaba sentada en el césped y reía con Amanda y con el cachorro. Hank sonrió consciente de que el perro pronto sería más grande que la niña. Su abuelo estaba podando un rosal. El corazón de Hank se llenó de emoción y reconoció que era amor lo que sentía. Quería formar parte de esa familia más que nada en el mundo.

Lizzie se volvió y subió la vista. Aunque estuvieran lejos Hank pudo oír el grito de sorpresa de ella, que se puso de pie sin dejar de mirarlo.

Daniel debía de haberla oído porque dejó de podar las rosas y una mueca apareció en su rostro.

–¿Algo salió mal en Gallup?

–Se podría decir que sí –dijo Hank pensando cuánto tiempo había necesitado para darse cuenta de lo que realmente quería en su vida.

Amanda dejó de jugar con su cachorro y dio un chillido de alegría cuando vio a Hank.

–¡Has vuelto! Le dije a mamá que volverías.

–No habría podido quedarme lejos aunque quisiera –dijo Hank tomándola en brazos y acariciándole el cuello, lo que le provocó a la niña más risas infantiles. La abrazó y a continuación la puso en el suelo–. Tengo que hablar con tu mamá pero después vendré para que me presentes a tu cachorro, ¿vale?

–No te marcharás de nuevo, ¿verdad? –preguntó la niña con carita seria.

–Nunca –contestó él, que sentía que el corazón se le rompía al ver la mirada de la cría.

Levantó la vista y vio a Lizzie acercándose a ellos. Estaba pálida y cuando se acercó más pudo ver que tenía ojeras y los labios apretados.

–¿Olvidaste algo? –preguntó.

–De hecho sí –respondió él. Como no quería que Daniel y Amanda escucharan lo que tenía que decirle, la tomó de la mano y comenzó a andar hacia el cenador donde pudieran tener algo más de intimidad. Ella intentó evadirse pero él la sostuvo con fuerza.

–¿Sabes?, si no vienes por las buenas te llevaré a la fuerza.

Ella continuó forcejeando hasta que Hank se detuvo y la tomó cuidadosamente sobre los hombros.

–Tengo algo que decirte y tú me vas a escuchar –añadió Hank. Oía las risas de Amanda a sus espaldas pero esperaba que no fuera por ellos.

–Bájame, Hank –dijo ella–. Estás dando el espectáculo.

–No. No quiero que salgas corriendo –dijo él agachándose para depositarla en el suelo.

–Fuiste tú quien salió corriendo –le recordó ella.

–Y ahora tú estás haciendo lo mismo –dijo él luchando por contener el deseo de tocarla–. No lo hagas, Lizzie. Escúchame primero.

–¿Tengo otra opción?

–En realidad, no –dijo él y al ver que Lizzie no decía nada continuó–. Quiero establecer un contrato contigo.

–Lo siento. No puedo aceptar nuevos clientes por el momento.

–No me refiero a ese tipo de contrato –dijo mirándola a los ojos.

–No puedes seguir haciéndole esto a Amanda –dijo ella con los ojos llenos de lágrimas–. Ni a mí.

Incapaz de contenerse, extendió la mano y le acarició los brazos. Lo que más deseaba era poder abrazarla pero sabía que ella no lo aceptaría aún.

–No lo haré.

–¿Qué quieres, Hank?

–Un contrato –al ver que Lizzie se daba la vuelta para alejarse de él, la sujetó–. Entre tú y yo. He venido para quedarme, tanto si quieres como si no. Tú eres lo que he estado buscando.

–¿Lo... lo soy? –preguntó ella no sin precaución.

–Quiero un contrato matrimonial. Te quiero, Lizzie. No era lo que había planeado, pero no voy a seguir luchando. Quiero formar parte de vuestra familia. Amanda, tú y yo. Y los demás bebés que vengan. Quiero ser un padre para Amanda pero sobre todo, quiero ser tu amante y tu esposo. No te dejaré, te lo prometo. Me quedaré aquí para siempre.

–Oh, Hank. Yo... te quiero tanto... –dijo ella con los ojos brillantes de emoción.

Pero antes de que pudiera decir nada más, Hank la tomó entre sus brazos y la besó apasionadamente. Ella le rodeó el cuello con los brazos y pegó su cuerpo al de él, devolviéndole el beso con todo su amor.

–¿Qué de...? –dijo él junto a los labios de Lizzie. Muy a su pesar, la soltó brevemente y miró hacia el suelo. A sus pies estaba un cachorro juguetón que los miraba furioso.

–Este maldito animal nos va a dejar sin casa –dijo Hank agachándose para acariciar al perro entre las orejas.

–La asesoría está funcionando bien ahora. No creo que tengamos que preocuparnos de eso ahora –dijo Lizzie riendo.

–Kansas City, Asesores de Imagen no tendrá que preocuparse por nada nunca más. Supongo que Wallace Internacional puede permitirse un poco de comida de perros.

–¿Entonces vas a aceptar la oferta de Daniel? ¿Y qué pasa con la constructora que te habían ofrecido en Nuevo México?

–Si Daniel está de acuerdo, GJ pasará a formar parte de Crown. Es una buena empresa y tengo una idea de quién podrá ocuparse de ella –dijo pensando en Tom.

–Daniel estará encantado.

–Será mejor que se lo diga.

–Mami, ¿por qué estabas besando a Hank? –preguntó Amanda cuando se acercó a la pareja.

–Porque lo quiero –dijo ella mirando a Hank llena de felicidad.

Amanda abrazó las piernas de los dos.

–Yo os quiero a los dos y también quiero a Penélope –dijo mirando a la perrita que movía feliz el rabo.

–Veo que vosotros dos habéis llegado a un acuerdo. Y supongo que significa que te quedas en Kansas City –dijo Daniel.

–No tengo ninguna intención de marcharme de aquí –dijo Hank a su abuelo mientras abrazaba a Lizzie–. Espero que tu oferta siga en pie pero si no lo está, no cambiará nada las cosas para mí.

Los ojos de Daniel relucían de alegría y extendió la mano hacia su nieto.

–Por supuesto que sigue en pie. Nunca dejó de estarlo. Eres el único a quien le confiaría el futuro de mis empresas.

Asintiendo, Lizzie sonrió primero a Daniel y luego a Hank.

–Es tu legado, Hank. Por fin tienes una familia.

Hank sintió una paz inusual. No sólo había encontrado a su abuelo, sino que pronto tendría una familia propia. No sólo era un legado familiar, era un legado de amor.

# EPÍLOGO

MARTHA, creo que ya podemos sacar la ensalada y el pan –dijo Lizzie–. Parece que todos están listos.

En un extremo del patio, Hank sonreía a Martha cuando ésta pasó junto a él de camino a la cocina, seguida de una comitiva de bolitas de pelo marrón.

–¡Penélope! –gritó Dean a la perra–. Llévate de aquí a tu prole y atiéndelos como es debido antes de que hagan tropezar a alguien y toda la comida acabe en el suelo.

–Creo que ése es su plan –dijo Hank ayudándola a meter a los cachorros en la cesta portátil que Lizzie había insistido en llevar–. Esta mujer está loca: ¡hacer que los cachorros jueguen en un parque!

–Y también montan árboles de Navidad –dijo Dean.

–Y hacen la colada –añadió Hank, riendo.

–Pero no más bebés –dijo Dean tomando en brazos a su hijita de dos años y medio que pretendía seguir a los cachorros. Lloriqueó un poco para que la dejaran en el suelo y en cuanto lo consiguió corrió hacia los cachorros para acariciarlos.

–Vamos, Ginny –dijo Amanda acudiendo al rescate–, vamos a probar los nuevos columpios del abuelo Dan –se giró hacia Hank–. ¿Puede venir también James? El abuelo Dan hizo dos columpios de bebé.

–Estoy seguro de que a tu hermano le encantará –asintió Hank–. Pero vigílalo. Tal vez Roger y Denny te puedan echar una mano.

Amanda salió en busca de su hermanito con Ginny tras ella. Hank se quedó mirándola. Todavía seguía asombrándolo la facilidad con la que lo había aceptado como si fuera su verdadero padre hacía ya tres años. Gracias a los contactos de Daniel, los trámites de adopción se habían aligerado considerablemente. La coleta rojiza que llevaba se balanceaba sobre su cuello y notó cómo ya balanceaba las caderas, igual que su madre, cuando trataba de imitarla. Sacudió la cabeza sonriendo para sí mismo. Tendría que vigilarla cuando se hiciera mayor. Los chicos no dejarían de llamar a la puerta, sobre todo aquellos que buscasen el beneplácito del presidente de Wallace Internacional, pero ella nunca tendría que preocuparse de que él o Daniel dejaran que la historia se repitiera. Los dos habían aprendido la lección.

–¿De qué te ríes? –preguntó Lizzie abrazándolo por la espalda–. ¿Bailey y Janine?

Miró a los dos tortolitos, las manos entrelazadas, intentando escurrirse hacia el cenador en busca de unos minutos de intimidad antes de la comida. Bailey se estaba convirtiendo en un hombre de negocios que ya poseía una pequeña flota de limusinas.

–No, pero ahora que lo mencionas, alguien tendría que avisarlos de los efectos de ese cenador.

–¿Por qué? –dijo Lizzie inclinándose hacia él y mirándolo–. ¿Porque fue allí donde finalmente recobraste el sentido común y te declaraste? ¿Crees que estará encantado?

–No tanto como tú –susurró Hank acariciándole el cabello y rodeándola con los brazos–. Nunca pensé que las cosas pudieran irme mejor que aquel día, pero lo han hecho. Todos los días.

–Para todos nosotros –dijo ella apoyando la cabeza en su pecho.

–Y el que viene –añadió Hank acariciando el vientre de Lizzie que ya empezaba a crecer–. Casi hemos alcanzado a Vicky y a Dean.

–Es la hora de comer –dijo la señora Edwards.

Lizzie se movió para dirigirse a la mesa pero Hank la retuvo y juntos observaron el panorama.

–Es una gran familia, ¿eh? –dijo ella con orgullo.

–La mejor –dijo él pensando en el amor que compartían–. Y soy afortunado por pertenecer a ella.

–Yo soy la afortunada. Te tengo a ti. Vamos –dijo ella poniéndose de puntillas para besarlo–. Será mejor que nos sentemos o se acabará la comida.

–¿Toda? –y siguió reteniéndola un poco más–. ¿Y qué me dices de Daniel, Martha y mamá?

–Le encanta ser el centro de atención.

–Mira eso. Sólo falta que mamá le ponga la servilleta bajo la barbilla y Martha le corte los trozos de comida. Tal vez debería hablar con él.

–Tal vez deberías dejar que disfruten.

–¿Y cuándo nos tocará disfrutar a nosotros? –le susurró a Lizzie mientras ésta tiraba de él hacia la mesa.

–Cuando lleguemos a casa –prometió ella con una risa tentadora–. Lo que me recuerda que tengo que hablar con Janine de la nueva clase. La asesoría ha crecido tanto que necesitaremos más ayuda. Pensé que podríamos abrir un gabinete de psicología para los hijos de antiguos clientes.

–Si eso significa que tendremos más tiempo para nosotros, por mí de acuerdo –dijo él.

Hank nunca había estado más orgulloso que

cuando Lizzie obtuvo su máster en Psicología y puso en marcha un programa dirigido a adolescentes con problemas de autoestima, aunque eso había significado para ella mucho trabajo y menos tiempo libre.

–Yo diría que hemos sacado algo de tiempo para nosotros –dijo ella poniéndose la mano en el vientre–. Como sigamos así pronto tendremos nuestro propio equipo de fútbol.

–Tenemos espacio suficiente –dijo él con una sonrisa traviesa.

–Pero no en la mesa –dijo ella tomando a su hijo pequeño en brazos y sentándolo en la trona junto a Ginny.

Cuando todos se hubieron sentado a la mesa, Daniel se levantó e hizo que guardaran silencio.

–No puedo creer la suerte que tengo –sonrió a las dos mujeres a su lado y después al resto de la familia–. Durante demasiados años viví solo. Nunca me di cuenta de cuánto echaba de menos las risas de los niños, pero ahora que tengo a mis bisnietos conmigo y a otro de camino deseo que en esta casa reine la risa y la alegría. Para ello, cedo a Hank y a Lizzie esta propiedad.

Hank oyó el grito de sorpresa de Lizzie, que se inclinó hacia él.

–¿Tú sabía algo?

–Daniel y yo estuvimos hablando de ello.

–Pero dónde…

–Shh. Esucuha.

–Aunque estoy disfrutando de mi jubilación, ahora que Hank lleva las riendas de Wallace Internacional, y lo está haciendo muy bien, había pensado en mudarme a Florida, pero no puedo dejar a mi familia ahora que la he recuperado. En vez de eso he llegado a un acuerdo con el presidente para que Crown construya aquí un centro de jubilados.

–Daniel, eso es maravilloso –dijo Martha.

–¿Aquí en Kansas City? –preguntó la señora Edwards –. Ponme en la lista, Daniel.

–Hank fue el promotor de la idea –dijo Daniel con un gesto de orgullo hacia su nieto–. Él podrá daros todos los detalles.

Entre las múltiples felicitaciones y las ansiosas preguntas por parte de algunos de los asistentes, Hank se percató de que Lizzie lo estudiaba cuidadosamente.

–¿Qué te pasa? –preguntó Hank a su mujer, preocupado por el cariz de tristeza en su mirada.

–Es maravilloso. No puedo imaginarme viviendo aquí –dijo ella mirando la casa–. Es sólo que... me preguntaba qué habría ocurrido contigo y tus padres si las cosas hubieran sido distintas.

–Eso es agua pasada, y nunca sabremos lo que podría haber sido, pero no me gustaría saberlo si eso significara no haberte conocido. No importa donde estemos, ni en la casa que vivamos; mientras estemos juntos, seremos una familia.

Y diciendo esto puso su mano en el vientre redondeado de Lizzie y dio las gracias por la mujer que le había dado una familia y lo había enseñado a amar. De no ser por ella, podría no haber hallado nunca la felicidad.

El pasado estaba lejos, el futuro se extendía ante ellos y el presente era más de lo que jamás hubiera imaginado.

# JAZMÍN™

## REBECCA WINTERS
### UN MATRIMONIO PROHIBIDO

Cuando Michelle Howard aceptó el trabajo de enfermera de Zack Sadler, no estaba segura de qué la esperaba durante el siguiente mes. Michelle se resistía a acercarse demasiado al sexy Zack, a quien no había visto desde hacía dos años. Y sabía que cualquier relación con Zack sería demasiado peligrosa para ella.

## JODI DAWSON
### ROBAR UN CORAZÓN

Con un negocio que dirigir, a Kat Bennet no le quedaba tiempo para el amor... hasta que un sexy desconocido irrumpió en su vida. Kat no tardó en descubrir que Daniel West tenía un motivo oculto para estar en la ciudad, y se dispuso a ayudarlo en su tarea. Al trabajar juntos, Daniel se dio cuenta de que la quería como esposa pero, ¿aceptaría ella serlo cuando él le revelara sus secretos?

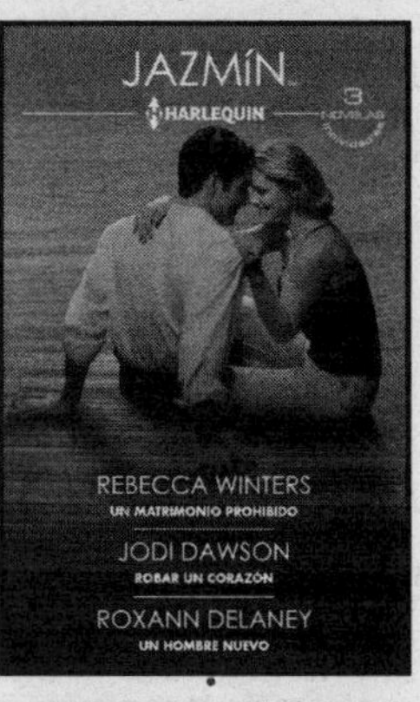


N.º 580

## ROXANN DELANEY
### UN HOMBRE NUEVO

Hank Davis se había pasado la vida yendo de un sitio a otro, por eso sabía que su estancia en Kansas sería temporal. Entonces conoció a la asesora de imagen Lizzie Edwards, que en dos semanas convirtió a aquel duro obrero en un verdadero director de empresa. Pero fue su encantadora personalidad, y la de su preciosa hija de cuatro años, lo que cautivó el corazón de Hank. El problema era que no sabía cómo prometerle algo a Lizzie porque jamás había hecho nada parecido. Cuando de pronto recibió un inesperado legado, se planteó si podría dejar que esas dos damas entraran en su vida.

# DESEO

## JESSICA LEMMON

### MELODÍA INACABADA

Cash Sutherland, estrella de la música *country*, tenía demasia do éxito y una reputación que había que mejorar. La discográ fica contrató a la periodista Presley Cole para que escribies un artículo que le daría un empujón a las carreras de los dos Pero Presley era la mujer a la que Cash había dejado atrás todavía no estaba preparada para perdonarlo por haberle rot el corazón.

## JULES BENNETT

### UN COMPROMISO FALSO

Luke Sutherland le debía una, así que Cassandra Taylor le pidió que la ayudara a organizar el evento nupcial del año: la boda de su hermano. A cambio, Luke quiso que fingieran estar prometidos para que las mujeres dejaran de acosarlo. Sin embargo, aquel falso compromiso prendió una verdadera pasión. ¿Tendría Cassie su propia boda de cuento de hadas o volvería a rompérsele el corazón?

N.º 55

## JESSICA LEMMON

### AL RITMO DEL DESEO

Hallie Banks se había hartado de ser la gemela buena y de vivi a la sombra de su hermana, una superestrella de la músic *country*. Pero ¿qué sabía ella acerca de dejarse llevar y dive tirse? Necesitaba un profesor y, por suerte, el guapísimo Gavi Sutherland estaba dispuesto a aceptar la tarea de enseñarla

JULIA™

## ELLY HUNTER

### N SUEÑO PROHIBIDO

iete años atrás, Gabrielle era la hija del ama de llaves y Luc uvalier, heredero de una gran fortuna, ra un sueño prohibido. Por culpa de un eso robado, Gaby fue desterrada de su ogar, pero había vuelto a casa decidida mirar a Luc de igual a igual, de todas s formas posibles.

a química entre ellos era tan intena, que ambos sabían que solo era uestión de tiempo que sucumbieran ella, sin importar las consecuencias el escándalo...

N.º 475

## EANNE BANKS

### UENTO DE HADAS

uando la princesa Bridget Devereaux tuvo que reclutar méicos para su pequeño país, se encontró con un problema. El tractivo doctor Ryder McCall era la clave para conseguir lo que e había propuesto, pero, como tutor temporal de dos pequeños emelos, estaba demasiado ocupado para ayudarla.

ara Bridget, la situación de aquel padre soltero era tan conovedora como intensa la atracción que existía entre ambos. yder necesitaba encontrar una niñera. Al presentarse ella vontaria para ayudarle a cuidar a los gemelos, Bridget sucumbió ápidamente al encanto de aquellos dos bebés… y se enamoró erdidamente de Ryder. Pero sus vidas les llevaban por caminos istintos.

¡YA EN TU PUNTO DE VENTA!

# DESEO

# KRISTI GOLD

## LA ÚNICA MUJER

Andrea Hamilton no conseguía olvidar aquella noche qu
había pasado bajo las estrellas junto al hombre que amaba
Y para colmo Sam había regresado, y estaba más sexy que nunca; además acababa de contratar sus servicios como adiestradora de caballos. Pero lo que más le sorprendió fue enterarse de que su gran amor era ahora un príncipe... ¡un príncipe que quería ver a su hijo!

A pesar de los años, Samir seguía recordando a la mujer a la que había tenido que abandonar para cumplir con su obligación. Pero cuando se enteró de que tenían un hijo en común, juró no volver a separarse de ella.

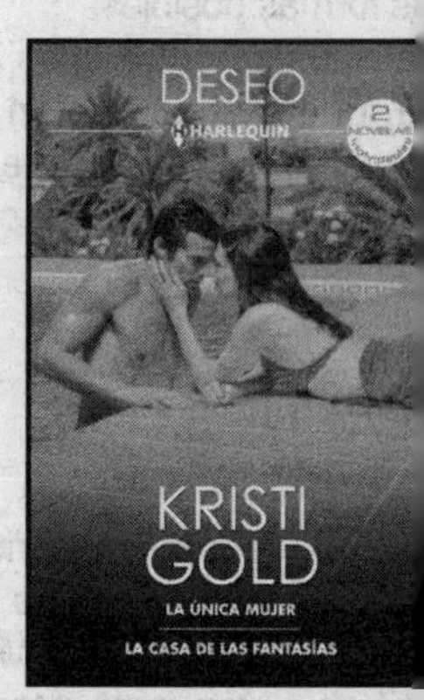


N.º 55

## LA CASA DE LAS FANTASÍAS

La diseñadora de interiores Selene Winston estaba allí par arreglar la vieja mansión, no para acostarse con su guapísim jefe. Sin embargo, no podía dejar de soñar con el introvertid Adrien Morell…

Pronto se dio cuenta de que había quedado atrapada en poder magnético de Adrien. Pero él no estaba dispuesto salir de las sombras para estar con ella.